परदेसी

नीलम मिश्र

प्रभात
प्रकाशन

स्पष्टीकरण

इस पुस्तक में मेरे पितामह पं. भगवानदीन दुबे एवं दादी दिलराजी देवी के अतिरिक्त सभी पात्र एवं घटनाएँ काल्पनिक हैं।

प्रकाशक • **प्रभात प्रकाशन प्रा. लि.**
4/19 आसफ अली रोड,
नई दिल्ली–110002

संस्करण • प्रथम, 2023
मूल्य • तीन सौ रुपए
मुद्रक • आर–टेक ऑफसेट प्रिंटर्स, दिल्ली

PARDESI *novel* by Smt. Neelam Mishra ₹ 300.00
Published by Prabhat Prakashan Pvt. Ltd., 4/19 Asaf Ali Road, New Delhi-2
e-mail: prabhatbooks@gmail.com ISBN 978-93-5521-438-6

इस पुस्तक को मैं अपने प्रातः स्मरणीय बाबा

पं. भगवानदीन दुबे एवं दादी **श्रीमती दिलराजी**

को

सादर समर्पित करती हूँ।

प्रस्तावना

गत वर्ष की भीषण वैश्विक महामारी 'कोरोना' के आपदा काल में अपने घर, गाँव से दूर, परदेस रोज की रोटी कमाने के लिए गए तमाम लोगों की त्रासदी देखकर मेरा मन द्रवित हो उठा। इनकी दुर्दशा ने मुझे दशकों पूर्व बचपन में सुनी अपने पूर्वजों की विषम परिस्थितियों में घर-द्वार छोड़ने की घटनाओं की याद दिला दी।

मैंने उन्हीं घटनाओं को यहाँ पर पंक्तिबद्ध किया है। इसके मुख्य पात्र मेरे पूज्य पितामह पंडित भगवान दीन दुबे हैं, जो 14 वर्ष की छोटी आयु में, मात्र दस रुपए लेकर आजीविका की खोज में निकल पड़े थे। विधाता की असीम अनुकंपा से वे एक लंबे अंतराल के बाद करोड़पति बनकर अपने गाँव वापस लौटे। गाँव में आकर वह समाज सेवा में रत हो गए। उनके कृत्यों से आज भी गाँव के लोग लाभान्वित हो रहे हैं।

गाँव वापस आने पर धनाढ्य पंडित भगवान दीन दुबे को आदर से गाँववाले 'परदेसी' पुकारने लगे। उन्हीं के नाम पर मैंने इस रचना का शीर्षक 'परदेसी' रखा है।

पंडित भगवान दीन दुबे के पिता स्वर्गीय राम सुख दुबे ने भी 12 वर्ष की किशोरावस्था में, अकाल में पिता की मृत्यु के बाद, अपने दो छोटे भाइयों के साथ, भुखमरी से त्रस्त होकर अपना घर-द्वार छोड़ा था। इस पुस्तक का प्रारंभ स्वर्गीय राम सुखजी के पलायन से ही होता है।

पठन सरलता हेतु इस सत्य कहानी में मैंने अपनी तर्क-संगत कल्पनाओं एवं बाल सुलभ स्मृतियों का यथा स्थान समावेश किया है।

इस रचना के पात्रों के संवादों को प्रभावी ढंग से वर्णन करने के लिए उनकी क्षेत्रीय भाषा 'अवधी' में लिखा गया है।

अनुक्रम

1

अंधकार

चारों ओर जंगल, नदी-नालों से घिरे, 10 घरवाले एक छोटे से गाँव में, एक बड़े नीम के पेड़ के पास बनी झोपड़ी में 12 वर्ष का रामसुख रात में भूख से परेशान, मन-ही-मन हाय राम, हाय राम कहता हुआ बिना बिछौने की खाट पर करवटें बदल रहा था। उसको पता था कि घर में कुछ भी खाने को नहीं है। अँधेरे में अपने बाएँ एवं दाहिने, सो रहे अपने 10 साल के भाई रामदीन और 5 साल के भाई रामधन को बार-बार छूकर वह महसूस कर रहा था कि उनकी साँस चल रही है या नहीं? भाइयों के जीवन के अहसास से उसको शांति तो जरूर मिल रही थी, लेकिन काकी की कही हुई बात कि 'भूख से महतारी-बाप तो मरि गयेन, देखा इ लरिके केतना दिन जिय हैं?' उसके मन को निरंतर झकझोर रही थी।

इस अकाल ने उसके बाप को 15 दिन पहले इस दुनिया से उठा लिया था। माँ तो दो महीने पहले ही स्वर्गवासी हो चुकी थी। पिता तुलसीराम दुबे का अंतिम संस्कार एवं तेरही की रस्म तो बिरादरी के सहयोग से ही हो पाया था। तेरही के बचे हुए खाने ने तीनों के पेट की अग्नि को दो दिन तक शांत रखा था, परंतु अब घर में पेट भरने को कुछ नहीं था। इस प्रकार अंधकारमय भविष्य एवं मृत्यु का भय रामसुख को सता रहा था।

अचानक कुछ निश्चय करके रामसुख ने झोपड़ी में इधर-उधर देखा और उठकर खड़ा हो गया। एक पुरानी पिता की धोती में एक कथरी, एक बटुई, तीन थाली और एक कलछुल रखकर उसने एक गठरी बना ली। रामसुख बड़ी घबड़ाई आवाज में 'रामदीन, रामधन' से बोला, "जल्दी उठों, हम सब इहाँ से अबहीं निकलब, नाही तौ माई बप्पा के नाई हमहु सब इहाँ मरि जाब।"

रामदीन और रामधन आँख मलते हुए उठे और बिना कुछ बोले ही कठपुतली के जैसे, बड़े भाई के साथ चलने को तैयार हो गए। रामसुख ने चूल्हे की आग बुझाई और गठरी अपने कंधे पर रखी। रामदीन ने लोटा डोरी और रामधन ने एकाएक याद

आने पर झोपड़ी के कोने की गगरी से चबैना की पोटली और उसमें बँधा हुआ गुड़ उठा लिया।

रामसुख ने दोनों भाइयों को झोपड़ी से बाहर निकाला, फिर स्वयं बाहर आकर देहरी को छूकर प्रणाम किया। मन-ही-मन अपनी खाली झोपड़ी को पूर्वजों को सुपुर्द करके दोनों भाइयों को लेकर रात के अँधेरे में नदी-नाला पार करते हुए, पौ फटने से पहले गाँव से करीब छह किलोमीटर दूर पक्की सड़क पर पहुँच गया। सड़क के दाईं ओर एक सराय और कुआँ देखकर रामसुख ने भाइयों से कहा, "इनारा पै रुक के सुस्ताय लीन जाय।" रामदीन ने लोटा-डोरी से कुएँ से पानी निकाला, रामधन ने पोटली से गुड़ निकाला। तीनों गुड़ खाकर पानी पीकर एक पेड़ के नीचे लेट गए। कुछ ही देर में तीनों सो गए। जब नींद खुली तो सूरज काफी ऊपर चढ़ चुका था। रामसुख, रामदीन और रामधन चुपचाप खड़े हुए और सड़क के किनारे-किनारे चल पड़े।

न राह का पता, न मंजिल का पता, बिना किसी समझ-बूझ के तीनों भाई भविष्य के अंधकार में चलते जा रहे थे। राह में कुआँ मिलने पर तीनों पानी पीकर सो जाते, जगने पर फिर गुड़ खाकर पानी पीकर चलना शुरू कर देते थे। इस दौरान सड़क के पास सोते हुए बच्चों पर किसी ने चादर, किसी ने गुड़-चबैना तो किसी ने कुछ सिक्के भी भिखारी समझकर डाल दिए थे। रामसुख ने असहाय वृत्ति से उन्हें विपत्ति में मदद समझकर उठा लिया। यूँ चलते-चलते करीब दस दिन बीत गए, तीनों काफी थक भी चुके थे। रामधन को रामसुख कभी-कभार कंधे पर भी बिठाकर चलते थे। आज फिर सूरज निकलने के पहले ही तीनों भाई सड़क पर चल पड़े। थोड़ी दूर चलने पर गंगा नदी दिखी, तीनों भाइयों ने गंगा-स्नान किया। शरीर में कुछ स्फूर्ति आई। रामसुख ने स्नान के उपरांत अपने पिता तुलसीराम दुबे का तर्पण गंगाजल से किया और ईश्वर को प्रणाम किया। इस छोटे से कर्मकांड से उन्हें पर्याप्त संतुष्टि का अनुभव हुआ। रामसुख का जनेऊ देखकर वहाँ पर दान-दक्षिणा एवं भोजन खिलानेवाले एक सेठ ने तीनों भाइयों को भोजन के लिए आग्रह किया। भूख से बेहाल तीनों भाइयों ने दस दिन बाद भरपेट खाना खाया।

पेट भर जाने से तीनों भाइयों में उत्साह एवं संतोष का संचार हो गया था। उसी स्थान पर गंगा नदी पर एक बड़ा पुल था। पूछने पर पता चला कि यह पुल पार करते ही इलाहाबाद आ जाएगा। यह सुनते तीनों ही भाइयों के मन में एक बड़ी जगह पहुँच जाने की आशा भर आई।

कुछ समय बाद तीनों ने पुल पार किया और इलाहाबाद शहर पहुँच गए। उस समय दिन काफी चढ़ चुका था। शहर में काफी चहल-पहल थी, अतः तीनों भाई उत्सुकता एवं

आश्चर्य से इधर-उधर देखते हुए चल रहे थे। वे बिना किसी आधार से चलते हुए इलाहाबाद जंक्शन पहुँच गए और स्टेशन के बाहर खड़े होकर वहाँ की आवाजाही देखने लगे।

रामधन ने रामसुख का हाथ पकड़कर कहा, "भय्या रेलिया देख सकित हा का?"

रामसुख ने कहा, "अरे काहे नाही, चला स्टेशन पर चली," कहकर तीनों प्लेटफार्म पर पहुँच गए। वहाँ एक रेलगाड़ी खड़ी थी। रामदीन अचानक कूदकर रेलगाड़ी पर चढ़ गए। उनके पीछे उत्सुकतावश रामधन, फिर रामसुख भी एकजुट रहने के मकसद से रेलगाड़ी पर चढ़ गए। रामसुख के चढ़ते ही ट्रेन एकाएक चल पड़ी। तीनों भाई एकदम हक्का-बक्का होकर एक सीट पर बैठ गए। रामसुख को समझ ही नहीं आया कि वे क्या करें? पर रामदीन और रामधन तो खुशी से चहक रहे थे। उन लोगों ने रेलगाड़ी पहले देखी भी न थी। रामसुख भाइयों के साथ खिड़की से बाहर देखकर चलती गाड़ी की गति अनुभव करने लगे। थकान से भरा शरीर, पर रेल की मीठी झुलान ने तीनों को सुला दिया। अचानक एक कड़क आवाज से रामसुख की आँखें खुलीं तो सामने एक रोबदार अंग्रेज खड़ा था। वह टिकट जाँच का अधिकारी था। अंग्रेज ने कहा, "ओ लड़के टिकट दिखाओ।" रामसुख ने सिर हिलाकर कहा, "टिकट नहीं है साहब।"

अंग्रेज ने कहा, "जल्दी पैसे दो, कहाँ जाना है।"

रामसुख ने गठरी के कोने की गाँठ खोल दी, सिक्कों की ओर इशारा करके रामसुख बोले, "साहब यही है?"

साहब ने पूछा, "कहाँ जाना हैं?

रामसुख ने कहा, "पता नहीं," इस पर साहब ने कहा, "यू ब्लैक इंडियंस, इतने पैसे में खैगाँव तक का सफर कर सकते हो।"

रामसुख ने सहमति में सिर हिला दिया। अंग्रेज ने फिर सिक्के गिने, दो-तीन सिक्के वापस कपड़े में डाले और तीन टिकट काटकर रामसुख के हाथ पर रखकर बोला, "खैगाँव स्टेशन पर उतर जाना, नहीं तो जेल में डाल दूँगा," ऐसा कहकर वह चला गया। अब तक तो रामसुख की नींद गायब हो गई थी, लेकिन दोनों भाई अभी भी सो रहे थे। निराशा एवं अनिश्चित भविष्य की चिंता में भी रामसुख को घर-गाँव छोड़ने का अफसोस नहीं था। संतोष था कि गाँव छोड़ने के बाद उन्हें लोगों की मेहरबानी से कुछ-न-कुछ खाने को मिल जा रहा था। उनके डिब्बे में एक व्यापारी का परिवार भी सफर कर रहा था, जिसमें हर उम्र के लोग थे। उस परिवार की दो महिलाएँ जब अपने बच्चों को जो भी खाना खिलातीं तो रामसुख, रामदीन और रामधन को भी खाना दे देती थीं। अँधेरे में ट्रेन छुक-छुककर चल रही थी। ठंडी हवाओं ने लोरी और ट्रेन के झूलों ने थपकी का काम किया और रामसुख भी सो गए।

अचानक अंग्रेज साहब की कड़क आवाज ने रामसुख को जगा दिया। "अरे सूअर के बच्चों खैगाँव आ गया है उतरो, नहीं तो अगले स्टेशन पर जेल भेज दूँगा।" अंग्रेजों के राज्य में किसी हिंदुस्तानी को जेल में डालना एक अंग्रेज अधिकारी के लिए बहुत ही आसान था और हर हिंदुस्तानी डरता था। रामसुख तो एक 12 वर्षीय बालक थे और गाँव से बाहर की दुनिया से अपरिचित! उन्होंने घबराकर दोनों भाइयों को हिलाया, गठरी उठाई और साहब से हाथ जोड़कर क्षमा माँगी और तीनों ट्रेन से उतर गए।

□

2

आश्रय

प्लेटफार्म पर लालटेन की रोशनी थी, पर अभी पौ फटी न थी। प्लेटफार्म पर कई रोबदार फौजी एक चाय की रेहड़ी पर चाय पी रहे थे। फौजियों की चाल-ढाल एवं व्यक्तित्व से प्रभावित होकर रामसुख उन्हें निहार रहे थे। रामदीन और रामधन हतप्रभ से रामसुख का हाथ पकड़कर कभी फौजियों को, कभी रेलगाड़ी को देख रहे थे। इतने में ट्रेन की सीटी बजी, दौड़कर फौजी ट्रेन में चढ़ गए और ट्रेन रेंगने लगी। पहली बार तीनों भाइयों ने रेलगाड़ी को छुक-छुक करके जाते हुए देखा। ट्रेन के जाने पर प्लेटफार्म करीब-करीब खाली हो गया। तीनों चाय की रेहड़ी के पास ही खड़े थे, रामसुख, रामदीन और रामधन के साथ डरते हुए रेहड़ी के पास गए। रेहड़ीवाले ने इन बच्चों को देखा और समान समेटते हुए बोला, "अरे बचवा, चाय पीना है का?" इन लोगों ने तो चाय कभी पी भी न थी, अत: रामसुख ने कहा, "नाही।"

रेहड़ीवाले ने कहा, "फिर का चाहे? इहाँ कहाँ से आय गया?"

रामसुख ने कहा, "काका, इहाँ पास में कौनौ इनारा तालाब अहै का?"

रेहड़ी मालिक यादव, काका सुनते ही गद्गद हो गए और कुछ समझकर बोले, "गेट से बाहर निकलकर बाईं ओर मुड़ जायो, बस थोड़ी दूर पर हमार घर अहै, उहाँ काकी होइहैं, अरे नाही रुका, तनी मदद कै देत जा हमरे संघे चला," भाषा एवं स्थान के संबंध ने उन्हें जोड़ दिया। तीनों भाइयों ने मदद की और यादव के साथ-साथ चलने लगे। रामदीन काका को रेहड़ी खींचने में भी मदद कर रहे थे। यादव समझ गए थे कि ये बच्चे घर-बार छोड़कर निकल पड़े और भाग्य उन्हें यहाँ ले आया। पूरे रास्ते यादव स्नेहवश कुछ-न-कुछ कहते-सुनते आ रहे थे। एक छोटा सा घर दिखा, खुश होकर यादव ने कहा, "बचवा पहुँच गए घरे।" रामसुख ने देखा और सोचा, घर तो इतना छोटा भी नहीं है, साफ-सुथरा दुआर, एक बड़ा बरामदा, बरामदे के बाद तीन दरवाजे दिख रहे थे। यादव की पत्नी एक पेड़ के नीचे बकरी का दूध निकाल रही थीं। यादव उत्साह एवं खुशी के साथ बोले, "अरे मलकिन देखा, तोहरे घरे तीन भतीज आय अहैं।"

यादव की पत्नी दूध दुहती हुई हँस के बोली, "पहले मुँह-हाथ तो धोय लेत जा, इनारा पै बल्टी मा पानी और लोटा धरा बा।" चारों नित्य कर्म से निपटकर नहा-धोकर बरामदा में पड़ी हुई खाट पर आकर बैठे। एक खाट पर काका और रामसुख और दूसरी पर रामदीन और रामधन। काकी ने स्नेह भरी मुसकान के साथ सबको गरम-गरम दूध कुल्हड़ में और दोने में हलवा दिया खाने के लिए। इतना अच्छा नाश्ता पाकर बच्चों की आँखें आँसुओं से भर गई। नाश्ता करके काकी एक मचिये पर सामने बैठ गई और पूछा, "कौने गाँव से आय अहा तू सब?" इस प्रकार काका-काकी और रामसुख के बीच बातचीत की शुरुआत हुई। काका-काकी ने भी अपनी आपबीती अब तक की जीवन-यात्रा बताई। रामसुख ने आँसुओं के साथ घर गाँव छोड़ने का कारण और वे लोग कैसे खैगाँव पहुँचे, सारा वृत्तांत विस्तार से बताया। रामदीन और रामधन रोते-रोते सो गए थे, काकी ने रामसुख को पानी दिया और कहा, "जौन भा, भूल जा, दऊ नसीब में इहै लिखे रहेन!"

पानी पीकर और काकी की बात सुनकर रामसुख ने अपने आप को सँभाला और बोले, "काका-काकी हम आपके अहसान जीवन भर मानब, ईश्वर चहिएँ तो फिर मिलब, आज्ञा दें हम चलब।"

काकी बोली, "अरे अब कहाँ जाब्या, इहाँ रहा।"

काका ने कहा, "अरे बेटवा काका कहे अहा, तौ हम जाय न देब।"

"एहसान काहे कै अरे बचवा, हम बेऔलाद अही, भगवान् हमरे झोली में तीन-तीन बेटवा दिहेन, हम दुनौ जने धन्य होई गयेन," काका-काकी दोनों रोने लगे। रामसुख काका-काकी का स्नेह देखकर आश्चर्यचकित एवं भाव-विभोर हो गए।

रामसुख ने काका-काकी के पैर छुए और बोले, "जैसी आज्ञा, पर हम तीनों को आप दुनौ अपनी सेवा में लगाय लें और निर्देश दें कि जीवनयापन कैसे होय?"

काका ने अपनी सहमति दी और कहा, "हम जितना काम काकी के कोख से जागे लरिकन से लेइत, उतनै काम लेब" और सब हँसने लगे। अब रामदीन और रामधन भी जग गए थे। काका द्वारा निर्देश हुआ कि रामसुख, यादव के साथ स्टेशन पर चाय की रेहड़ी ले जाने और वहाँ पर साथ में रहकर चाय देने, पैसा लेने तथा ट्रेन जाने के बाद हिसाब-किताब रखेंगे। रामदीन समय-समय पर घर से स्टेशन पर दूध, बरतन वगैरह लेकर आएँगे-जाएँगे। रामधन, काकी के साथ घर में रहकर छोटे-मोटे काम में काकी की मदद करेंगे। इस प्रकार तीनों को काम की जिम्मेदारी मिलने से रामसुख को संतोष हुआ।

काकी ने भगवान् को हाथ जोड़कर धन्यवाद दिया और बोली, "सुखिया बेटवा गाड़ी आवै वाली अहै, इ दूध कै बल्टी और चाय के बरतन लैके काका के संघे जा बेटवा।"

"दीनू बेटवा जा, काका कै रेहड़ी स्टेशन तक पहुँचाय के आय जा।"

फिर अचानक काकी ने भाव-विभोर होकर 'हमार धनिया, हमार धनिया' कहकर रामधन को गोद में उठाकर चूम लिया। रामधन भी काकी के गले में प्यार से दोनों हाथ डालकर लिपट गए। रामसुख को सबकुछ सुंदर स्वप्न सा लग रहा था। अनिश्चित भविष्य की जगह पर सुरक्षित भविष्य और काका-काकी का संरक्षण मिल गया। बलराम यादव और उनकी पत्नी का स्नेह अतुलनीय है और इतनी भौतिक सुविधाओं की रामसुख ने कभी कल्पना भी नहीं की थी।

बलराम यादव का घर अवध क्षेत्र में गंगा नदी के किनारे था। तीन भाइयों में सबसे छोटे थे। करीब तीन बीघे जमीन थी गंगा नदी के किनारे, जिसमें मेहनत करके यादव के माँ-बाप गरमियों में तरबूज लगाकर और कुछ साग-सब्जी उपजा कर बाजार में बेचकर अपने बच्चों को पालकर बड़ा किया। तीनों का विवाह हुआ, परिवार बढ़ने लगा, परंतु आमदनी में बढ़ोतरी न होने की वजह से, दिन पर दिन गरीबी और भुखमरी भी झेलना पड़ता था। माँ-बाप के निधन के बाद घर में अभाव एवं बड़ों का अंकुश न होने की वजह से कलह भी शुरू हो गयी। दोनों बड़े भाइयों एवं भाभियों का व्यवहार, बलराम यादव और उनकी पत्नी के प्रति दिन-पर-दिन बुरा होता गया। जब बलराम की शादी हुई तो वे 6 वर्ष के थे, परंतु औलाद का सुख न प्राप्त हुआ। एक रात पति-पत्नी अपनी कोठरी में सो रहे थे कि अचानक कोठरी की कच्ची दिवार का एक हिस्सा भरभराकर गिर गया और कोठरी में भी पानी आ गया। दोनों ने कोठरी के कोने में कथरी में लिपटकर रात बिताई। सुबह उठकर बलराम ने अपने बड़े भाई को जाकर बताया और पूछा, "हम लोग कहाँ पर रहें, जब तक गंगाजी का पानी कम न हो जाए और बलराम अपनी पत्नी के साथ मिलकर दीवार फिर से बनाकर कोठरी रहने लायक न बना लें। जबाब में भाई-भाभियों ने गालियों की बौछार की और यह कहा जा रहा था कि घर छोड़कर दोनों परदेस निकल जाओ, यहाँ कुछ भी न हो पाएगा।

निराशा और दु:ख के कारण दोनों ने गठरी उठाई, भाई-भाभी को प्रणाम किया और निकल पड़े घर से। इलाहाबाद में एक सोनार के यहाँ गहने बेचे और टिकट लेकर खैगाँव एक परिचित के यहाँ आ पहुँचे। उस परिचित ने ही उन्हें स्टेशन पर चाय बेचने की सलाह दी और एक महीने तक बिना किराया लिये एक कमरा भी दिया। काका ने केतली और चाय का समान खरीदा, घर से केतली में चाय और एक झोले में कुल्हड़ भरकर रेल की खिड़की से चाय पिलाते हुए काम शुरू किया। आज भी यादव ये काम करते हैं, अब रेहड़ी पर ही चाय बनाते हैं। बीस साल हो गए बलराम को सपत्नी खैगाँव आए हुए, इन वर्षों में दोनों को कभी भी घर छोड़ने का अफसोस नहीं हुआ। दोनों परदेस में रहकर बहुत खुश हैं। जिस परिचित ने मदद की थी, वे तबेला चलाते थे। पैसे कमाकर 10 वर्ष

पूर्व अपने गाँव जाकर रहने लगे। वे परदेस पैसा कमाने के उद्‌देश्य से ही आए थे। जब वे जाने लगे तो उनकी गाय-बकरियाँ और घर, यादव ने खरीद लिया। इसलिए आज खुशहाली का जीवन बिता रहे हैं और तीन बच्चों को सहारा देने में सक्षम भी हैं। इतना कुछ संभव हुआ दोनों पति-पत्नी की मेहनत एवं सूझ-बूझ के कारण। उनके जीवन में बस एक कमी थी, बच्चों की। आज तीन-तीन बच्चे ईश्वर ने दे दिए, इसलिए दोनों खुशी से फूले नहीं समा रहे हैं और बार-बार ईश्वर को धन्यवाद देते हैं।

बलराम यादव की पत्नी का नाम मालती है, परंतु यादव उन्हें 'मलकिन' कहकर ही पुकारते हैं, क्योंकि हिंदू समाज में परंपरा अनुसार लोग अपने पति एवं पत्नी का नाम नहीं लेते थे। इसलिए संबोधन का तरीका रिश्ते के अनुसार ही होता था। संयुक्त परिवार में एक महिला शादी के बाद किसी की चाची, मामी आदि के रूप में और बच्चा हो जाने पर बच्चे के माँ के रूप में जानी जाती थी। मालती को बच्चे नहीं थे और यहाँ परदेस में कोई भतीजा भी न था कि वे किसी की काकी कहते! अतः वे 'मलकिन' कहकर मालती को संबोधित करते थे और मालती उन्हें 'मालिक' कहती थीं।

मालती बहुत ही कर्मठ थीं। खैगाँव परदेस में आकर जब यादव ने नई जिंदगी शुरू की तो मालती का हौसला, स्नेह एवं कार्य करने की क्षमता ने यादव को स्फूर्ति प्रदान की, इसलिए वे धन अर्जित कर सके। मालती आज भी मुँह अँधेरे उठी घर में झाड़ू लगाई, चूल्हा जलाया, सब्जी काटकर छौंक लगाई तो यादव ने पुकारा 'मलकिन…' फिर एक बार बोले, "सुखिया कै काकी," मालती अपने पल्ले से और यादव अँगोछे से अपने-अपने आँसू पोंछ रहे थे। ये आँसू सुख-दुःख की भावनाओं से मिश्रित होकर निकले थे। रामसुख आँसू छिपाते हुए रेहड़ी सजाने लगे, उन्हें अपने माता-पिता की याद सता रही थी।

मालती ने आटा गुँधते हुए आवाज दी, "दीनू बेटवा, तनी अपने काका और भय्या के बरे पीढ़ा पानी लगाय देव।" दीनू काम में लग गए और मालती ने पूड़ी तल के दो थाली में सब्जी-पूड़ी और एक-एक ग्लास दूध रख दिया। काका और रामसुख पीढ़ा पर बैठे, दीनू ने थाली उनके सामने रखी। खाना खाकर यादव और रामसुख स्टेशन के लिए निकल गए।

दीनू कुएँ से पानी लाकर नांद में डाल रहे थे और मालती सानी बना रही थी गाय के लिए। गाय को खोलकर दीनू नांद के पास खाने के लिए लाकर गाय को खूँटे से बाँध दिया। दीनू गोबर उठाकर घूरे पर डाल रहे थे, तो मालती मचिया पर बैठकर गाय का दूध दुह रही थीं। दूध दुहकर मालती ने दूध चूल्हे पर रखा, फिर दीनू से कहा, "बेटवा आवा, हाथ मुँह धोई के कलेवा कै लया।" दीनू का पीढ़ा पानी लगाकर थाली रखी, दीनू ने खाना शुरू किया। धनिया अभी सो रहे थे तो मालती पास जाकर बोली, "धनिया हमार बच्चा

उठा भिनसार होई गा, देखा तोहार खसी तोहार इंतजार करत अहै।" धनिया उठे तो मालती ने निर्देश दिया कि पहले मुँह-हाथ धोकर फिर रसोई में आकर कलेवा करें। धनिया ने वैसे ही किया और दूध पूड़ी खाने बैठ गए।

मालती ने रामदीन को एक छोटी बाल्टी में गरम दूध और एक झोले में कुछ कुल्हड़ डालकर हिदायत दी कि स्टेशन पर जाकर ये दूध यादव को देकर कहेंगे कि गरम-गरम दूध स्टेशन मास्टर Tom Saheb को पिला दें।

□

3

काका-काकी का स्नेह

अंग्रेज Tom Saheb खैगाँव स्टेशन के स्टेशन मास्टर थे। यादव स्नेह और इज्जत से कभी-कभी गरम-गरम दूध लेकर उनसे पीने का आग्रह करते तो Tom Saheb खुश होकर दूध पीते थे और धन्यवाद देते थे।

मालती ने भी नाश्ता किया, धनिया और मालती ने बकरी को चारा दिया, फिर मालती ने बकरी का दूध निकाला, धनिया बकरी के बच्चों से खूब खेल रहे थे। मालती ने दूध और नपना रखकर बैठी तो पास की रेलवे कॉलोनी से कुछ महिला-पुरुष, बच्चे आए और दूध खरीदकर ले गए।

धनिया को मालती ने आदेश दिया "बेटवा दूर मतिजाया, नगीचे, मैदान में खेला, बकरियाँ घास चरिहैं।" इस प्रकार धनिया भी काम में व्यस्त हो गए।

मालती नहाकर चौके में बैठ जाती, दोपहर का खाना बनाने के लिए। रोज दोपहर के खाने में मालती अरहर की दाल, भात एक सब्जी बनाती थी। उनकी बटुई परात सब चमकती थी। दाल चढ़ाकर चूल्हे पर वे सब्जी काटकर छौंक देती थी, फिर चावल चुन-बिनकर, धोकर बटुई में रख देती थीं, उसके बाद आटा सानकर, परात में ढककर, दाल की बटुई उतारकर चूल्हे के आगे कोयले पर और चावल चूल्हे पर चढ़ा देती थी, फिर चटनी पीसती थीं सिल पर। चटनी पीसते हुए मालती गाना गातीं और पीसते समय चूड़ियाँ मधुर संगीत पैदा करती थीं। मालती समय की पाबंद थी, अकसर उसी समय यादव, रामसुख और रामदीन स्टेशन से वापस आते। सीधे कुएँ पर जाते जहाँ बाल्टी भरी होती थी पानी से और लोटा से पानी निकालकर तीनों हाथ-मुँह धोते, फिर खाने आते। खाना तैयार मिलता, पीढ़ा लगा होता, लोटा और ग्लास में पानी रखा होता था। मालती खाना परोसती, गरम-गरम रोटी बनाकर देती। खाना परोसने में रामधन मदद करते थे मालती की। मालती बच्चों को बड़े प्यार से खाना खिलाती थी। खाना खाकर तीनों खाट पर लेट जाते तो मालती और धनिया खाना खाते और एक ही खाट पर लेट जाते। प्यार और स्नेह बढ़ता ही जा रहा था। रामसुख और रामदीन की मदद से यादव का काम दिन-दूना-रात

चौगुना बढ़ने लगा और मालती बच्चों को पाकर बहुत खुश रहने लगी। पाँच लोगों का परिवार हँसी-खुशी रहने लगा। इस प्रकार रामसुख, रामदीन और रामधन को खैगाँव में काका-काकी के साथ भरपेट खाना खाते हुए, खुशी-खुशी रहते हुए करीब 10 महीने बीत गए। तीनों बच्चों के सहयोग से काका अच्छी कमाई कर रहे थे। मेहनत और पेट भर सात्त्विक भोजन करने की वजह से तीनों बच्चे स्वस्थ एवं आकर्षक हो गए थे। आसपास यादव के तीनों बच्चों की तारीफ होती।

कई बार यादव ने रामसुख से कहा कि कुछ कमाई का हिस्सा रखना चाहिए अपनी मेहनत की कमाई समझकर, परंतु रामसुख ने कहा, "काका, इ हमसे न होई।" लहजे में दृढ़ निश्चय था, अतः यादव, रामसुख को कुछ भी नहीं देते थे। रामसुख अपने को यादव के एहसान तले दबा महसूस करते थे और सोचते थे, किस प्रकार वे अलग कमाने-खाने लगें! परंतु वे जानते थे काका-काकी उन्हें बहुत स्नेह करते हैं। इसलिए कभी भी काका से कहने का साहस जुटा नहीं पा रहे थे।

एक रात्रि को भोजन के उपरांत पाँचों, रोज की तरह अपनी-अपनी दिनचर्या एवं अनुभव आपस में बाँट रहे थे तो रामसुख ने साहस करके यादव से कहा, "काका, हम तीनों के आपके शरण में आए 10 माह हुई गवा, आप और काकी कै एहसान हम सब मरते दम तक नाही भूल सकित। धनिया काकी के परेशान भी बहुत करत अहैं। इह बरे हम सोचत, अही, अगर आप आज्ञा दें तो कुछ अलग व्यवस्था करी।" "अरे ये क्या काका-काकी तो जोर-जोर से रोने लगे और रुँधे गले से बोले—"अरे बचवा ऐसे मति कहा, हम मरिजाब।" राम सुख, रामदीन और रामधन ने काका काकी के पैर छूकर माफी माँगी, काका-काकी और बच्चे गले लगकर रोए और उनके संबंध घनिष्ठ हो गए।

रामसुख उस रात ठीक से सो न पाए, क्योंकि यादव दंपती का स्नेह एवं आत्मीयता अतुलनीय थी। रामसुख अपने माँ-बाप को याद करके रो रहे थे। अचानक रामसुख को ध्यान आया कि उन्हें अपने माता-पिता की बरखी करनी चाहिए, यह उनका धर्म एवं कर्तव्य है। बरखी मृत्यु के सालभर के अंदर होनी चाहिए। रामसुख ने निश्चय किया कि सुबह काका से बात करके मंदिर जाएँगे और पंडितजी की आज्ञानुसार, जो एक सिक्का उनके पास है, उससे माता-पिता की आत्मा की शांति के लिए एक छोटी सी पूजा-अर्चना करेंगे।

सुबह स्टेशन पर जाते हुए रामसुख ने माता-पिता की बरखी की बात काका को बताई और स्वीकृति चाही। यादव थोड़ी देर चुप रहने के बाद बोले, "बच्चा, हम तोहार काका अही, तो वे हमार भाय-भौजाई, इ नाते हमारौ धर्म अहैं, संझा मंदिर चल कर पंडितजी से चर्चा कैके बरखी कै लीन जाए।"

शाम को यादव सपरिवार मंदिर पहुँते तो वहाँ हनुमान चालीसा का पाठ हो रहा

था, पाँचों पूजा-अर्चना में सम्मिलित हुए। आरती के बाद प्रसाद ग्रहण करके यादव ने पंडितजी से कहा, हमें आप से सलाह लेनी है। पंडितजी के साथ पाँचों मंदिर के प्रांगण में बैठे, तो यादव ने कहा पंडितजी, ये हमारा बड़ा भतीजा है रामसुख दूबे, ये आपसे बात करेंगे। पंडितजी को पता था कि बलराम यादव ने तीन अनाथ ब्राह्मण पुत्रों को आश्रय दिया और उन्हें अपने बच्चों की तरह स्नेह करते हैं। पंडितजी ने कहा, बिना झिझक पूछो बेटा? रामसुख ने पंडितजी के चरण छुए और कहा, "मैं अपने पिता तुलसीराम दुबे एवं माता की वार्षिकी करना चाहता हूँ, परंतु सांकेतिक, जिससे उनकी आत्मा को शांति और मेरे मन को संतोष प्राप्त हो सके।"

पंडितजी ने पंचांग देखा और कहा, रविवार का दिन ठीक रहेगा, करीब 12 बजे से 1 बजे, इस पर रामसुख ने कहा, एक आग्रह है कि 3 बजे तक धर्म-कर्म समाप्त हो जाए तो अच्छा है, क्योंकि 4 बजे ट्रेन आने का समय है और कृपया खर्च कितना होगा, यह भी बताने का कष्ट करें। पंडितजी ने कहा, "चिंता मत करो, समय पर सब कार्य संपन्न होगा और मैं सामान की सूची बनाकर यादव को कल दे दूँगा, कुछ ज्यादा खर्च नहीं होगा, क्योंकि सांकेतिक करना है न।"

पंडितजी को आभास हुआ कि बच्चे दुःखी हैं और यादव परिवार की दिनचर्या ट्रेन के आवागमन पर निर्भर है। अतः दूसरे दिन तीन बजे के करीब पंडितजी यादव के घर सूची लेकर पहुँचे, मालती ने चरण छूकर स्वागत किया और रामधन गुड़ और पानी लेकर आए। पंडितजी ने यादव को सूची दी और कहा; आप सब रविवार को 1 बजे मंदिर आ जाइएगा, धर्म कर्म वहीं पर कर देंगे। पंडितजी के जाने के बाद यादव ने कहा, "सुखिया कल हम स्टेशन न आउब, तू और दीनू सँभाल लिहा। वार्षिकी कै इंतजाम करब।"

अगले दिन यादव मंदिर गए, पंडितजी से मिले और कहा कि "पंडितजी आपने ब्राह्मणों को खाना खिलाने के लिए कुछ नहीं लिखा है। बरखी में ब्राह्मणों को खाना खिलाना जरूरी है। आप ब्रह्मभोज का इंतजाम कर लीजिए, पैसे की चिंता मत करिए।" पंडितजी ने कहा, "कुछ पैसे और खर्च हो जाएँगे।"

यादव ने कहा, "पंडितजी, 10 महीने से रामसुख दिन-रात मेहनत कर रहे हैं, जिससे आमदनी बढ़ गई है। रामसुख एक पैसा भी अपने पास नहीं रखते हैं। इसलिए आप पैसे की चिंता मत करिए।"

इतवार को 12 बजे यादव और रामसुख स्टेशन से आए तो दीनू, रामधन और काकी नए कपड़े पहने हुए तैयार खड़े थे। मालती ने दो बाल्टी पानी काका-भतीजा के स्नान के लिए कुएँ की जगत पर रखा था। एक तिपाई पर नया धोती-कुरता भी रखा हुआ था। काका-भतीजा ने भी नहाकर नए वस्त्र पहन लिये। पाँचों मंदिर पहुँचे तो रामसुख

वहाँ पर वार्षिकी की तैयारी देखकर हतप्रभ हो गए। कार्यक्रम कहीं से सांकेतिक न था, बल्कि काफी भव्य था। दान-दक्षिणा भी संपन्न परिवार की तरह समर्पित किया गया। रामसुख आज पूर्ण रूप से ऋणी एवं समर्पित हो गए यादव दंपती पर। आज मन-मस्तिष्क से स्वीकार कर लिया कि बलराम यादव उनके पिता और मालती उनकी माँ हैं। शाम को रामदीन और रामधन को बुलाकर रामसुख ने कहा, "हम सब के महतारी-बाप तो हमें छोड़ कै स्वर्गवासी होई गएन, पर भगवान् के कृपा से हमें काका-काकी के रूप में महतारी-बाप मिल गा अहैं। इन्हें हम सब के वजह से कौनौ कष्ट न होय चाहै, इ बात के ध्यान रक्खया। इ बात धनिया गठियाय लेया समझ में आय कुछ?"

रामदीन ने कहा, "हाँ भय्या, हम लोग काका-काकी के कष्ट न देब।" रामधन बाल सुलभ हँसी के साथ बोले, "भय्या, हम फिर माई-बप्पा कहब, काका-काकी न कहब आज से।"

रामधन सुबह अब सोकर उठे तो बिस्तर पर पड़ा-पड़ा ही जोर-जोर से 'हमार माई, हमार माई' लगा चिल्लाने, सबने आश्चर्यचकित धनिया की ओर देखा, परंतु मालती बदहवास होकर भागकर धनिया के पास पहुँची क्षण भर में और बोली, "का भवा बचवा?" धनिया ने हँसकर दोनों हाथ मालती के गले में डालकर बोले, "हमार माई, मालती रोते हुए बार-बार धनिया को चूमते हुए बोली, बचवा आज हम धन्य हुई गए।" अब तक यादव रामसुख और रामदीन भी वहीं आ गए थे। मालती ने आँसू भरी आँखों से यादव की ओर देखकर बोली, "मालिक हम बाँझ नाही न, धनिया हमका माई कहत अहैं," और यादव मालती और धनिया गले लगकर रो पड़े। रामसुख ने काका-काकी और धनिया को पानी पिलाया। काकी धनिया को गोद में लेकर दुलारने लगी और बाकी सब अपने-अपने कार्य में जुट गए।

इस प्रकार यादव दंपती और तुलसीराम दुबे के तीनों बच्चों का जीवन एक दूसरे का पूरक बनकर हँसी-खुशी जीवन व्यतीत करने लगे। समय पंख लगाकर उड़ रहा था। रामसुख 15 वर्ष, रामदीन 13 वर्ष और धनिया 8 वर्ष के हो गए। काका-काकी के स्नेह, भरपूर पौष्टिक आहार मिलने से और परिश्रम करने की वजह से तीनों बच्चे स्वस्थ एवं आकर्षक हो गए। रामसुख बच्चे से, अब 5 फीट 10 इंच के गठीले शरीरवाले युवा हो गए। रामसुख ने काका का काम सँभाल लिया, दीनू भी पूरी लगन से सुखिया का हाथ बँटाते थे। धनिया काकी के साथ गाय-बकरियों का काम सँभाल रहे थे।

रामसुख स्टेशन मास्टर Tom Saheb से अकसर मिलकर नमस्कार कर लेते हैं। रेहड़ी के पास की Book Stall के मालिक श्यामसुंदर से उनकी अच्छी दोस्ती हो गई है। रामसुख खाली समय मिलने पर कुछ-न-कुछ पढ़ते थे और श्याम सुंदर से बात भी

कई विषयों पर होती थी। अंग्रेजी का अखबार पढ़ने की वजह से रामसुख को अंग्रेजी का भी अल्पज्ञान हो गया था। अंग्रेज ग्राहकों से लेन-देन के समय रामसुख ने अब Thank you, Mention not, Welcome, Please जैसे औपचारिक शब्दों का प्रयोग शुरू कर दिया था। रामसुख का वह मधुर व्यवहार, उत्तम चाय, काका के हाथ के गरम प्याज के पकौड़े और काकी की बनाई हुई स्वादिष्ट पूड़ी-सब्जी ने यादव की दुकान को एक नई पहचान दे दी।

रामदीन भी अब 5 फीट के गेहुँआ रंग के छरहरे बदन के कर्मठ बालक हैं, जो दिन भर में 10 बार घर से स्टेशन आते-जाते हैं और केटली में चाय और झोले में कुल्हड़ रखकर रेल के यात्रियों को चाय भी पिलाते हैं। कभी Tom Saheb के लिए गरम दूध तो कभी पूड़ी-सब्जी दीनू लाते हैं और प्यार से उन्हें आग्रह करके खिलाते भी हैं।

रामधन भी अब फुरतीला एवं हृष्ट-पुष्ट आकर्षक बालक हो गया है। वह मालती का दुलारा बेटवा तो बलराम का प्यारा धनिया है। मालती के साथ उठकर हमार माई, हमार माई कहकर छोटे मोटे काम, जैसे सब्जी धोना, बरतन देना, बकरियों को घास चराना आदि करके मालती की मदद करते हैं और भरपूर प्यार एक-दूसरे पर लुटाते हैं।

जब यादव सुखिया और दीनू स्टेशन के लिए चले जाते हैं तो धनिया नहा-धोकर अपनी प्यारी माई के साथ पूड़ी-दूध का नाश्ता करके बकरियों के बच्चों के साथ खेलते हुए घर के पास मैदान में बकरियों को चराते भी हैं और आसपास के बच्चों के साथ गुल्ली-डंडा भी खेल लेते हैं। जब आम-जामुन का मौसम होता था तो आम-जामुन खाते और घर भी ले आते थे। दिन के खाना के बाद जब सब दोपहर की नींद का आनंद लेते तो मालती स्नेह से धनिया को कहानी या गाना सुनाकर सुलाती थी। शाम को जब सब लोग स्टेशन पर जाते थे तो मालती और धनिया रेल की पटरियों से कोयला बीनकर लाते।

मालती के घर की आग कभी बुझती न थी और वे हमेशा कुछ-न-कुछ चूल्हे पर बनाती ही रहती थीं। दिन में अकसर गाय का दूध चूल्हे पर बैठाती थी, अर्थात् मिट्टी के बरतन में दूध धीमी आँच पर इतना पकता था कि लाल हो जाता था। लाल दूध की दही घर में सब को बहुत पसंद थी। कभी-कभी Tom Saheb के लिए लाल दही अलग मिट्टी की छोटी सी मेटी में मालती जमाकर रखती थी। यादव या रामसुख उन्हें जाकर आदरपूर्वक भेंट करते थे।

नौ दिन के नवरात्रों में प्रतिवर्ष मालती नौ दिन का फलहार व्रत रखती हैं। आज नवरात्रि की सप्तमी है। अतः मालती ने कल अष्टमी के लिए, सात कन्याओं को भोज कराने की तैयारी में जुट गईं। धनिया को कहा कि वे आसपास के घरों में जाकर 10

वर्ष से कम उम्र की कन्याओं को कल अष्टमी का भोग खाने के लिए आमंत्रित कर आएँ। धनिया बहुत ही खुश हो गए और जाकर आमंत्रण देकर वापस आकर बोले, "माई काम बतावा," मालती ने धनिया को चना साफ करने के लिए दिया और स्वयं मेवा काटने लगी। 10 बज रहे थे सुबह के, कि तभी रामसुख यादव को हाथ पकड़े हुए लेकर आते हैं।

मालती ने कहा, "इ का होई गवा सुखिया तोहरे काका के," रामसुख बोले, "काकी इतना परेशान मति होवा" कहकर खटिया पर काका को लेटा दिया। धनिया ने कथरी लाकर ओढ़ाया, काकी ने माथा छुआ तो तप रहा था। काकी के हाथ-पैर फूल गए, रोते-रोते बोली, "सुखिया बहुत तेज बुखार अहैं, अब का करी?"

रामसुख ने कहा, "इन्हें काढ़ा पिआवैं आप, हम रेलवे के डॉक्टर साहब को बुलाय लाई," काका के लाख मना करने पर भी रामसुख चले गए। अब तक खैगाँव में रामसुख की अच्छी जान-पहचान हो गई थी। रामसुख मृदुभाषी और मिलनसार थे। डॉक्टर के पास पहुँचकर आग्रह किया कि हमार काका यादव की तबीयत खराब है, कृपया हमारे साथ चलिए। डॉक्टर ने घड़ी देखकर कहा, "हाँ ठीक है।" डॉक्टर ने Compounder को हिदायत दी कि "यदि कोई मरीज आता है तो उसका बुखार लेकर लिख लें, तब तक मैं मरीज देखकर आता हूँ।" रामसुख ने डॉक्टर साहब का बैग उठाया और जल्दी ही दोनों घर पहुँच गए। काकी ने उन्हें बैठने के लिए एक मचिया दी, जो काका के खाट के पास ही थी। डॉक्टर साहब ने यादव की नब्ज देखी, थर्मामीटर से बुखार नापा और आला लगाकर छाती और पीठ की जाँच करके बोले, "102 डिग्री बुखार है, पर घबराने की जरूरत नहीं है, दवा दे रहा हूँ, कल सुबह तक बुखार उतर जाएगा, परंतु तीन दिन आराम करना 'No work Ok'" डॉक्टर साहब ने कुछ गोलियाँ और एक शीशी दवा दी, जिसे गुनगुने पानी से रामसुख ने काका को खिलाया। काकी ने घर के बने हुए पेड़े और दही डॉक्टर साहब के लिए दिया। बहुत कहने पर भी डॉक्टर साहब ने कुछ फीस नहीं ली। रामसुख डॉक्टर साहब का बैग लेकर उन्हें छोड़ने गए तो काकी ने डॉक्टर साहब के कथनानुसार यादव के माथे पर ठंडी पट्टी रखनी शुरू कर दी। दवा का असर और काकी की सेवा से काका को आराम मिला और वे सो गए।

काकी का जोश कम हो गया, परंतु वे दिन भर देवी का पाठ करती और बलराम को स्वास्थ्य-लाभ की कामना करती। दूसरे दिन की अष्टमी की पूजा की तैयारी धनिया ने पंडितजी से पूछकर कर दी। अष्टमी के दिन सुबह देवी की पूजा के उपरांत सात छोटी-छोटी लड़कियाँ आ गईं। सबसे बड़ी की उम्र 8 वर्ष और छोटी की एक वर्ष थी। सात पीढ़े लगे थे। कन्याएँ पीढ़े पर बैठीं, उनके सामने एक-एक फूल की थाली और लोटा रखा हुआ था। काकी कन्या के पैर थाली में धोकर, आँचल से पोंछकर पैर में

आलता लगाती है, फिर माथे पर टीका लगाकर चुनर ओढ़ाकर चरण स्पर्श करती हैं। धनिया वहाँ से थाली लोटा हटाकर एक पत्तल खाना परोसने के लिए रख देते हैं। काकी और धनिया ने सब कन्याओं को चना, पूड़ी और हलवा का भोग लगाया और दक्षिणा देकर, पैर छूकर विदा किया। आज काका अच्छा महसूस कर रहे थे। कन्या भोजन के उपरांत काका-काकी एवं धनिया ने प्रसाद ग्रहण किया।

रामसुख और दीनू दिन में स्टेशन से आए तो तुरंत काका का हाल पूछा, काका ने कहा, "हम बिल्कुल ठीक अही।"

रामसुख ने कहा, "नाही, डॉक्टर साहब ने सात दिन तक आराम करै का कहे अहैं।" "दीनू तू काका कै सेवा करा, हम स्टेशन अकेले सँभाल लेव।"

रामदीन, रामधन और मालती ने तीन दिन समय-समय पर दवा-पानी देकर इतनी अच्छी सेवा की कि बलराम यादव दशमी के दिन बिल्कुल ठीक हो गए और सुबह स्टेशन जाने की जिद्द करने लगे, परंतु रामसुख, रामदीन, रामधन और मालती के आग्रह पर भरत मिलाप तक घर में रहकर आराम करने के लिए मान गए।

रामसुख और रामदीन ने स्टेशन का काम इन दिनों बहुत ही सुचारू रूप से किया। इससे यादव दंपती बहुत ही खुश हुए।

यादव ने मालती से कहा, "मलकिन शायद आपन औलाद भी इन तीनों की तरह कर्मठ। सुदृढ़ और आज्ञाकारी न होत?"

"हम दुनौ पूर्व जन्म में जरूर पुन्य करे रहे, जौन सुखिया, दीनू हमरे घरे में और धनिया तोहरे गोद मा आयेन," 'अहोभाग्य' कहकर दोनों ने हाथ जोड़कर, नतमस्तक होते हुए ईश्वर को धन्यवाद दिया।

भरत मिलाप के दिन रोज की तरह स्टेशन का काम करके शाम को काका तीनों बच्चों को सजा-धजाकर भरत मिलाप देखने गए। वहाँ से वापस आकर सबने खाना खाया। फिर यादव ने रामसुख से कहा, "सुखिया, तनी हमरे कमरा में आवा, कुछ सलाह करैका अहै।" रामसुख आश्चर्य सहित काका के पीछे-पीछे उनके कमरे में गए तो देखा बहुत सारे सिक्के और बही खाता खटिया पर रखा है। यादव ने रामसुख से कहा कि वे सारे पैसे गिनकर बही में तारीख डालकर लिखें, फिर बात करते हैं। काकी, काका और रामसुख ने मिलकर 10-10 सिक्कों का ढेर लगाया, फिर गिना, जब तीनों का मत एक हुआ कि 20 ढेर मतलब 2,000 रुपए हैं, तब रामसुख ने बही खाता में लिखा।

अब काकी और रामसुख से यादव ने कहा, "2,000 रुपए घरे में रखें तो कौनो फायदा नाहीं न, रामसुख, 'ई पैसा बढ़ै चाहे।'"

रामसुख बोले, "ऊ कैसे?" यादव ने प्रस्ताव दिया कि 1,000 रुपए को खर्च कर सकते हैं। उस समय सोना 20 रुपए का एक तोला (11 ग्राम) मिलता था। अत: 1,000

रुपए काफी धन था। 1,000 रुपए वक्त-वेवक्त जरूरत के लिए काकी के पास पड़ा रहे। रामसुख के पूछने पर कि पर कहाँ खर्च करेंगे तो यादव ने कहा कि कल एक अर्जी लिख के स्टेशन पर Tea Stall के लिए Tom Saheb को दे दो और पूछ लेंगे कि कितना खर्च आएगा, बाकी जो बचेगा, उससे पास में एक दुकान और कुछ जमीन खरीद लेंगे।

रामसुख ने कहा, "काका, इतना खर्च करने की जरूरत क्या है?" तो उस पर यादव का जवाब था, "बेटवा, तीन भाइयन के परिवार बढ़े तो गुजारा के बरे भविष्य में जरूरी अहै।"

रामसुख ने आँसू भरी आँखें और रूँधे गले से कहा, "हम सबके बरे,"और रोने लगे। आगे बोल भी न पाए।

काकी ने कहा, "बेटवा, मरब तो छाती पे लै के जाब का, तोहरे सब के बरे अहै।"

□

4

नई चाय की दुकान

दूसरे दिन यादव टॉम साहब के पास अर्जी लेकर पहुँचे और बोले, "साहब आप हमार माई-बाप।"

टॉम साहब ने कहा, "यादव क्या चाहिए?"

यादव बोले, "साहब, एक चाय के स्टॉल चाहे लड़िकन के बरे।"

टॉम साहब को कुछ समझ न आया तो उन्होंने अपने क्लर्क को बुलाया तब पता चला कि यादव को एक स्टेशन पर टी स्टॉल चाहिए। टॉम साहब ने यादव से अर्जी ले ली, जो श्याम सुंदर ने लिखी थी।

टॉम साहब ने कहा, "पचास रुपए जमा करना पड़ेगा।"

यादव ने 50 सिक्के निकालकर थैली से दिए। यादव ने सारी मालूमात पहले ही कर रखी थी। श्याम सुंदर ने अपनी बुक स्टॉल कुछ वर्ष पूर्व ही ली थी। अतः श्याम सुंदर को पूरी जानकारी थी। यादव रामसुख के नाम से स्टॉल चाहते थे, परंतु रामसुख के आग्रह पर श्याम सुंदर ने यादव के नाम से ही अर्जी लिखी।

यादव चाहते थे दीनू के नाम दुकान लेने के लिए, परंतु रामसुख ने काकी से बात करके उन्हें खाली जमीन लेनी चाहिए, इस पर राजी कर लिया। घर के पास की एक बीघा जमीन खरीद ली गई। यादव धनिया के नाम जमीन लेना चाहते थे, परंतु रामसुख ने कहा, काकी के नाम लो, क्योंकि काकी का सबकुछ उनके प्यारे लाडले धनिया का ही तो है। इस प्रकार मालती के नाम का पट्टा हो गया।

रामसुख अकसर यही सोचते थे कि काका-काकी का एहसान और स्नेह तो अनमोल है। इनके ऋण से उद्धार होना असंभव है। सिर्फ आदर और सेवा ही है, जो हम तीनों भाई कर सकते हैं।

टॉम साहब की मेहरबानी से जल्दी ही टी स्टॉल मिल गई। यादव रामसुख और रामदीन ने बड़े चाव से सजावट की। यादव ने कहा, "टी स्टॉल का नाम 'सुखिया टी स्टॉल' रखो," परंतु रामसुख ने बताया, "ऐसा नहीं हो सकता है, क्योंकि अर्जी यादव

के नाम से ही लिखी गई है।" यह सुनकर यादव को निराशा हुई।

अब रेहड़ी लेकर आने-जाने का झंझट न रहा, सुबह तैयार होकर रामसुख और दीनू स्टेशन पर सामान लेकर चले जाते थे, वहाँ दोनों भाई मिलकर काम सँभाल लेते थे।

काका थोड़ा आराम से आते थे, लेकिन ट्रेन आने से पहले दीनू केतली लेकर ट्रेन में बैठे मुसाफिरों को चाय पिलाते। स्टॉल की वजह से सबका काम कम हो गया। समय बचने से रामसुख पढ़ाई में ज्यादा ध्यान देने लगे, दीनू को भी पुस्तक पढ़ने के लिए प्रोत्साहित करते थे। बच्चों के स्नेह एवं जीवन में संतोष होने से काका-काकी का स्वास्थ्य अच्छा हो गया।

धनिया को पंडितजी संस्कृत पढ़ाने लगे। अब रामधन ने गुल्ली-डंडा खेलना कम कर दिया था। वे संस्कृत के श्लोक और 'रामचरित मानस' की चौपाइयाँ कंठस्थ करके मालती को सुनाते तो कुछ चौपाइयाँ मालती भी याद करती थी और दोनों माँ बेटे खुश रहते। इस प्रकार माँ-बेटे काम और ज्ञान साथ-साथ करने लगे।

खरीदी गई जमीन बंजर थी, इसलिए यादव और तीनों लड़कों ने मिलकर वहाँ पर एक मड़ई और एक गौशाला बनाकर कुछ और गाय-बकरियाँ खरीदकर दूध का कारोबार बढ़ा लिया।

आपस में मिल-जुलकर काम करने से घर में बरक्कत एवं खुशहाली आने लगी। धीरे-धीरे बच्चे जवान और काका-काकी बूढ़े होने लगे। समय पंख लगाकर उड़ने लगा।

रामसुख अपने पिता तुलसीराम दुबे की तरह गोरे, लंबे एवं हृष्ट-पुष्ट थे तो रामदीन अपनी माँ की तरह साँवले एवं छरहरे तथा पिता की तरह लंबे थे, जबकि छोटा रामधन गोल-मटोल, काफी कुछ यादव की तरह ही लगने लगा था। बाप-बेटे में खूब बनती थी। यादव एवं धनिया का साथ में नहाना, घास छीलने के अलावा वे साथ में कुश्ती भी लड़ते थे। जबकि धनिया और मालती साथ में कोयला बीनते, गाय-बकरियों का दूध निकालते और ग्राहकों को बाँटते थे। धनिया रसोई में भी मालती की मदद करते थे।

आज मंगलवार की सुबह को 15 वर्षीय युवा रामसुख अंग्रेजी का अखबार पढ़ते हुए 10.00 बजे आनेवाली ट्रेन का इंतजार कर रहे थे, तभी एक सिपाही रामसुख के पास आकर बोला, "भय्या, एक गिलास पानी पिलाओ," रामसुख ने पानी दिया पानी पीकर बोले, "अरे भाई, एक बात बताओ, इहाँ कहीं दूध जलेबी और समोसा मिल सकता है का? बहुत दिन से नहीं खाए हैं।"

रामसुख हँसकर बोला, "दूध तो तुरंत मिल जाए, पर जलेबी-समोसा में थोड़ा समय लगे।"

सिपाही ने कहा, "अरे वाह, क्या बात है, यार इतना दिन इंतजार किए हैं तो थोड़ी देर और सही, बस खिलाय दो।"

रामसुख ने दीनू से कहा, "दीनू, जाइ के काकी कै मदद से जलेबी बनवाय के और समोसा भरि के लै आवा, हम यहीं तल के भाई साहब को खिलाय देई।" फिर हँसके बोले, "सिपाही भय्या, ज्यादा भूखा अहा का ?" दीनू के जाने के बाद सिपाही और रामसुख आपस में बात करने लगे।

सिपाही, "यादव हो ?"

रामसुख, "नाहीं-नाहीं, रामसुख दुबे नाम है। और आप ?"

सिपाही ने जवाब दिया, "हम तो ठाकुर हैं। हमारा नाम—मुन्ना सिंह है। तुम इहाँ काम करते हो ?"

रामसुख—"हाँ, यही समझ लैं।" मुन्ना सिंह के बात करने के तरीके से रामसुख समझ गए कि मुन्ना सिंह इलाहाबाद से हैं, इसलिए रामसुख बोले, "अच्छा, इलाहाबादी हो, तबै सबेरे-सबेरे दूध जलेबी और समोसा कै तलब होय रही है !"

मुन्ना सिंह हँसकर बोले, "हाँ यार, तुम कहाँ के हो ?"

रामसुख, "प्रतापगढ़।" बस फिर क्या, हँसकर दोनों ने हाथ मिलाया और गले मिले। मुन्ना सिंह की ड्यूटी 10 बजे वाली ट्रेन पर लगी थी। इतने में रामदीन जलेबी लेकर आए, देखते ही मुन्ना सिंह की आँखे चमक उठीं, वे दूध जलेबी का मजा लेने लगे और रामसुख समोसा तलकर देने लगे।

मालती फुरतीली थीं और जलेबी का घोल मंगलवार को तैयार रखती थी। जलेबी बनाकर बच्चों को खिलाती और टॉम साहब को भेजती थी। उस दिन कोई स्टेशन पर खाने की इच्छा करता तो बनाकर देती थीं। बचे हुए घोल से शाम को गुल-गुला बनाकर मंदिर में बँटवा देती थी।

मुन्ना सिंह को रामसुख ने बड़े प्यार से खिलाया और मुन्ना सिंह ने चाव से खाया, फिर पैसे दिए। ढेर सा धन्यवाद देकर गले लगाकर चले गए ट्रेन में। दीनू और रामसुख ने मिलकर यात्रियों को चाय और समोसा खिलाया। आज अच्छी कमाई हुई।

घर से आने के बाद यहाँ काका के संग रहते हुए, रामसुख एक पढ़े-लिखे आकर्षक युवा, रामदीन दुकान के हिसाब-किताब में होशियार और धनिया ने संस्कृत और रामायण की पढ़ाई की और गाय-गोरू की देखभाल करने में विशेषता हासिल कर ली थी।

करीब एक महीने बाद मुन्ना सिंह थके-माँदे वापस आए और रामसुख से बोले, "भय्या, पूड़ी-सब्जी खिलाय देव, कमरा में जाय के सोई," अंग्रेज काम कराय-कराय के मार डालेन, ऊपर से गारी दै के दिमाग भी सुन्न कै देत हैं।"

रामसुख ने स्नेह से पूड़ी-सब्जी दी और पूछा, "कहाँ गए थे ?"

मुन्ना सिंह बोले, "मऊ !"

रामसुख, "मऊ? ई कहाँ है?"

मुन्ना सिंह, "ई लो, रोजै तो देखत हो ट्रेन में भर-भर के फौजी मऊ ही तो जात है।"

रामसुख, "अच्छा-अच्छा, हमें का पता ई फौजी कहाँ जात हैं?"

मुन्ना सिंह, "हाँ, ठीक कहत हो, लेकिन हम तो डी.एम. साहब के काम से गए रहे तीन-चार जवानों के संगे।"

फिर रामसुख को सिर से पैर तक देखकर बोले, "इतना अच्छा शरीर अहै तोहाय यार, फौज में भरती होइ जाव न!"

रामसुख कुछ सोचकर बोले, "टॉम साहब भी 'इहै कहत रहेन'।"

मुन्ना सिंह तो चले गए, लेकिन रामसुख के दिमाग में हर समय नौकरी की बात घूमने लगी। उन्होंने इस बारे में श्यामसुंदर से भी बात की।

श्यामसुंदर ने कहा, "समय-समय पर फौज में भरती निकलती रहती है। करीब 10-15 दिन बाद ही एक दिन श्यामसुंदर ने कहा फौज की भरती निकली है तो रामसुख ने कहा, श्याम, हम कई दिनों से इस पर विचार कर रहे थे। फौज का मतलब परिवार से दूर, हमारी परिस्थिति तो तुम जानते हो, मैं अपने दोनों भाइयों की पूरी जिम्मेदारी काका-काकी पर नहीं डालना चाहता हूँ। मैं चाहता हूँ कि मैं जीवन पर्यंत काका-काकी की सेवा करूँ। इसलिए अगर पुलिस की भरती निकले तो बताना, हम जरूर कोशिश करेंगे, अगर मुन्ना सिंह दिखे तो उनसे भी बात कर ली जाए।" थोड़ी ही देर में मुन्ना सिंह डंडा घुमाते हुए दिखे, मुँह में पान भरे हुए। ट्रेन आनेवाली है, इसलिए भिखारियों और यात्रियों को ट्रैक से दूर करते हुए मुन्ना सिंह रामसुख के पास से गुजरे, तो दोनों ने एक-दूसरे को 'राम राम' की और मुन्ना सिंह बोले, "गाड़ी जाए के बाद हम मिलब।" एक घंटे के अंदर ट्रेन आई और चली गई, प्लेटफार्म एकदम शांत हो गया।

श्यामसुंदर रामसुख के पास आकर बोले, "अबे यार, आज पकौड़ी खिलौबो न!"

रामसुख ने चाय-पकौड़ी दी तो श्यामसुंदर ने कहा, "मुन्ना सिंह, आपकी नौकरी कितने दिन की हो गई?"

मुन्ना सिंह, "दो बरस हो गए।"

रामसुख, "अच्छा, इहाँ पुलिस क्वार्टर में रहत हो का?"

मुन्ना सिंह, "हाँ यार, मिला है एक कुछ दिन पहले, एके पहिले हम बैरक में रहत रहे, खाय-पियै के आराम अहै बैरक में, लेकिन हम इलाहाबाद से इहाँ आ गए और उहाँ अम्मा-बाबू अकेले पड़ गए। हम एकलौता पुत्र हैं न, इसलिए क्वार्टर के प्रार्थना करके अम्मा-बाबू को लै आए, घर आओ दुनौं जने बढ़िया खाना खिलाउव।"

श्यामसुंदर बोले, "अरे नहीं मुन्ना सिंह, हम तो पूछना चाह रहे थे कि क्या अपने रामसुख को पुलिस की नौकरी मिल सकती है?"

मुन्ना सिंह, "क्यों नहीं, अच्छे हृष्ट-पुष्ट जवान है और सुन रहे हैं कि भरती खुलनेवाली है। बस दौड़ लगाने का अभ्यास शुरू कर दें। जब भरती निकलेगी, बताएँगे, वैसे अखबार में भी इश्तिहार निकलेगी। अब चलते हैं, अम्मा इंतजार कर रही होंगी।" श्यामसुंदर रामसुख और रामदीन भी घर के लिए निकल पड़े।

□

5

पुलिस की भरती

मुन्ना सिंह की बात सुनने के बाद रामसुख ने निश्चय किया कि वे पुलिस में भरती होने के लिए कल सुबह से दौड़ का अभ्यास करेंगे। यह सोचकर बोले, "दीनू कल से हम दुनौ जने 6-7 मील दौड़ा जाए, फिर आइ के भिगोवा चना और एक किलो दूध पिया जाए।"

दीनू ने कहा, "हाँ भय्या, पक्का।" इस प्रकार रामसुख ने अपने शरीर एवं मस्तिष्क को पुलिस भरती के लिए तैयार करना शुरू कर दिया। स्टेशन पर मुन्ना सिंह से तथा अन्य पुलिसवालों से बात करके रामसुख पुलिस भरती पर जानकारी एकत्र करते और घर में बात करते तो काका-काकी और दोनों भाई बड़े चाव से सुनते। काका-काकी भी अपने आपको तैयार कर रहे थे कि रामसुख दूर तो हो जाएँगे, परंतु उनका भविष्य सँवर जाएगा फिर भी भावुक होकर काका बोले, "का बचवा, हमका छोड़ै कै तैयारी करत अहा?"

रामसुख बोले, "अरे काका, प्राण छोड़ देब, पर आपके न छोड़ब।"

"अगर हमार भरती होई जाए, हमहूँ कौनो लायक होई जाब कोहू के मदद करै बरे। आप जानत हो कि ई अंग्रेज सिपाही केतना बेदर्द और बेरहम होत हैं!"

कसरत करने से और दूध-जलेबी खाने से रामसुख का सीना 36 इंच का हो गया और चेहरा दमकने लगा था। श्यामसुंदर अकसर कहते, "अरे यार, पुलिस के लिए एकदम फिट हो!"

मुन्ना सिंह कहते, "अरे यार, का body बनाए हो, जरूर भरती होई जाबो।" दोस्तों के ये वाक्य रामसुख के अंदर आत्म-विश्वास पैदा कर रहे थे और वे उत्साहित होकर परिश्रम करने और स्वास्थ्य के प्रति सजग रहने लगे थे।

रामसुख को तैयारी करते दो महीने हो गए थे। वे रोज ही भरती की खबर का इंतजार करते थे। अचानक एक दिन श्यामसुंदर ने बताया कि खबर मिली है कि पुलिस में भरती शुरू है, आसपास के क्षेत्र में खैगाँव में भी 10-15 दिन में भरती शुरू हो जाएगी।

खुशी से रामसुख ने श्यामसुंदर को गले लगा लिया और रामदीन खुशी से रोने लगे। काम समाप्त करके जब रामदीन और रामसुख घर पहुँचे तो रामदीन ने यह खबर काका-काकी और धनिया को दी। धनिया ने कहा, "प्रबिसि नगर कीजे सब काजा। हृदयँ राखि कोसलपुर राजा॥ गरल सुधा रिपु करहिं मिताई। गोपद सिंधु अनल सितलाई।"

काकी ने रामसुख का माथा चूमकर कहा, "जुग-जुग जियो और खुशी रहो!"

काका बोले, "हनुमानजी जरूर तोहाय इच्छा पूरी करिहै।" और गले लगा लिया रामसुख को। तुरंत काकी ने कहा, "हम कल मंगलवार के मंदिर में मानता मान आउब, बजरंगबली जरूर इच्छा पूरी करिहैं।"

दूसरे दिन सुबह-सुबह यादव तैयार हुए और लाल दही और गरम जलेबी लेकर टॉम साहब के घर पहुँच गए। टॉम साहब लॉन में बैठकर अखबार पढ़ रहे थे। यादव को देखकर बोले, "हॉट जलेबी। यादव आओ।" यादव दही-जलेबी मेज पर रखकर टॉम साहब के पैर पकड़कर बोले, "आप हमार माई-बाप हैं, आपै के सहारा अहै।"

टॉम साहब, "क्या माँगता?"

यादव, "हमरे सुखिया के पुलिस मे भरती करवाय दें।" यह कह यादव रोने लगे तो टॉम साहब यादव के कंधे पर हाथ रखकर बोले, "हम जरूर मदद करेगा।" सुखिया को टेस्ट पास करना पड़ेगा। उसको बोलो, हमसे संडे को चर्च के ग्राउंड में मिले, मैं उससे बात करूँगा।" यादव टॉम साहब से हाथ जोड़कर बोले, "मेहरबानी साहब।"

"ठीक है हुजूर।"

घर आकर यादव ने बताया, "सुखिया, इतवार को सबेरे चर्च के मैदान में टॉम साहब से मिल लेया। अब स्टेशन मत जाया। हम और दीनू सँभाल लेब, तू मेहनत करा।"

रामसुख, "ठीक अहै काका," लेकिन टॉम साहब क्या कहेंगे, क्या होगा, सोचकर रामसुख के पसीने छूट गए, फिर 'हिम्मत न हारिए बिसारिए न राम' सोचकर और 'जय हनुमान, जय बजरंगबली' बोलकर मन को उत्साहित किया। अब रामसुख सुबह एक घंटे दौड़ते, फिर उठक-बैठक करते। वे धनिया के साथ कुश्ती लड़ते और अंग्रेजी का अभ्यास भी करने लगे। तीन-चार दिन की मेहनत से रामसुख आत्मविश्वास से भर गए। मन का डर भी निकल गया।

इतवार के दिन सुबह कसरत के बाद रामसुख ने दूध-जलेबी खाई, फिर साफ धोती घुटने तक कसकर बाँधी, बंडी पहनी, बाल में कंघी की और दौड़कर चर्च के मैदान में पहुँच गए। वहाँ एक पेड़ के पीछे खड़े होकर टॉम साहब का इंतजार करने लगे। दिल की धड़कन तेज थी, एक-एक पल पहाड़ सा लग रहा था, एक अंग्रेज अफसर से जो मिलना था! अचानक देखा, गिरजाघर से गोरे साहब और गोरी मेमसाहब हाथ में हाथ डाले निकल रहे थे। रामसुख टॉम साहब को अच्छे से पहचानते थे। रामसुख को ये

अंग्रेज दूसरी ही दुनिया के लगते थे, उनका पहनावा, रहन-सहन, भाषा, सब हिंदुस्तानियों से बहुत ही अलग था। अंग्रेजों की सरकार थी, इसलिए हर अंग्रेज ही सरकार था।

रामसुख विचारों में खोए थे, परंतु टॉम साहब और उनकी पत्नी को देखते ही सचेत होकर आगे बढ़े और साहब के सामने जाकर हाथ जोड़कर बोले, "Good Morning Saheb, my self Ram Sukh."

टॉम साहब आश्चर्यचकित होकर बोले, "ओ टुम सुखिया?"

रामसुख, "Yes me Ram Sukh Dubey."

टॉम साहब, "Ok, Ok, टुम पुलिस में भरती होना माँगता है?"

रामसुख, "जी, टॉम साहब।"

"ग्रांउड का एक चक्कर लगाओ।"

रामसुख ने जल्दी से पूरी ताकत के साथ दौड़ लगाई और टॉम साहब के सामने हाथ जोड़कर खड़े हो गए। टॉम साहब ने खुश होकर कहा, "Good, Well done, शाबाश, टुम जरूर पुलिस में भरती होगा, मेहनत करो।" कहकर टॉम साहब अपनी पत्नी के साथ चले गए। रामसुख हतप्रभ होकर रह गए।

दूसरे दिन टॉम साहब ने सिपाही मुन्ना सिंह को बुलाकर कहा, "रामसुख को जानता है टुम?"

मुन्ना सिंह, "yes sir."

टॉम साहब, "रामसुख को पुलिस में भरती के लिए तैयार करो।"

मुन्ना सिंह, "yes sir." अंग्रेज का निर्देश पत्थर की लकीर! मुन्ना सिंह ने एक महीने तक खूब रगड़ा दिया रामसुख को। एक महीने में ही रामसुख टॉम साहब के निर्देशानुसार, मुन्ना सिंह की देख-रेख एवं परिवार के सहयोग से कसरत, दौड़ एवं संतुलित आहार करके, हृष्ट-पुष्ट युवा बन गए। उसकी लंबाई 5 फीट 10 इंच, सीना 36 इंच का तथा चेहरा रोबीला और उसका व्यक्तित्व आत्मविश्वास से भरा हुआ हो गया।

मुन्ना सिंह अकसर काका के घर भी आया करते थे। आज भी शाम को करीब नौ बजे रामसुख से मिलने आए तो काका भोजन के उपरांत परिवार को अपने बचपन की कहानी सुना रहे थे और सब लोग हँस रहे थे। रामसुख ने उठकर नमस्कार किया और सस्नेह मचिया पर बैठाया। मुन्ना सिंह ने तुरंत ही कहा, "रामसुख, इसी हफ्ते भरती आनेवाली है, बेटा कमर कसि लेव।"

रामसुख ने खड़े-खड़े सीना फुलाया और कहा, "कौनो कमी अहै का भय्या?" सब लोग हँसने लगे।

हुआ भी ऐसा ही, इतवार के दिन ढोल बजाकर मुनादी हुई कि 'सुनो-सुनो सब लोग, बुधवार तारीख 10 को सुबह 8 बजे से चर्च के सामनेवाले मैदान में पुलिस

की भरती होगी, इसलिए जो युवा लड़के 15 साल के हो गए हैं और पुलिस में भरती होना चाहते हैं, वे 8 बजे मैदान में इकट्ठा हो जाएँ।' घूम-घूमकर कस्बे में पूरे दिन मुनादी हुई।

यादव का पूरा परिवार तुरंत काम पर लग गया। यादव तुरंत तैयार होकर टॉम साहब से मिलकर उनसे दरख्वास्त की कि साहब, सुखिया के भरती में मदद करें। टॉम साहब ने कहा, फिक्र मत करो, रामसुख की तैयारी अच्छी है, भरती हो जाएगा।

मालती ने अपने देवी-देवताओं को मनाया। मानता मानी कि सुखिया के भरती होने पर वे और धनिया मंगलवार के दिन 24 घंटे में सुंदर कांड का पाठ संपूर्ण करेंगे। ब्राह्मणों को भोजन और हनुमानजी को सवा पाँच किलो लड्डू का प्रसाद चढ़ाएगी। दीनू रोज सुबह रामसुख के शरीर की मालिश गरम सरसो के तेल से करने लगे और धनिया बादाम पीसकर एक सेर दूध में हल्दी और घी के साथ उबालकर पीने के लिए देने लगे।

यादव बाजार से रामसुख के लिए नई धोती, बंडी और कुरता भी ले आए। रात को सभी ने अपने-अपने ढंग से ईश्वर से रामसुख की सफलता के लिए प्रार्थना की। रामसुख ने अपने अराध्यदेव शिवशंकर की प्रार्थना की। यद्यपि उनकी तैयारी पूरी थी, फिर भी उनके मस्तिष्क को अनिश्चितता एवं शंका ने घेर रखा था। बड़ी मुश्किल से उस रात वे सो पाए। सुबह तीन बजे ही जग गए। नित्यकर्म के उपरांत पूजा-पाठ करके तैयार होने लगे। काका की मदद से घुटने के उपर तक कसकर नई धोती पहनी, जिससे दौड़ में अड़चन न हो। बंडी और कुरता पहनकर खड़े हुए तो, सभी ने मौन रूप से उनकी सराहना की और मन-ही-मन उनकी सफलता की कामना की। मालती ने आज एक घंटे तक पूजा की, भगवान् को दही-गुड़ का प्रसाद चढ़ाया। रामसुख को स्नेह से हलवा-गूढ़ी का नाश्ता दिया और दही-गुड़ खिलाकर विदा किया। आठ बजे का समय था, परंतु रामसुख सपरिवार श्यामसुंदर एवं मुन्ना सिंह के साथ सात बजे ही चर्च मैदान में पहुँच गए। वहाँ उस समय सिर्फ एक दो सिपाही ही थे। धीरे-धीरे भरती होनेवाले युवा भी आने लगे।

मैदान में एक मेज के आसपास 8-10 कुरसियाँ रखी हुई थीं। दूसरी मेज पर कुछ छपे हुए कागज थे, जिसके पास चार सिपाही कुरसी पर आकर बैठ गए। एक आदमी भोंपू में बोला भरती होनेवाले लड़कों को यहाँ आकर कागज ले जाओ और अपना नाम एवं उम्र तथा घर का पता लिखकर दस्तखत करके यहाँ जमा कर दो। मुन्ना सिंह एक फार्म लेकर आए। बिना श्याम सुंदर से मदद लिये रामसुख ने फार्म भर दिया।

घंटे भर में सब के फार्म भरकर जमा हो गए। मैदान के बीच में गोला बनाकर पाँच अफसर बैठ गए, जिससे वे दौड़वालों पर निगाह रख सकें चार सिपाही Start Point पर और चार end point पर खड़े हो गए। उच्च अधिकारी मैदान से बाहर

नीम के पेड़ के नीचे ऊँची कुरसी पर बैठे थे सामने मेज पर सफेद मेजपोश बिछा था, जिस पर गुलदस्ता, पानी और फाइल रखी थी। क्या गजब का अनुशासन था! चूँ की भी आवाज नहीं आ रही थी। आचानक आवाज आई, सभी लड़के लाइन में खड़े रहो। तुम लोग तीसरी सीटी पर दौड़ना शुरू करना। मैदान के तीन चक्कर लगाकर रुक जाना, कोई मैदान की लाइन के बाहर नहीं निकलेगा। एक-दो-तीन सीटी और दौड़ शुरू हो गई। काका-काकी ईश्वर को याद करते हुए खड़े थे। कई लड़के गिर गए, कई स्वयं रुक गए, रामसुख दौड़ में प्रथम आए, दूसरेवाला उनसे काफी पीछे था। End point पर खड़े सिपाही एवं साहब ने खड़े होकर ताली बजाई। Announcement हुआ कि 15 लोगों ने दौड़ सफलतापूर्वक पूरी की है। वे सभी दौड़ में पास हैं और अब तुम सब लड़कों का मेडिकल जाँच Police HQ में कल दस बजे होगा। मैं इन सब लड़कों का नाम बोल रहा हूँ—7 नंबरी रामसुख प्रथम आए हैं, दूसरे नंबर पर···फिर बाकी सभी के नाम की घोषणा की गई। रामसुख को, यादव गोद में उठा ही रहे थे कि दीनू, धनिया और श्यामसुंदर उठाकर 'जय बजरंगबली' बोलते हुए घर की ओर चल दिए। थोड़ी ही देर में रामसुख को नीचे उतारा तो वे काका-काकी के चरण छूने के लिए झुके, लेकिन दोनों ने रामसुख को गले से लगा लिया। काका-काकी की आँखें खुशी से छलक रही थीं। नम आँखों से काकी ने रामसुख को पानी पिलाकर आँचल से रामसुख के मुख का पसीना पोंछा और कहा, "बेटवा, नजर न लगे, ईश्वर तोहाय रक्षा करैं।"

घर पहुँचकर सबने नाश्ता किया। थके होने के बावजूद भी स्टेशन जाने के लिए रामसुख तैयार थे, तो काका ने कहा कि "सुखिया, आज हम और दीनू काम सँभाल लेब, तू काकी के संगे मंदिर चला जा और इन्हें प्रसाद खिलाय के पानी पिलाय के इनकै वरत तोड़ दया।" रामसुख औंर काकी मंदिर गए; पूजा-पाठ किया, प्रसाद बाँटा और खाया। काकी ने पंडितजी को दक्षिणा दी। घर आकर रामसुख ने अपने कपड़े धोए, जो पसीने से तरा-बोर थे।

काका दही लेकर टॉम साहब के पास गए और धन्यवाद दिया। टॉम साहब ने कहा, "रामसुख is very Good, उसका भरती हो जाएगा। फिक्र मत करो।"

अगले दिन सुबह-सुबह उठकर काकी ने पूजा की। काका दीनू को स्टेशन पर छोड़कर आ गए। रामसुख धोती-बंडी और कुरता पहनकर तैयार हुए तो काकी ने बलैयाँ ली। काका और रामसुख मेडिकल जाँच के लिए पुलिस हेडक्वार्टर पहुँचे। काका को पुलिस हेडक्वार्टर के अंदर जाने नहीं दिया तो वे बाहर एक पेड़ के नीचे बैठ गए। रामसुख ने अपना नाम नंबर गेट पर बैठे सिपाही को दिया तो उन्होंने रामसुख को एक कागज देकर अंदर भेज दिया। अंदर डॉक्टर ने करीब 10 मिनट तक उनका परीक्षण किया और कहा, "तुम फिट हो, साहब के पास ये कागज लेकर जाओ।"

रामसुख कमरे के दरवाजे के सामने खड़े होकर बोले, "May I Come in Sir."

साहब ने रामसुख की ओर कुछ अजीब तरह देख और कहा, "Come in."

अंदर पहुँचकर रामसुख ने साहब को कागज थमाया, साहब ने कहा, "sit down."

रामसुख सामने रखे स्टूल पर बैठ गए और कहा, "Thank you sir," फिर साहब ने रामसुख की ओर देखकर पूछा, "क्या नाम है?"

रामसुख, "रामसुख साहब।"

साहब, "चिठ्ठी लिखना-पढ़ना आता है?"

रामसुख, "जी सर।"

साहब, "किस स्कूल में पढ़ाई की?"

रामसुख, "साहब मैं स्कूल में नहीं गया, घर में अपने आप पढ़ाई की।"

साहब ने खुश होकर कहा, "that is Good my boy, you are selected, कहकर कागज पर selected की मोहर लगाकर दिया और घंटी बजाकर सिपाही को हिदायत दी, ये लड़का selected है, आगे की काररवाई के लिए ले जाओ।"

दूसरे कमरे में बैठे अफसर ने रामसुख को बताया, "यह कागज सँभालकर रखना, अगले महीने की एक फरवरी से training Khandwa के police HQ के camp में होगी, वहाँ 10 रुपए वरदी और जूते के लिए जमा करना है। वहीं रहना होगा, training Tough है, कर लेगा न?"

रामसुख ने कहा, "साहब मेहनत करूँगा।" Police HQ से जब रामसुख बाहर निकले तो वहाँ काका-काकी, दीनू, धनिया तथा श्यामसुंदर को देखकर खुशी से रोते हुए काका-काकी के पैर छुए। सब समझ गए कि रामसुख सफल हुए हैं। श्यामसुंदर ने हाथ से कागज लेकर पढ़ा, "selected, अरे वाह, अब training में जाना है यार," रामसुख ने सिर हिलाया। सब खुशी-खुशी घर पहुँच गए। काका-काकी बार-बार अपने आँसू पोंछ रहे थे। वे खुश थे कि रामसुख का selection हो गया, पर दुःखी थे कि अब उनका सुखिया से बिछुड़ना निश्चित है! काका ने खुश होकर कहा, "बेटवा, अब तू तिलंगा होइ जाब्या।"

घर पहुँचते ही काका-काकी भगवान् के सामने साष्टांग हुए और यूँ ही पड़े रहे, कुछ देर उपरांत हाथ जोड़कर खड़े हुए तो मुँह आँसुओं से भीगा हुआ था, आँखें बंद थीं, तीनों भाई भी एक-दूसरे को पकड़कर रो रहे थे।

काका-काकी ने अपने को सँभाला और कहा, "अरे चला बचवा लोग कलेवा कै ल्या।" खाने के बाद दीनू और धनिया फिर से लिपट गए रामसुख से, तो रामसुख ने कहा, "अरे दीनू, धनिया चला काम पर लगा।"

दूसरे दिन सुबह रोज की तरह दीनू और धनिया रामसुख की मालिश करने आए तो रामसुख ने कहा, "अरे नाहीं, अब हम अपने आप करब, ट्रेनिंग पर अकेले रहब न!"

यह सुनकर काका बोले, "बिल्कुल ठीक, पर आज से तू स्टेशन न जाब्या हम और दीनू सँभालब, सुखिया बेटवा, तू काकी के संघे रहा, जैसे तोहय जी भर के खिलाय-पिलाय लें, रात भर रोवत रहीं।"

"अच्छा काका," कहकर सुखिया उदास हो गए।

इस यादव और दुबे परिवार की विशेषता है कि 'कार्य ही पूजा है।' इसलिए हर प्राणी काम को प्राथमिकता देते हुए अपनी भावनाओं, सच्ची भक्ति एवं कर्तव्य में समन्वय बनाकर रखता है।

मंगलवार की सुबह काम निपटाकर काकी और धनिया भगवान् को दीया जलाकर सुंदरकांड का पाठ करने जुट गए। काकी को कई चौपाइयाँ कंठस्थ थीं। वे उनका पाठ करतीं और बाकी रामायण पाठ धनिया ही करते, बीच-बीच में स्टेशन जाने के पहले दीनू ने भी पढ़ा। जब सुंदरकांड पूर्ण हुआ तो हलवा का प्रसाद चढ़ाया। शाम को सपरिवार यादव हनुमान मंदिर गए। वहाँ काकी ने हनुमानजी को वस्त्र एवं सिंदूर चढ़ाया, प्रसाद बूँदी के लड्डू का अर्पित किया। पंडितजी को सीधा और एक रुपए का सिक्का दान में दिया। इस प्रकार काकी की मन्नत पूरी हुई।

अब शुरू हुई रामसुख के खंडवा जाने की तैयारी, जहाँ रामसुख training पर जा रहे थे, तसल्ली ये थी कि एक ही स्टेशन की दूरी खैगाँव से खंडवा की थी।

काकी लड्डू, नमकीन, शकरपारे, नमकपारे बना रही थीं तो काका रोज ही बाजार से अपने सुखिया के लिए कुछ-न-कुछ ले आते थे, जबकि पता था कि training में खाना, कपड़ा सबकुछ मिलेगा। दीनू और धनिया ज्यादा-से-ज्यादा समय रामसुख के साथ बिताते थे।

जब भी कोई उदास होता तो रामसुख गंभीरता एवं अपनी भावनाओं को वश में रखकर कहते, "अरे हम खंडवा जात अही, लंदन नाही, हम उहाँ जीजान लगाय के ट्रेनिंग करब और training के बाद मिलब।" दीनू और धनिया को रोज समझाते थे कि काका-काकी को कोई तकलीफ न होने पाए, काम का ध्यान रखना।

1 फरवरी, 1892 को ट्रेनिंग शुरू होनी थी, इसलिए रामसुख को 30 जनवरी को Report करना था, इसलिए 29 जनवरी को खैगाँव से Bombay Express द्वारा जाना तय हुआ। यह ट्रेन सुबह 5 बजे खैगाँव पहुँचती थी, इसी ट्रेन से रामसुख अपने भाइयों के साथ खैगाँव आए थे।

29 जनवरी को रोज की तरह सुबह 5 बजे से पहले दीनू, सुखिया और काका स्टेशन पहुँचे, परंतु आज उनके साथ काकी और धनिया भी थे। धनिया ने रामसुख

की गठरी पकड़ रखी थी। दीनू और काका ने आकर अपने टी स्टॉल को नमन करके सजाया। सब चुपचाप ट्रेन का इंतजार करने लगे। श्यामसुंदर रामसुख को गले लगाकर बोले, "दोस्त अलविदा," कहकर नम आँखों से अपनी पुस्तक की स्टॉल पर खड़े हो गए।

ट्रेन आनेवाली है, इसलिए एक हाथ में केतली में गरम चाय और दूसरे हाथ में कुल्हड़ का थैला टाँगकर दीनू ट्रेन के इंतजार में खड़े थे स्टॉल के सामने ही थर्ड क्लास का डिब्बा लगता है, इसलिए दीनू भी वहीं खड़े हैं।

सिग्नल डाउन और ट्रेन की सीटी सुनाई पड़ी, बस, दीनू दौड़कर इंजन की तरफ पहुँचे, ट्रेन रुकी तो रोज की तरह दीनू गरम चाय, गरम चाय कहकर फुरती से ट्रेन की खिड़की से कुल्हड़ में यात्रियों को चाय डालकर देते हुए अपने काम में जुटे। आज तो उनका बड़ा भाई जा रहा था, इसलिए दीनू ने काम खत्म करके देखा तो रामसुख ट्रेन में चढ़ रहे थे। धनिया उनकी गठरी लेकर उनके पीछे और फिर काका-काकी भी चढ़ गए दीनू दौड़कर ट्रेन में चढ़े। वहाँ धनिया ने सीट के ऊपर गठरी रख दी तो तीनों भाई गले लग गए दीनू और धनिया रोने लगे तो रामसुख ने कहा, "बौरान अहाका? चला आँसू पोंछा और काका-काकी के सँभाल के उतारा।"

सब नीचे उतरे, सिग्नल अप हो गया गाड़ी ने सीटी बजाई तो रामसुख ने काका-काकी के पैर छुए और दोनों को गले लगाकर बोले, "काका, आपके आशीर्वाद से हम ट्रेनिंग में पास होय के जल्दी आउब।"

काका ने सिर पर हाथ रखकर आशीर्वाद दिया, काकी ने आँचल से बलैयाँ ली, ट्रेन रेंगने लगी तो फट से रामसुख ट्रेन पर चढ़कर दरवाजे पर खड़े हो गए। प्लेटफार्म के शोर और ट्रेन की छुक-छुक आवाज के बीच यादव परिवार शांत, एकटक रामसुख को और रामसुख उनको देखते रहे। जब थोड़ी देर में सबकुछ ओझल हो गया, रामसुख ने अपने को सँभाला और अपनी सीट पर बैठ गए। स्टेशन पर यादव से चिपककर दीनू और काकी से चिपककर धनिया रोते रहे। श्यामसुंदर ने ढाँढस बँधाई, तब यादव परिवार को होश आया। टी स्टॉल को बंद करके सब उदास मन से घर को लौटे। □

6
प्रशिक्षण

रामसुखजी ट्रेन में झूला खाते हुए, सोते-जगते रहे। कभी स्वप्न तो कभी वास्तविकता की दुनिया बंद एवं खुली आँखों से देखते हुए सुबह के 6 बजे खंडवा स्टेशन पर उतरे। उनकी तरह के कई जवान भी उतरे। वहाँ एक पुलिस कर्मचारी घोषणा कर रहा था, 'जो नए भरती पुलिस ट्रेनिंग में आए हैं, कृपया अपना नाम नंबर लिखाएँ।' सब लाइन में लगे, बारी-बारी से अपना नाम लिखाने लगे। रामसुख तो जैसे कोई दूसरी दुनिया में पहुँच गए। कार्य संपन्न होने पर कुछ पुलिस के वरदी में पुलिसकर्मियों के साथ पुलिस ट्रेनिंग सेंटर पहुँचे, यहाँ करीब 100 की बैरक थी, सभी को एक खाट, एक कंबल एवं कुछ कपड़े और एक संदूकची मिली। एक पुलिसकर्मी नए ट्रेनिंग कर्मी को हिदायत दे रहा था कि अपना बाकी कपड़ा, रुपए, सब संदूकची में बंद कर दो। 10 रुपए हमारे पास जमा करो, हम खजाना में जमा कर देंगे, ये रुपए आपके समान, खाने और ट्रेनिंग के हैं। ये वापस नहीं मिलेंगे। ट्रेनिंग पूरी होने पर तैनाती होगी और 4 रुपए तनख्वाह हर महीने होगी। 10 बज रहे थे। उसने कहा, सब जल्दी से मुँह-हाथ धोकर खाने के कमरे में आओ। कमरे में पूड़ी-सब्जी थी। सबने अपनी प्लेट जो मिली थी, उठाई और स्वयं थोड़ी सब्जी और 4 पूड़ी उठाई, पर काकी के हाथ का स्वाद कहाँ! फिर भी भूख न होने पर भी खा लिया। खाने के बाद सब मैदान में इकट्ठे हुए। उन्हें वहाँ उनकी रोज की दिनचर्या और ट्रेनिंग के बारे में बताया गया कि 31 तारीख को आप ट्रेनिंग सेंटर घूमकर देखोगे और वहाँ क्या है, याद करोगे, जैसे आप जिस बैरक में रुके हो, वह Edward Barrack है। अब वहाँ जाओ, 10 बजे Edward Barrack में मिलो तो वहाँ ठीक समय पर मिलना। रामसुख को ज्यादा समय नहीं लगा। आज का दिन, 30 तारीख बीत गई।

31 तारीख का मिनट-टू-मिनट कार्यक्रम तैयार था। सीटी बजती तो बस एक प्रोग्राम खत्म। 100 लोग होते हुए भी कोई किसी से न बातचीत, बस, मशीन की तरह एक के बाद एक काम। एक दिन में ही समझ में आ गए कि अंग्रेज विदेशी होकर भी

किस प्रकार पूरे भारत देश को उँगलियों पर नचा रहे हैं! गजब का अनुशासन है। रामसुख काफी प्रभावित हुए।

1 फरवरी से ट्रेनिंग शुरू हुई। सुबह 6 बजे सीटी हुई, सब 7 बजे मैदान में आए, दौड़, कूद, लाठी भाँजना इत्यादि। 8 बजे नाश्ता ब्रेड, अंडा और चाय या दूध पूड़ी, हलवा, रामसुख की पसंद, लेकिन सिर्फ 4 पूड़ी, एक गिलास दूध और एक कटोरी हलवा, यहाँ भी अनुशासन। 8 बजे से 10 बजे तक क्लास-पढ़ाई में उर्दू, इंग्लिश का प्रारंभिक ज्ञान, 10-11 बजे तक किसी-न-किसी पुलिस अफसर का भाषण, अनुभव साझा करने के लिए। रामसुख को भाषण बहुत ही अच्छा लगता, क्योंकि उनकी वेशभूषा, व्यक्तित्व, संवाद का तरीका प्रभावी होता था। 11 बजे चाय ब्रेक, वही समय था, जब चाय पर आपस में बातें होती थीं। शिक्षक भी यदा-कदा पास में आ जाते हैं। 12 बजे से 1 बजे ग्रुप (10 Recruit) में बाँटकर सबके साथ एक शिक्षक के साथ एक तरू के नीचे प्रश्नोत्तर होता है। 1 से 4 बजे लंच एवं रेस्ट, 4 से 5 बजे तक खेल, शाम 6 से 8 बजे पढ़ाई का समय। सबको ही पढ़ना पड़ता था एवं गृह-कार्य करना होता। 8 बजे रात्रि का भोज। शाकाहारी एवं मांसाहारी अलग-अलग लगता है। लंच और डिनर, जितना चाहो उतना खाना, यहाँ पेट भर भोजन मिलता है।

रामसुख खुश है, क्योंकि वे शारीरिक एवं मानसिक परिश्रम को महत्व देते हैं और उनका विश्वास है कि परिश्रम ही सफलता की कुंजी है।

यादव, काकी, दीनू और धनिया ने तो दिन गिनना शुरू कर दिया और एक महीने बाद रामसुख के आने का इंतजार करने लगे। यादव टॉम साहब के पास जाकर धन्यवाद के रूप में दूध-जलेबी दिया और विनती की कि यदि हो सके तो पहली पोस्टिंग खैगाँव में एक साल के लिए हो जाए, फिर देश में चाहे जहाँ भेज दें। टॉम साहब ने आश्वासन दिया कि जरूर कोशिश करेंगे।

काका-काकी, दीनू एवं धनिया को तो सबकुछ सूना-सूना ही लग रहा था। दीनू और धनिया ने जब से होश सँभाला, भाई की छत्रच्छाया में ही पले-बढ़े। कार्य प्रथम की लगन और काका-काकी के स्नेह ने उन्हें हताश एवं दुःखी न होने दिया।

रामसुख अपनी व्यस्त दिनचर्या में रम गए थे, उन्हें पुलिस की ट्रेनिंग के अलावा कुछ और सोचने का समय न था, सिर्फ सुबह-शाम पूजा के समय प्रार्थना करते कि काका-काकी स्वस्थ एवं सुखी रहें तथा दीनू, धनिया हमेशा खुश रहें।

दिन यूँ ही बीतने लगे। एक दिन स्टेशन पर सबकुछ शांत था दूसरी ट्रेन का इंतजार, श्यामसुंदर कोई पुस्तक पढ़ने में मगन थे तो दीनू से काका ने कहा, "सुखिया कै ब्याह होई गवा है इ तो हमका पता अहै, कितना बरस हो गवा दीनू।"

दीनू, "काका हम सब सन् 1888 में दिवाली के दिन मुँह अँधेरे घर से निकले रहे, बिआह गरमी में जेठ महीने के तेरस का भा रहा।"

"कौने गाँव में, कुछ नाम-पता मालुम अहै का?"

"हाँ काका, मशहूर घुइसरनाथ धाम के लगे मिसिरपुर गाँव अहै। उहाँ कै पंडित भवानी प्रसाद मिश्र की बड़ी बिटिया से बिआह भा रहा।"

काका, "उनका रामसुख कै अता-पता तो न होय।"

दीनू, "काका, उन्हें का पता, ऊ तो समझत होयहे कि दुनिया छोड़ गए, इहाँ आवै के बाद कोनौ संबंध न रहा।" काका, "बियाह भए करीब 4 साल होइ गवा, 5वें गौना लावे के बारे में सोचा जाए।"

दीनू, "हाँ काका।" ट्रेन के आने की आवाज आई, सब चौकन्ने होकर अपने-अपने कार्य में लग गए।

रात में भोजन करते समय काका काकी से बोले, "हम सोचत अही कि अब रामसुख के गौना के तैयारी होय चाहे, तू आपन पतोहू के स्वागत करै के बरे तैयार होई जा।"

काकी बोली, "इतौ बहुत बढ़िया विचार अहै। धनिया, "पर भय्या तो इहाँ नाही न?"

दीनू, "अरे बौरहा आज थोड़ौ न, भय्या कै ट्रेनिंग जेठ तक खतम होई जाए और ऊ छुट्टी पर आइहैं, उही समय गौना होई जाए और भौजी आय जैहैं तौ सब कै जी जुड़ाय जाय।"

काका ने विचार किया और निश्चय किया कि रामसुख के आने पर उनकी सहमति के बाद ही इस पर पुनः विचार करेंगे। फिर क्या, कैसे करना है, वह तय करेंगे, क्योंकि यूँ भी गौना शादी के 5वें वर्ष में ही हो सकता है, जिसमें अभी कम-से-कम 10-11 महीने हैं। जुलाई में ट्रेनिंग समाप्त हो जाएगी और रामसुख 1 अगस्त को 15 दिन की छुट्टी पर आएँगे, तभी काका बात करेंगे और कोशिश करेंगे कि 1893 की मई-जून के महीने में गौना हो जाए।

हमारे देश में बाल-विवाह होते थे। तब बच्चों की उम्र 10-11 वर्ष की होती थी, इसलिए लड़की शादी के बाद ससुराल नहीं आती थीं। गौना शादी के तीसरे साल में या पाँचवें साल में होता था। तब तक लड़का-लड़की की उम्र 15-16 वर्ष की हो जाती थी। तब लड़की ससुराल आती थी। यह प्रथा आज भी प्रचलित है। अब शादी के बाद का गौना सांकेतिक ही होता है, इसलिए रामसुख की भी शादी हो गई थी और लड़की की विदाई नहीं हुई थी। उसके बाद वह घर-गाँव छोड़कर यहाँ खैगाँव में आकर बस गए थे और नए जीवन में रम गए थे। रामसुख ट्रेनिंग में अव्वल ही थे। उन्हें घुड़सवारी और लाठी भाँजने में बहुत

मजा आता था। अंग्रेज अफसर उनसे बहुत खुश थे और अकसर well done कहकर उनका हौसला बढ़ाते थे। लिखाई-पढ़ाई में भी वे काफी अच्छे थे, उनकी हाजिरजबाबी से संगी-साथी भी उनके साथ सद्व्यवहार रखते थे। समय तेजी से बीत रहा था।

आज 1 अगस्त 12 बजे खंडवा से आनेवाली ट्रेन में रामसुख आनेवाले हैं। काका ने बहुत इंतजाम कर रखा है। टॉम साहब की अनुमति से ढोलवाला भी स्टेशन पर आ गया। फूलमाला हाथ में लेकर काका, काकी, दीनू, धनिया और श्यामसुंदर खड़े होकर बेताबी से इंतजार कर रहे हैं। हर पल भारी है, इंतजार की घड़ियाँ भारी होती हैं। काकी बार-बार देवी-देवता मना रही हैं तो काका आगे-पीछे चल रहे हैं। रेंगती हुई गाड़ी रुक गई, रोज की तरह चहल-पहल है, पर सबकी आँखें सिर्फ रामसुख को ढूँढ़ रही थीं। एक वरदी में जवान ट्रेन से उतरा तो इन लोगों को अपनी आँखों पर विश्वास ही नहीं हो रहा है कि ये रामसुख हैं! आज टॉम साहब भी स्टेशन पर है। रामसुख ने उन्हें एक Smart Salute किया, टॉम साहब ने कहा, "Welcome my boy, well done, I am proud of you," कहकर चले गए। रामसुख ने काका के चरण छुए, काका ने गले लगा लिया, काकी, दीनू धनिया सब चिपक गए। श्यामसुंदर ने ढोलवालों को ढोल बजाने को कहा। ढोल की आवाज सुनकर सबने रामसुख को माला पहनाई। दीनू, धनिया ने पैर छुए। रामसुख ने आशीर्वाद दिया।

श्याम सुंदर ने कहा, "रामसुख 'handsome Man, Welcome to Khaigaon' हमको गर्व है कि तुम हमारे दोस्त हो।" अब यादव परिवार घर जाता है, वहाँ पहुँचकर मुँह-हाथ धोकर सब बैठते हैं। काकी ने तो छप्पन पकवान बना रखे थे। सबने खाना खाया। सब रामसुख को घेरकर अब बैठ गए और कहानियों का सिलसिला शुरू हो गया—छुट्टियाँ हँसी-खुशी से बीतने लगीं। खुशी ये थी कि टॉम साहब के कहने से मुन्ना सिंह की जगह रामसुख की पोस्टिंग हो गई।

रामसुख की छुट्टी के 5-6 दिन यों ही बीत गए। दीनू और धनिया अकसर स्टेशन का काम सँभाल रहे थे और काका-काकी रामसुख के साथ ही रहते थे। तीनों मिलकर धनिया का भी काम करते थे।

काका ने कहा, "सुखिया, आज इतवार है, चला टॉम साहब के दही-जलेबी दै आवा, उनके मदद से तोहार ड्यूटी इहाँ मुन्ना सिंह की जगह पै 6 महीने के बरे होईगा अहै।" छुट्टी पर रहते हुए भी रामसुख ने वरदी पहनी और करीब 10 बजे उनसे मिलने उनके बँगले पर पहुँचे। टॉम साहब बरामदा में बैठे थे, उन्होंने गरमजोशी से कहा, "रामसुख, come."

रामसुख ने salute करके दही-जलेबी टेबल पर रखकर कहा, "सर thank you for your kindness."

टॉम साहब ने कहा, "Yadav is good man, hard working & honest man, चाय लोगे?"

रामसुख ने कहा, "नहीं सर, चलूँगा," और salute करके वापस आ गए। काका-काकी ने निश्चय किया था कि आज जरूर रामसुख से गौने की बात करेंगे। आने के बाद रामसुख, काका-काकी तीनों एक खाट पर बैठे।

काका ने कहा, "सुखिया बेटवा हमें तोहसे बतियाय क अहै, बहुत कुछ भविष्य के बरे सोचय का अहै?"

सुखिया, "हाँ काका, हमहु बहुत कुछ सोचत रहें, आप बतावैं।"

काका ने कहा, "सुखिया, दीनू और धनिया बहुत मेहनत करत अहैं, उनकी वजह से हम बहुत धन इकट्ठा करे अही। दीनू कै ब्याह करै का अहै, तोहाय गौना लावय क अहै, काकी अब पतोहू और गदेला चाहति अहै। इहके अलावा हम सोचत अही कि स्टेशन कै स्टॉल बंद करि के इहाँ के बाजार मा एक दुकान खरीद लेई, जेका दीनू अकेले सँभाल लेहिये और परिवार के संगे भी समय मिल जाए।"

"धनिया के बरे कुछ जमीन, गाय-गोरू बढ़ाय लीन जाए जौने से उनकै रोजी-रोटी चलै। हम दुउनो बूढ़ा-बूढ़ी राम नाम लेब भजन कीर्तन में मन लगाउब, आपन विचार बतावा?"

रामसुख ने कहा, "काका, आप बिल्कुल सही अहै, आप कबौ गलत नाही होई सकत्या।"

दो-तीन दिन तक के परामर्श, सोच-विचार के बाद यादव ने रामसुख और काकी के साथ यह निर्णय किया कि एक दुकान बाजार में, एक खेती की जमीन, टॉम साहब को यादव टी स्टॉल के ट्रांसफर की अर्जी श्यामसुंदर के भतीजे गोविंद के नाम पर करने के लिए दिया और रामसुख को एक पत्र अपने ससुर को अपनी राजी खुशी का भेजने के लिए कहा, जिससे एक वर्ष बाद गौना का प्रस्ताव आ सके, जैसा कि यादव का सिद्धांत है, धन रक्खे-रक्खे बढ़ता नहीं है, जो सही समय पर सही जगह पर, पैसा लगाने से ही धन में बढ़ोत्तरी होती है। कुछ साल पहले खरीदी हुई जमीन अब अढ़ाई गुना बढ़ गई थी। ये सब काम महीने के अंदर-अंदर पूरा करने का निश्चय किया गया। सबसे पहले दुकान खरीदी, जिससे दीनू को settle कर दें। रामसुख के पुलिस में होने से इसमें कोई परेशानी नहीं हुई। दुकान लिए सामान रामसुख और दीनू खंडवा जाकर ले आए। इस बात का ध्यान रखा गया कि सारा सामान रेलवे और पुलिस कर्मचारियों के आवश्यकतानुसार हो। मंगलवार के दिन काकी की इच्छानुसार दुकान शुरू हो गई। □

7

सरताजी

आज इतवार है और कल से रामसुख को खैगाँव के थाने पर ज्वाइंन करना है। अत: आज काका ने पूछा, "बेटवा सुखिया, चिठ्ठी लिख लिये हो, तो भीयान स्टेशन पर डाकिया के दै दिहा।"

रामसुख ने कहा, "हाँ काका, लिखे अही, पक्का कल डाकिया के दै देब, आप निश्चिन्त रहैं।" घर में खुशहाली का माहौल है।

इलाहाबाद (प्रयागराज) से लखनऊ की सड़क, जिसके किनारे अभी बड़े-बड़े पेड़ तथा सराय और कुआँ के अवशेष दरशाते हैं कि यह सड़क शेरशाह सूरी के समय की है। अंग्रेजों ने इस सड़क का भरपूर इस्तेमाल 1857 की गदर में Troops की movement के लिए किया था।

प्रतापगढ़ से 25 किमी. की दूरी पर एक छोटा कस्बा सगरा सुंदरपुर है, जहाँ से दाहिने एक रास्ता रामसुख के गाँव पहाड़पुर की ओर जाता है, जो करीब 3 मील पैदल चलकर नदी-नाले पार करके आता है। सगरा सुंदरपुर से 4 किमी. के बाद लालगंज अझारा आता है, वहाँ से एक रास्ता बाबा घुइसरनाथ धाम के पास ही मिसिरपुर गाँव को जाता है। यही मिसिरपुर गाँव रामसुख की ससुराल है।

रामसुख ने पत्र पोस्टकार्ड पर लिखा और पता लिखा, पं. भवानी प्रसाद मिश्र, गाँव मिसिरपुर, पोस्ट-लालगंज, जिला-प्रतापगढ़, अवध, लिखकर डाकिया को दिया और खत चल पड़ा गंतव्य की ओर; और रामसुख को वो दिन याद आया, जब उनका विवाह संपन्न हुआ था।

अप्रैल, सन् 1888 की फसल कट गई थी, फसल बहुत अच्छी नहीं हुई थी। भवानी प्रसाद मिश्र की बड़ी कन्या सरताजी* 9 वर्ष की उमर पार कर चुकी थी, उनकी कद-काठी अच्छी थी, इसलिए ब्याह के लायक दिख रही थी (उस समय के बाल विवाह की मान्यता अनुसार) इसलिए भवानी प्रसाद लोटा-डोरी और चबैना-गुड़ बाँधकर वर दिखाई के लिए निकल पड़े। उनके पुरोहित ने बताया था कि घुइसरनाथ से करीब 9 मील

पर पहाड़पुर में दुबानन के पुरवा* है, जिसमें तुलसीराम दुबे के तीन पुत्र हैं। बड़ा पुत्र ब्याह योग्य है तो जाकर देखो बात बन जाए तो अच्छा है। पहाड़पुर पहुँचने पर तुलसीराम दुबे घर के बाहर बैठे थे, नमस्कार करके भवानी प्रसाद मिश्र बोले, "हम देखवारी* करै आय अही, आपके बड़के बेटवा के बरे," तब तक रामसुख पानी-गुड़ लेकर आए, प्रणाम किया। देखते ही भवानी प्रसाद मिश्र ने कहा, "वैसे आपकै अनुमति होय तो रिश्ता पक्का कै दीन जाए। हम दुई दिन बाद समय देखि के बरिक्षा दै देब।"

तुलसीराम दुबे ने कहा, "हमार परिस्थिति बहुत ठीक नाहीं न। रामसुख कै माई स्वर्ग सिधार गय अहैं, तीन बेटवा अहै, घर देखतै अहा, तीन बीघा खेत अहै।"

भवानी प्रसाद मिश्र, "अरे भय्या हम कौन धन्नासेठ अही, हमार घर घुइसरनाथ धाम कै सामने अहै, बिटिया कै तकदीर होये तो ईश्वर सबकुछ दे देहै।" बस शादी तय हो गई और तीन महीने के अंदर शादी हो गई। शादी के 6 महीने बाद ही अकाल पड़ गया, अकाल ने पं. तुलसीराम दुबे की जान ले ली और रामसुख को घर-दुआर छोड़कर खैगाँव में बसना पड़ा।

सन् 1888 की जेठ की तेरस (जून महीने) में रामसुख की शादी कम-से-कम संसाधनों के बीच सरताजी देवी से हुई। सन् 1888 में बारिश नहीं हुई और अकाल पड़ गया। पूरा भारत बुरी तरह प्रभावित था। मिसिरपुर गाँव में भी भूखमरी थी, परंतु घुइसरनाथ बाबा ने रक्षा की। छोटा सा मंदिर था, पर महात्म बहुत बड़ा था, हर मंगलवार को मेला लगता था। इसलिए आसपास के व्यापारी, जमींदारों, तालूकेदारों के परिवार यहाँ आते और प्रसाद चढ़ाते। मिसिरपुर के लोग शिव बाबा की सेवा करते, भवानी गेंदे के फूल और गंगाजल की दुकान लगाते थे। उसकी वजह से घर में भरपेट खाना मिल जाता था। भवानी प्रसाद मिश्र तो सोमवार को पैदल जाकर गंगा किनारे से दो कलश गंगा जल लेकर आते थे और घर के पास सरताजी ने बहुत सारे गेंदे के फूल के पौधे लगाए थे, उनसे गेंदे के फूल तोड़कर सरताजी पिता को देती थीं। जिस मंगलवार को कलाकांकर का राजनिवास दर्शन करने आता था तो रानियाँ पूरे मिसिरपुर को भोजन खिलाकर जाती थीं, इसलिए रामसुख की तरह मिसिरपुर के किसी असहाय को घर गाँव छोड़कर नहीं जाना पड़ा।

सन् 1891 की जेठ की तेरस को जब ब्याह हुए 3 वर्ष बीत गए तो भवानीजी ने सोचा कि पहाड़पुर जाकर बात कर आते हैं और गौने की तिथि तय करके आते हैं। इतने वर्षों से कोई समाचार न मिला था, इसलिए शंका तो थी, परंतु फिर भी वे स्वयं ही जाना चाह रहे थे, इसलिए अकेले ही सुबह नहा-धोकर एक लोटा डोरी और गुड़ लेकर चल पड़े। दोपहर तक पहाड़पुर पहुँचकर तुलसीराम दुबे के घर के सामने पहुँचकर हताश, दु:खी और निराश होकर सामने पेड़ के नीचे ही बैठ गए। एक तो गरमी का दिन, ऊपर

इतना बड़ा धक्का, अपने को सँभाला और उठ खड़े हुए, जिससे बिना किसी से मिले चले जाएँ, इतनी अशुभ बात किसी से सुनने की हिम्मत न थी, पर गाँव का एक आदमी घर के सामने ही दिखा। भवानी ने उस आदमी से पूछा, "ई घर मा कोहू रहत नाही का?"

आदमी, "अरे बूढ़ा-बुढ़िया, तो स्वर्ग सिधार गएन तीन बेटवा रहेन उनकै, कौनो अता-पता नाहींन।"

'अच्छा-अच्छा' कहकर भवानी चल पड़े।

आदमी, "बहुत घाम अहै, सुस्ताय ल्या, पानी पी ल्या, तौ जा भय्या।"

भवानी, "अरे नाहीं, पानी गुड़ अहै भय्या पी लेब।" भवानी ये कैसे बताते कि बिटिया की ससुराल का पानी पीना निषेध है!

घर पहुँचे तो सरताजी पानी लेकर आईं। उनकी सिंदुर भरी माँग देखकर मन-मस्तिष्क सुन्न हो गया, पर अपने को वश में करते हुए बोले, "बिटिया अपनी माई का भेज देया।" पार्वती के आते ही भवानी फूट-फूटकर रो पड़े और किसी तरह पूरी दास्ताँ सुना दी। दोनों ने सिर पर हाथ मार के कहा, "तब का, सरताजी आगे बोली भी न निकली।"

रात में सरताजी की माता पार्वतीजी ने सरताजी से कहा, "बिटिया गौना ई बरस न होई, मेहमान गाँव में नाहीं न, कतौ परदेस गा अहैं।" कहकर रोने लगी, पर सरताजी ने कहा, "माई गौना पंचवें साल में होई जाए, हम दुई बरस और तोहरे संघे रहब रोवा जिन।" अंदर-ही-अंदर वो भी डर गईं थीं। सरताजी को पता था उनको देखकर उनके माँ-बाप दुःखी हो जाते हैं। सरताजी लंबी-पतली, गेहुँआँ रंग की चटक फुरतीली लड़की थी। घर का सभी काम सुचारू रूप से करती थी। शिवजी की भक्त थी। मंदिर के लिए प्रसाद बनाती थी, जिसे भवानीजी मंगलवार को ले जाकर बेचते थे। उनकी सखियाँ जब गौने की बात करती तो बड़े गर्व से कहतीं, "परदेस गा अहै, जब अइहै तौ गौना होइ जाए, तोहरे नाई बेचैन नाहीं न हम।" परंतु रोज पूजा करते समय अपने सुहाग की रक्षा की माँग ईश्वर से करती, सोमवार का व्रत रखती, शिवलिंग पर जल चढ़ाती थी। भवानीजी रोज महामृत्युंजय का जाप करते थे। सरताजी भी जाप 11 से 21 बार करके पति की मंगल कामना करती थी। पार्वती अपने पूर्वज को मनाती और कहती, 'ईश्वर हमरे सरताजी कै सुहाग अखंड कै देया।'

सावन का महीना आ गया, काले-काले बादल छा गए, लड़कियाँ मैके आने लगीं, बहुएँ मायके जाने लगीं। सरताजी की अंजोरा बुआ भी अपने नैहर* आ गईं। आते ही सरताजी गले लगकर रो पड़ी। गाँव की हर लड़की जानती है कि बुआ की तरह वह भी एक दिन घर से विदा होकर यदा-कदा आएगी नैहर। भय्या-भौजी से मिलकर तो खूब रोईं अंजोरा, अपने माँ-बाप को भी याद किया। गौने के तीन साल बाद नैहर आई है,

माँ-बाप के काम (तेरही, बरखी) पर भी न आ पाई थी। बाप चल बसे तो वे गर्भवती थी और बरखी में 8वें महीने में जनमा बच्चा भी चल बसा और खुद का स्वास्थ्य भी खराब था।

रोना-धोना खत्म हुआ तो घर में हँसी की फुलझड़ियाँ फूटने लगीं। अंजोरा ने कहा, "सरताजी तो हमसे भी ऊँच होईगय अहाअरे ताड़ के पेड़ जस, रुक जा एतना मत बढ़ा, पता नाहीं तोहार दुल्हा केतना बड़ा भयेंन!"

"अरे भौजी, सरताजी कै बियाह भये चार बरिस होइ गवा, गौना न देबू का।" इतना सुनते ही पार्वती ने रोकर पूरी बात बताई, तो अंजोरा ने कहा, "भौजी परेशान जिन होवा घुइसरनाथ बाबा के घंटा के मानता मान लेया, सरताजी कै सोमवार कै उपवास जरूर फलित होए।" फिर दोनों ननद-भौजाई हँसी-ठिठोली करने लगीं।

दूसरे दिन सामने नीम के पेड़ पर भवानी ने अपनी बहन के लिए झूला डाला, बड़ा सा पाटा पड़ा दिन में तो घर के बच्चे झूलते थे, पर रात में अकसर ननद-भौजाई झूलती थीं और कजरी गाती थी। सरताजी का गला बहुत ही सुरीला था और आवाज बुलंद थी, जब गाती थीं तो दो गाँव तक आवाज जाती थी।

रात को घर की औरतें और बच्चे इकट्ठा हुए भाभियाँ और बच्चे पाटा पर बैठे और ननदों ने पेंग मारना शुरू किया। सरताजी ने शिव बाबा की कजरी कढ़ाई, सबने मिलकर साथ दिया। सरताजी कम-से-कम पाँच गाना गाने के बाद ही रुकती थीं, तब बाकी लोग गाते थे। इस प्रकार हँसी-खुशी राखी का त्योहार आया। घर में परंपरा अनुसार बहनों ने भाइयों के माथे पर टीका लगाकर कलाई पर रक्षा-सूत्र बाँधा, पंडितजी ने आकर सबकी कलाई पर रक्षा-सूत्र बाँधा। बहनों को भाइयों ने दक्षिणा दी और पंडितजी को सबने दक्षिणा दी। भोजन भी उत्तम बना। घर की पुरी हुई सेवइयाँ, सब्जी और पूड़ी बनी। भादौ की तेरस को अंजोरा के पति आए और बुआ-फूफा विदा हो गए। घर फिर सूना-सूना लगने लगा, पर समाज की व्यवस्था! वर्षा ऋतु समाप्त हो गई, शरद ऋतु ने दस्तक दे दी। अश्विन के महीने की गुलाबी ठंड से सबका मन प्रफुल्लित हो रहा था। नवरात्रि, दशहरा आनेवाला था। गाँव में विजयदशमी के दिन का सबको इंतजार रहता था।

सरताजी ने माँ से कहा, "माई हम नौ दिन कै उपवास रक्खै चाहित अही।"

पार्वती ने कहा, "अरे नाही न रख पऊबू।"

सरताजी ने कहा, "रखलेब।" देवी को घर में बैठाने के नियमानुसार सामग्री जैसे सुहाग का सामान, कपूर, हवन, चुनरी इत्यादि की सूची सरताजी ने पिता भवानीजी को लिखवा दी।

नवरात्रि शुरू हुए चार दिन हो गए। सरताजी सुबह एक घंटा और शाम को एक घंटा पूजा करती, हवन करती, भजन गाती। घर का माहौल काफी धार्मिक हो गया इन

दिनों। आज पंचमी के दिन श्री स्कंद माता की पूजा-अर्चना करने के बाद दोपहर के करीब 12 बज रहे थे और परिवार के सभी सदस्य अपने-अपने कार्य में व्यस्त थे कि अचानक छन-छन हैकारे के भाले में लगे घुँघरू की आवाज सुनाई दी। घर के सभी सदस्य दरवाजे पर खड़े हैकारे को देखकर दंग रह गए। अंग्रेजों के समय में हैकारा मतलब आफत! क्योंकि अकसर डाक से सरकारी फरमान ही आते थे, न्योता तो लोग नाऊ* द्वारा हाथ से लिखकर या मुँहजबानी ही दिया करते थे। हैकारे ने कहा, भय्या चिट्ठी आय अहै। अंग्रेज सरकार का इतना डर था कि सभी हाथ जोड़कर खड़े हो गए, जैसे डाकिया ही सरकार है!

डरते-डरते भवानीजी ने कहा, "भय्या, बाँच देया," हैकारा अपना थैला जमीन पर रखकर बैठ गया और पत्र पढ़ना शुरू किया।

'आदरणीय पंडित भवानी प्रसाद मिश्रजी,

सादर प्रणाम!

हम सब यहाँ कुशलपूर्वक हैं। आशा है आप सपरिवार कुशलपूर्वक होंगे। मैं रामसुख यहाँ खंडवा पुलिस विभाग मे कार्यरत हूँ।

काका, काकी, रामदीन, रामधन एवं मेरा आपको एवं आपके परिवार में सबको यथोचित प्रणाम एवं स्नेह पहुँचे।

आपका,

—पं. रामसुख दुबे

सुपुत्र : स्व. तुलसीराम दुबे

पुलिस विभाग, खंडवा Central Province'

इतना शुभ समाचार सुनकर सरताजी देवी माँ को साष्टांग करने भाग गई, पार्वती ने गुड़ से मुँह मीठा कराया डाकिया का और पानी पिलाकर बार-बार धन्यवाद दिया।

आजकल रामसुख खैगाँव ही ड्यूटी पर जाते हैं, दीनू की दुकान ठीक-ठाक चल रही है, काका-काकी और धनिया खेती-बारी और गाय-गोरू के काम में व्यस्त रहते हैं। पहले की तरह ट्रेन के समय से बँधी हुई जिंदगी न होकर अपने हिसाब से सब का काम हो गया है, मतलब कुछ ज्यादा सुव्यवस्थित दिनचर्या हो गई है।

काका ने रामसुख से कहा, "सुखिया, दिवाली के बाद तो तू खंडवा चला जाबया, फिर जेठ में गौना कैसे कीन जाये? छुट्टी कै अर्जी दै दया, जैसे गौना लावे तीनों भाय चला जाया।"

रामसुख, "काका, हम थोड़ौ न जाब।"

काका, "अरे इका!"

रामसुख, "काका, हमरे इहाँ लरिका कै जाब नाहीं सहत।" अच्छा फिर कैसे होये, रामसुख काका हम अपने अफसर से बात करे अही–लालगंज में सब इंतजाम होइ जाए, आप दीनू और धनिया जाइ के लिवाय आवैं, काकी हमरे संगे खंडवा में रहियैं, नाही बेटवा, इहाँ कै काम न चले हम और दीनू जाब काकी और धनिया इहाँ सँभाल लेइ हैं। इस प्रकार निश्चित हुआ कार्यक्रम। अब चिट्ठी का आदान–प्रदान तो चल ही रहा था। अतः संवाद मधुर थे तो संबंध भी मधुर थे। दोनों परिवार ने ईश्वर का धन्यवाद दिया।

होली से पहले ही खैगाँव से रामसुख खंडवा के लिए निकल पड़े, निकलने से पहले टॉम साहब को धन्यवाद दिया, पंडितजी को दान–दक्षिणा और धनिया को शिक्षा देते रहने का अनुरोध किया। श्यामसुंदर ही उनका यहाँ एकमात्र दोस्त था। रामसुख की सफलता में श्यामसुंदर का भी सहयोग एवं मार्गदर्शन काफी था। श्यामसुंदर से गले लगकर तथा काका–काकी को प्रणाम और दीनू–धनिया को प्यार करके निकल पड़े खंडवा की ओर। काकी–काका को गर्व और रामसुख को संतोष था कि दीनू और धनिया ठीक राह पर काका–काकी के संरक्षण में चलेंगे।

□

8

नवजीवन

खंडवा पहुँचने पर रामसुख के सहयोगियों ने उनका गरमजोशी से स्वागत किया। स्टेशन पर घोड़ा आया था, घोड़े की सवारी रामसुख खूब अच्छी करते थे। घोड़े की लगाम पकड़ते ही उन्हें महसूस होता था कि वे इसी तरह पुलिसिया काम भी बखूबी कर लेंगे। घोड़े पर बैठकर एक सहयोगी एवं मुन्ना सिंह के साथ अपने वार्टर में पहुँचे सामने छोटा बरामदा और अंदर दो कमरे; एक रसोई घर और एक शौचालय घर देखकर काफी खुश हुए राम सुख, एक नौकर भी घर में खाना बनाने और साफ-सफाई के लिए आया, उनके नौकर का नाम छोटू, जो एक अनाथ है। रामसुख को अपने दिन याद आ गए। उन्होंने मन में सोचा, ईश्वर ने चाहा तो छोटू भी मेरी मदद से अपने पैरों पर खड़ा हो जाएगा।

घर में कमी है तो सिर्फ घरवाली की, जो कुछ महीनों में ही पूरी होनेवाली है। काका दीनू और कभी-कभी धनिया भी यहाँ रामसुख के पास आते हैं। बहुत आग्रह करने पर काकी भी एक बार आईं। वो तो बहुत खुश हुई, रामसुख का घर और व्यवस्था देखकर और बोली, "सुखिया, अब हम इहाँ पतोहू के उतारै के बरे ही आउब।"

"हमार इच्छा हनुमानजी जल्दी पूरी करिहै।"

काका ने कहा, "हाँ, जल्दी तोहार इच्छा पूरी होये। आज खत आवा अहै मिसिर कै। जेठ के तेरस के गौना कै तिथि अहै, हम काफी कुछ कै लिए अही। रामसुख कहे, "काका हम कमात अही, आप हमसे एकौ दमड़ी नाहीं लेतेन, कम-से-कम गौना में खर्च करै दें—काका, नाहीं बेटवा, हमका पता अहै, अंग्रेज सरकार कै नौकरी में रुआब, इज्जत, ताम-झाम सब अहै, पर रूपिया तो बस काम भर कै ही मिलत अहै, जब तक भ्रष्टाचार न करै।"

"ई अंग्रेज खुद भ्रष्टाचार करैं तो कौनो बात नाही, पकड़ा जाइहैं तो सजौ नाम भर के मिले,पर अगर कौनो हिंदुस्तानी भ्रष्टाचार में पकड़ा जाए तो बस सीधे गोली मार देत अहै। हम इतना बरस इनके खूब देखे अही। टॉम साहब हमरा इज्जत करत अहैं, ऊ हमार

मदद भी बहुत किये अहै, काहे से, ऊ जानत है। हम ईमानदारी से मेहनत करके कमाये अही। सुखिया, आपन पैसा बचावा, लरिकन के खूब पढ़ाया-लिखाया। ईमानदारी से इज्जत से नौकरी करा। ईश्वर की कृपा से अपने इहाँ लक्ष्मी कै कमी थोड़ौ न अहै। दीनू और धनिया भी अपने पैर पर खड़ा अहैं।"

इस प्रकार काका ने रामसुख को ईमानदारी का पाठ पढ़ाया, जो वो जीवन पर्यंत न भूले। 4 रुपए महीने की तनख्वाह में घर-बार चलाया।

शाम की गाड़ी से सभी वापस खैगाँव चले गए। आज रामसुख की छुट्टी थी, पूरा दिन कैसे बीत गया, पता ही न चला।

काका की कही बातों ने फिर उन्हें यह पाठ-पढ़ाया कि सुखिया रूखी-सूखी खा लेना, पर ईमानदारी की। जितनी चादर, उतना पैर फैलाना।

पुलिस में सहूलियत इतनी थी कि मुश्किल से 1 रुपए महीना ही खर्च होता था, 3 रुपए महीने के हिसाब से उनके पास आज एक साल में करीब 37 रुपए हैं। सोना का दाम 20 रुपए का एक तोला (12 ग्रा.)। गेहूँ-चावल-दाल-साग-सब्जी पीछे धनिया लगा गया था, अकसर उसी में काम चल जाता, घी काका ले आते थे। दूध मुन्ना सिंह के घर से आ जाता था। इस प्रकार सुख-सुविधा के साथ रामसुख के दिन बीत रहे थे। सर्दी खत्म हो गई, बसंत ऋतु आ गई और रामसुख के जीवन का भी बसंत। रामसुख ने एक सुंदर पलंग, गद्दा, दो कुरसी, एक तिपाई खरीदी और घर सज गए। करीब 5 रुपए में सबकुछ आ गए। मुन्ना सिंह आकर मजाक भी करते थे, परंतु रामसुख काफी गंभीर थे, इसलिए कोई छिछले संवाद न होते थे।

गौने की पूरी तैयारी काका-काकी ने कर ली थी। कभी-कभी रामसुख सोचते, शायद उनके अपने माँ-बाप भी आज होते तो उनके और दीनू, धनिया के लिए इतना न कर पाते! दीनू भी ब्याह के लायक हो गए हैं उनका विवाह भी अगले वर्ष कर देंगे।

पं. भवानी मिश्र के यहाँ तो खुशियाँ ही खुशियाँ हैं, वहाँ परिवार है, बहन-बेटियाँ आ गई है, दिन भर तो काम होता है, गौने के लिए आटा पीसना, बेसन पीसना, दाल-चावल, गेहूँ बिनना आदि। बारात में तो पाँच लोग ही आएँगे। रात में गौना है। क्या रौनक है, पहला गीत देवी का, 'आओ भवानी बैठौ मोरे अंगना देबे सतरंगिया बिछाय', उसके बाद बिआह 'ओई काली कोयलिया नेवत दै आवहु हों', फिर 'बन्नी-बन्ना धीरे चलो ससुराल गलियाँ' सरताजी कभी आकर गाने लगती तो सब हमउम्र चिढ़ातीं और वे शरमा के अपने काम में भाग जाती-रिवाज के मुताबिक लड़की अपने हाथ की बनाई कलाकृतियाँ जैसे भौंकी, बेना, झालर, फूलदानी, कढ़ाई किए हुए चादर, रुमाल वगैरह अपने साथ ले जाती हैं सरताजी ने बहुत कुछ बना रखा है। एक सिल्क का रुमाल रामसुख के लिए बनाया, जिसमें 'राम' फूलों के बीच में यूँ काढ़ा है कि नाम दिखता ही नहीं है।

तेरस के एक हफ्ते पहले दीनू और काका खैगाँव से खंडवा आए। वहाँ से खरीदारी की। कुछ विचार-विमर्श रामसुख से करके मुन्ना सिंह और सिपाही तिवारी भी प्रयागराज के लिए बंबई एक्सप्रेस से निकले। प्रयागराज पहुँचकर सबने संगम में स्नान किया और बड़े हनुमानजी के दर्शन काकी की इच्छानुसार किए, उस रात वहीं रुके, अगले दिन सुबह लखनऊ जानेवाली ट्रेन से प्रतापगढ़, फिर वहाँ से घोड़ागाड़ी से लालगंज शाम तक पहुँचे। तिवारी सिपाही रायबरेली के हैं, अत: इन लोगों की रहने-खाने की व्यवस्था करके वे आगे निकल गए। गौने के दिन सुबह आकर साथ में ही वापस जाएँगे। गौने के लिए एक दिन और है। दीनू तो बार-बार पहाड़पुर जाने की इच्छा जता रहे थे, परंतु रामसुख ने कहा था न कोई वहाँ जाएगा, न वहाँ से किसी को गौना का न्योता दिया जाएगा। पहाड़पुरवालों को तो अभी भी इनका कोई अता-पता न था।

सगरा सुंदरपुर आने पर तो दीनू रोने लगे, बोले, "काका, हम लोग रात में यहीं से आगे बढ़े रहे और खैगाँव में भगवान स्वरूप आप मिलेन।" तिवारी और मुन्ना सिंह की आँखें नम हो गईं और काका ने कहा 'बेटवा' हमें भगवान् कै दर्जा मति देय्या।"

आज रविवार है, रामसुख की छुट्टी है। अभी आलस्य से बिस्तर में ही थे, दरवाजे की दस्तक से उठे! दरवाजा खोलते ही हँस के बोले, "काकी, धनिया आवा, आवा, काकी ने प्यार से माथा चूमा और धनिया गले लग गया।

काकी बोली, "आज तैय्यारी करै का अहै, पतोहू कै स्वागत कै," एक बड़ी सी गठरी धनिया ने भीतर रख दी। तब तक छोटू पानी और मीठा लेकर आए। पानी पीकर धनिया और काकी काम में जुट गए। तब तक रामसुख भी नहा-धोकर तैयार हो गए। काकी और रामसुख ने निश्चय किया कि यहाँ से सिर्फ तिवारी और मुन्ना सिंह के परिवार को ही बुलाएँगे, दुल्हन को उतारते समय। धनिया जाकर न्योता दे आएँगे कि कल करीब 7 बजे सुबह यहाँ आ जाएँ, क्योंकि इतना समय तो लग ही जाएगा घर पहुँचने तक।

लालगंज में दीनू, काका और श्यामसुंदर, तिवारी का इंतजार कर रहे थे, इतने में तिवारीजी दिखे। सबने नया कुरता और धोती पहन रखी थी, सिर पर पगड़ी और पैर में जूती भी थी, दुल्हन लाने जो जा रहे थे! एक बैलगाड़ी तैयार थी, चालक कल्लू भी सज-धज के बैठे थे। नकदी और मिठाई जो मिलनेवाली थी आज। गाड़ी पर बैठाकर कल्लू बोले, "बम-बम भोले, हर हर महादेव!" और गाड़ी हाँक दी। खुशी का माहौल था, सुबह की ठंडी बयार, मनोरम दृश्य और कल्लू का शिव भजन यात्रा को सुखद बना रहा था।

लालगंज की सराय से भवानीजी के घर पहुँचने में करीब आधा घंटे का समय लगा। घर से थोड़ा पहले ही सरताजी के भाई कुछ लड़कों के साथ पानी, शरबत और मिठाई लेकर स्वागत के लिए खड़े थे।

पानी पीकर आगे-आगे घराती और पीछे बराती चलने लगे। घर के पास पहुँचते ही कानों में महिलाओं के गाने की आवाज आ रही थी, वे स्वागत गीत गा रही थीं।

बाहर दरवाजे के सामने ही 7 खाट पर नई दरी बिछी थी, उसी पर घराती-बराती बैठे। कुछ देर बाद ही भवानीजी ने कलेवा के लिए यह कहकर आमंत्रित किया कि कृपया आप लोग हमारे आँगन में जूठन गिराकर हमें कृतज्ञ करें। कुल 15 लोग थे। कलेवा परोसनेवालों ने ऊँची धोती पहनी थी, कंधों पर जनेऊ था, बाल में चुटिया की गाँठ थी, माथे पर चंदन का टीका। अपनी-अपनी खाट पर सबने अपना कुरता और पगड़ी उतारकर रखा। नाऊँ ने सबको हाथ-पैर मुँह धुलवाए और सबको आँगन में ले गए। पीढ़े पर, जो पाँच के समूह में लगाए गए थे, भोजन खाने और परोसने की सुविधानुसार। काका तो बहुत ही असमंजस की अवस्था में थे। ब्राह्मणों के साथ एक पंगत, ओह भगवान् रास्ता दिखाओ! इतने में सरताजी के फूफा ने दीनू से कहा, "मेहमान रामदीन जनेऊ नाहीं भा अहैका।"

रामदीन ने कहा, "नाहीं भवा फूफा।"

भवानीजी ने कहा "बेटवा काका के संगे इहाँ आवा और जम के खा।" इस प्रकार उलझन का समाधान हुआ, उनके साथ घर के दो-तीन लड़के और मुन्ना सिंह भी बैठे। तिवारी तो हँस के फूफा के बगल में ही बैठ गए और कहा, "हमार जनेऊ भा अहै तोहरे गाँव के नगीचे हमार ससुरारी अहै।" भोजन में पूड़ी-कचौड़ी, कोहड़े की सब्जी नमक अलग से, चीनी पीसी, पुदीने आम की चटनी और गो रस (लस्सी), खाने के उपरांत मीठे में बूँदी परसी गई। *खाते समय गाली की परंपरा है, अतः ओट में औरतें बैठीं, उनके पीछे के कमरे में हमउम्र गाँव की लड़कियाँ सरताजी को सजा रहीं थी कि अंजोरा आईं और बोली, "बिटिया हम ऊ नीक वाली कृष्ण भगवान् वाली गारी भुलान अही तनी एक-दुई लाइन सुनावा तो याद आइ जाए।" सरताजी और अंजोरा दोनों गाने में पारंगत थीं, तुरंत सरताजी ने कहा, "कहवाँ कैरे ग्वालिन कहवाँ तू बेचै दही रे दही," हाँ हो कहकर चल पड़ी अंजोरा और शुरू हो गई पहली गाली भगवान् के नाम पर, बस फिर क्या, गालियों की बौछार कर डाली, सब बराती दंग रह गए। सब एक साथ उठे और नाऊ ने हाथ धुलाना शुरू किया तो औरतों ने गाया—"पानी-पानी करै तुलसी रामा पानी केउ न देय हो हमरे नाऊआ तोर बहनोइया उहे पानी देय हो।"

अब अंजोरा बुआ सरताजी के पास पहुँची और बोली, " ओय बिटिहनी बहिरे जा, धोती हम पहनाउब।" उनके बाहर जाने पर किवाड़ बंद करके धोती पहनाते-पहनाते सिखाने लगी, बोली, "बिट्टी, हम जानत अही, तू बहुतै खुशी अहा, ससुरे जाए के बरे पर रोऊब भूलियु जिन।"

सरताजी बोली, "हाँ, बुआरोआई तो अब हिनै आवति अहै।"

बुआ, "तोहाय आँख के देखे घुँघटा मा, सरताजी।" तौ फिर बुआ, "हम बतावत अही", "हमका और सहेलियन का इहाँ कोठरी में भेंट लिहू भेटत तब तक न छोड़ियो, जब तक कोहू और न खींच ले। अब ध्यान से सुना, पहिले सखियन से भेंट के नाव लैके बोलियो जैसे मोर मैनवा कैसे रहब तोहरे बिन हूँ हूँ हूँ।

"फिर आखिर में हम तोह से भेंटब और कहब मत रोवा बिट्टी, हमहू ऐसेन विदा भये रहे बिटिया कै नसीब इहै अहै, फिर तोहे अंगना में लै जाब उहाँ छोटकी भौजीको भेंट के कहियो मोर काकी हमका कलेवा के देय और काकी मोर काकी हो हूँ हूँ हूँ ऐसेन सबकै जौन-जौन कहतु हूऊ कहि के घरवा में भेंट लिहू हम तोहे लैके भौजी के गले लगाय देब अब तो तू जकड़ के कहिऊ ओ मोर माई हो कैसे रहिब हम और के तोहेय फलहार बनाय के खिलाय, जब भूखी रहिबू हूँ हूँ हूँ, मोर माई हम न जाब, हम न जाब, हम तोहै बाहर लै जाब छोटके भय्या के लगे तू गोड़ पकड़ के बैठ जाइयू और कहिऊ अरे हमार काका हो के तोहे पनिया पियाये काका हमें रोक लेया इतनी दूर मत भेजा, फिर भय्या कै गोड़ पकड़ के रोईयो कहिऊ-मोर बाबू हो काहे बिहाया विदेस-हम न जाबै··· हम ना जाबै हो-हम खींच के लै जाब मियाना के लगे तोहार भय्या गप्पू होईहैं लोटा लै कै, तू पकड़ लिहू कस के, कहियु मोर भय्या बिरना हाली हाली लिआवै आया, फिर हम पकड़ के मियाना में बैठाउब, तू रोई के कहिऊ हमार बुआ रोकि लिया हमें मत भेजा बूआ हम तोहार आँख पोछबऔर कहब चुप हमार बात सुना और धीरे-धीरे कान में कुछ कहब। जब मियाना उठे तो फिर जोर-जोर से रोऊ जैसे पूरा गाँव सुनै। बिट्टी सब याद रखबू ना।" तब तक आवाज आई, "अंजोरा जल्दी निकाला दुलहिन के," और नाऊन ने आकर पकड़ा सरताजी को। सरताजी को जैसा बुआ ने बताया था, वैसा ही करते हुए विदा हुई। मियाना पर बैठी तो भाई ने लोटे के पानी से मियाना के आर-पार कुल्ला किया। कहार ने मियाना उठाया। सरताजी के कानों में औरतों के विदाई गीत की आवाज आई। घर से 500 गज की दूरी पर मियाना जमीन पर उतरा और बुआ दौड़ी-दौड़ी आकर सरताजी को उतारकर बैलगाड़ी पर बैठाया और सरताजी को पानी पिलाया, समझाया, फिर दोनों गले लग के रोई और अंजोरा से काका ने रुँधे गले से कहा कि गाड़ी छूट जाए बिटिया, अंजोरा उतर गई बैलगाड़ी से, कल्लू ने बैलगाड़ी हाँक दिया। सरताजी के रोने से सभी की आँखें नम थीं।

घुइसरनाथ धाम के थोड़ा आगे आने पर पक्की सड़क आ गई और लालगंज से बैलगाड़ी तेज चल पड़ी। सड़क की ओर मुँह करके सरताजी घूँघट थोड़ा खोलकर पीछे छोड़ती हुई सड़क देखने लगी और ठंडी हवा में लहराते कल्लू के गीत के मधुर स्वर ने सरताजी को काफी खुश कर दिया। इस अनुभव ने घर छोड़ने के दुःख को

थोड़ा कम कर दिया। बीच-बीच में मन कभी बचपन, घर दुआर तो कभी नए भविष्य की कल्पना के बीच झूलते हुए अचानक गाड़ी रुकी और काका ने कहा, "दीनू, भौजी का मदद कै के गाड़ी से उतारा।" सरताजी पहली बार घर से बाहर निकली थी। अतः हर अनुभव आकर्षक एवं रोमांचकारी था। उन्हें तिवारी के कहने पर एक कमरे में बैठा दिया गया। काफी बड़ा कमरा था, उनके घर में कोई भी कोठरी इतनी बड़ी न थी। सरताजी अकेले थी इसलिए घूँघट सरका लिया। सामने एक आदमकद शीशे में अपने को देखकर चीख निकलते-निकलते रही, इतना बड़ा शीशा कभी देखा जो न था! दीनू पानी मिठाई लेकर आए, सरताजी ने मुँह-हाथ धोकर पानी पिया और सपनों में खो गई। दीनू ने आवाज दी, "भौजी, रेलगाड़ी आवै वाली अहै चला।" सरताजी ने चादर घूँघट ठीक किया और धीरे-धीरे चल पड़ी। ट्रेन आई और सब बैठ गए। 12 बजे का समय था 2 घंटे बाद ही इलाहाबाद स्टेशन आ गया। सब उतर गए, यहाँ प्लेटफार्म की एक बेंच पर बैठकर सब गाड़ी का इंतजार करने लगे। सरताजी को आसनी बिछाकर दीवार की ओर मुँह करके बैठा दिया। अब गरमी काफी थी, दोपहर का समय जो था। 4 बजे बंबई जाने वाली गाड़ी आई। यहाँ काफी भीड़ थी, किसी तरह दीनू की मदद से सरताजी ट्रेन में चढ़ी और खिड़की के पास उन्हें कथरी बिछाकर बैठा दिया। एक सीट पर सरताजी और सामने एक पर दीनू की कथरी बिछी। काका ने हिदायत दी, "आपन-आपन गठरी सँभालत जाया, चोरी-चमारी भी होत है।" थोड़ी देर में ट्रेन चली इतना बड़ा स्टेशन और इतनी दुकानें, इतने लोग अंग्रेज आदमी-औरतें—उनका पहनावा देखकर सरताजी अचंभित थी, भाषा तो समझ में ही नहीं आती है। स्टेशन पार हो गया, अब जमुना नदी के पुल पर से गाड़ी जा रही थी। सरताजी को डर भी लग रहा था, काफी निडर थीं स्वभाव से, फिर भी दिल धक-धक करने लगा। थोड़ी देर बाद दीनू ने कहा, "भौजी, हम दुनौ जने बारी-बारी सोउब, जेसे गठरिया चोरी न होय।"

"भौजी, तू थकी अहा, सोई जा, हम तो दुई-तीन दिन से सोबत अही। काम बिना करे शरीरिया पिराति अहै।"

सरताजी, "कोनौ नाहीं, हम सोई जाब, कहा तौ तोहाय गोड़ दबाय देई, नींद आय जाए।"

दीनू, "अरे नाहीं भौजी, हम तोहाय गोड़ दबाय देई का।" सरताजी कुछ शरमाई और कहा, "नाहीं-नाहीं लल्ला।" ट्रेन सरपट दौड़ रही थी और सच में सरताजी सो गईं। दीनू खिड़की से बाहर देखते हुए कुछ पुरानी घर गाँव, माई-बप्पा की यादें तो कुछ सपने बुनते हुए बाहर देखते हुए जग रहे थे। जब सरताजी जगी तो दीनू से आग्रह किया, लल्ला सोई जा अब बाहर अँधेरा था, हवा थोड़ी ठंडी सी लगी तो सरताजी ने

दीनू को चादर ओढ़ाई और स्वयं भी थोड़ा ढककर अलसाई सी पड़ी रही। इस प्रकार सफर बीत गया।

काका ने कहा, “दीनू बेटवा, तीन घंटा बाद खंडवा आए, आपन खैगाँव आवै वाला अहै। भौजी के स्टेशन दिखाय दिहा और श्यामसुंदर कै दुकान भी, होई सकत हैं, श्यामसुंदर मिलै भी आवैं।”

□

9

टॉम साहब की अशर्फी

नई दुल्हन

खैगाँव स्टेशन पर गाड़ी रुकी तो चाय लेकर श्यामसुंदर का भतीजा दौड़ते देखकर दीनू बोले, "भौजी, हम इहै तरह काम करत रहे।"

श्यामसुंदर ट्रेन में घुसे और उनके पीछे-पीछे टॉम साहब को देखते ही काका उनका पैर पकड़ के बोले, "साहब बहुत धन्यवाद, आज हम रामसुख कै दुल्हिन ले के आए, मुँह मीठा करैं।"

टॉम साहब, "कहाँ है Dulhen ?"

सरताजी खड़ी हुई और जब वे झुकी पैर छुने के लिए, तो उनकी हाथ की चूड़ियाँ बज उठीं।

टॉम साहब ने कहा, "God bless you mychild," और एक सोने की अर्शफी निकालकर दे दिया और बोले, "शगुन है, May you have long & happy married life."

सरताजी ने काँपते हाथों से फैला दिया आँचल। टॉम साहब चले गए तो दीनू ने कहा, "भौजी सोना है, गठिया लेया ठीक से।"

टॉम साहब ट्रेन से उतर गए, श्यामसुंदर ने प्रणाम किया, दीनू ने कहा, "भौजी, हमार और भय्या के दोस्त हैं।"

सरताजी पैर छूने बढ़ी तो श्यामसुंदर हँस के बोले, "अरे हम तो रामसुख से बड़े हैं तो आपके जेठ लगे, फिर मिलते हैं," कहकर वो भी काका और मुन्ना सिंह से बात करने लगे।

सुबह चार बजे जब रामसुख को छोटू ने पानी दिया तो उन्होंने पूछा, "धनिया और काकी कहाँ है ?"

छोटू, "रसोईयाँ में काकी हैं और धनिया तिवारी की बहिन सुघरा को बुलाने गए है।"

"अच्छा," कहकर रामसुख रसोई में गए तो काकी आटा गूँध रही थीं।

रामसुख, "काकी सबेरे-सबेरे जुट गईं।"

काकी, "हाँ बेटवा, दुल्हिन दुई घंटा में आय जाए, गाड़ी खैगाँव स्टेशन पे होये," 'हाँ' कहकर रामसुख बाहर दरवाजे पर आए तो देखा दरवाजे पर आम के पत्ते और गेंदे के फूल से बना वंदनवार लगा है, दोनों ओर पानी भरा कलश सजा हुआ है। उसके ऊपर लोटे में आम के पत्ते और लोटा के ऊपर कटोरी में जलता हुआ दीया। लगता है, काकी और धनिया रात भर सोए नहीं! रामसुख तैयार होने के लिए गए।

धनिया और साथ में तिवारी की बहिन रसोई में गई तो काकी ने कहा, "बिटिया, जौन रसियाव राति में बनई रहिऊ ऊ दुल्हिन के बरे एक थाली में निकाल देव और दुई चार दालपूड़ी अपने परिवार के बरे सेंक लिहू तो बाकी हम सब सेंक लेब, "अरे नाहीं काकी, आप बाकी काम देखैं हम सब कै लेब अकेले, धनिया मदद कै देइहैं हमार अगर जरूरी होये तौ नाहीं तौ हम कै लेब अकेले कौनो परेशानी नाही न।" काकी दुल्हिन के लिए कमरा ठीक करने के लिए और रामसुख के लिए नई धोती कुरता, अचकन निकालने के लिए गई। सब कपड़े बैठक की तिपाई पर रख दिया।

रामसुख नहाकर आए तो नए कपड़े देखकर चकित होकर बोले, "काकी "एकै का जरूरत रही?"

काकी बोली, "जरूरत रही हमार बेटवा तिलंगा अहै ऐसे थोड़ौ न जाए स्टेशन!" तैयार होकर रामसुख घोड़े पर बैठकर स्टेशन पर पहुँचे। वहाँ पर एक पालकी, ढोल बजानेवाले और कुछ लोग भी धनिया के साथ उपस्थित थे।

रामसुख बोले, "अच्छा तो धनिया तू शामिल अहा!"

"हाँ भय्या, काका कै आज्ञा रही और सब इंतजाम काका-काकी किहें अहैं, हमें तो साथ में आवै का रहा बस।" रामसुख स्टेशन पर गए, सीधे जाकर स्टेशन पर सिग्नल की ओर देखा, सिग्नल डाउन था, सिग्नल मैन हरी झंडी और हरी रोशनी का लालटेन ट्रैक की ओर दिखा रहा था। गाड़ी स्टेशन की ओर आती दिखी। एक 8 वर्ष का बच्चा चाय लेकर दौड़ा। रामसुख की बड़ी-बड़ी आँखें इस पर ही अटककर उसके साथ दौड़ने लगीं। ट्रेन की खट-खट की आवाज से प्लेटफार्म पर रुकी, सबसे पहले श्यामसुंदर, जो खैगाँव से साथ हो लिये थे और तिवारी उतरे, उसके बाद काका, फिर दीनू सरताजी का हाथ पकड़कर सँभालते हुए उतरे। झाँझ की छन-छन की आवाज के साथ सरताजी लाल रंग की चुनरी पर लाल रंग की बनारसी चादर में लिपटी हुई, महावर लगे कदमों से धीरे-धीरे चल रही थी।

स्टेशन के बाहर ढोल-तासे बज रहे थे। अब धनिया और दीनू ने मिलकर सरताजी को पालकी में बैठाया, धनिया सरताजी के पैर छुकर बोले, "भौजी, हम तोहार छुटका

देवर धनिया अही।" चार कहार ने पालकी उठायी, साथ में ढोल-बाजे वाले, श्यामसुंदर, दीनू, धनिया पैदल चलने लगे। तिवारी और रामसुख का घोड़ा तैयार था। आज बहुत आदर-सम्मान से जबरदस्ती एक घोड़े पर काका को बैठाया गया। तीनों के घोड़े धीरे-धारे पालकी के पीछे-पीछे चल पड़े। ढोल की आवाज सुनकर पुलिस कॉलोनी के बच्चे बाहर निकल आए और ताली बजाने लगे। हँसते हुए बच्चों को देखकर सब खुश होकर मुसकराने लगे। पालकी के परदे को थोड़ा-थोड़ा उठाकर सरताजी भी बाहर देखती और रामसुख को देखकर गर्व महसूस कर रही थी और आज उन्हें अपनी तकदीर पर नाज हो रहा था। उन्होंने सपने में भी न सोचा था कि वे सिपाही की पत्नी बनेंगी! बच्चों के पास आने पर काका ने सिक्के और बताशे लुटा दिए। बाल स्वभाववश सब बच्चे लूटने लगे। उनमें कुछ अंग्रेज बच्चे भी थे, उन्हें पैसे उठाते और बताशे खाते देखकर रामसुख, तिवारी, श्यामसुंदर एवं काका को एक सुख की अनुभूति सी हो रही थी।

डोला दरवाजे पर रखा गया। घर के अंदर से गाने की आवाज आई, काकी, सुघरा और तिवारी की पत्नी गा रही थी, "हाली-हाली छनिया छावावा हो तुलसी, ऊंचै रक्खया मोहार, आवत होइहैं भवानी कै बिटिया उनसे निहुरा न जाय।" सरताजी अपने यहाँ का गाना सुनकर अचंभित रह गई। सुघरा ने डोला का परदा उठाया और प्यार से जीजी कहकर उनका घूँघट चादर ठीक करके, यूँ उतारा कि उतरती हुई सरताजी की एक उँगली भी न दिखी, फिर छन-छन करके चली, दरवाजे पर पहुँचते ही काकी ने परछन किया, यह स्वागत परंपरा है, जिसमें आरती के बाद फिर, घर के सामानों जैसे मूसल, लोटा, पंखा, सूप आदि को चारों ओर दुल्हन के घुमाकर उसके माथे से छुआते हैं, आखिर में काकी ने जल भरे लोटे को दुल्हन के चारों ओर घूमाकर पानी बाहर फेंका और रस्म पूरी की। तिवराइन दुल्हन को कोहबर में ले गई, जहाँ पूजा की विधि सुघरा के निर्देश पर संपन्न हुई। अब वर-वधू ने आकर पानी में अंगूठी ढूँढ़ने का शुभ कार्य किया।

सब को जलपान देने के लिए छोटू गए, सुघरा, सरताजी एवं रामसुख को लेकर सजे हुए कमरे में गईं।

रामसुख ने कहा, "अरे बहिन! अब हमें जाय देय्या, तोहाय कार्यक्रम होई गवा तो।"

सुघरा ने हँस के कहा, "अरे भय्या, दक्षिणा तौ देब्या।"

रामसुख, "काकी सुघरा के कुछ दैं दें।" कहते हुए बाहर निकल आए।

काकी ने तिवराइन से कहा, "अरे दुल्हिन कै मुँह जूठा करावा", सुघरा ने सरताजी को मुँह-हाथ-पैर धुलवाकर चौके में लाकर प्यार से रसियावा दालपूड़ी, दही, अमावट की चटनी दिया। छोटू ने बैठक में पत्तल बिछवाया, जहाँ सभी पुरुष खाने बैठे, जब ये पकवान परोसा गया तो सभी आश्चर्यचकित थे। काका और काकी तो जानते थे, पर

बाकी सब को अंदाजा भी न था कि यहाँ परदेस में ये परंपराएँ निभाई जा सकती हैं! पुरुषों का खाना समाप्त हुआ तो काका ने घर खाली करने के हिसाब से कहा, "चला भाई, सब के पान खिलवावा जाए," सब बाहर निकल गए तो शगुन के लिए गाना हुआ, जिसमें सरताजी को गाने के लिए कहा गया। सरताजी ने संकोच के साथ शुरू किया, "मेरे तो गिरधर गोपाल, दूसरो न कोई रे," इतना सुंदर स्वर सुनकर काकी ने बलैयाँ लीं। एक-दो गाने सुघरा और काकी ने भी गाए। फिर मुँह दिखाई की रस्म में काकी ने एक सोने की झुलनी दी और कहा, "दुल्हिन पहिन के दिखाय दिहू," फिर तिवराइन ने चाँदी की बाल में लगाने की क्लिप दी। सुघरा और तिवराइन ने खाना खाया, काकी को खिलाकर फिर वे चली गईं। अब काकी और सरताजी अकेली थीं।

काकी ने कहा, "बिटिया, हम आज संझा के निकल जाब, आपन घर गृहस्थी ठीक से सँभालिउ, छोटू, रामसुख के संगे 8-10 महीना से अहैं तौऊ उनके पसंद-नापसंद के बारे में ठीक से जानत अहै।" काकी ने सरताजी को समझाया कि नारी घर को स्वर्ग बना सकती है, पुरुष कमाकर लाएगा, परंतु घर सँभालना नारी का ही काम है।

धनिया अभी तक सरताजी से न मिले थे, इसलिए वहाँ काका से बोले, "काका, हम भौजी से मिल लेई और तैयारी करि लेई संझा निकलै का अहै ना।"

तिवारी बोले, "हमहूँ जात अही, काका प्रणाम, भय्या श्यामसुंदर, फिर मिलते हैं।" दीनू तो पहले ही कुछ काम से जा चुके थे, इस प्रकार सभी लोग अपने-अपने घर आ गए।

कमरे में सरताजी अकेली थीं, काकी काम में व्यस्त थीं, धनिया ने कमरे में जाके भौजी के पैर छूए तो सरताजी खड़ी हो गई और घूँघट ठीक करके बोली, "अरे छोटकू बैठ जा, धनिया बोले, "हम आपके छोटका देवर अही, आपकै हम पर उतना हक अहै, जेतना सीता मय्या के लक्ष्मण पर रहा। आप आराम करै। हम सब थोड़ी देर में निकलब। इतने में दीनू आ गए। लंबा रास्ता साथ में तय करने की वजह से सरताजी को दीनू से आत्मीयता थी।

दीनू ने पैर छुए और बोले, "भौजी आज्ञा दया, बहुत काम अहै, एक घोड़ा गाड़ी दुकान कै समान लै के स्टेशन पर आए, उहै देखै हम पहले निकल जाब।"

सरताजी ने कहा, "लल्ला, एक क्षण रुका" और गठरी खोलकर वे अपने हाथ से काढ़ा हुआ रुमाल निकालकर दोनों को दिया। बहुत ही सुंदर फूल उगेरे थे और बीच में राम अंकित था। तीनों भाइयों के नाम में राम होने से सरताजी 7-8 रूमाल बनाकर लाई थीं। दोनों भाइयों ने स्नेह एवं श्रद्धा से माथे लगाया और निकल गए।

थोड़ी देर में काकी आईं और बोली, "हम शाम का खाना बनाय के रख दिहै अही और अपने सब के बरे बाँध लिये अही, तोहरे घरे से आवा लड्डू कै झापी में से एक

तिवारी और एक मुन्ना सिंह के बरे अहै। कुछ झापी हम लै जात अही, श्यामसुंदर, टॉम साहब और अपने गऊ माता लोगन के बरे, बाकी तोहाय देवर खैइहैं। 15 झापी रखी अहैं, भिहान सुखिया अपने संघी-साथी और साहब के इंहाँ छोटू से भिजवा देइहैं। अब हम निकलब। काका की आवाज आई, मलकिन हम पतोहू के आशीर्वाद देय चाहत अही। काका आए हाथ में एक छोटी थैली में सिक्का लेकर। सरताजी ने पैर छुए और काका ने थैली थमाकर सिर पर हाथ रखकर कहा, "सदा खुश रहो।" और निकल गए।

सरताजी ने काकी के पैर छुए, मींज-मींजकर रोते-रोते। काकी ने गले लगाकर आशीर्वाद दिया, "बिटिया, दूधो नहाओ-पूतो फलो।" इस प्रकार छोटू और सुघरा को छोड़ सब चले गए।

सुघरा से सरताजी मायके की सखी-सहेलियों की बातें करने में रम गई तो समय का पता ही न चला। शाम हो गई तो छोटू ने कहा, "दीदी, आपको भय्या बुला रहे हैं," जल्दी से सुघरा उठीं तो देखा, बाहर रामसुख और तिवारी खड़े हैं। रात का खाना लाने सरताजी चौके में गईं, सरताजी तो दंग रह गई काकी का इंतजाम देखकर, सारे धुले बरतन एक तिपाई पर सजाकर रखे थे। दूसरी तिपाई पर सारे मसाले, दाल वगैरह मर्तबान में या मटकी में, यहाँ तक जो सरताजी के मैके से नमक, दाल, चावल आए थे, वो भी तरीके से डलियों में कपड़े से बाँधकर रखा था। छोटू से पूछा तो छोटू ने बताया कि सारा काम काकी और सुघरा दीदी ने किया है।

छोटू का काम हलका हो गया था, सरताजी फरचहा खाती थीं, इसलिए चौके में छोटू का आना बंद था, छोटू बाहर का काम और रामसुख के जूते और वरदी को ठीक करके निश्चित जगह पर ही रखेगा, ऐसा निर्देश था सरताजी का। सरताजी हमेशा घूँघट किए रहती थीं। एक दिन रामसुख ने कहा, "इहाँ के अहै जेसे पर्दा किए अहा, आराम से रहा," सरताजी ने सोचा, ठीक ही तो है तो उन्होंने अपना घूँघट माथे तक करना शुरू कर दिया। अंडाकार मुख पर सोने की झुलनी खूब सजती थी।

सुघरा आई तो बोली, "दीदी, बहुत नीक लागति अहै झुलनी।" सुघरा का भतीजा मुन्ना गोद में सो गया तो सरताजी के कहिने पर उसे बिस्तर पर लिटा दिया।

सरताजी ने पूछा, "सुघरा, तू अपने नाम के तरह देखै में और काम में सुघर अहा। अपने बारे में बतावा।"

सुघरा के जन्म के तीन वर्ष बाद ही उनकी माँ का स्वर्गवास हो गया, उनके भाई उनसे 12 वर्ष बड़े हैं, इसलिए माँ की मृत्यु के बाद दूध पिलाना, खाना खिलाना, सुलाना आदि करने लगे। जब पाँच साल की हुई तो तिवारी का गौना आया, ये सब संयुक्त परिवार में रहते थे। चाचा-चाची उनके 5 बच्चे और एक बहू थी। बूढ़ी दादी बिन माँ की बच्ची का बहुत खयाल रखती थीं, परंतु एक वर्ष के अंदर ही, जब सुघरा 6 वर्ष की थीं

तो पिता की मृत्यु हो गई, दादी टूट गई और बीमार हो गईं। तिवारी की पत्नी काम करने में थोड़ी सुस्त थीं, तो चाची हमेशा उनको डाँटती रहती थीं। तिवारी बाहर गाय-गोरू का काम करते थे। एक दिन वे दूध दुह के बाल्टी में लाए, परेशानी की वजह से बाल्टी रखते ही उलट गई, अब बस चाचा ने डंडे से मारना शुरू कर दिया, सुघरा पैर पकड़कर रोने लगीं और तिवारी की पत्नी तिवारी को चिपटकर खड़ी हो गई तो गाली देते हुए चाचा ने छोड़ दिया। दिन भर तिवारी और उनकी पत्नी और सुघरा भी रोते रहे।

शाम को तिवारी की पत्नी ने कहा, "हमारे पास इतना पैसा है कि हम लोग यहाँ से निकलकर दीदी के पास बंबई चले जाते हैं।" तिवारी को समझ में आ गया था, अब यहाँ रहना मुश्किल है, इसलिए वे तैयार हो गए और सुघरा को गोद में उठाया, दादी के पैर छुए और बोले, "हम लोग अपनी पत्नी के दीदी-जीजा के पास बंबई जा रहे हैं।" इस प्रकार घर-बार छोड़कर सपत्नी तिवारी और सुघरा बंबई पहुँचे। वहाँ एक कमरे में 7 लोग कुछ दिन रहे, तिवारी को स्टेशन पर साफ-सफाई का काम मिला। ठीक-ठाक पैसे मिलने लगे तो अलग कमरा लेकर तीनों रहने लगे, फिर पता चला कि पुलिस में भरती हो रही है, कद-काठी से ठीक होने की वजह से पुलिस में भरती हो गए और खंडवा भेज दिए गए, यहाँ पर सब सुचारू रूप से चलने लगा। तिवारी की लाडली बहन सुघरा हर काम में दक्ष है।

सरताजी ने कहा, "चला कौनो नाही, आज सब खुश अहा, जौन भा, ओका भूल जा, लेकिन इतो बतावा सब काम कैसे सीख लिहू ? दीदी, एक तो 'हमार भौजी चटक नाहीं न, हम ज्यादै चटक अही' घर कै काम काज मा, फिर इहाँ तरह-तरह के लोग रहत हैं, ऊसब कुछ-कुछ काम बहुत अच्छा जानत है। अंग्रेज सिपाहिन कै मेहरारू भी बहुत काम करितिअहै।"

सरताजी, "ई जौन पहिने अहा इ कहाँ से पाईऊ ?"

सुघरा, "दीदी, ई जंपर अंग्रेज औरतें छोटे से लंहेगा के अपर पहिनत हैं तो हमहु उनसे सीख के धोती पे पहिने लागे। तू हू पहिन लेया तौ काम करै मा अराम रहे, बार-बार धोती संभालै के न पड़े। तोहाय रसोईया हम ही सजाये अही, अंग्रेजन रसोईयाँ सुंदर रक्खयी। बड़ा दिन कै त्योहार पर जब मिलबू अंग्रेज सिपाही और अफसर के परिवार से तो देखबू, ऊसब कपड़ा कैसे पहिनत थी, बाल कैसे बनाव थीं।"

□

10

क्रिसमस का त्योहार : सुघरा का ब्याह

धीरे-धारे समय बीतने लगा। कभी-कभी धनिया और काका भी आ जाते थे, दीनू तो अकसर आते थे। क्रिसमस (25 दिसंबर) आ गया, 22 की सुबह मुनादी हो गई 25 की शाम को 4 बजे सभी यहाँ के रहनेवाले चर्च के पास के हॉल में मिलें। सरताजी ने रामसुख से पूछा, "का पहिनव 25 तारीख के?"

रामसुख बोले, "अरे सुघरा से पूछ लेया, तिवारी कई बरस से इंहाँ अहै और तिवाराइन, सुघरा और लरिके सबै क्रिसमस पार्टी में जाबौ करथेन।"

सुघरा आई तो सरताजी ने पूछा कि क्या पहनें? सुघरा ने एक अच्छी मलमल की धोती निकाली—कोरी थी, हल्दी लगी हुई। एक लाल अंगोछा निकाला और बोली, "दीदी, एके हल्दी में रंग के सुखाय लेब, नाही तो आलता घोरि के रंग लेबै।"

बिदाई वाली बनारसी चादर भी निकाल ली और बोली, "रख लेब तैयार करिके, ऊ दिन हम आय के सजाय देब तोहै।"

क्रिसमस के दिन करीब तीन बजे सुघरा आई, जंपर और गुलाबी धोती पहनकर। सरताजी को पीली धोती और लाल चादर ओढ़ाई, माथे तक सिर ढका, बाल की अच्छे से एक चोटी बना दी थी। सरताजी काफी आकर्षण लग रही थी, माथे पर बड़ी टिकुली और नाक में झुलनी चार चाँद लगा रही थी।

शाम को 4 बजे रामसुख और तिवारी ने परिवार को जनाना हॉल में छोड़ा, जहाँ सिर्फ महिलाएँ और बच्चे होते हैं। एक बड़ा सा केक उच्च पुलिस अधिकारी की पत्नी ने काटकर सबको Happy Merry Christmas बोला और जलपान शुरू हुआ। केक में अंडा होने की वजह से सुघरा और सरताजी ने नहीं लिया। वहाँ की रौनक देखकर सरताजी अचंभित थीं। खुश होकर सब को देख रही थी। सभी एक-दूसरे को नमस्ते कहकर अभिवादन करते थे। अंग्रेज औरतों ने सुंदर सा लहँगा (Skirt) और ऊपर जंपर पहन रखा था, बालों का पीछे जूड़ा बनाया था। जूड़े को सोने-चाँदी की पिन से सजाया था, कुछ ने शॉल या कोट भी पहन रखा था। वहाँ से आने पर रामसुख

ने देखा कि सरताजी बहुत खुश हैं, तो पूछा, "कैसा रहा क्रिसमस कै जलसा?"

सरताजी, "बहुत नीक।"

रामसुख, "कुछ सीखीऊ अंग्रेज औरतन से? 'हाँ धोती के संगे जंपर पहिनब' रामसुख अच्छा कहाँ से लेबू, सरताजी, "सुघरा जानति अहैं सिखाया देइहैं, हम उनसे सीख लेब और सिलके पहिनब।"

रामसुख, "इतौ बहुत सुंदर बाति अहै," सरताजी, "हाँ सुघरा, बहुत सुघर अहैं, इनकै बिआह काहे नाहीं भा?"

रामसुख ने बताया कि तिवारी काफी परेशान है। आजकल तिवराइन बहुत स्वस्थ नहीं रहती है। इसलिए शुरू में घर की जरूरत के कारण ढूँढ़े नाहीं, अब जब छोटावाला लड़का बड़ा हो गया तौ गाँव भी जात हैं तो ढूँढ़ते हैं, पर सफलता नहीं मिली, क्योंकि अपने यहाँ 12, 13 साल की उमर में शादी हो जाती है। अब अनब्याहा लड़का नहीं मिलता।"

सरताजी, "लल्ला से बिआह ठीक रहे का?" रामसुख, "अरे वाह सुझाव तो बहुत नीक अहै। काका-काकी से पूछ लीन जाए तो फिर तिवारी से बतियाय लेब। आज हम काका के संदेश भेज देब कि इतवार के आवै के बरे कहब, तब ई विषय पर बात होय।" सुबह रामसुख ने हमेशा की तरह स्टेशन पर जाकर ट्रेन के गार्ड को Note लिखकर श्यामसुंदर के लिए दिया कि दोस्त काका-काकी को संदेश दे दीजिए कि वे इतवार को आ जाएँ।

काका-काकी को संदेश मिला तो वे हमेशा की तरह खुश हो गए कि बेटा, बहू ने उन्हें याद किया। काकी ने पेड़ा बनाया, चबैना भुनाया, एक गठरी बनाई। इतवार को सुबह गठरी और दही की मेटिया लेकर दोनों चल पड़े। सुबह-सुबह जाते थे और शाम को वापस आ जाते थे। काकी ने दीनू और धनिया के लिए खाना बनाकर रख दिया था।

सरताजी ने आज सुबह-सुबह हलवा कचौड़ी, आलू टमाटर की रसेवाली तरकारी और चटनी बनाकर रख लिया। रामसुख काका-काकी को लेकर आए, सरताजी ने दोनों के पैर छुए। पानी से पैर धोए, फिर खाने के लिए नाश्ता दिया।

नाश्ता खाने के बाद रामसुख ने कहा, "काका-काकी सुघरा का देखे अहा न? तोहरे पतोहू कै सुझाव अहै कि अगर आप लोग ठीक समझें तो हम तिवारी से सुघरा दीनू के बियाहे के बरे बात करी।"

काका-काकी दोनों एक साथ बोले, "हाँ, हाँ, बहुत खुशी कै बात अहै, आज बतियाय लेया, ठीक हो तो बरिक्षा के तिथि निकलवाय लेया, हम दीनू के भेज देब।" रामसुख, आप के भी आवै पड़ी, "काका, बरीक्षा में दीनू धनिया आइहैं। हम सब तिलके में आऊब।"

रामसुख बोले, "नीक काम में देर न करै, चाही, हम जाय के तिवारी से बात कै लेत अही। हाँ, कै उम्मीद अहै। मीठा तैयार रखा।"

रामसुख ने तिवारी के घर पहुँचकर आवाज दी तो सुघरा ने रामसुख को बैठक में बिठाया। तिवारी आए और बोले, "कैसे आना हुआ?" रामसुख बोले, "काका-काकी आय अहैं, चलो उनसे मिल लो।" तिवारी चल पड़े रामसुख के साथ।

रामसुख ने कहा, "यार अगर ठीक समझो तो रामदीन और सुघरा कै बिआह होई जाय!"

तिवारी का मुँह खुला का खुला रह गया, बोले, "यार एसे बढ़िया का होये!"

रामसुख ने कहा, "तो चला काका-काकी के इ प्रस्ताव दै दीन जाय, वैसे हम उन्हें मीठा रखै के बरे कहि कै आय अही।" दोनों ने गले लगकर एक-दूसरे को बधाई दी।

तिवारी ने रामसुख के घर पहुँचकर काका-काकी को प्रणाम किया और बोले, "सुघरा और रामदीन के बिआह के बारे में आपसे अनुमति चाही।"

काका बोले, "अरे हमरे घरे सुघरा जैसी लक्ष्मी आवे, इतो हमार सौभाग्य अहै।" तब तक सरताजी पेड़ा और पानी लेकर आईं। रामसुख ने कहा, "सब लोग मुँह मीठा कै लेत जा। तिवारी बरिक्षा कै तिथि तय कै के बताय दिहा।"

"काका-काकी हम संझा तक पंडित से पूछ कै साईत बताय देब। अब हम चलत अही, घरे में खुशखबरी दै देई।"

शाम को तिवराइन और तिवारी ने आकर वे काका और काकी को प्रणाम करके बताया कि अगले इतवार को 2.00 बजे की साईत है और तिवराइन को घर पर ही छोड़कर काका-काकी को छोड़ने तिवारी और रामसुख स्टेशन गए।

तिवराइन सरताजी से बोली, "बहिन सुघरा के जाए के नाम से हमार तौ जिऊ सुखाय गवा, हम कैसे रहब सुघरा के बिना?"

सरताजी, "अरे बहिन एक दिन तौ जाइन का अहै, एक स्टेशन कै दूरी पर ही तो अहैं! हमका देखा, दुई बरस से न हम कोहू से मिले अही, न कोहू हमरे नैहरे से आय।" अब तौ इहै हमार सबकुछ अहय, जैसे तिवारी भय्या और लरिके तोहाय सबकुछ अहैं। बहिन बिटिया तौ पराई होइबै करत हैं, फिर सुघरा कैतो गौना के उमर होई गवा बा, तिवराइन—हाँ बहिनी।"

सुघरा को भी पता चला तो सुघरा ने शर्म के मारे रामसुख के घर आना ही छोड़ दिया।

इतवार को पुलिस कॉलोनी मंदिर के पुजारी आए और फल, मिठाई और एक रुपए से रामदीन की बरिक्षा हो गई। फिर दीनू सुबह की गाड़ी से चले गए। पंडितजी ने पंचांग देखकर जेठ की शुक्ल पक्ष की पंचमी को विवाह की साईत तय की।

इस प्रकार दोनों घरों में शादी की तैयारियाँ शुरू हो गईं। तिवारी ने रामसुख को बताया कि कन्यादान करने के लिए मैंने अपने चाचा-चाची को सुघरा की शादी में

बुलाया है। रामसुख ने कहा कि "उन्होंने आपको और आपके परिवार को इतना दुःख-दर्द दिया है तो उनको क्यों बुलाना।"

तिवारी ने कहा, "भय्या, अगर वे हमें कष्ट न देते तो आज हम इहाँ न होते और वहाँ एक बीघा जमीन से कितना कमाते? अब वही तो बड़े हैं, दादी तो हैं नहीं।"

रामसुख बोले, "ये बात भी सही है।"

घर आकर ये बात उन्होंने सरताजी को भी बताई तो सरताजी ने कहा, "आपन घर-दुआर कौनो नाहीं छोड़ सकत, तिवारी भय्या बीच-बीच में घरे जात रहत हैं, चाचा-चाची के मदद भी करत हैं। आप भी अपने मन में घर-दुआर से कड़वाहट न रक्खैं, सोचैं कि पहाड़पुर में रहतेन तौ आज तिलंगा होतेन का?" रामसुख का मन भी थोड़ा घर-दुआर के प्रति शांत हो गया।

काकी ने अपने घर के एक कमरे के साथ में एक बरामदा और एक चौका और एक गुसलखाना बनवाना शुरू कर दिया, एकदम रामसुख के घर जैसा। काकी जानती थीं कि सुघरा साफ-सफाई से ब्राह्मण परिवार की महिलाओं की तरह भोजन पकाती और खाती हैं। मुँह दिखाई के लिए एक सोने की झुलनी बनवा ली थी।

तिवारी ने भी सुघरा के लिए कपड़े, गहने और बरतन खरीद लिये। तिलक में देने के लिए उन्होंने काका, रामसुख, रामदीन और रामधन के लिए कुरता-धोती तथा काकी के लिए एक बनारसी साड़ी खरीद लिया था। तिवारी के चाचा-चाची भी आ गए थे।

घर में गेहूँ, चावल और तिलक के लिए सुघरा की माँ को मिली हुई थाल तथा फल-फूल खरीदा और चाचा कन्यादान के लिए नकबेसर भी लेकर आए थे।

रोज शाम को चाची ब्याह गीत गाती थीं, कभी-कभी सरताजी भी उनका साथ देती हैं। चाचा-चाची कहीं-न-कहीं अपनी गलती का प्रायश्चित कर रहे थे। चाची सुघरा को माँ का स्नेह देने की कोशिश कर रही थीं।

देखते-देखते ब्याह का दिन आ गया। दीनू काका और धनिया उसी दिन सुबह पहुँचे, तिलक सुबह 11 बजे संपन्न हुआ। रामसुख के घर पर सरताजी ने अकेले ही खूब गाना गाया। उनका गाना सुनकर रामसुख ने गर्व महसूस किया। शाम को बारात गई, तिवारी ने छोटा, परंतु अच्छा इंतजाम कर रखा था। कन्यादान चाचा-चाची ने किया। पंडितजी ने रात के 12 बजे तक फेरे पड़वा दिए और सुघरा सज-धजकर बारात के साथ ही सांकेतिक गौने के बाद विदा हो गई। धनिया सुघरा के साथ-साथ चल रहे थे। यूँ शहर में रहने की वजह से सुघरा सरताजी से कहीं ज्यादा होशियार हो गई थीं। रामसुख और सरताजी अपने घर में ही रहे। खैगाँव स्टेशन पर उतरकर धनिया ने सुघरा को पालकी में बैठाया। घर पर काकी स्वागत का थाल सजाए खड़ी थी।

बड़ी ही गरमजोशी से काकी सुघरा का स्वागत करके उनके कमरे में ले जाकर

बोली, "बिटिया, आज से तू इहाँ रहा, जब तक हम जिंदा अही, तोहै कौनो बात कै तकलीफ न होय देब। अब आराम कै ल्या चूल्हा पे रसियाव रक्खा बा और कठौता में दालपूड़ी जौन हम धनिया से बनवाए अही।"

काकी के जाने के बाद सुघरा गुसलखाना में जाकर मुँह-हाथ धोकर आईं, फिर देखा रसोइया सजी हुई है। एकदम भय्या के घर की तरह सबकुछ सजा हुआ है। वो समझ गई, जैसा सुघरा ने सरताजी के आने पर काकी के साथ मिलकर सजाया था, ठीक वैसे ही काकी ने सुघरा के लिए किया। थोड़ी देर में धनिया और दीनू आए। धनिया ने चौके में ही दो पीढ़ा लगाकर भाई-भाभी को बुलाया और स्नेह से दोनों को खाना खिलाया। सुघरा धनिया का प्यार देखकर रो रही थी तो धनिया ने कहा, "अरे छोटकी भौजी, रोज तो तू ही बनाय के खिलाउबू, हम तो ई काम काकी के कहे पर करे अही।"

सुघरा बोली, "ननकू, हम तो शर्म से मरी जात अही कि काकी और तू नाही खाया!"

धनिया, "अरे नाही, हम महतारी बेटवा तो पहिलेन खाय लिहे। अच्छा-अच्छा, अब चला, धनिया हात धुलाय देया।"

सुघरा धनिया के साथ बाहर निकलकर काकी का पैर पकड़कर रोने लगीं तो काकी ने पूछा, "क्या हुआ ?"

सुघरा बोली, "आप हमें अलग कै दिही!"

काकी ने समझाया और बताया, "एक तो तू एही तरह साफ-सफाई से रहै कै आदी अहा। दूसर दीनू कै और धनिया कै काम अलग-अलग समय पर अहै, दुई चौका होये से आराम रहे। धनिया 6 बजे कलेवा कै के गाय-गोरू और खेत कै काम करथैन, तौ हम उन्हें कलेवा दै देब। दीनू सबेरे 10-11 बजे दुकान पे निकल जात हैं, खाना खाय के दिन में नाही अवतेन। बिटिया दुनौ चौका सँभाल लिहू। फिर धनिया के बिआह भी जल्दी करवाय देब। बिटिया घरे में रसोइयाँ अलग रहे और साधन कै कमी न होये तौ प्यार बना रह था, जा अब सोई जा, सबेरे जल्दी उठै के पड़े।"

सुघरा तो सुघरा थी, अतः उन्होंने जल्दी ही पूरा घर सँभाल लिया, काकी, दीनू और धनिया को शिकायत का मौका न दिया।

□

11

रिश्ते की रीति

एक दिन श्यामसुंदर काका के पास आए, प्रणाम करके बोले, "काका, आप कै दर्शन बहुत दिन से नाही भा, हम एक रिश्ता लै के आय अही धनिया के बरे। काका कहेन बतावा हम सब ब्राह्मण से ही रिश्ता करब, काहे से दऊ तीन हमें ब्राह्मण बेटवा दिहिन, पर हम इनकै वंश न खराब करब, तौ कौनो ब्राह्मण लड़की होय, तबै बताया।"

श्यामसुंदर, "काका, ब्राह्मण अहै, हम पूरी बात आपके बताउब। काका दुई-तीन महीना पहिले टॉम साहब की जगह रेलवे के एक अंग्रेज अफसर सपत्नी इहाँ स्टेशन पर उतरे, उनके साथ एक 12 साल के करीब की लड़की और तीन अंग्रेज बच्चे एक औरत के साथ थे। ऊ औरत देखकर अच्छे परिवार की लग रही थी। पता चला है कि उस औरत का नाम रमा है, वह ब्राह्मण है शुक्ला और लड़की का नाम दुलारी है। रमा अंग्रेज दंपती के घर में खाना बनाने और बच्चों की देखभाल करती है। अगर इच्छा हो तो हम रमा को संदेशा भेजें, वो आपसे बिटिया के साथ आकै मिल लेंगी, आपको जो पूछना होगा, पूछ लेना। ठीक लगने पर शादी की बात करेंगे। मजबूरी में ही तो वे काम कर रही है।"

काका ने कहा, "काकी से, दीनू, सुघरा और रामसुख से बात कै के बताउब।" ठीक है," कहकर श्याम सुंदर चले गए। उनके जाने के बाद आपस में बात हुई तो धनिया बोले, "एक औरत साँझ को गौशाला में दूध लेय आवथी, हम पूछे, आप नई हो, पहिले नहीं देखा, तो बोली, हाँ तीन महीने पहिले ही इहाँ अंग्रेज साहब के साथ आए हैं। कभी-कभार अंग्रेज बच्चा के भी कोरा में लै के आव थीं। काकी अगर तू संझा के हुआँ रहा तो बात भी होइ जाए।"

सुघरा बोली, "ननकू लागत अहै, जल्दी म अहा, कहकर हँसने लगी। सुघरा काम तो कर रहीं थी, साथ ही साथ काका-काकी के साथ बहू कम बेटी की तरह ज्यादा रहती थीं। काकी ने निश्चय किया कि पहले वे रमा से मिलकर बात करेगी, फिर बाद में देखेंगी, क्या मन बनता है सबका।"

दूसरे दिन ही शाम को मालती गौशाला में पहुँची। धनिया ने दूध निकाला, काकी डिब्बा में दीनू के दुकान के लिए नाप रही थीं, तभी रमा आई, अच्छी साफ धोती, छीट का जंपर पहने हुए साफ-सुथरी और सभ्य लग रही है। रमा ने इज्जत से काकी को नमस्कार करते हुए बोली, "बहन नमस्ते!"

काकी भी बोली, "नमस्ते!"

रमा धनिया से बोली, "बेटा 1 सेर दूध डिब्बा में दै दो। साहब कहे हैं एक महीने का पैसा पहिले दे देना इकट्ठा, जिससे अगर हमें देर हो जाए तो दूध रखे रहना।"

काकी बोली, "जैसे सुविधा होय, कौनो दिक्कत नाहीं न।"

काकी बोली, "नई हो क्या? कहाँ से आई हो?"

रमा बोली, "हम साहब के साथ Mhow से आए हैं। साहब के साथ मतलब? रमा हम उनके इहाँ खाना बनाइथ और उनके लरिकन कै देखभाल करिथ।" काकी "अच्छा।"

अब सुघरा ने गृहस्थी अच्छे से सँभाल ली थी तो काकी धनिया के साथ और काका दीनू का हाथ बँटाने लगे थे। जब रमा आती तो अकसर मालती से बात होती। कुछ दिनों बाद पूरे परिवार को रमा के बारे में पूरा पता चला। रमा के पिता कलकत्ते में काम करते थे, रमा का जन्म भी कलकत्ता में ही हुआ। वे 10 वर्ष की थी तो, अंग्रेजों की Bakery में काम करनेवाले कर्मचारी के इकलौते पुत्र से रमा का विवाह हो गया। गौना होने के पहले ही बंगाल के अकाल में माता-पिता की मृत्यु हो गई तो सास-ससुर उन्हें अपने घर ले गए। रमा का वैवाहिक जीवन शुरू हुआ 2 वर्ष बाद एक पुत्री का जन्म हुआ, जिसका नाम दुलार से उन सबने दुलारी रखा। थोड़ा सुख का अनुभव छू ही रही थी कि पति और ससुर दोनों को इतना बुरा हैजा हुआ कि दोनों ही चल बसे। सास-बहू और एक वर्ष की बच्ची के साथ रहना मुश्किल हुआ, तो उन लोगों ने सोचा, यहाँ से दूर चलते है, यह सोचकर दोनों कुछ पैसे की मदद के लिए Bakery के अंग्रेज मालिक के पास गई तो उसने सास को उनकी पति की जगह में रखकर कहा, "थोड़ा-बहुत काम करो, पेट भर जाएगा," और रमा को एक अंग्रेज साहब के पास ले गए। अंग्रेज साहब के घर में कई नौकर थे, पर कोई औरत न थी, उन्होंने कहा कि तुम मेम साहब के साथ रहकर उनकी मदद करेगा। रमा का काम उनके कपड़े धोना, उनके बच्चों को खाना खिलाना, उसके बदले में रमा को रहने की छत और खाना मिलता। सास-बहू मिल भी न पाती थीं। एक दिन सास आई और बोली, "ऐसा है, हमें एक अंग्रेज साहब के साथ बंबई भेजा जा रहा है, वहाँ नई Bakery खुल रही है तो शायद अब जीवन में मिलना न हो।" दोनों खूब रोई। एक सिपाही ने डाँट लगाई और सास चली गई। रमा का कोई अपना न था, बस खाना-पानी मिल रहा था, काम भी ज्यादा न था। दुलारी दो साल की हुई तो वो साहब

को लंदन जाना पड़ा तो उन्होंने रमा को MHOW भेज दिया, जहाँ रमा 10 साल तक तीन अंग्रेज अफसरों के साथ रहीं, धीरे-धीरे वे इनके तौर-तरीके सीख गईं और एक के जाने के बाद अकसर कोई दूसरा अफसर उसी घर में आता और वे उनका काम करती। अब इनका तबादला खैगाँव हुआ और बच्चे छोटे भी हैं तथा मेमसाहब, साहब रमा के काम से खुश हैं। रमा आना तो नहीं चाहती थीं, परंतु अंग्रेज अफसर को मना करना नामुमकिन ही है। यहाँ पर रमा की चिंता दुलारी को लेकर है, जो 12 साल की हो गई, उस समय के अनुसार से शादी की उम्र।

पूरी दास्तान सुनकर काकी ने कहा, "तो दुलारी का ब्याह करि दया, कैसन वर चाहे अहा बिटिया के बरे?" रमा की भाषा में कई दूसरी-दूसरी जगह का मेल हो गया है।

वे बोली, "दीदी बस ब्राह्मण चाहती हूँ।" काकी, "पर का अब तोहै और तोहरे बिटिया में ब्राह्मण कै धर्म-कर्म अहै। सुने हैं कि अंग्रेज हमार गऊ माता भी काट के खाय जावत हैं।" रमा, "बोलै से भी पाप लागत है दीदी, बहुत कष्ट से हम इ काम से अपना के बचाए हैं", साहब के लिए हम मांस-मच्छी नाही बनाइत। एक बार मना करने पर एक साहब मेमसाहब बेंत से मारकर घर से निकाल दिए थे। दूसरे घर की एक मेम थी, जो हमें अपने घर में शरण दी। Robert साहब के घर में एक मुसलमान लड़का है, जो ये सब करता है। हम आज भी धर्म-कर्म से रहती हूँ। बच्चों को खिलाना-पिलाना, सादा खाना पकाना, ब्रेड बनाना और लरिकन कै देखभाल ही हमार काम है। हम सालन से दाल चाउल ही खाती हूँ, क्योंकि ये लोग रोटी तो खाते नहीं, हमारा राशन अलग आता है। दुलारी को ब्रेड देती हूँ, जो हम खुद बनाइथ, यहाँ आने के पहले MHOW कै Bakery में भेजकर हमें ब्रेड बनाना सिखवाएँ।" ब्रेड क्या है, पूछने पर रमा ने बताया कि "डबल रोटी, जिसे हम तीन-चार दिन तक खा सकते हैं।"

इस प्रकार हम भारतीयों के पूर्वजों ने अपना खान-पान, परंपरा, पहनावा आदि को बड़े कष्ट सहकर पाश्चात्य प्रभावों से बचाकर रख सके हैं। रमा जैसी महिलाओं का भी योगदान सराहनीय है।

काका-काकी का परिवार अब रमा और दुलारी की असलियत जान गए थे और आपस में सोच-समझकर निर्णय लिया कि दुलारी से धनिया का विवाह अगले वर्ष के बैशाख-जेठ में करेंगे। ये सोचकर काकी ने अगले दिन रमा से कहा, "बहिन, अगर आप उचित समझें तो दुलारी कै बिआह हमरे धनिया मतलब रामधन दुबे से करवाय देब।"

रमा, "अरे बहिन, ये ब्राह्मण है, हम तो आपके बेटा समझ रहे थे!"

काकी, "हम धनिया कै यशोदा मैय्या अही। दुलारी हमरे घरे में धर्म-कर्म के साथ रहियै, हमार दूसर बहू सुघरा बड़ी पंडिताइन है।" रमा को लगा, जैसे उनकी मन की मुराद पूरी हो गई, आँखों से आँसुओं की धार बहने लगी।

काकी ने कहा, "बहिन, आप नौकरी छोड़ के यहीं एक कमरा मा गौशाला के पास रहै लगा।"

रमा बोली, "अरे नाही गरीब हैं, पर बिटिया के घरे कै पानी भी न पिअब आज से। काकी ने सुझाव दिया कि जो भी थोड़ा बहुत पैसा हो, इससे एक टुकड़ा जमीन, एक-दो बकरी खरीद के आपन अलग गृहस्थी बसा लो।" यह बात रमा को समझ में आई, वह बोली, "Robert साहब के दोनों बड़े लड़के अगले साल लंदन पढ़ने चले जाएँगे और तीन साल बाद यहाँ से वो भी लंदन जाएँगे, तब तक दुलारी कै गौना भी होई जाए। तो हम यहीं एक कोठरी में अपनी गृहस्थी बसा लेंगी। काज-परोजन पर लोगों के घर में खाना बनाने का काम करके गुजर-बसर कर लेंगी।" काकी को यह रमा का स्वाभिमान बहुत अच्छा लगा। काका ने रामसुख को जाकर सब बताया।

रामसुख ने कहा, "हाँ काका, ठीक अहै, एक गरीब कन्या कै उद्धार होइ जाए।"

कुछ दिनों के अंदर मंदिर के पंडितजी से रमा ने विनती की कि आप हमारी तरफ से लड़की के चाचा की तरह विवाह का कार्य संपन्न करने में मदद करें। पंडितजी ने कहा, "लेकिन हम तो पुरोहित और गुरु हैं धनिया के, परंतु आप फिक्र मत करो, यहाँ पास के दूसरे मंदिर के पंडितजी हैं, अपने अवध क्षेत्र के उनसे आग्रह करूँगा, उनकी अपनी कन्या नहीं है तो वे सहर्ष कन्यादान करना, स्वीकारेंगे।" पंडितजी ने पंचांग देखकर बैशाख महीने की तृतीया की तिथि बताई। तिथि लेकर रमा काकी के पास गई और बोली, "आप जब कहैं, हम बरीक्षा कर दें।"

काकी ने बताया कि रामसुख का कहना है कि वो शादी के लिए एक हफ्ते की छुट्टी लेंगे। सुघरा के भाई-भाभी भी छुट्टी लेंगे तो सभी लोग होंगे, तभी बरिक्षा, तिलक ब्याह सब एक साथ कर लेंगे। इस प्रकार धनिया का ब्याह तय हो गया और ब्याह के दो वर्ष बाद गौना होना निश्चित हुआ। पंडितजी के जाननेवाले पंडित विंध्यावासिनी पाठक तैयार हो गए कन्यादान के लिए। पंडित विंध्यावासिनी पाठक एक दिन आकर मंदिर में रमा और दुलारी से मिलकर बोले कि वे ही कन्यादान की रस्म के सभी सामान और तिलक का फल-फूल अपनी तरफ से करके पुण्य-लाभ लेना चाहेंगे।

एक दिन मिठाई बनाकर रमा दुलारी को साथ लेकर Robert साहब और मेमसाहब के पास गईं और बताया कि हम जहाँ से दूध लाते हैं, उस लड़के से दुलारी का विवाह कर रहे हैं, आप का सहयोग चाहिए। Robert ने पूछा क्या करना है। तो रमा ने कहा ज्यादा कुछ नहीं, सिर्फ दो दिन की छुट्टी तो Robert ने शादी की तारीख देखकर कहा, "No Problem, उस समय हम सब भरती के काम के लिए जाएगा। इस प्रकार रमा का काम भी हलका हो गया उस समय। अब रमा शादी की तैयारी में लग गई। अंग्रेज

अफसर अकसर अपने कर्मचारियों की बेटियों के विवाह में काफी सामान और रुपए भी देते थे, जिससे हिंदुस्तानी कर्मचारियों की मदद हो जाती थी।

इस प्रकार शादी का दिन पास आ गया। Robert का परिवार छुट्टी पर निकल गया। 15 दिन के लिए तो रमा घर की साफ-सफाई करके मंदिर पहुँच जाती थी, वहाँ पर ही शादी होनी थी। शादी के तीन दिन पहले पं. विंध्यावासिनी पाठकजी आ गए। रामसुख, सरताजी भी घर में आ गए। कल बरिक्षा और तिलक है। रामसुख-सरताजी, काका-काकी, दीनू-सुघरा और धनिया के लिए अच्छे-अच्छे कपड़े लेकर आए थे। धनिया के लिए क्रिसमस बाजार से सरताजी ने एक सुंदर बंडी खरीदी थी, जिसे देखकर घर में सब दंग रह गए। घर से निकलने से पहले सरताजी ने रामसुख से पूछा कि ननकू कै दुलहिन के बरे मुँह दिखाई में का देई? रामसुख ने कहा, "तू बतावा, का देय चाहति अहा?"

सरताजी बोली, "हमरे पास एक बड़की बुआ के दीन झाँझ नई रखी अहै, उहै दै देब।"

रामसुख ने कहा, "अरे 2 रुपए में जौन मिलै, खरीद लेया।"

सरताजी बोली, "सोना तो मिले न इतने मा, चाँदी मिले तो का फायद इहै दै देई।"

रामसुख ने कहा, "हाँ, ठीक अहै।" उन्हें खुशी भी हुई कि सरताजी पैसा सँभालती है, वैसे भी अपने कार्य क्षमता से सरताजी घर का खर्च बहुत कम पैसे में चलाती हैं। वे रोज सुबह स्वयं आटा पीसती हैं, घर के पीछे थोड़ी साग-सब्जी उगा लेती हैं। फिजूल खर्च बिल्कुल नहीं करती हैं, इसलिए दोनों पति-पत्नी सुखी जीवन व्यतीत कर रहे हैं। रामसुख को अपनी पत्नी से कोई शिकायत भी नहीं है!

राम सुख एवं सरताजी खैगाँव आ गए। घर में सरताजी और सुघरा दिनभर गाना गाती रहती हैं और हँसी के फव्वारे चारों ओर फैलाती हैं, धनिया को छेड़ती हैं तो धनिया काकी से शिकायत करता है।

शाम को 4 बजे करीब रमा और दोनों पंडितजी आए। आँगन के मंडप में चौके पर धनिया को बिठाया। पुरोहित के निर्देशानुसार धनिया का तिलक हो गया। सुघरा द्वारा बनाया गया स्वादिष्ट भोजन सबने किया, बहुत आग्रह करने पर भी पं. विंध्यावासिनी पाठक ने पानी भी ग्रहण न किया।

शादी के दिन बारात में केवल पुरुष वर्ग घर से गए। धूमधाम से बारात विदा हुई। बारात विदा होने पर सरताजी और सुघरा ने जमकर नाचा। सभी औरतों ने इनका हुनर देखकर काकी से कहा कि आप बहुत भाग्यशाली हो!

वहाँ मंदिर में रमा खंभे की ओट में पाठक की पत्नी के साथ बैठी थीं और कह रही थी, "हम आपका एहसान जीवन भर न भूलेंगे।" पाठकजी की पत्नी ने कहा, "नहीं

बहिन, हम नहीं भूलेंगे, जो आपने हमें मौका दिया एक पुण्य कमाने का। कन्यादान से बढ़कर कोई दान नहीं है।"

शादी की तैयारी हो गई तो मंडप में धनिया और दुलारी का विवाह विधि-विधान से संपन्न हुआ। दान-दक्षिणा देकर पाठकजी ने विदा किया सबको। सभी खुश थे। रमा, दुलारी Robert साहब के घर और बाकी लोग अपने-अपने घर आ गए।

मंगलवार को काकी ने सुंदरकांड का पाठ रखा है। सुबह से धनिया ने सब तैयारी की और नहा-धोकर, नया कपड़ा पहनकर सुंदर-कांड का पाठ शुरू किया, बीच-बीच में जो चौपाई काकी को याद होती, वे साथ में बोलती। उसके बाद कहती, "काश, हम पढ़ी होइत तो आज रामायण तौ पढ़ सकित!" सुघरा को धनिया ने पढ़ाने की कोशिश की, परंतु वे इतनी सुघर होती हुई भी न सीख सकी तो सुघरा कहती, "काकी, बूढ़ा तोता राम-राम नाहीं करत।"

काकी कहती, "हाँ, इहै बरे तो हमहू न पढ़ पाए।" पंडितजी आए तो उन्होंने पढ़ना शुरू किया सुंदरकांड और धनिया काम पर गए। इस प्रकार खाने के समय धनिया ने पढ़ना शुरू किया और पंडितजी ने सरताजी और सुघरा द्वारा बनाए गए पूड़ी सब्जी, दही, चटनी, बूँदी का आनंद लिया। देर शाम को जब पाठ पूरा हुआ तो पंडितजी ने सबको प्रसाद दिया, सबने उनके चरण स्पर्श किए। काका-काकी के पैर बेटे और बहुओं ने छुए। काकी ने सुघरा और सरताजी को आशीर्वाद दिया, "दूधो नहाओ पूतो फलो।" फिर बोली, "ए बजरंगबली कब आशीर्वाद फलित होए?"

सरताजी और सुघरा बोली, "काकी, जल्दी पूरा होये आपकी और ईश्वर की कृपा से।" चारों ओर खुशी की लहर दौड़ गई। दोनों ही बहुएँ गर्भवती थीं। चार-पाँच महीने का समय का इंतजार है बस। अब काकी रोज दोनों को हिदायत देती, क्या करना है, क्या नहीं करना है, खान-पान का विशेष ध्यान रखना। धर्म-कर्म के साथ रहना। सूर्य को, तुलसी को जल चढ़ाना आदि-आदि और दिन भर सोहर गाती—"हमरे अंगनवा तुलसी कै पेड़वा" सरताजी, सुघरा भी काकी के कहने पर सोहर गाती-सरताजी और सुघरा का सबसे अच्छा सोहर था "पनवा अस पातर कुसुम अस सुंदर···" इस प्रकार हँसी-खुशी दिन बीत गए और इतवार को सरताजी और रामसुख खंडवा चले गए।

चौथ के दिन पाठकजी चौथी लेकर आए और कहा, "गौना तिसरी लगते ही कर देंगे।" कहा, "हम कन्यादान किए है जीवन भर ये धर्म निभाऊँगा।" काका को अश्वासन दिया, "आप जब हमें बुलाएँगे, हम हाजिर होंगे।" उन्होंने रमा से कहा, "बहिन, हमने कन्यादान किया है तो दुलारी हमारी बिटिया है, अगर हमरे साथ रहे थोड़े दिन तो अच्छा है। दुलारी को हम लोग ब्राह्मण परिवार के रहन-सहन के बारे में बताएँगे। ये सीखने से

ही अपना रहन–सहन, धर्म–कर्म ये आनेवाली पीढ़ी तक पहुँचा पाएँगी और धनिया का साथ देगी, जैसा आपको पता है, पंडितजी के शिष्य रामधन रहे हैं।"

सुघरा ने घर की पूरी जिम्मेदारी सुचारु रूप से उठा रखी थी। काका दीनू की मदद और काकी धनिया के साथ रहती थी। घर में सुख–समृद्धि है। काकी धनिया अकसर रमा से मिलते। दुलारी को, पंडित पाठक के साथ भेज दिया था। कभी–कभी पंडितजी लेकर आते दुलारी को मंदिर जाकर रमा उनसे मिल लेती थी। रमा खुश थी कि घर के काम–काज दुलारी सीख रही थी और खुश भी है। काकी के साथ सभी घरवाले घर में आनेवाले नए मेहमान के इंतजार में हैं। सोहर घर में काकी, सुघरा गातीं और खंडवा में सरताजी भी गाती रहती हैं।

□

12

युगपुरुष का जन्म

समय की रफ्तार वापसी गाँव की ओर

इंतजार खतम हुआ और सरताजी के घर में 1897 भादों की तेरस को एक होनहार पुत्र का जन्म वहाँ की एक दाई की मदद से हुआ। खबर मिलते ही काकी और धनिया खंडवा पहुँच गए। काकी ने तुरंत कमरे को सौरी का रूप दिया और बाहर आग जलाकर सोहर गाती हुई बैठ गईं। धनिया वापस आ गए। यह तय हुआ कि बारहवें दिन बरही में सब लोग आएँगे, पूजा एवं नामकरण के बाद सब लोग चले जाएँगे। बाकी सारा खयाल, जच्चा-बच्चा की मालिश, नहलाना सब दाई ही कर रही थीं। 12वें दिन सुबह-सुबह सभी लोग आ गए। पूजा-पाठ हुई नाम रखा गया 'भगवान दीन'। बच्चा बहुत ही तंदुरुस्त और खुश बच्चा है। शाम को काकी ने हिदायत दी सरताजी को—सिठौरा कब खाना, दूध कब पीना, कब खाना खाना। इतने दिनों तक खाना रामसुख ने बनाया, क्योंकि 12 दिन का सूतक मानते हैं और जच्चा कोई काम नहीं करती है। अब काकी के जाने के बाद सारा काम सरताजी करने लगीं।

अब सुघरा की बारी आई। कार्तिक माह में सुघरा ने भी एक पुत्र को जन्म दिया। काकी के घर में रौंनक! धनिया और दीनू ने पूरा काम सँभाला। धूमधाम से बरहीं किया। उस समय की मान्यता अनुसार, पुत्र जन्म बहुत ही भाग्य का द्योतक था।

समय का चक्र चलता रहा। धनिया के विवाह को दो साल हो गए। अतः गौना करना है। फिर रामसुख, सरताजी और भगवानदीन आए। भगवानदीन सिर्फ डेढ़ साल के करीब है, परंतु उनकी विलक्षण बुद्धि को जो देखता, वही कायल हो जाता। सरताजी रखती भी बहुत अच्छे से थी, वे क्रिसमस बाजार से कुछ कपड़े खरीद लाई थी। निक्कर खुद ही सिल लेती थी, फटे कुरते धोती से कथरी बना लिया था। सुघरा तो सुघर थी ही। सुघरा का बच्चा दो साल के करीब था, उनका नाम ओंकार रक्खा गया। काका और दीनू ने मंदिर जाकर दुलारी को ले आए। दुलारी का स्वागत भी परंपरागत तरीके से हुआ।

मंदिर में रमा ने काका से कहा, "आज से दुलारी आपकी।" एक हफ्ते तक सब साथ रहे, फिर रामसुख, सरताजी और भगवानदीन खंडवा चले गए। दुलारी ने घर सँभाल लिया।

समय बीतता गया, रामसुख को अब दो पुत्र भगवानदीन और बाबूलाल तथा एक पुत्री सोना हो गई। बच्चे भी दिन दूनी-रात चौगुनी बढ़ने लगे। भगवानदीन दुबे पुलिस के बच्चों के साथ स्कूल जाने लगे। वो पढ़ने में बहुत ही तेज थे, इसलिए स्कूल में डबल प्रमोशन भी मिले। वे जूते और अंग्रेजों की तरह के कपड़े पहनते और उनकी तरह ही बातें करते, चलते-फिरते थे। हिंदू जन्म से और रहन-सहन अंग्रेजों का ही होता जा रहा था, जबकि बाबूलाल का पढ़ने में कोई खास मन न लगता। जैसे-जैसे बच्चे बढ़ने लगे, सरताजी परेशान होने लगी, बच्चों के विवाह को लेकर। रामसुख से वे अकसर कहती कि "जब तक हम सब घर न जाब, इनकै बिआह न होये और इतोहार लाड़ला तो कौनो दिन अंग्रेजन से बियाह कै के वंश के नाश कै दे जौन अंग्रेज बना अहैं।" रामसुख हँसते और कहते, "हम तो पहाड़पुर न जाब रहय के बरे, चाहे तोहरे बेटवा से अंग्रेजन बिआह करैया न करै।" और हँसते। इस प्रकार देखते-देखते बच्चे बड़े ही हो गए। भगवानदीन ने कक्षा नौवीं की परीक्षा दी। वे करीब 13 साल के हो गए, बाबूलाल 11 के और सोना 10 साल की उस जमाने के हिसाब से तीनों विवाह योग्य, बल्कि भगवानदीन की एक साल ज्यादा। यहाँ तक कि दीनू और सुघरा के बच्चे भी बड़े हो गए थे विवाह योग्य। काका-काकी के अथक प्रयास की वजह से रामसुख तैयार हो गए कि ठीक है, परीक्षा के बाद गरमियों में सरताजी और रामसुख तीनों बच्चों के साथ गाँव जाकर जिन-जिनकी शादी तय होगी, कर दिया जाएगा।

सन् 1911 के मई महीने में रामसुख खंडवा से सपरिवार कई वर्षों बाद अपने गाँव की ओर चले। जब वे पहाड़पुर से निकले थे तो उनकी उम्र 12 वर्ष की थी। आज एक अंग्रेज सिपाही के रूप में आ रहे हैं तो उनका पुत्र 13 वर्ष का अंग्रेजी पढ़ा-लिखा है। बच्चों ने तो कुछ कहानियाँ ही सुनी थीं। इतने वर्षों में सरताजी की सकरात्मक सोच ने रामसुख के मन की कड़वाहट कम कर दी थी। सरताजी का कहना था कि "पहली बात यह कि जिन लोगों ने आपके मन को चोट पहुँचाई, वे लोग स्वयं मजबूर थे, दूसरा, आपका बाल सुलभ मन स्वयं ही नाखुश था, फिर आपका प्रारब्ध, जिसकी वजह से आप एक अंग्रेज सिपाही हो, स्वस्थ एवं काबिल बच्चे हैं, ये सबकुछ शायद न होता।"

खंडवा से फिर वही Bombay-Kashi Express से सब लोग इलाहाबाद जंक्शन पर उतरे, अंग्रेज सिपाही की ड्रेस में रामसुख, साफ-सुंदर, चौड़े बार्डर की धोती में सरताजी गुलाबी चादर से ढकी, माथे तक घूँघट, सबकुछ साफ-साफ देखती हुई, अंग्रेजी लिबास में भगवानदीन, तो देसी लिबास में बाबूलाल, गुलाबी धोती में सोना जैसी

सुंदर सोना, सभी चल पड़े बैलगाड़ी से पहाड़पुर की ओर। गरमी की तपती दुपहरिया, सड़क के दोनों ओर आम से लदे पेड़। ऊँघते-जगते, गुड़ खाकर पानी पीते सब सगरा सुंदरपुर पहुँचे। वहाँ से दाहिने मुड़कर बाग-बगीचे के बीच से होते हुए बैलगाड़ी कच्चे रास्ते पर हिलती-डुलती चल पड़ी। सभी बहुत खुश थे, रामसुख इतने खुश होंगे, यह अंदाजा उन्हें कभी भी न था। मातृभूमि की माटी का आकर्षण ऐसा ही होता है। अचानक बैलगाड़ी रुकी सब उतरे बड़ा नाला आ गया था, अब तो पैदल ही जाना था, सबने समान उठाया, सरताजी ने सोना की मदद से अपना बॉक्स सिर पर और थैला हाथ में ले लिया। रामसुख के लिए घोड़ा तैय्यार था, वे घोड़े पर कुछ सामान रखकर बैठ गए, मानो पंख लग गए हों रामसुख को। करीब 2 किमी. की दूरी पर गाँव था, सब लोग धीरे-धीरे चल पड़े। पता था वहाँ पहुँचकर नीम के पेड़ के नीचे रात बितानी पड़ेगी, इसलिए पूरा बंदोबस्त करके सरताजी निकली थीं। अब उनकी झोपड़ी भी किसी लायक न होगी।

जब घोड़े पर सवार अंग्रेज सिपाही का रौब अंग्रेज सरकार के जमाने में निकलता था तो सब काँपने लगते थे और बच्चे 'तिलंगा-तिलंगा' कहकर चिल्लाते थे। यही नजारा बड़े नाले के पास के गाँव में था। रामसुख ने घोड़े से उतरकर पतली नदी को पार किया और फिर घोड़े के ऊपर चढ़े और आगे बढ़ने लगे, फिर एक गाँव आया, वहाँ के बच्चे 'तिलंगा-तिलंगा' कहकर छुप गए, औरतें दीवार की ओट से देखने लगीं, आदमियों को जैसे सन्न मार गया हो!

रामसुख ने दूसरा छोटा नाला भी पार किया, अब तो बस पहाड़पुर आ ही गया, वहाँ के लोगों को पता था कि रामसुख आनेवाले हैं। सभी बच्चों ने आवाज दी 'तिलंगा काका आय गयेन, आय गयेन।' औरतें रामसुख से अपना-अपना रिश्ता बता रही थीं, एक ने कहा, "का हो हमार तौ तिलंगा देवर लागै, हाँ हो, जा भेंटील्या," एक ने कहा, "लेकिन हमार तो बेटवा लागै, जब उमिर मा ढ़ेर बड़ा अहैं हमसे।"

इस प्रकार की गुप-चुप बातों के बीच अपनी झोपड़ी के सामने के नीम के पेड़ के नीचे रामसुख घोड़े से उतरे तो कई लोग हाथ जोड़े, सिर झुकाए चुपचाप खड़े थे। रामसुख आश्चर्यचकित से ठगे रह गए, फिर समझे, उनकी अंग्रेजी वरदी का असर है! रोंधू नाऊ ने कहा, "पैलगी माई-बाप, हम रोंधू नाऊ, आपकै परजा," रामसुख ने स्नेह से सिर पर हाथ फेरा।

रोंधू नाऊ ने कहा, "आपकै घर-दुआर साफ कै दिहै अही, जौन हमसे बन पड़ा, कै दिहे, आगे आप जैसा कहिहैं, हम कै देब मनई लाय के।" ठीक है कह कर रामसुख आगे बढ़े और बोले, "अरे दादा, काका, भय्या पाँव लागी सबकै हम, पंडित तुलसीराम कै बेटवा रामसुख अही, आप सब आशीर्वाद दै दें।" सबने एक स्वर में कहा जीयत रहा

खुशी रहा, अब माहौल एकदम ही विपरीत था, तब से, जब रामसुख पहाड़पुर छोड़कर गए थे। खटिया पर बैठकर सब हँसी-ठिठोली और रामसुख की तारीफ कर रहे थे, "पूरा जिला कै पहिला अंग्रेज सिपाही 'हमार आपन रामसुख' भा अहैं।" सब बीच-बीच में भौंकी में रखा चबैना गुड़ का स्वाद ले रहे थे, इतने में सरताजी एक बीता घूँघट खींचे बच्चों के साथ पहुँची। बड़े-बूढ़े चले गए, भगवानदीन और बाबूलाल एवं सोना को आशीर्वाद देकर। रोंधू नाऊ और देवर भतीजों ने सामान झोपड़ी में रखा। छोटी सी झोपड़ी में सिर्फ एक खाट की जगह थी एक ओर नया चूल्हा और चक्की रखी थी। सरताजी ने नहा-धोकर झटपट नीम के पेड़ के नीचे पत्थर की मदद से चूल्हा बनाया, रोंधू ने आम की लकड़ी दी। सरताजी जैसी कुशल गृहणी ने कुछ ही देर में रोटी-सब्जी तैयार कर दिया। बाकी सबने नहाकर भोजन ग्रहण किया। गाँव के कई घरों से न्योता मिलने पर भी स्वाभिमानी रामसुख के परिवार ने खाना खाने से मना कर दिया, यह कहकर कि "हम सब फरचऊआ खाईथा," रोंधू ने भी भरपेट खाना खाया, फिर वहीं पेड़ के नीचे खटिया पर सब सोए। अँधेरा हो चला था, सरताजी रामसुख झोपड़ी के अंदर गए।

रामसुख ने कहा, "कैसे निभाउबू देवी।"

सरताजी हँसी और बोली, "देखया।" इतने में रामसुख की निगाह दीये की लौ में अंगौछे पर पड़ी, जो चीथड़ा हो चुका था। रोंधू ने जान-बूझकर उसे हटाया न था, उसको पता था, यही अंगौछा रामसुख ने अपने पिता की तेरही पर नया पहना था। रामसुख ने उठाया, टटोला और कोने की गाँठ में बँधा एक रुपया का सिक्का, यही पूरी जमा पूँजी थी पं. तुलसीराम की उस दिन निकलते समय, अँधेरे में रामसुख ढूँढ़ ही न पाए थे। घर के कुछ बरतन, एक दो टूटी-फूटी पकंद भी वहीं पड़ी थी। अचानक सब याद कर रामसुख जोर-जोर से रो पड़े, सरताजी ने समझाया और कहा, "महतारी-बाप और सभी पूर्वजों को प्रणाम कै के आशीर्वाद लै लें। उनहीं के आशीर्वाद से आज सपरिवार अपने घरे में खड़ा अहा।" रामसुख हाथ जोड़कर आँखें बंद करके कुछ देर चुपचाप खड़े रहे और फिर बाहर निकल गए। वहाँ अपनी खाट पर जाकर सो गए। सरताजी और सोना झोपड़ी के अंदर सोए। सब बहुत थके थे। अतः तुरंत ही सो गए। सुबह चिड़ियों की चहचहाट से सब की आँखें खुलीं। चारों ओर शांति। रामसुख ने खड़े होकर धरती माता को प्रणाम किया और चारों ओर देखकर अनुभव किया कि परदेस-परदेस ही है और अपने देश की माटी का संबंध अटूट है 'जननी जन्मभूमिश्च स्वर्गादपि गरीयसी।'

सरताजी और सोना तो मुँह अँधेरे ही उठकर कलेवा तैयार कर चुकी थीं, रोंधू अपने घर से दूध लेकर आए, सरताजी ने गरम किया और सोना को कहा, "बिटिया तू कलेवा कै ल्या, तब तक भय्या और बापू तैयार होत अहैं।" तीनों जने आइहैं तौ उन्हें

परस दिहू।" रोंधू ने पीढ़ा पानी रखा दुआरे पर और कुएँ से पानी भरने चले गए, वे दो बाल्टी पानी लाते और मटके में भर देते, फिर पानी लाते, जिससे पूरे दिन का काम चले। रामसुख, भगवानदीन और बाबूलाल ने नाश्ता किया। योजना अनुसार तीन-चार आदमी आए रामसुख ने कहा, "इहै निमिया तरे एक मड़ई छवाय देत जा, भगवानदीन और बाबूलाल भी मदद करिहैं।" सरताजी और सोनू खाना बनाने में जुट गईं। 10-15 लोगों का खाना जो बनाना था, बड़े-बड़े बरतन रोंधू गाँव से माँगकर ले आए थे। रामसुख झोपड़ी के सामने खाट बिछाकर बैठकर काम और घर पर निगाह रख रहे थे। गरमी बहुत थी, इसलिए 11 बजे काम बंद हुआ और सबने खाना खाया। बच्चों के लिए सबकुछ एक नया ही अनुभव था। खाना खाकर सभी लोग पेड़ के नीचे सो गए। 3 बजे धूप कम हुई तो सब लोग उठे और गुड़-चबैना खाकर फिर काम पर जुट गए। सूरज ढलने तक मड़ई तैयार हो गई।

बाबूलाल ने कहा, "बप्पा, अगली बार हम दुनौ भाय रोंधू के संगे मिल कर दुई-तीन दिन में मड़ई छाय लेब।"

रामसुख ने हँस के कहा, "हाँ पहलवान, ठीक कहत अहा।" बाबूलाल हृष्ट-पुष्ट एवं मेहनती थे। मड़ई बन जाने पर मड़ई में तीन खाट और पाँच मचिया रख दिया, घर के अंदर दो खाट और चार मचिया, नया दरवाजा लगवा लिया तो अब पहाड़पुर का घर रामसुख के परिवार के लिए काफी आरामदायक हो गया, क्योंकि सरताजी तो यहीं रहनेवाली है। घर के दोनों ओर एक-एक बीघा खेत भी है, घर की जमीन पट्टीदारों ने अपने कब्जे में कर रखी है। परंतु गेहूँ कटने के बाद अभी परती पड़ी है। इसलिए रामसुख के परिवार को सुविधा है। रामसुख अंग्रेज सिपाही हैं, इसका भी डर है, अतः गाँववालों ने अभी स्नेह बनाए रखने में ही अपनी भलाई समझी। एक हफ्ता यूँ ही पंख लगाकर उड़ गया। दिन भर कोई-न-कोई रामसुख से मिलने आते रहते थे। गाँव की वृद्ध महिलाएँ एवं छोटी उम्र के बच्चे भी सरताजी और बच्चों से मिलने आते। सब सरताजी को 'तिलंगाइन' एवं रामसुख को 'तिलंगा' कहकर ही संबोधित करते थे।

सरताजी को चिंता हुई कि और एक हफ्ता बीत गया, इसलिए जल्दी ही बच्चों का विवाह तय कर के करना है, नहीं तो रामसुख की छुट्टी खत्म हो जाएगी! रामसुख चले जाएँगे।

रोंधू से कहा, "भय्या, आज जब घरे जाया तो पंडित से कह दिहा कि कल हमरे इहाँ भोजन करिहै।" रोंधू का गाँव मोती का पुरवा करीब डेढ़ किमी. दूर ही है। उसी गाँव के सुमिरन तिवारी पहाड़पुर के दुबानन के पुरोहित हैं, वे ही पूजा-पाठ शादी-विवाह करवाते हैं। सुबह करीब 10 बजे पंडितजी ने घर के दरवाजे पर आवाज दी, "रामसुख!"

दोनों हमउम्र थे और बचपन में साथ में आम तोड़े और खाए थे। रामसुख और सुमिरन गले लगे। सरताजी ने रामसुख एवं सुमिरन को खाना परोसा और सोना पंखा झल रही थीं। खाने के बाद सरताजी ने तीनों बच्चों की जन्मपत्री पंडितजी को भेजी। पंडितजी ने अपने झोले से कागज निकालकर कुछ नोट करके वापस कर दिया। रामसुख ने कहा, "सुमिरन अगर सुयोग्य लड़की भगवानदीन और बाबूलाल के बरे मिलै तो बिआह तय कय लीन जाए और 10-15 दिन के अंदर दुनौ बेटवन के बिआह कै के फिर बिटिया के बिआह कै के हम नौकरी पर निकल जाब।" पंडितजी ने कुछ कागज निकाले पत्री के मिलान एवं गणना करके बोले, "मोती के पुरवा में कृष्णा तिवारी कै बिटिया बाबूलाल के योग्य अहैं पर ऊ बहुत गरीब अहैं, कुछ दै न पइहैं।"

रामसुख ने कहा, "अरे हमें सिरफ सुघर बिटिया चाहे, तय कै दया।"

पंडितजी ने काफी देर तक भगवानदीन की पत्री का मिलान किया, फिर बोले, "इनकै पत्री योग्य कौनो लड़की कै पत्री हमरे लगे नाहीं न, पर सोना बिटिया कै 30 गुण मिलत अहै, इहाँ से करीब 10 किमी. कै दूरी पर अच्छा ब्राह्मण परिवार अहै उन्हें राजा कालाकांकर काफी जमीन दान में दिए अहै। संपन्न अहै, हम मिलत रहिथ, शादी विवाह में ऊ हमसे चर्चा करे रहेन, हम इ बिआह करवाय देब, सोना बिटिया सुखी रहिहैं।"

रामसुख ने कहा, "दुनौ तय कै दया, हम बरिक्षा चढ़ावै चला जाब और तिवारी से कहा, जब चाहै बरिक्षा चढ़ाय दें। भगवानदीन के बरे भी खोजा कौनो रिश्ता।" पंडितजी ने अपने पोथी पत्री उठाई, पैलगी आशीष करके पंडितजी चले गए। सोना अपनी हमउम्र लड़कियों के साथ गिट्टी* खेल रहीं थी, बाबूलाल और भगवानदीन खाट पर लेटकर बात कर रहे थे। सरताजी और रामसुख घर के अंदर बच्चों के विवाह के लिए बात कर रहे थे। सरताजी का कहना था बड़े लड़के के ब्याह तय हुए बिना छोटे के लिए हामी भरना ठीक न था।

रामसुख ने कहा, "आज थोड़न बिआह अहै, अरे देखा कब तय होत ह, भगवानदीन के बरे देखवार जरूर अइहैं, जब सबके इहाँ गोहूँ कै मड़ाई होय के बाद।"

पुरानी सामाजिक व्यवस्था में जिस गाँव में (एक ही गोत्र जाति का गाँव) लड़की की शादी करते थे, वहाँ लड़के की नहीं करते थे। जो लोग लोटा डोरी चबैना लेकर अपनी लड़की के लिए वर देखने जाते थे, उन्हें 'देखवार' कहते थे। ये अकसर दो-तीन लोग इकट्ठा निकलते थे और अपनी आर्थिक स्थिति अनुसार वर पसंद करके शादी तय कर देते थे।

पं. सुमिरन आए और खबर दी कि पहाड़पुर से करीब 10 किमी. दूर एक शुक्ला ब्राह्मणों का गाँव है, उस गाँव में पंडित वंशी शुक्ला को राजा कांकर ने 20 बीघा जमीन

दान में दिया था, उनका पोता गिरिधर हृष्ट-पुष्ट, संस्कृत के विद्वान् हैं और भागवत का प्रवचन बड़े प्रभावशाली ढंग से करते हैं। दो-तीन साल बाद वे पंडिताई में निपुण होने जा रहे हैं। अत: सोना के लिए सुयोग्य वर है, इसलिए अगर रामसुख को ठीक लगे तो वे वहाँ जाकर वर देख लें और पसंद हो लड़का तो बरिक्षा कर दी जाए। रामसुख ने सरताजी से इस विषय में बात करके पंडित सुमिरन को बताया। सुमिरन संदेशा भेज द्रया, सोमवार के दिन चला जाए, "तुहू संगे चल्या।" हाँ चलब, उहीं तिथि पक्की कै देब बरिक्षा तिलक और बिआह कै। सरताजी ने माठा और चना कै घुघरी का नाश्ता दिया। सुमिरन पंडित गए तो सरताजी ने भगवानदीन दुबे की शादी की चिंता जाहिर की।

□

13

बाल विवाह

प्रतापगढ़ जिले में एक गाँव सुगही बाग है, जहाँ पर वैद्य जगदीश प्रसादजी सपरिवार रहते हैं। प्रतापगढ़ राजा के यहाँ जगदीश प्रसाद मिश्र राजवैद्य हैं। उनके पाँच पुत्र और एक सुंदर, धार्मिक एवं सुशील गुणी पुत्री दिलराजी है। वैद्यजी तथा पाँचों भाई दिलराजी से अथाह स्नेह करते हैं। दिलराजी 13 वर्ष की हो गई है, पर विवाह न हो सका, क्योंकि वैद्यजी को सुयोग्य वर न मिल सका। इस बात से वैद्यजी और उनकी पत्नी चिंतित रहते थे और गाँव के बिरादरी तथा नाते-रिश्तेदार भी अकसर कोई-न-कोई रिश्ता लाते, पर मन न बैठने की वजह से निराशा ही हाथ लगती। दिलराजी आँगन में बैठकर दोपहर में भौंकी बिन रही थीं, उनकी माँ और दो भाभियाँ धान कूट रही थीं, उसी समय पीछे से दिलराजी की हमउम्र रानी ने दिलराजी की आँखें बंद करके पूछा, "बतावा, हम कौन ?" दिलराजी तुरंत जान गई कि उनकी सहेली रानी है तो दोनों गले लगकर खूब हँसीं। वह दोनों बातें करने में, लँगड़ी टाँग, गुट्टी खेलने में इतनी मगन हो गईं कि कब शाम हो गई, पता ही न चला। रानी अपने भतीजे के मुंडन में गौने के बाद पहली बार नैहर आईं थीं। अचानक बाहर से आवाज आई, 'रानी बहिन तोहाय माई बुलावति अहैं', यह सुनकर रानी ने दिलराजी से कहा, "राजी, हम जात अही, फिर मिलब।"

रानी के बड़े भाई को 3 बेटियों के बाद बेटा हुआ तो मान्यतानुसार सब विंध्याचल के लिए सुबह-सुबह मुंडन कराने के लिए निकले। शाम को पूरे गाँववालों का भोजन रानी के घर में था। गाँव के सभी लोगों के पूर्वज एक ही हैं, इसलिए सब का परिवार एक ही माना जाता है। वे सब सुख-दुःख एक साथ साझा करते हैं।

शाम को वैद्यजी भी रानी के घर भोजन करने गए। बाहर खाट पर बैठकर सभी गाँव के भाई-बंधु और रानी के ससुराल के लोगों से मिले, पाँत बैठने के पहले वार्त्तालाप कर रहे थे। वैद्यजी ने रानी के ससुर मिश्राजी को प्रणाम करके पूछा, "मिश्राजी, घर-दुआर कै का हाल-चाल अहै ?"

मिश्राजी ने कहा, "ईश्वर कै कृपा।" वैद्यजी हमरे गाँव के पास 'दुबानन गाँव' अहै

आप जानत होइ हैं, उहाँ एक तिलंगा अहै रामसुख, उनकै बड़ा बेटवा भगवानदीन नवईं दर्जा, अंग्रेजी स्कूल से पास किहै अहै, अगर आप ठीक समझें तो देखवारी कैं लें अपनी बिटिया के बरे।"

वैद्यजी ने कहा, "हाँ हाँ जरूर, करब मिश्राजी।" रानी के भाई ने आग्रह किया कि चलै भोजन तैयार अहैं। सब अपना-अपना कुरता उतारकर हाथ-मुँह धोकर पाँत पर बैठ गए भोजन समाप्त करके वैद्यजी ने मिश्राजी से कहा, "आप भियान जात अहैं हम परौं एकादशी के दिन पहाड़पुर आउब देखवारी के बरे तौ आपसे मिलब।"

एकादशी के दिन वैद्यजी को राजदरबार से अवकाश मिलता है, अतः सुबह 4 बजे ही वैद्यजी का घोड़ा उनके सईस ने तैयार किया और सईस ने बड़े बेटे के लिए भी घोड़े पर पानी के लिए लोटा डोरी चबैना-गुड़ तथा घोड़े का दाना भी बाँधकर तैयार कर दिया था। पौ फटने से पहले ही वैद्यजी घोड़े पर सवार होकर अपने बड़े बेटे के साथ निकल पड़े भगवानदीन को देखने के लिए। रानीगंज पहुँचते-पहुँचते सुबह हो गई तो वहाँ रुककर उन्होंने एक फल की टोकरी और लड्डू की पाँच झापियाँ बनवा लीं। उनके मन में विश्वास था कि ब्याह जरूर तय हो जाएगा और आज का दिन शुभ और मुहूर्त भी अच्छा है। अतः सबकुछ ठीक रहा तो वे बरिक्षा भी कर देंगे।

सुबह करीब 7 बजे वैद्यजी मिश्राजी के यहाँ पहुँचे और वहीं मुँह धोया और अपने घर से लाए हुए चबैना-गुड़ खाकर पानी पिया। मिश्राजी के आग्रह पर भी वैद्यजी ने उनका दिया कुछ भी ग्रहण न किया। रानी मिश्राजी की बहू हैं, अतः बेटी की ससुराल का एक दाना भी खाना परंपरानुसार वर्जित है। हाँ, सईस ने जरूर कलेवा किया। मिश्राजी ने विस्तारपूर्वक रामसुख और उनके परिवार का पूरा विवरण दिया। यह भी बताया कि दो दिन बाद रामसुख अपनी बेटी के ससुराल बरिक्षा और तिलक चढ़ाने जानेवाले हैं, इसलिए अच्छा किया कि आप आज ही आ गए। छोटे बेटे बाबूलाल का विवाह रामसुख ने तिवरानन के गाँव में बहुत ही गरीब घर में तय कर दिया है। अब तो वैद्यजी का मन रामसुख के प्रति श्रद्धा भाव से भर गया।

करीब 8 बजे वैद्यजी अपने पुत्र माता प्रसाद और सईस के साथ रामसुख की मड़ई के पास घोड़े से उतरे तो देखा एक घर पर छान छाई जा रही थी, जिसका संचालन रामसुख कर रहे थे। रोंधू दो बाल्टी पानी लेकर आए और मड़ई के सामने घोड़ा और तीन आदमी देखकर, "पैलगी भय्या केसे मिलय का अहै?"

वैद्यजी बोले, "पंडित रामसुख कै घर इहै अहै न!"

रोंधू ने कहा, "हाँ आप खटिया पर बैठें हम भय्या के बताय देत अही।"

रामसुख से रोंधू ने कहा, "भय्या, आपसे मिलै कोऊ आय अहैं प्रतापगढ़ से।"

रामसुख ने फिर आवाज दी, "बाबूलाल, इहाँ आय के तनी ध्यान से छनिया

बंधवाय ल्या और भगवानदीन, तू मजदूरन के बरे घरे से घुघरी बनवाय के लै आवा, हमसे मिलै कोउ आय अहैं, हम मिलय जात अही।" रामसुख मड़ई में आए तो वैद्यजी और माता प्रसाद ने हाथ-जोड़कर कहा, "दुबेजी प्रणाम, हम राजवैद्य मिश्र और इ हमार बड़का बेटवा माता प्रसाद। हमार 13 बरस कै बिटिया अहै, ओकरे बरे वर ढूँढ़त अही।" रामसुख और वैद्यजी ने काफी देर तक बातें की। रामसुख ने अपने बारे में और वैद्यजी ने अपने बारे में बताया। रामसुख ने भगवानदीन को आवाज दी और उनका परिचय कराया। वैद्यजी काफी प्रभावित हुए भगवानदीन के व्यक्तित्व एवं संस्कारी व्यवहार से। भगवानदीन को देखते ही वैद्यजी ने निश्चय कर लिया कि बरिक्षा करके जाएँगे। इस विचार से उन्होंने भगवानदीन की जन्मपत्री देखने की इच्छा व्यक्त की और कहा कि आप भी चाहें तो अपने पंडितजी को बुला लें।

इस पर रामसुख ने कहा, "आपसे बड़ा पढ़ा-लिखा ज्ञानी पंडित इहाँ कहाँ अहै, आप जैसा कहेंगे, हमको मंजूर होगा।"

वैद्यजी ने भगवानदीन की पत्री देखकर कहा, "बहुत ही भाग्यशाली है और दोनों की पत्री के 30 गुण मिल रहे हैं।" रामसुख और वैद्यजी दोनों मुसकरा रहे थे।

वैद्यजी ने कहा, "दुबेजी, आपकै आज्ञा होय तौ हम बरिक्षा कै देई।"

रामसुख हर्षित एवं आश्चर्यचकित हो के बोले, "तब तो सुमिरन पंडित के बुलावै पड़ी, रोंधू ए रोंधू, काम छोड़ा और बरिक्षा कै तैय्यारी करा। बाबूलाल जल्दी जाय के सुमिरन पंडित के बोलाय लावा।"

बाबूलाल ने तुरंत घोड़े को खूँटे से खोला और सवार होकर चल पड़े। अब एक नया घर बन गया था, वहाँ के आँगन में रोंधू ने फटाफट चौक पूरा और भगवानदीन को स्नान कराके नए कपड़े पहनवाकर पीढ़े पर बैठाया।

वैद्यजी ने कहा, "आपकै नवा घर बहुतय शुभ अहय।" इतने में सुमिरन पंडित को लेकर बाबूलाल आ गए, उन्होंने तुरंत बरिक्षा का शुभारंभ कर दिया। माता प्रसाद ने फल-फूल, मिष्ठान की झापियाँ सजा दीं, गाँव के लोग भी एकत्रित हो गए थे। महिलाएँ गा रही थीं, पुरुष प्रशंसा कर रहे थे। कुछ ईर्ष्या भी कर रहे थे। घंटे भर में बरिक्षा संपन्न हो गई तो रामसुख ने कहा, "वैद्यजी और पंडितजी, हमार छुट्टी सिर्फ 20 दिन कै बची बा। आज रविवार हौ शुक्रवार के सोना कै तिलक बरिक्षा तय बा, इहि बरे होई सकै तो सोमवार के बाद कौनौ अच्छी तिथि देख के बिआह कै दिन भी तय कै दया। काहे से अगले इतवार कै बाबूलाल कै बिआह अहै, ओ से पहले बड़े बेटवा कै बिआह होई जाए तो बढ़िया अहै।" "ठीक अहै" कहकर पंडितजी और वैद्यजी पंचांग और पत्री लेकर बैठ गए।

करीब आधे घंटे बाद पं. सुमिरन बोले, "वैद्यजी कौन तिथि?"

वैद्यजी बोले, "आप पहिले लरिका कै पक्षभारी अहै, आप बोलैं।" तो सुमिरन पंडित बोले, "तिथि तौ उत्तम तीज गुरुवार अहै, पर आपके बरे मुश्किल होये एह बरे, दूसर तिथि शुक्रवार अहै वैद्यजी, अरे नाहीं हम उत्तम तिथि पर तैय्यार अही।"

रामसुख ने कहा, "हम तो तैय्यार बैठा अही, हमरे हिसाब से आप तिलक बरिक्षा दुउनो कै दिए अहै, हम बिआह कै के शनीचर के वापस आउब और इतवार के बाबूलाल कै बिआह कै देब ओकरे बाद कौनो सही साइत देख के सोना कै बिआह कै के फुर्सत पाय के निकल जाब ड्यूटी पै। लरिकन इहाँ रहियें और भगवानदीन एक महीना बाद दसवीं कै पढ़ाई के बरे अइहैं।"

वैद्यजी ने पूछ लिया, "गौना कब होये अगले बरस तो रामसुख बोले, "नाही तिसरे में काहे से, हमें विश्वास अहै कि भगवानदीन मैट्रिक कै लेइहै तो उन्हें अच्छी सरकारी नौकरी मिल जाये।"

वैद्यजी ने कहा, "आज्ञा दें दुबेजी "धन्यवाद", आपके और आपके परिवार वालन के। अब चली घरे में शुभ समाचार दै के तैय्यारी शुरू कर देई। बिटिया कै बिआह कै के गंगा नहाय लेब।"

रामसुख बोले, "आप निराजल अहै रोकब न।" वैद्यजी विदा हुए और मिश्रानन में मिश्राजी के यहाँ पहुँचकर शुभ समाचार दिए और गंगाजली से गंगाजल निकालकर गुड़ खाकर पिए और चल पड़े घर के लिए। घोड़ा भी सरपट दौड़ा खुशी से। सूर्यास्त से पहले ही घर पहुँच गए। वैद्यजी ने घोड़े से उतरते ही देखा दिलराजी बाल्टी और लोटा में पानी लेकर खड़ी हैं।

दिलराजी बोली, "बाबू मुँह-हाथ धोय के पानी पी लें, हम रस बनाये अही।" खुशी से दिलराजी के सिर पर हाथ रखकर वैद्यजी रोकर अपनी पत्नी से बोले, "बिआह गुरुवार के अहै वैद्याइन, जल्दी तैय्यारी कै ल्या।" दिलराजी शरमाकर घर में भाग गई। वैद्यजी माता प्रसाद और सईस ने नाश्ता किया, रस पिया, तृप्त होकर पूरा परिवार आँगन में बैठा। हालाँकि, सब बहुत खुश थे कि इतने इंतजार के बाद ब्याह तय हुआ, परंतु उनकी दिलराजी पराई हो जाएगी, यह सोचकर माता-पिता और पाँचों भाई और तीन भाभियाँ सभी रो रहे थे। यह भावना कि बेटी पराया धन है, यह दर्द भरा अनुभव है।

वैद्यजी अपने मन को कड़ा करके बोले, "बहुत काम बा," अपनी पत्नी को बोले—"अरे देवी, पलटू से कहि के गाँव भर में खबर दै दया। कल से पलटू कै दुल्हिन हमरे बिटिया के लगन लगावै कै तैय्यारी कै के गाँव भर कै मेहरारून के न्योता दै देय। सोमवार को मठमगरा, बुधवार को मायन और वृहस्पतिवार को बिआह कै न्योता एक संगे पहुँचाय दें। बाकी इंतजाम हम और हमार पाँचों बेटवा कै लेब," फिर अपने बेटा

माता प्रसाद से बोले—"खाना खाय पी के पाँचों भाय हमरे लगे कलम-कागज लै के आय जा, तोहरे सबके काम बाँट देब।"

वैद्यजी के अनुसार सब अपने-अपने कार्य को कुशलतापूर्वक करने में लग गए। सुबह-सुबह रामसुख, भगवानदीन और बाबूलाल की मदद से बरिक्षा एवं तिलक में देनेवाले सभी सामान की सूची तैय्यार करके रोंधू और बाबूलाल को किठावर बाजार के लिए रवाना कर दिया, वहाँ पर एक ऊँट रखनेवाले भोलू को भी भेज दिया था। रामसुख ने ऊँट और ऊँटवाले को 1 महीने के लिए किराए पर ले लिया था। एक घोड़ा खरीद लिया था तथा दो घोड़े किराए पर ले लिये था।

रामसुख को गाँव में रहते 15 दिन हो गए थे, क्योंकि सरताजी बाबूलाल और सोना के साथ पहाड़पुर में ही रहेंगी, इसलिए रामसुख उनके लिए भी सुव्यवस्था कर रहे थे। भगवानदीन 9वीं पास हैं, अतः 10वीं करने के लिए जुलाई में स्कूल खुलने पर खंडवा जाएँगे। बाबूलाल को पढ़ने की इच्छा नहीं है, वे यहाँ गाँव का जीवन जीना चाहते हैं। वे हमेशा धोती बंडी और अंगोछा ही पहनते हैं। उनको देखकर यही लगता है कि वे हमेशा से यहीं रह रहे हैं, सोना बहुत ही सुंदर, सोने सा रंग, फुरतीली और घर के काम में दक्ष हैं।

रामसुख ने काका-काकी, दीनू, धनिया को बाबूलाल के विवाह में आने का निमंत्रण विवाह तय होते ही भेज दिया था। काका-काकी तो नहीं आ सकते हैं, इसलिए धनिया ने भी कहा कि वे भी शादी में आने में असमर्थ हैं, क्योंकि काका-काकी का स्वास्थ्य ठीक नहीं रहता है। दीनू-सुघरा अपने दोनों बच्चों ओंकार और शंकर के साथ आनेवाले हैं। कल उनको लाने के लिए बैलगाड़ी का इंतजाम इलाहाबाद स्टेशन पर है। वे लोग शाम तक पहाड़पुर पहुँचेंगे। कल सोना की बरिक्षा एवं तिलक में जाना है, अतः अच्छा है कि दीनू सपरिवार शाम तक पहुँच जाएँगे। गरमी काफी है, जबरदस्त लू चल रही है। अतः मुँह अँधेरे सब लोग निकल पड़ेंगे। एक बैलगाड़ी बच्चों एवं वृद्ध के लिए तथा 10 घोड़ों का बंदोबस्त भी कर लिया गया है।

11 बजे करीब सारा तिलक का सामान ऊँट पर लादकर बाजार से आ गया है। शाम को 3 बजे सामान लेकर ऊँट सोना के ससुराल हरखपुर के लिए निकल जाएगा। रात में वहीं रहेगा, साथ में रोंधू का भाई भोंधू जाएगा। रोंधू, सुमिरन पंडित और रामसुख के साथ जाएँगे। दीनू और ओंकार, शंकर बैलगाड़ी में और भगवानदीन तथा बाबूलाल घोड़े पर साथ चलेंगे। गाँव के हर घर से कम-से-कम एक आदमी तो आएगा ही, यही दस्तूर है।

शाम को 3 बजे रामदीन, सुघरा, ओंकार और शंकर आ गए। सरताजी ने देवर-देवरानी का गरमजोशी से स्वागत किया। सरताजी ने नए घर में बने एक कमरे में सुघरा का सामान रखकर कमरे की चाबी देकर कहा, "सुघरा, जौन कुछ भी तीनों बिआह में

लागै वाला कीमती सामान अहै, ऊ सब तोहरे जिम्मे।" एक सन्दूकची दिखाते हुए कहा, "एमें सोना के बरे गहिना और भगवानदीन और बाबूलाल के चढ़ाव में जाय वाला गहना रक्खा अहै।" सरताजी और सुघरा में बहनों से भी बढ़कर स्नेह था। यह सुनकर कि तीनों बच्चों का ब्याह 10 दिन में संपन्न हो जाएगा। रामदीन और सुघरा खुशी से पागल हो रहे थे। सुघरा ने तो ब्याह गीत गाना शुरू कर दिया तो सरताजी ने कहा, "अरे बहिन, संझा गाँव भर से मेहरारू अइहैं, तब गाइउ अबहिन काल के बरे तैय्यारी कराय देया," दोनों काम में लग गई। दीनू रामसुख का और ओंकार एवं शंकर, भगवानदीन और बाबूलाल का हाथ बँटा रहे थे।

सूरज ढ़लने के साथ-साथ सारा काम संपन्न हो गया। सोना ने भोजन तैय्यार कर लिया था। बहुत दिनों बाद रामसुख एवं रामदीन साथ में भोजन करते हुए बचपन की यादें ताजा करके माँ-बाप को याद करते हुए उनसे आशीर्वाद की आशा कर रहे थे।

सोना ने चारों भाइयों को खाना परोसा तो चारों ने सोना को खूब चिढ़ाया, सोना चारों भाइयों की लाड़ली बहन थी। जब परेशान हो जाती थी तो आकर अचानक उनके बाल खींचकर कहती थी, 'बस करो, नहीं तो बापू से शिकायत करूँगी।' उनके खाने के बाद सरताजी, सुघरा और सोना खाने बैठीं तो काका-काकी, धनिया की बातें हुई। सुघरा ने बताया, काकी के घुटनों मे दर्द है, फिर भी उन्होंने सबके लिए 5 किलो खोवा का पेड़ा और एक गठरी मठरी बनाकर भेजी हैं। काका तो बहुत रो रहे थे और कह रहे थे, "ईश्वर पूरे परिवार को खुशियाँ दे और हाथ जोड़कर ईश्वर से प्रार्थना की कि भगवान जल्दी से काकी के चले-फिरै लायक कै देया तौ सोना के गौना में हम दुइनौ जनै जाब और दुइनौ दुल्हिन कै मुँह दिखाई कै के आउब।"

सुघरा बोली, "हम काका से कह दिहै अही कि गौना में धनिया-दुलारी, काका-काकी के लै के अइहै, हम दुइनो परानी और लरिके मिल के काम सँभाल लेब। इ सुनिके काका बहुत ढेर आशीर्वाद दै के हम सब के विदा किहेन।"

सुघरा सरताजी और सोना नए घर के आँगन में और बाकी सब लोग मड़ई में और दुआरे में सोये।

मुँह अँधेरे ही घर के सभी पुरुष और गाँव के हर घर से एक व्यक्ति तिलक चढ़ाने के लिए सोना के गाँव हरखपुर के लिए निकल गए। सब लोग गाँव से कुछ दूरी पर स्थित एक सराय, जहाँ ऊँट पर सामान था, वहाँ पहुँचकर हाथ-मुँह धोकर ठीक से तैय्यार होकर तिलक का सामान सजाकर करीब साढ़े आठ बजे मुहूर्त के समय हरखपुर मिश्राजी के घर पहुँचे। सुंदर सा घर, शायद उस इलाके का एक ही घर होगा, जिसका बैठक और बरामदा पक्का था, हालाँकि आँगन और पीछे का हिस्सा कच्चा था, परंतु दो मंजिला था। घर संपन्नता की झलक दे रहा था। रामसुख अपनी बेटी के लिए सुंदर घर देखकर हर्षित

हुए। थोड़ी देर में ही रामसुख को घर के अंदर आँगन में बुलाया गया। परंपरा अनुसार तिलक आँगन में ही होता है। अंदर सजे हुए मंडप में एक बड़े पीढ़े पर दूल्हा बैठे हुए थे, उनके दोनों तरफ पं. सुमिरन और उनके पंडित बैठे हुए मंत्र पढ़ रहे थे। सुडौल और अच्छे व्यक्तित्ववाले वर को देखकर रामसुख मन-ही-मन बहुत खुश हुए और ईश्वर की प्रार्थना की कि सोना का भविष्य सुख एवं समृद्धि से भरा रहे। महिलाओं के परंपरागत गीत के बीच तिलक संस्कार संपूर्ण हुआ। तिलक में रामसुख ने चाँदी के सिक्के चढ़ाए, वर को और वर के पिता को एक-एक गिन्नी तथा बच्चों को फल-फूल से भरा थाल दिया। तिलक देखकर सबने वाह-वाह की। तिलक संपन्न होते ही रामसुख ने प्रस्थान की आज्ञा माँगी और सबके साथ चल पड़े अपने घर की ओर। रास्ते भर सभी आनंदित थे। गाँव के हमउम्र लोगों ने रामसुख की काफी प्रशंसा की। दोपहर को 1 बजे तक सब लोग वापस आ गए। गरमी काफी थी। अतः सर्वप्रथम तो सबने खूब पानी पिया, फिर खाना खाकर सभी सो गए। सरताजी और सुघरा रोंधू की पत्नी राधा के साथ मिलकर मठमगरा की तैय्यारी करने में जुट गई। गाँव की कुछ महिलाएँ भी समय-समय पर आकर मदद कर जाती थीं। सोमवार को मठमगरा, मंगलवार को मायन और बुधवार को बारात विदा जो होगी। अतः ढेर सारा काम सब के ऊपर था, परंतु रामसुख और सरताजी ने इस प्रकार काम बाँट दिया था कि सबकुछ सुचारू रूप से हो रहा था।

वैद्यजी के घर भी चहल-पहल खूब हो रही है। उनकी तीन बहनें आ गई, जो काम में हाथ बँटाने के साथ-साथ हँसी-ठिठोली करके और गीत गाकर घर की रौनक बढ़ा रही थीं। दिलराजी के घर भी सोमवार को मठमगरा, मंगलवार को मायन और बुधवार को बारात के स्वागत की तैयारी चल रही थी। राजा प्रतापगढ़ ने वैद्यजी से कहा, बारात का खाना और दिलराजी के गहने वे देंगे। अतः वैद्यजी बड़ी धूमधाम से अपनी इकलौती बेटी के विवाह की तैयारी कर रहे हैं।

मठमगरा*—के दिन मंडप में बाँस गाड़कर दुल्हा या दुल्हन को हल्दी और तेल लगाया जाता है।

मायन* (वह दिन या तिथि, जिसमें विवाह में मातृका पूजन और पितृ निमंत्रण होता है) मायन के दिन चारों लड़कों का उपनयन संस्कार भी संपन्न हुआ। खुशी का समय तो पलक झपकते ही बीत जाता है। भगवानदीन और दिलराजी के घरों में मठमगरा और मायन रीति-रिवाज विधि-विधान से संपन्न हो गया।

आज बुधवार को पहाड़पुर से बारात विदा होनी है, दोपहर का भोजन खाने के उपरांत। वैद्यजी के आग्रह अनुसार गाँव के सभी 10 घरों के परिवार सहित भगवानदीन के विवाह में सम्मिलित होने का निमंत्रण एक पत्र में लिखकर हल्दी, अक्षत का छींटा मारकर भेजा गया। बारात में सिर्फ पुरुष एवं बच्चे ही जाते हैं, महिलाएँ नहीं जाती हैं।

अत: 5 बैलगाड़ियों का बंदोबस्त हुआ। एक बैलगाड़ी में चढ़ाव का सामान रोंधू एवं पंडितजी और चारों बैलगाड़ी में बाराती और रामदीन ओंकार एवं शंकर के साथ, जिससे वे रास्ते में देखभाल कर सकें। रामसुख, भगवानदीन एवं बाबूलाल के लिए सुंदर घोड़े तैयार थे।

उधर वैद्यजी के घर बारात आनेवाली थी। इसलिए सुबह से दरवाजे पर शहनाई बजनी शुरू हुई। वंदनवार से घर सजाया गया। जनवासे के लिए पास स्थित पाठशाला में खाट दरी के साथ बिछाई गई, जगह-जगह पानी का बंदोबस्त। कई सारे पुरुष बारातियों की सेवा के लिए तैनात थे। प्रतापगढ़ राज्य में काम करने की वजह से वैद्यजी को मददगारों की कमी न थी। दिलराजी की लगन लगी हुई थी, अत: सुबह सुहागदान के बाद से वे एक कमरे में बैठा दी गई थी। एक तो गरमी, ऊपर से तेल, चिरौंजी, दूध एवं केसर के उबटन 3 दिनों से लगाने के कारण वे काफी असहज महसूस कर रही थी, उन्होंने अपनी भाभी से नहाने का आग्रह किया, तो भाभी ने चुटकी लेते हुए कहा, "अरे हमार ननद रानी अब तो साँझ के ननदोई के नहान वाला जल आए, तबै नहायु," और हँसकर चली गईं।

भगवानदीन मंडप में एक बड़ी पारात में खड़े हुए और रोंधू ने भगवानदीन को नहलाकर वो पानी एक मटके में भर लिया। यही पानी से दिलराजी नहाएगी। यही रस्म चली आ रही है। नहलाने के बाद भगवानदीन को जोरा-जामा पहनाया गया। रामसुख की अपनी बहन नहीं थी, इसलिए दुबे परिवार की एक लड़की गौरा, ससुराल से आई हुई थी, वे ही बुआ की सारी रस्म निभा रही थी। अत: उन्होंने भगवानदीन के सिर पर मौर सजाया और आँखों में काजल लगाया। अब भगवानदीन दुबे दूल्हा बनकर तैयार हो गए। दूल्हे की तारीफ में गाना (बन्ना) गाया जा रहा था। सारे बाराती भी घर के सामने लगी हुई बैलगाड़ी में बैठ गए। बाबूलाल अपना घोड़ा और कालू भगवानदीन का घोड़ा लेकर घर से थोड़ी दूर चौरास्ते की ओर निकल गए।

चार कहार मियाना लेकर खड़े थे, दूल्हे की विदाई घर से हुई तो उन्हें मियाना पर बिठाया, उनके साथ सरताजी और सुघरा बैठीं, थोड़ी दूर पर सुघरा उतर गई, फिर कई महिलाएँ एवं बच्चे बैठने लगे। चौरास्ते आने तक यही हुआ। चौरास्ते पर पालकी से उतरकर दूल्हा कालू की मदद से घोड़े पर बैठे। साथ में बाजावाले ढोल, ड्रम, बाँसुरी भी बजाते हुए चल रहे थे, फिर वे भी रुक गए और बारात रवाना हो गई। गाँव में सिर्फ महिलाएँ बचीं। बाजेवालों ने बाजा बजाया और महिलाएँ जमकर नाची और नेग दिया।

उधर दिलराजी के घर के आँगन में मंडप में शादी की तैयारी और जनवासे में बारात के स्वागत की तैयारी चल रही थी। महिलाएँ गीत गाती हुई और पुरुष गीत सुनते हुए काम में जुटे हुए थे। बाहर भट्ठा जल रहा था, जिसमें सभी के लिए भोजन बन रहा

था। मिठाइयाँ–नमकीन तो कल ही तैयार करके पारात में सजा दी गई थीं। बारात की 2 रात, तीन दिन तक रुकने की परंपरा जो थी।

परंपरानुसार गाँव से थोड़ी दूर पर जल, तेल, फूल, अक्षत लेकर बारात के स्वागत के लिए कुछ लोग खड़े रहते थे। बारात आगमन पर वहीं जल, तेल, फूल, अक्षत, हार से बारातियों का स्वागत किया जाता था और वहीं से बारातियों को जनवासे (ठहरने की जगह) में ले जाया जाता था। जनवासे में ही जलपान का इंतजाम होता था। जलपान के बाद थोड़ा विश्राम करके बाराती शाम के लिए तैयार होते थे। जनवासे से लेकर घर तक धूमधाम से ढोल–नगाड़े के साथ बारात निकलती थी। बारात की सजावट, बरातियों के ठाठ–बाट एवं दूल्हे को देखने के लिए जनमानस में असीम उत्साह एवं उत्सुकता रहती थी। दरवाजे पर बारात आती थी तो आगे दूल्हा, उसके साथ सहबाला तथा पिता–चाचा, भाई और फिर बुजुर्ग, उनके पीछे बाकी बाराती खड़े होते थे।

दुल्हन, जो अभी भी लगन के बंधन में होती थी, उसे ढककर, उसके हाथ में फूल, सुपाड़ी, चावल (अँजुरी भर) देकर दूल्हे के उपर न्यौछावर करवाते थे, इसी बहाने दुल्हन भी दूल्हे और बारातियों के दर्शन कर पाती थी। दुल्हन वापस अपने कमरे में बैठा दी जाती थी। घर–गाँव की महिलाएँ स्वागत गीत से बरातियों के ऊपर स्नेह की वर्षा करती थीं। दरवाजे के मुहाने पर पंडितजी दूल्हे के स्वागत के लिए द्वार–पूजा करवाते थे। यह प्रथम औपचारिक परिचय दूल्हे के साथ होता था।

द्वार–पूजा के बाद बारतियों का मीठे से स्वागत और फिर सब वापस जनवासे में जाते थे। अब आँगन में दुल्हन को बैठाया जाता था। दुल्हन के शरीर का कोई भाग दिखाई नहीं पड़ता था। दूल्हे के बड़े भाई, पिता एवं कुछ और सदस्य आँगन में वारे का पानी एवं चढ़ाव का सामान लेकर आते थे। पंडितजी के मंत्रोच्चारण एवं गीत के बीच दुल्हन के जेठ दुल्हन का चढ़ाव चढ़ाते थे। चढ़ाव चढ़ाकर वे चले जाते थे। चढ़ाव में ताक–पाट, दुल्हन के कपड़े एवं गहने होते थे। दुल्हन को वारे के पानी से नहलाकर हल्दी से रँगी पियरी पहना दी जाती थी और हाथ में ताक–पाट बाँध दिया जाता था। परंपरानुसार कन्या शादी के पहले श्रृंगार नहीं करती थी, इसलिए शादी के बाद चढ़ावा में आए गहने पहनाए जाते थे।

मुहूर्त के अनुसार रात्रि के भोजन के उपरांत दूल्हा एवं पिता, चाचा, भाई ही मंडप में विवाह संस्कार में सम्मिलित होते थे।

पंडितजी विवाह करवाते थे, महिलाएँ विवाह गीत गाती थीं। कन्या का कन्यादान दादा–दादी या माता पिता द्वारा किया जाता था। उसके बाद परिवार के सभी लोग, जो लड़की से बड़े पुरुष सपत्नी पैर पूजते थे। दूल्हा–दुल्हन की उसके बाद वैदिक रीति से सप्तपदी होती थी, फेरे अवध क्षेत्र में दीपक के चारों ओर ही घूमाकर होता था। यह

परंपरा आज भी जीवित है। चार फेरों तक दूल्हा आगे, फिर बाकी तीन फेरों में दुल्हन आगे और दूल्हा पीछे चलते हैं। अब दुल्हन दूल्हे के बाईं ओर बैठती है।

सिंदूर दान से विवाह संपन्न हो जाता था। दूल्हा-दुल्हन को सब आशीर्वाद देते थे। दूल्हा अपनों के साथ जनवासे में चले जाते थे एवं दुल्हन अपने कमरे में चली जाती थी। वहाँ सब लोग चढ़ाव का सामान देखते थे। दुल्हन के उस समय ज्यादातर गहने चाँदी के होते थे, सिर्फ नथ एवं माँगटीका सोने का होता था। आज भी चढ़ाव में नथ और माँगटीका जरूर चढ़ाया जाता है।

परंपरानुसार विवाह मध्यरात्रि के आसपास शुभ मूहूर्त में शुरू होता था। दुल्हन तथा दुल्हन के माता-पिता एवं अन्य दुल्हन से बड़े दादा-दादी, काका-काकी, भाई-भाभी एवं गाँव के अन्य, जो दूल्हा-दुल्हन का पाँव पूजते थे, वे निराजल व्रत रहते थे। बाराती तथा अन्य सभी रात्रि का भोजन करके विश्राम करते थे। शुभ मुहूर्त पर दूल्हा अपने दादा, पिता, भाइयों एवं फूफा इत्यादि के साथ आँगन में शादी के लिए उपस्थित होते थे। उस समय लड़की को चौके पर बैठाया जाता था, वह हल्दी से रँगी धोती हाथ में ताक-पाट एवं घूँघट करके बैठी होती थी। उसके पीछे नाउन उसे पकड़कर बैठती थी। नाउन हर विधि-विधान में दुल्हन की सहायता एवं यह निश्चित करती थी कि दुल्हन के शरीर का हर भाग ठीक से ढँका रहे। धोती के घूँघट के ऊपर से चादर से भी घूँघट होता था, जिसे बीच-बीच मे नाउन ठीक करती रहती थी और नाऊ दूल्हे से सभी विधान पंडित के निर्देशानुसार करवाता था। दूल्हा भी हल्दी से रँगी धोती एवं उतरायण तथा सिर पर मौर बाँधकर आया होता था। दुल्हन के घूँघट के ऊपर से चढ़ाव में आई मौरी सजी होती थी।

सबसे पहले कन्यादान होता था, जिसमें लड़की का पिता लड़की का हाथ लड़के के हाथ पर मंत्रोच्चारण के साथ रखकर अपनी बेटी का दान कर देता था। यह परंपरा आज भी जीवित है।

उसके उपरांत सभी बड़े सपत्नी पैर पूजते थे दूल्हा-दुल्हन के। पैर पूजने के बाद जलपान ग्रहण करते थे। सप्तपदी वैदिक रीति से होती थी। सप्तपदी के उपरांत सिंदूरदान, फिर विवाह संपन्न हो जाता था। दूल्हा जनवासे जाकर जलपान ग्रहण करता था और दुल्हन अपने कमरे में जाकर। जलपान के बाद दुल्हन को चढ़ाव में आई चूड़ियाँ, गहने इत्यादि पहनाकर सजा दिया जाता था। रात भर जागने की वजह से अकसर दूल्हा-दुल्हन एक-दो घंटे सो लेते थे, फिर कोहबर की रस्म होती थी। एक कमरे में यक्ष-यक्षणी का भीति-चित्र बनाया जाता था, जिसको गाय के गोबर एवं जौ से सजाया जाता था। उसके सामने दीया जलता रहता था। वहाँ पर दूल्हे-दुल्हन से पूजा करवाकर बाती मिलवाई जाती थी और परात के पानी में अंगूठी डालकर दोनों को खेल खिलाया जाता था। ये परंपरा सांकेतिक रूप से जीवित है।

कोहबर के बाद लड़का जनवासे में और लड़की अपने कमरे में जाती थी। दूल्हे को आँगन में खिचड़ी खिलाने की परंपरा है। इसमें दूल्हे को कई तरह के उपहार दिए जाते थे। उपहार के बाद ही दूल्हा भोजन करता है, उसके साथ संगे-संबंधी भी होते थे, बाकी बाराती जनवासे में खाते थे। इस समय महिलाएँ गाली गाती थीं। यह परंपरा भी सांकेतिक रूप में जीवित है। बारात के साथ दहेज का काफी सामान भी, जैसे बरतन, आनाज इत्यादि जाता था। दुल्हन की विदाई गौने में होती थी, अकसर विवाह के दो वर्ष बाद।

भगवानदीन दुबे एवं दिलराजी का विवाह वैदिक रीति से संपन्न हुआ। बारात विदा होने पर दिलराजी सो गई। इतने दिन के उबटन से उनका गोरा मुख सोने की तरह दमक रहा था। उन्हें देखकर उनकी माँ रो रही थीं, इस अहसास से कि बेटी पराई हो गई।

वैद्यजी ने दहेज में बरतन, वस्त्र एवं अनाज देकर विदाई की। बाराती आदर-सत्कार से बहुत खुश थे। सूरज ढलने से पहले ही सभी पहाड़पुर पहुँच गए।

बाबूलाल के विवाह की तैयारी सरताजी, सुघरा कुछ महिलाओं की मदद से कर रही थीं। बाबूलाल की बारात तो एक किलोमीटर दूर ही जानी थी, फिर लड़की वाले काफी गरीब थे। छोटा सा घर था, आँगन भी न था, घर के सामने नीम के पेड़ के नीचे ही विवाह हो यह निश्चित हुया। अतः रामसुख ने अपने गाँव के लोगों से निवेदन किया कि द्वार-पूजा के बाद सभी बाराती वापस आकर अपने-अपने घरों में रहेंगे। संस्कार के समय यथानुसार जो चाहे पहुँच जाए तो लड़कीवालों पर आर्थिक संकट नहीं आएगा। विवाह के उपरांत दूल्हे के साथ शंकर, ओंकार वहीं रुक जाएँगे। खिचड़ी और कलेवा के लिए रामसुख भी जितना जरूरी होगा, उतनी देर ही वहाँ रहेंगे।

सुबह मायन हुआ, सारी रस्में हो गईं, तो दूल्हा बाबूलाल घोड़े पर, बाकी सब लोग बारात में ढोल-बाजे के साथ पैदल चल पड़े। तिवारीजी ने अपनी क्षमता से अधिक इंतजाम कर रखा था। उनके गाँव के लोगों ने सहयोग किया। बिना किसी दिखावे के बाबूलाल का विवाह पँखुरी से संपन्न हुआ। पँखुरी साँवली, पतली-दुबली छोटी सी पँखुरी ही थी। योजनानुसार सारे कार्यक्रम हुए और खुशी-खुशी सब घर वापस आ गए।

अब सोना के विवाह की तैयारी शुरू हो गई। लड़की की शादी इतना बड़ा काम होता है, बारात आती है, तीन दिन का इंतजाम। यद्यपि रामसुख संपन्न थे और चार बेटे थे, जो कार्य करने में दक्ष थे, फिर गाँववालों का सहयोग भी था। सभी ग्रामवासी जानते थे कि एक दिन रामसुख को गरीबी के कारण गाँव छोड़ना पड़ा था, अत: कहीं-न-कहीं आत्मग्लानि थी, जिसकी वजह से बिरादरीवाले बढ़-चढ़कर अपना-अपना योगदान दे रहे थे।

रामसुख के घर के सामने 2 बीघा और बाईं ओर एक बीघा खेत है। काशी प्रसाद

दुबे ने गेहूँ लगाया था, गेहूँ कटने के बाद उसमें खूँटी थी, जो बारिश के बाद सड़ जाती है और खेत जोतने पर अगर बचती है तो बीनकर, जोतकर पाटा किया जाता है, परंतु बारिश न होते हुए भी रामसुख ने मजदूर लगवाकर खेत की खूँटी निकलवाकर बाएँ वाले खेत में जनवासा और सामने भोजन की पाँत का इंतजाम करवा लिया।

हिंदू विवाह विधि-विधान से करवाने का पूरा जिम्मा सुमिरन पंडित को, जनवासे की जिम्मेदारी रामदीन और भगवानदीन की तथा पाँत को भोजन एवं जलपान की जिम्मेदारी बाबूलाल, ओंकार एवं शंकर की थी। गाँव के सभी पुरुष उनका साथ देनेवाले थे। घर की जिम्मेदारी को चाव से सुघरा और गौरा, रोंधू एवं भोंदू की पत्नियों के साथ तथा गाँव की महिलाएँ एवं बेटियाँ समय-समय पर गेहूँ, बिनवाने से लेकर पूड़ी बेलवाने के कार्य में सहयोग कर रही थीं। यह सहयोग पहाड़पुर में आज भी जीवित है, बेटी के विवाह में गाँव का हर सदस्य यथासंभव सहायता एवं सहयोग करता है।

निश्चित तिथि एवं समय पर बारात धूमधाम से पहुँची तो गाँववालों ने सुंदर दूल्हा एवं बारात की रौनक देखकर दाँतों तले उँगली दबा ली।

सोना का रंग तो सोने सा दमक रहा था। सभी खूबसूरत जोड़ी की दाद देकर कह रहे थे, "राम-सीता के जोड़ा कै, कोहू कै नजर न लागै।"

विधि अनुसार बारात का स्वागत एवं सभी रीति-रिवाज महिलाओं के गीत की ध्वनि के बीच हो रहे थे। बारातियों की आवभगत में कोई कमी न थी, इसलिए माहौल खुशनुमा एवं सभी घराती-बाराती हर्षित थे। चढ़ावा में सिर से पैर तक के चाँदी के गहने, सोने की एक हँसुली, नथ एवं माँगटीका था।

कन्यादान में रामसुख एवं सरताजी ने एक मोहर दी। सभी गाँववालों ने पैर पूजा, शादी की रस्म सुबह सूर्योदय तक चली। खिचड़ी में रामदीन ने दूल्हे को चाँदी की थाली तथा रामसुख ने सभी खिचड़ी खानेवालों को एक-एक चाँदी का सिक्का दिया। सोना जब चढ़ाव के गहने और साड़ी पहनकर कोहबर में आईं तो किसी अप्सरा से कम न लग रही थी।

बाती मिलवाई में सरताजी ने अपने मायके से मिली चाँदी की सलाई दी। इस प्रकार विवाह की रस्म पूरी हुई और खुशी-खुशी धन-धान्य के साथ रामसुख ने बारात की विदाई की।

तीनों बच्चों का विवाह संपन्न हो गया तो रामसुख एवं सरताजी ने चैन की साँस ली। रामसुख ने कहा, "देवी, अब आगे का कीन जाए, 10 दिन बाद हमें तो ड्यूटी पर जाय का अहै।" "भगवानदीन ओंकार और शंकर बाद में अइहै, जेसे तोहाय मदद होई जाए।" अबैतक तौ सब गाँववाले बहुत नीक अहैं, पर काशी बाबा हमार खेत जोतत-बोवत रहेन, ऊ आसानी से बाबूलाल के खेती न करै देइहैं।'

सरताजी ने दृढ़ता से कहा, "तू फिकिर जिन करा, हम सँभाल लेब, बहुत होये पंचायत बुलावै पड़े, इहाँ के सिपाही के सहेज दया कि जब रोंधू जाँय तो ऊ हमार मदद के बरे जरूर आवैं। वैसे हमार विश्वास अहै कि ओकर कौनो जरूरत न पड़े।"

सुघरा बोली, "दीदी हमहूँ लरिकन के सँघे जाब, वैसे तोहय अकेले छोड़ै कै मन नाही करत अहै, पर उहाँ दुकान कै काम और काका-काकी कै देखभाल भी तो करै का अहै।" रोती हुई सुघरा को गले लगाकर सरताजी बोली, "अरे पगली रोवा जिन हम सब सँभाल लेब।"

देखते-देखते रामसुख, रामदीन और सुघरा के जाने का दिन आ गया। सुबह-सुबह जब सब तैयार हुए तो सरताजी ने सुघरा को चबैना और पेड़े की पोटली तथा महुए का पुआ और आम का आचार रास्ते के लिए दे दिया। रामसुख से हँसकर बोली, "जा चैन से नौकरी करा, हम इहाँ सब सँभाल लेब," सुघरा और सरताजी गले लगकर रोईं। सब को विदा करके कमरे में आकर सरताजी ने सोना को समझाया कि "अब ब्याह हो गया है, घर से दूर बगिया में और खेत में न जाएँ।" फिर तीनों बच्चों को बुलाकर कहा, "बरसात होते ही खेत जोत कर बुआई करै का अहै।" सरताजी रोज बारिश का इंतजार करती, आषाढ़ शुरू हो गया पर बादल नहीं नजर आ रहे थे, खेत जोतने-बोने से ही उनका अधिकार होगा। उनकी चिंता दिन पर दिन बढ़ रही थी। रामसुख को गए 5 दिन हुए थे, पर उनके सामने वाले ही खेत में 15-20 पेड़ लग चुके थे, पेड़ बड़े हो जाएँगे तो खेत जोतना मुश्किल होगा। रात में बिस्तर में लेटकर इस चिंता से उन्हें नींद ही नहीं आ रही थी। अचानक वे उठी, आग जलाई, पानी गरम किया बटुई में। सोना को जगाया और दीया लेकर सोना और गरम पानी की बटुई लेकर सरताजी खेत में गई और धीरे-धीरे पौधों में गरम पानी डाल दिया। दूसरे दिन सुबह पौ फटते ही जाकर देखा तो पौधे सूख चुके थे। अब तो 10 पौधे और लगे थे। अब तो यह रोज का काम हो गया, उधर काशी दुबे अचंभित थे कि पौधे जो वे रत्तू से लगवाते हैं, वे सूख कैसे जाते हैं?

अचानक आधा आषाढ़ महीना बीतने पर इंद्रदेव खुश हुए और मूसलाधार वर्षा शुरू हुई। अभी खेत बहुत नरम नहीं था, फिर भी हृष्ट-पुष्ट बाबूलाल और शंकर ने सामने का खेत जोत डाला, इसी प्रकार बाकी खेत भी जोतकर बुआई कर दी। अब सरताजी संतुष्ट थी कि उनका खेत पर अधिकार हो गया है।

□

14

भगवानदीन की आकांक्षा का सृजन

भगवानदीन जो पुस्तकें साथ लाए थे, वे पढ़ चुके थे, अब उन्हें बोरियत होने लगी थी, इसलिए वे सुबह-शाम गाँव में घूमने लगे। कुछ हम उम्र लड़कों से मिलने पर पता चला कि शिक्षा का आभाव है, एक पंडितजी गुरुकुल चलाते हैं 'संस्कृत विद्यालय' नाम से, जिसमें कई आसपास के गाँव से पंडिताई करनेवाले ब्राह्मणों के बच्चे संस्कृत पढ़ने आते थे। कारण था कि अंग्रेजी हुकूमत में संस्कृत का कोई महत्व न था। सरकारी काम अंग्रेजी एवं उर्दू /फारसी में ही होते थे।

एक दोपहर को जब सरताजी एवं उनका परिवार नीम के नीचे खाट पर लेटकर बातें कर रहे थे तो अचानक कहीं से जोर से रोने की आवाज आने लगी। सरताजी ने भगवानदीन से कहा, "बेटवा कौनो अनहोनी होई गवा," बाबूलाल उठे और चल पड़े उस ओर तो उनके पीछे-पीछे भगवानदीन एवं शंकर भी गए। खेत पार करते ही गोलू मुराई की झोपड़ी के सामने एक उनका दस वर्षीय बालक मरा पड़ा था। गोलू मुराई और उसकी पत्नी दहाड़ मारकर रो रहे थे, गाँव के सभी लोग एकत्र हो गए थे। भगवानदीन वह हृदय विदारक दृश्य देख न पाए और घर आकर सरताजी से बोले, "माई, हम नाहीं देख सके उन कर दुःख," सरताजी ने पानी पिलाया और कहा, "बेटवा, जीवन-मृत्यु ईश्वर के हाथ म अहै।" उदास होकर सभी चुपचाप बैठ गए थोड़ी देर बाद बाबूलाल आए तो उन्होंने बताया कि लड़के की मौत साँप के काटने से हो गई, भगवानदीन ने पूछा कि डॉक्टर को दिखाया तो उन्हें पता चला कि यहाँ से करीब 7 मील दूर पर एक सरकारी अस्पताल है, परंतु नदी-नालों में बरसात की वजह से इतना पानी है कि जल्दी पहुँचना मुश्किल था। गोलू मुराई को जब झाड़-फूँक करनेवाले ने बताया कि चार घंटे पहले जहरीले साँप ने काटा था, अतः उनका इलाज सफल नहीं होगा। तब वे डॉक्टर के पास ले जाने की तैयारी करने लगे, तभी उनके लड़के ने दम तोड़ दिया।

यह सुनकर भगवानदीन सोचने लगे कि शिक्षा, स्वास्थ्य एवं संचार के आभाव में उनके गाँव के लोगों का वर्तमान जीवन कितना कष्टपूर्ण है और भविष्य अंधकारमय

है! यह सोचकर कि उनकी माँ, भाई एवं बहन यहाँ इस प्रकार जीवन व्यतीत करेंगे, भगवानदीन दु:खी हो गए और दिन-रात चिंता करने लगे और उन्होंने सोचा कि उन्हें पढ़ाई छोड़कर काम शुरू कर देना चाहिए, परंतु उन्हें पता था कि उनके माँ-बाप इसके लिए तैयार नहीं होंगे। रामसुख चाहते हैं कि भगवानदीन मैट्रिक करके रेलवे या पुलिस की नौकरी करे।

अक्सर कोई-न-कोई सिपाही रामसुख का खत लेकर आता और भगवानदीन द्वारा लिखे घर, गाँव, खेत का समाचार लेकर जाता। पर यह संचार सुविधा गाँव के अन्य लोगों को उपलब्ध न थी। यहाँ तो कभी-कभार ही पत्र तथा मनीऑर्डर लेकर हैकारा आता था। दीनू, काका का पत्र आया, जिसमें उन्होंने आग्रह किया कि "यदि खेत में बुआई हो गई हो तो शंकर को खैगाँव भेज दें, जिससे शंकर धनिया की मदद कर सके।" उन्होंने लिखा कि 10 तारीख को एक व्यापारी गुप्ताजी इलाहाबाद के रहनेवाले हैं, उनकी खैगाँव में कपड़े की दुकान है, अत: अगर शंकर उनके घर सिपाही बलवंत के साथ पहुँच जाएँ तो वे उनको लेकर आएँगे। टिकट एवं रास्ते में खर्च के लिए पैसे उन्हें दे दिए हैं। गुप्ताजी हर सावन के पहले बनारसी साड़ियाँ खरीदने के लिए आते हैं। सावन में जब लड़कियाँ खैगाँव में अपने मायके आती हैं तो उनके लिए उनके पिता बनारसी साड़ियाँ खरीदते हैं। इस बार भी गुप्ताजी बनारस से साड़ी खरीदकर कुछ दिन इलाहाबाद में अपने माँ-बाप के साथ रह रहे हैं।

पत्र पढ़ने के बाद सरताजी ने भगवानदीन से कहा, पत्र का जबाब लिख दो और सिपाही को दे दो। सिपाही को सोना ने खाना खिलाया। सिपाही बलवंत ने कहा हमारी ड्यूटी 11 तारीख को इलाहाबाद में लगी है तो वे 9 तारीख को करीब 11 बजे शंकर को लेकर इलाहाबाद चले जाएँगे और आप चिठ्ठी लिखकर दे दो तो हम वो पुलिसवाली डाक के साथ भेज देंगे, जिससे दीनू भय्या को मिल जाए। भगवानदीन ने सरताजी के निर्देशानुसार एक खत लिखा, जिसमें खेत, गाँव के लोगों के बारे में विस्तृत जानकारी थी। खत लेकर बलवंत सिपाही चले गए।

एक दिन नए घर के आँगन में भगवानदीन एक किताब पढ़ रहे थे, दरवाजा खुला था कि हैकारे के भाले में बँधे घुँघरू की आवाज सुनकर देखा तो हैकारा दरवाजे पर ही खड़ा था।

भगवानदीन ने अचंभित होकर पूछा, "हाँ भय्या, बतावा।"

हैकारा, "भय्या तोहरे इहाँ रत्तू अहैं का, उनकै चिठ्ठी अहै।"

भगवानदीन, "भय्या ऊ खेते मा निराई करत अहै।"

हैकारा, "ठीक अहै, ई चिट्ठी उन्हें दै दिहा।" यह कह चिट्ठी भगवानदीन के हाथ में दे दी। शाम को रत्तू के खेत से लौटने पर भगवानदीन ने चिठ्ठी दी तो रत्तू और उनकी

पत्नी ने चिठ्ठी को सिर से लगाया, फिर कहा, "बेटवा, हम सब तो अनपढ़ अही, पढ़ के सुनाय देया।"

यह खत बंबई से रत्तू के भाई का था, जिसमें लिखा था, रत्तू का बड़ा लड़का कल्लू, जो बंबई काम करने गया था, उसको अंग्रेज जबरदस्ती पानी का जहाज में डालकर काम करवाने कहीं और ले गए हैं, कहा है कि हर महीने आपको मनीऑर्डर से पैसा मिल जाया करेगा, तो हमने आपका पता दे दिया है। सुनकर रत्तू और उनकी पत्नी रोने लगे, यह कहकर, "अरे दैय्या, धर्म भ्रष्ट कै दिहेन, ई अंग्रेज सब के ईसाई बनाय देई हैं," भगवानदीन ने उन्हें समझाया कि वे फिक्र न करें, ऐसा नहीं होगा, पर वे दोनों दुःखी होकर घर चले गए। उनके जाने के बाद भगवानदीन चिंता में डूब गए। वो सोचने लगे कि 'रोटी कपड़ा मकान,' इनसान की बुनियादी जरूरत है। यहाँ उनके पहाड़पुर में यह जरूरतें मुश्किल से पूरी होती हैं। शिक्षा, स्वास्थ्य एवं संचार की सुविधा तो दूर की बात है, जबकि खंडवा में उनके परिवार को सब सुविधाएँ उपलब्ध थीं, फिर उनकी माँ ने यहाँ आने का निर्णय क्यों लिया, इसलिए उन्होंने अपनी माँ से पूछा, "माई इहाँ इतनी तकलीफ सहति अहा, काहे बरे? खंडवा में कितना आराम रहा!"

सरताजी ने कहा, "बेटवा, माटी से प्रेम, ईसब आपन अहैं, हम सब एक-दूसरे कै सुख-दुख कै साथी, उहाँ परदेस में एक-दुई जने के छोड़कर कोहू आपन नाहीं न और अंग्रेज जल्लाद तौ बिल्कुल नाहीं। परदेस मनई पेट भरै के बरे जाथ नाहीं तो आपन घर-दुआर छोड़ि के काहे जाए।" भगवानदीन ने सोचा, उनकी माँ के विचार कितने सच्चे एवं ऊँचे हैं और उन्होंने विचार किया तो पाया कि 1857 की गदर भी तो मातृभूमि से प्यार ही था, जिसमें हजारों लोगों ने अपना जीवन न्योछावर कर दिया, हालाँकि, वे सफल नहीं हुए और अंग्रेज दमन करके और मजबूत हो गए। वे स्वयं अंग्रेजी स्कूल में पढ़ते थे, वहाँ 1857 के गदर में शामिल सभी को गद्दार कहा जाता था, परंतु यह दासता तो मंजूर नहीं है किसी भी हिंदुस्तानी को, परंतु सब मजबूर हैं। उन्होंने अपने मस्तिष्क से इन विचारों को भगाकर सोचना शुरू किया कि वे अपने भविष्य एवं अपने पहाड़पुर वासियों के लिए क्या करें? यह सोचते-सोचते वे सो गए। उनकी आँख तब खुली, जब सोना ने आकर आवाज दी कि "भय्या साँझ होइ गय गाय लगवाय ल्या माई बुलावति अहैं, छोटका भय्या खेते गा अहैं।" भगवानदीन गए, बछिया को पकड़कर गाय के सामने खड़े हुए। गाय बछिया को चाटने लगी और सरताजी दूध दुहने लगी।

सुबह-सुबह शंकर को लेने बलवंत सिपाही आए तो सरताजी ने उन्हें पूड़ी सब्जी और पेड़ा रास्ते के लिए दिया और शंकर को सहेजा कि गुप्ताजी के घर नियम से रहें, रास्ते में ट्रेन से नीचे न उतरे, इत्यादि-इत्यादि।

भगवानदीन को सरताजी ने आदेश दिया कि परिहारन कै पुरवा (ठाकुरों का गाँव)

से न्योता आया है तो वो गाँव के अन्य लड़कों के साथ वहाँ धोती-कुरता पहनकर चले जाए। करीब दिन के दो बजे भगवानदीन तैयार हुए, उनके साथ करीब 10 लड़के 5 साल से 15 साल के थे। किसी ने कहा, "इस बार वर्षा अच्छी हो जाए तो अच्छी फसल हो जाएगी, अभी तक तो अच्छी है। भगवानदीन के पूछने पर अगर ठीक नहीं हुई, तो जबाव मिला, फिर क्या, साल भर अनाज नहीं चलेगा तो बनिया लूटेंगे और कुछ लोग कर्ज में डूब जाएँगे। अगर सूखा पड़ गया तो जो हाल तुम्हारे पिताजी का हुआ, वही कुछ लोगों का होगा और उन्हें भी घर-दुआर छोड़ना पड़ेगा, नहीं तो तीन पुश्त कर्जा ही उतारते रहेंगे। रत्तू काका अपने पिताजी का कर्जा अभी तक लाला को दे रहे हैं, इसलिए ही तो अपने बड़े लड़के को बंबई कमाने भेजे थे।"

भगवानदीन बोले, "वो तो रो रहे थे कि धर्म नष्ट हो गया।" एक 15 वर्षीय बालक, जो अभी तक चुप था, बोला, "अरे इतना धर्म रहा तो मनीऑर्डर का पैसा कैसे लै लिहेन? अरे भय्या 'बाप बड़ा न भय्या, सबसे बड़ा रुपैय्या।" परिहारन के पुरवा में ठाकुर विशंभर तीर्थ करके आए थे, इसलिए ब्रह्मभोज करवा रहे थे।

भगवानदीन जब परिहारन के पुरवा से वापस आए तो शाम हो गई थी। सब लोग भोजन कर रहे थे, वे भी उन सब के साथ बात करने लगे और लाला के बारे में पूछा। अब तक बाबूलाल को गाँव के बारे में सब पता था।

लाला को अंग्रेजों द्वारा ठेका मिला था, गाँव के लोगों से लगान वसूली करने के लिए और अगर कहीं थोड़ा भी विद्रोह हो या विवाद बढ़े तो पास के थाने में खबर देना। लाला लोगों की जमीन का लेखा-जोखा तथा खरीद-फरोख्त पर पूरा ध्यान रखते थे। लाला लोगों को उधार देते थे ब्याज पर और गिरवी भी रखते थे। रत्तू के पिता ने जब अकाल पड़ा था तो अनाज उधार लिया था, उसका कर्जा रत्तू उतार न पाए, क्योंकि ब्याज ही भरना मुश्किल है, मूल तो मूल है।

भगवानदीन ने पूछा, "कितना रुपया है?" तो बाबूलाल ने बोला, "अगर 10 रुपए दे दें तो सब निपट जाएगा," उनका लड़का इस बार 3 रुपए भेजा था। हमने सलाह दी है कि खर्च न करे और अगले महीने का 5 रुपए आने पर 10 रुपए दे दें। उनको 2 रुपया और खाना-पीना हम खिला देंगे। लड़का का काम भी मजदूर का है। ये अंग्रेज दिन-रात इतना काम करवाते हैं कि तीन महीने में शरीर जबाव दे देता है और वो बीमार होकर घर वापस आ जाता है। दु:खी होकर भगवानदीन नए घर के आँगन में आकर लेट गए और सोचने लगे कि अगर खंडवा गए तो मैट्रिक करके रेलवे की नौकरी, फिर गौना, फिर बच्चे तो बस उम्र भर अंग्रेजों की गुलामी और परिवार पालने में जीवन बप्पा की तरह बीत जाएगा। अगर बप्पा ने गाँव न छोड़ा होता तो हम सब गाँव में गरीबी में रह रहे होते! अगर अपने और गाँववालों के लिए कुछ करना है तो खंडवा न जाकर कहीं और जाकर कुछ करना पड़ेगा।

सुबह उठे तो रात की बात याद करके निश्चय कर लिया कि कुछ-न-कुछ करके यहाँ से जल्दी-से-जल्दी निकलना है, अब गाँव में उनको बेचैनी सी रहने लगी थी। नाश्ता करने के बाद वे सरताजी से बोले, "माई, हमका कुछ रुपया चाहे हम इलाहाबाद जाए के किताब खरीदब।"

सरताजी ने पूछा, "केतना," तो भगवानदीन बोले, "माई 10 रुपया," सरताजी ने कहा, "अच्छा बंदोबस्त करब," सरताजी के पास सिर्फ दो रुपए ही थे। आज तक कभी ऐसा न हुआ था कि भगवानदीन कुछ माँगें हों और सरताजी ने पूरा न किया हो! खंडवा में 7वीं कक्षा में भगवानदीन ने कोट-पैंट एवं हैट स्कूल के function के लिए माँगा था तो सरताजी ने अपने कुछ लच्छे बेचकर खरीद दिया था, वो आज भी भगवानदीन पहनते हैं और एकदम अंग्रेज लगते हैं। रामसुख और सरताजी खुश होते हैं, उन्हें इस रूप में देखकर।

शाम को सरताजी ने रोंधू को बुलाया और अपनी एकमात्र सोने का गहना झुलनी निकालकर रोंधू को देकर बोली, "रोंधू आधा तोला सोना अहै, बेटवा बिटिया कै बिआह होई गा ऐसा करा, एके लै के लाला के लगे जा और उन्हें बेच दया, 10 रुपया मा कम देंइहै तो मत दिहा।"

रोंधू झुलनी लेकर लाला के घर पहुँचे तो लाला बाहर बैठकर गरीबों को डाँट रहे थे कि दो दिन में पैसा वापस नहीं करोगे तो जमींन कुर्की करवा दूँगा।

रोंधू को देखकर बोले, "कितना उधार चाहे?"

रोंधू ने कहा, "नाही तिलंगा भौजी भेजे अहै, झूलनी दिखाकर बोले बेचै के बरे।" इतनी सुंदर झुलनी की गढ़ाई देखकर ललचा गया लाला, क्योंकि उसकी प्रबल इच्छा थी कि वह अपनी नई दुल्हन (दूसरी पत्नी), जो बहुत सुंदर थी, उसके लिए सोने की झुलनी खरीदें। खुश होकर बोला, "चोरी करके लाए हो?"

"तिलंगइन भौजी के पैसा कैका जरूरत।"

रोंधू बोला, "हाँ, उन्हें पैसा न चाहे, पर ई पुराना जमाना में लोग पहिनत रहेन, सोना बिटिया के बरे धरे रहीं। पर सोना इतनी नाजुक अहैं कि एक दिन पहिनी तौ नकिया पिराय लाग, तौ भौजी उनके बरे बुलाक बनवाय दिहीं, जौन खूब सजत अहै बिटिया पे।"

लाला बोले, "अच्छा, पाँच रुपया में बेच दय्या।"

रोंधू बोला, "भौजी सहेजे अहैंय कि आधा तोला अहै तो 10 रुपया मा दिहा।" लाला दंग रह गए सरताजी की बुद्धिमता पर, गाँव की औरतों को वो कुछ खबर ही नहीं होती है। चुपचाप 10 रुपए गिनकर रोंधू के हाथ पर रख दिया। रोंधू ने आकर रुपए सरताजी को दे दिया। रुपए लेकर अंदर गईं तो सोना दोनों भाइयों को खाना परोस रहीं थी। अपने बच्चों के स्नेह को देखकर उनका मन प्रसन्न हो गया।

वे भगवानदीन से बोली, "रुपया कै बंदोबस्त होई गवा," आश्चर्य से तीनों बच्चों ने उनकी और देखकर पूछा, "कैसे?"

वे हँस के बोली, "अरे हमार झुलनी बेकारे पड़ी रही, लाला के बेच दिहे।"

भगवानदीन रो पड़े तो सरताजी बोली, "तोहरे बहिन के बरे रक्खे रहे, तो उनकै तो नेकुरा पिरात रहा, अब झुलनी कौनौ काम कै नाही रही। मन दुःखी मत करा, पुस्तक खरीदा, खूब पढ़-लिखकर अफसर बना तौ हमका सब धन मिल जाए," 10 सिक्के भगवानदीन को देकर बोली, "कब जाब्या इलाहाबाद?" खुश होकर भगवानदीन बोले, "जब कहा।" आज "इतवार अहै, कहा तौ मंगल के चला जाई।"

सरताजी बोली, "हाँ ठीक अहै, कहाँ रहब्या।"

भगवानदीन, "माई, स्टेशन कै waiting Room में।"

सरताजी ने कहा, "हाँ ठीक अहै। सोना मंगल के सबेरे उठि कै पूड़ी तरकारी और गुड़ चबैना बाँध दिहू—भय्या के बरे। सब सोने चले गए। नए घर के आँगन में भगवानदीन सोते थे और सोना अपने कमरे में, सरताजी पुराने घर में और बाबूलाल मड़ई में सोते थे। काम खत्म करके सोना आई तो भगवानदीन लालटेन जलाकर पढ़ रहे थे।

सोना को बुलाकर बोले, "अरे बहिन इहाँ बैठा," वो बैठी तो बोले, "देखा हम इ सब पुस्तक पढ़ि डाले, तू पढ़ा करा।"

सोना बोली, "ई पुस्तक तो हम नाही पढ़ सकित, पर जौन पुस्तक कहानी वाली राखी पर दिहे रहया, ऊ हम पढ़ डाले।"

खुश होकर भगवानदीन बोले, "शिक्षा बहुत जरूरी अहै, देखा, तू ई गाँव कै बिटियन से कितना ज्यादा समझदार अहा, जा सोय जा।" सोमवार के दिन भगवानदीन ने एक झोले में अपनी पुरानी पुस्तकें, धोती-कुरता अँगोछा, साबुन-तेल सबकुछ रख लिया। कुछ पुस्तकें सोना के कमरे में भी रख दीं। बाबूलाल को पढ़ने-लिखने का शौक न था, इसलिए भगवानदीन ने अपना एक सिल्क का कुरता उनके लिए छोड़ दिया। सरताजी के लिए उनके पास कुछ न था, उन्होंने मन-ही-मन में सोचा कि अगर वे पैसे कमाने में सफल हुए तो अपनी माँ के लिए सिर से पैर तक का सोने का गहना खरीदकर देंगे। वो दिन भर विचार करते रहे अपने निर्णय पर और उनके विवेक को उन्हें हर पल अपने लक्ष्य को पूरा करने का यही रास्ता ठीक लगा।

□

15

कलकत्ता

मंगलवार की सुबह-सुबह अपना झोला लेकर निकले तो सरताजी ने पूछा, "झोला मा का रक्खे अहा, भारी जनात अहै," "माई पुरानी पुस्तक बेच देब, दुई पैसा मिल जाए।" कलेवा में दही, पूड़ी, गुड़ खाकर रास्ते के लिए खाने की गठरी सोना से लेकर झोले में रखकर माँ के चरण छुए। सोना के सर पर हाथ रखकर आशीर्वाद और बाबूलाल को गले लगाया, बस किसी तरह आँसुओं और अपनी भावनाओं को दबाकर तेज कदमों से चल पड़े।

आज पूरे दिन सरताजी बेचैन रही, फिर मन को समझाया कि वैसे भी भगवानदीन तो परदेस में ही रहेंगे तो आना-जाना लगा रहेगा, ईश्वर बच्चों को खुश, स्वस्थ रखे और सफलता उनके कदम चूमे, यही ईश्वर से प्रार्थना है।

भगवानदीन कोट पैंट एवं हैट में किसी अंग्रेज से कम न लग रहे थे। दो-तीन दिनों से बारिश नहीं हुई थी, इसलिए नदी-नालों में पानी कम था। घर से निकलने पर थोड़ी दूर जाकर वे जूता-मोजा उतारकर नंगे पैर ही चलने लगे, जिससे जूता गंदा न हो। सड़क पर पहुँचे तो पहले जूता-मोजा पहना, फिर खड़े हुए, तभी एक बग्घी उनके सामने रुकी, बग्घी के चालक ने कहा, "सलाम साहब, कहाँ जाएँगे?" भगवानदीन समझ गए कि यह उन्हें अंग्रेजों का नुमाइंदा समझ रहा है, इसलिए बोले, "इलाहाबाद, तुम कहाँ जा रहे हो?"

गाड़ीवान ने कहा, "साहब आवै वाला अहैं, इलाहाबाद स्टेशन से उन्हैं लैके कानपुर में छोड़ै का अहै। ई गाड़ी लै के कानपुर से आवत अही, आप चलै, हम छोड़ देब।"

भगवानदीन ने कहा, "हाँ चलो और बैठ गए," झोले से पुस्तक निकाली और पढ़ने लगे, जिससे गाड़ीवान से ज्यादा बात न हो, बीच-बीच में गाड़ीवान अपने साहब का गुणगान करता रहा तो भगवानदीन Good, Good कहते रहे।

इलाहाबाद पहुँचने पर गाड़ीवान ने पूछा, "साहब कहाँ जाएँगे," तो भगवानदीन

बोले, "अरे यहीं कोतवाली में, तो स्टेशन पर ही छोड़ दो।" स्टेशन के बाहर गाड़ी से उतरकर भगवानदीन ने गाड़ीवान को एक रुपया का सिक्का देकर कहा, "बख्शीश है, रख लो," गाड़ीवान ने माथे पर लगाकर शुक्रिया कहा। अब भगवानदीन के पास 9 रुपए बचे थे, पर वे खुश थे कि एक गरीब हिंदुस्तानी की मदद की। चौक में जाकर पुरानी पुस्तकें बेचीं तो दो रुपए मिल गए, अब वे Alfred Park में जाकर पेड़ के नीचे लेटकर सोचने लगे कि कहाँ जाएँ? उस समय बंबई और कलकत्ता दो जगह ही Job opportunity थी Bombay- Khandwa-Allahabad- Direct link पर रामसुख की काफी जान-पहचान थी। अतः भगवानदीन ने कलकत्ता जाने का निश्चय किया और भरपेट खाना खाकर स्टेशन की ओर चल पड़े। अभी दिन के 1 बजे थे। कलकत्ता मेल शाम को चार बजे आएगी तो ticket Window से टिकट लेकर वेटिंग रूम में जाकर वेटर को एक पैसा देकर बोले, "भय्या, पानी पिलावा और कलकत्ता मेल आवै पे जगाय दिहा।" वेटर ने खुश होकर बेंच पोंछी और भगवानदीन आराम से सो गए।

3 बजे वेटर ने पानी लेकर जगाया तो माँ के दिए गुड़-चना खाकर उन्होंने पानी पिया। मुँह-हाथ धोकर झोला उठाकर प्लेटफार्म नं. 1 पर ट्रेन का इंतजार करने बेंच पर बैठ गए। बार-बार मन माँ की ओर खिंच जाता था, परंतु कुछ बड़ा करने की चाहत उन्हें अपने निश्चय से डिगा पाने में असफल साबित हो रही थी। पैसे कम होते हुए भी उन्होंने द्वितीय श्रेणी की टिकट लिया और ट्रेन आने पर अपने डिब्बे में जाकर आराम से बैठ गए। भगवानदीन 2 पैसे में खरीदी हुई एक पुरानी पुस्तक पढ़ने लगे। पुस्तक का Cover फट चुका था, अतः भगवानदीन ने उस पर पुराने calendar का सुंदर सा Cover चढ़ा रखा था। Ticket collector ने टिकट माँगा तो उन्होंने टिकट बिना उसकी ओर देखे उसे थमा दिया। Ticket collector ने thank you sir बोलकर टिकट वापस किया। ट्रेन ने स्टेशन छोड़ दिया, थोड़ी देर तक उन्होंने खिड़की के बाहर देखा। उनके सामने माँ का चेहरा घूमने लगा, इस खयाल से कि जब उनको पता चलेगा कि उनका बेटा कहाँ है, पता नहीं है तो वे कितना उदास होगी! भगवानदीन काँप उठते थे, परंतु निश्चय से मन डगमगाता नहीं था, क्योंकि उन्हें पता था कि परिवार का बंधन उनके मानसिक, शारीरिक एवं आर्थिक विकास में बाधक है।

भगवानदीन ने फिर पुस्तक पढ़ना शुरू किया, उसकी वजह से वे सहयात्रियों के साथ फिजूल की बातें करने से भी बचे रहे। लंबा सफर था, सामने की सीट पर एक अंग्रेज दम्पति बैठे थे, हमेशा की तरह भगवानदीन, उनके रहन-सहन, पहनावा और बात करने के तरीके से काफी प्रभावित थे। अंग्रेज दम्पति ने भगवानदीन को देखकर सिर्फ Good Evening बोला और आपस में बात करने लगे। बनारस स्टेशन पर वे उतर गए तो भगवानदीन को अच्छा लगा।

बनारस से एक व्यापारी काफी सारा सामान लेकर चढ़ा और सामने की सीट पर लेटकर बोला, "अरे भाई, कहाँ जा रहे हो ?"

भगवानदीन ने कहा, कलकत्ता, तो वो बोला अच्छा है, कोई चढ़ेगा, उतरेगा नहीं, हम बहुत थके हैं, खाना खाकर सो जाऊँगा और बस कलकत्ते में ही उठूँगा। भगवानदीन ने मुसकराकर कहा, "ठीक है, मैं भी सोने ही जा रहा हूँ।"

उसने पूछा, "खाना नहीं खाओगे ?" तो भगवानदीन ने कहा, "नहीं, खा लिया था," और अपना कोट और हैट उतारकर टाँग दिया। जूते पहले ही उतार चुके थे। झोला से धोती निकालकर ओढ़ ली और सो गए।

दूसरे दिन कलकत्ता पहुँचने के पहले ही भगवानदीन तैयार हो गए। सेठजी तो सोते ही रहे। कलकत्ता पहुँचने पर भगवानदीन अपना थैला लेकर स्टेशन पर पहुँचे। वहाँ की भीड़-भाड़ देखकर ताज्जुब में पड़ गए।

भगवानदीन अजनबी शहर, अजनबी लोग के बीच अपने को पाकर सोचने लगे कि क्या करें ? खैर, अपने आपको सँभालकर वहाँ के waiting room की ओर बढ़े, द्वितीय श्रेणी का टिकट था, इसलिए जब वे द्वितीय श्रेणी के waiting room के सामने पहुँचे तो बाहर खड़े दरबान ने उन्हें अंदर जाने से मना किया। उन्होंने कहा, भाई मेरे पास द्वितीय श्रेणी की टिकट है। दरबान ने कहा, अंग्रेज का हुकूम है कि कोई काला आदमी अंदर नहीं आएगा, अंग्रेज की तरह कपड़े पहनने से अंग्रेज नहीं हो जाओगे। अहम पर चोट, परंतु फिर भी वे चुपचाप आगे बढ़े, हावड़ा स्टोशन के बाहर निकलने के लिए। बाहर निकलने पर एक हाथरिक्शावाला सामने आकर बोला, "कहाँ जाना है ?" भगवानदीन ने उसकी ओर देखा, वो गरीब ब्राह्मण लगा, क्योंकि माथे पर टीका जो था! उत्सुकतावश भगवानदीन ने पूछा, "अरे कहाँ के हो ?" उसने कहा, "मिर्जापुर कै अही।"

भगवानदीन ने पूछा, "ई कैसे ?"

रिक्शावाला बोला, "अरे भय्या, गरीबी परदेस में सबकुछ करवावत है, अब तो इहै हमार जिंदगी अहै, इही से दुई पैसा कमाय के लरिकन के भेज देइत ह और आपन पेट पालत अही। आप कहाँ कै अहैं ?"

भगवानदीन ने कहा, "प्रतापगढ़," और पूछा, "इहाँ कौनो पास में धर्मशाला अहै का ?" रिक्शावाले ने हाथ उठाकर बताया, यहीं सामने है। "हमार नाव जग्गू रिक्शावाला।" भगवानदीन समझ गए, यहाँ आकर इस गरीब ने अपना नाम भी बदल लिया। जग्गू बोला, हम हू उही धर्मशाला में रहिथ और ब्राह्मण अही, एह बरे उहाँ सुबह-शाम खाना बनाय देइयथ ओकरे एवज में हमका भर पेट भोजन प्राप्त हुई जाथ और सोवै के बरे पैसा नाहीं देय पड़त, रसोइयाँ मा सोय जाइथा। "इतने में सेठजी वहाँ

पहुँचे। उन्हें देखकर जग्गू ने खुश होकर उनका सामान कुली से रखवाया और उनको बैठाकर चल पड़ा।"

धर्मशाला पहुँचकर उन्होंने कमरे का किराया पूछा तो वहाँ के मैनेजर ने कहा, "24 घंटे का 8 आना सिर्फ रहने का और खाना-पीना का अलग से।"

"ठीक है," कहकर भगवानदीन ने अठन्नी जमा कर दी और उसके द्वारा दिखाए गए कमरे में गए। कमरा ठीक ही था, परंतु भगवानदीन को पता था कि सबसे ज्यादा जरूरी काम है। बिना काम के और बिना पैसे के इतने बड़े शहर में गुजारा नहीं है।

घर से लाया हुआ लाई, चना खत्म हो गया था, वे खाने पर पैसा भी नहीं खर्च करना चाहते थे। अत: वे नहाकर धोती-कुरता पहनकर कमरे से बाहर निकले, जूता नहीं पहना, क्योंकि उनको पता है जूते की कीमत, अगर खराब हो गया तो उनकी हैसियत आज इतना महँगा जूता खरीदने की नहीं है। उन्हें याद है कि जब उन्होंने अपनी माँ से कोट-पैंट के साथ अंग्रेजों की तरह के जूते की माँग की थी तो सरताजी ने कहा था, "बेटवा, तीन-चार महीना बापू के तनख़्वाह से पैसा बचाउब, तब खरीदब," वैसा ही हुआ, भगवानदीन को यह जूता 4 महीने बाद मिला था।

नंगे पैर बाहर निकले और सोचा, मोची से आग्रह करके एक सस्ता जूता या चप्पल, धोती-कुरता के साथ पहनने के लिए खरीदेंगे। धर्मशाला के बाहर ही एक मोची मिला, जो अपना सामान समेट रहा था। भगवानदीन के नंगे पैरों को देखकर बोला, "अरे बाबू जूता नहीं है, तो क्या पॉलिस करूँ?" भगवानदीन उनकी सफेद दाढ़ी देखकर कहा, "काका, कोई सस्ता जूता या चप्पल हो तो खरीदूँगा।"

मोची ने कहा, "हाँ, अठन्नी में चप्पल बेचते हैं, आप परदेसी हो, कब आए कलकत्ता?"

भगवानदीन ने कहा, "आज ही तो मोची ने थैले से चप्पल निकालकर पहनाई और फिर काट-छाँटकर उनके नाप की कर दी और कहा, "बाबू, चवन्नी दे दो।"

भगवानदीन ने कहा, "ऐसा क्यों?"

तो मोची बोला, "परदेस में परदेसी एक-दूसरे की मदद न करे तो कैसे होगा? मैं भी एक दिन आपकी तरह यहाँ आया था। हम आपसे लागत ही लेंगे," मुसकराकर शुक्रिया कहते हुए भगवानदीन ने चवन्नी दिया और बोले, "हमेशा याद रखूँगा।"

चप्पल पहनकर वो चल पड़े हावड़ा पुल की ओर। कलकत्ता पूरा रोशनी में नहाया हुआ था, बहुत रौनक थी और गंगा में चलती हुई नाव जहाज चार चाँद लगा रही थी। वहाँ पर अधेला की मूँगफली खरीदकर खाते हुए वापस कमरे पर आ गए। चारपाई पर लेटकर सोने की कोशिश करते हुए माता-पिता की याद करके मन अशांत हो रहा था।

थके होने की वजह से सो गए। सुबह चार बजे के करीब नींद खुली तो उन्होंने अपने को ऊर्जापूर्ण पाया। जल्दी से उठकर बाहर सामूहिक शौचालय का प्रयोग करके कमरे में आकर दंड-बैठक की, फिर स्नानघर में नहाकर धोती कुरता, चप्पल पहनकर बाहर निकले। धर्मशाला के बाहर उबले चने लेकर खाए तो जग्गू दिख गए।

जग्गू ने कहा, "नमस्ते भय्या, और पूछा, "भईया आपका नाम का अहै?" तो भगवानदीन बोले, "भगवान, भगवानदीन।"

जग्गू, "अरे वाह, क्या नाम है, सबेरे-सबेरे भगवान कहि के तरिजाए मनई। कुछ खाया-पीया कि नाहीं भगवान्?" "हाँ चना खाए, दूध मिले का इहाँ?"

जग्गू बोला, "हाँ-हाँ, धर्मशाला कै कैंटीन में मिले पूड़ी-सब्जी, बनाए के, खाए के आवा। हाँ, हम अब चलब स्टेशन।" और जग्गू खाली रिक्शा निकालकर हाथ से चलाते हुए दौड़ने लगे। भगवानदीन धर्मशाला की कैंटीन में पहुँचे तो काउंटर पर बैठे व्यक्ति ने पूछा, "क्या लेंगे दूध।"

भगवानदीन ने कहा, "एक गिलास दूध," भगवानदीन की निगाह काउंटर पर रक्खे अखबार पड़ी, उन्होंने पूछा, "क्या मैं यह अखबार देख सकता हूँ?"

व्यक्ति ने कहा, "हाँ, हाँ, पढ़ने के लिए ही है।" भगवानदीन अखबार लेकर बेंच पर बैठ गए और पढ़ने लगे—छोटे ने दूध लाकर दिया, दूध पीते हुए पढ़ रहे थे, अचानक एक इश्तिहार पर निगाह पड़ी, 'रेलवे में अस्थायी भरती—10 कुली और एक क्लर्क, इंटरव्यू 7 से 10 बजे तक।' साढ़े छह बज चुके थे। जल्दी से भगवानदीन उठ खड़े हुए, जेब से कागज-पेंसिल निकालकर Note किया। दूध का पैसा और अखबार काउंटर पर देकर जल्दी-जल्दी कमरे में जाकर कोट-पैंट और जूता पहनकर तेज कदमों से निकल पड़े स्टेशन की ओर। 7 बजे से पहले Interview के लिए पहुँचना चाहते थे। उनको नौकरी की सख्त जरूरत थी। Assistant Station Master के Room में Head clerk से मिलना था। वहाँ पहुँचे, कमरे के सामने खड़े होकर बोले, "May I come in sir."

"yes," कहा Assistant Station Master ने।

क्लर्क ने कहा, "आओ और एक ओर टेबुल पर जाकर उनकी 9वीं पास की Mark sheet देखी और उनका नाम और पता Note किया, फिर बोला कि हम तो 8वीं पास देख रहे थे, तुम तो 9वीं पास हो, Good अब Assistant Station Master बात करेंगे, मैं छुट्टी जा रहा हूँ, इसलिए एक temporary clerk की जरूरत है। भगवानदीन ने कहा, ठीक है। थोड़ी देर में Assistant Station Master ने घंटी बजाकर कहा, यहाँ भेजो, कोई और आया है। clerk ने कहा yes sir, भगवानदीन दुबे Assistant Station Master के सामने खड़े होकर बोले, "Good Morning

Sir," अंग्रेज अफसर ऊपर से नीचे तक भगवानदीन को देखकर बोला, "Good Morning, what is your Name ?"

'भगवानदीन दुबे' कहने पर वे बोले, "Oho big name, मैं Tum ko Dube बोलूँगा," yes sir कहा भगवानदीन ने तो Assistant Station Master Harry बोले कागज की ओर देखकर Okey, you 9th class Pass from Khandwa Police School, Great, Matric नहीं करेगा ?

भगवानदीन बोले, "yes sir, I want to earn my own bread, ok,ok Good. आज 10 बजे से काम शुरू कर दो।" "श्रीवास्तव go and explain him the work." श्रीवास्तव उनके बगल में ही एक छोटे से कमरे में ले गए, वहाँ उन्होंने भगवानदीन को समझाया कि क्या काम है और कैसे करना है। टिकट के पैसे यहाँ आते हैं। रजिस्टर में entry करके Harry sir को देना है, दिन में तीन बार। सुबह 10 बजे, दिन में 3 बजे और रात में 8 बजे, देखो, पैसे का मामला है गलती न हो, नहीं तो मालूम है न, अंग्रेज सरकार क्या दुर्गति करेंगे, तुम काफी छोटे हो और पहली नौकरी है, इसलिए अगर नहीं कर सकते हो तो मत करना। इसलिए तो कोई और नहीं आया। मुझे अपने घर जाना जरूरी है, अगर तुम नहीं करोगे तो Harry साहब को खुद करना पड़ेगा, अंग्रेज काम कहाँ करता है ?" भगवानदीन ने कहा, ठीक हैं, मैं जरूर करूँगा, पूरी मेहनत एवं लगन से शिकायत का मौका नहीं दूँगा, पर मेरे पास रहने की जगह नहीं है, उसका कुछ हो जाए तो ठीक है, मैं यहाँ waiting room में भी सोने को तैय्यार हूँ।"

श्रीवास्तव बोले, "Oh, No—अंग्रेज का सख्त आदेश है कि कोई भी हिंदुस्तानी waiting room में कदम भी नहीं रख सकता—हाँ, मैं तो सपरिवार जा रहा हूँ, मैं अपने घर का एक कमरा, तुम्हें दे सकता हूँ। हफ्ते में एक दिन जमादार से घर साफ करवाना, जिससे आने पर मेरी पत्नी को तकलीफ न हो। मेरे आते ही कमरा छोड़ना पड़ेगा। सामान लेकर आओ चलो, यहाँ 10 बजे पहुँचना है, घर देखते हुए चलो। दोनों ने जाकर Harry साहब से इजाजत माँगी और निकल पड़े। श्रीवास्तव का दो कमरे का घर था, बाहर बरामदे से लगा एक छोटा सा खाली कमरा था, उसे दिखाकर बोले, "यही है, हम शाम की गाड़ी से निकलेंगे, इसलिए आज का काम पूरा कराकर मैं ट्रेन पकडूँगा और तुम यहाँ आ जाना 10 बजे, एक ताला-चाभी भी ले आना।" भगवानदीन तो सुबह ही धर्मशाला का कमरा छोड़ आए थे। अत: उन्होंने एक ताला-चाभी खरीदी, खुश थे कि उन्हें तीन महीने तक 10 रुपए महीने पर नौकरी मिल गई है, घर के लिए किराया नहीं देना पड़ेगा। इसलिए अगर वे किफायत से रहेंगे तो 5 रुपए महीना बच जाएगा। 10 रुपए, जो माँ ने दिए थे, उसमें से 6 रुपए बचे हैं, वे चाहते हैं कि 5 रुपए वे खर्च न करें। 2 रुपए खाने पर खर्च करेंगे। महीने भर, यह सोचते हुए वे वापस स्टेशन पर आ गए थे। यहाँ उन्होंने

एक Stall से पूड़ी-सब्जी लेकर खाई और एक वक्त का खाना महीने भर का 2 रुपए में तय कर लिया। उन्होंने अपनी पूरी योजना बना ली। श्रीवास्तव ने बताया काम जल्दी खत्म करेंगे तो रविवार को 12 बजे के बाद नहीं आना पड़ेगा, क्योंकि रविवार को 11 बजे के बाद कोई ट्रेन नहीं जाती है। इसलिए उन्हें कलकत्ता घूमने का भी समय मिलेगा।

दस बजे के आसपास श्रीवास्तव के कमरे में पहुँचे तो श्रीवास्तव ने रजिस्टर के साथ काम करवाया। भगवानदीन की लगन एवं तीव्र बुद्धि की वजह से 11.30 बजे ही काम पूरा हो गया। श्रीवास्तव ने कहा, "साहब 12 बजे आएँगे, हिसाब लेकर घर चले जाएँगे, फिर 6 बजे करीब आएँगे, 7 बजे के बाद कोई ट्रेन नहीं जाती है, इसलिए 7 बजे तक काम खत्म करके उनके साथ ही ताला बंद करवाकर निकलना पड़ेगा। जब नहीं रहते हैं तो तुम्हारे और चपरासी के अलावा कोई और यहाँ नहीं आना चाहिए।"

पूरा दिन काम करके रात को 8 बजे भगवानदीन दुबे हैरी साहब के निकलने के बाद निकले, चपरासी ने ताला बंद किया और चाभी जमा करने गया। श्रीवास्तव परिवार सहित 7 बजे की ट्रेन से जा चुके थे।

पहले दिन ही भगवानदीन ने सुचारू रूप से अच्छी तरह काम किया, उनकी इंग्लिश की लिखावट साफ एवं सुंदर थी। उसे देखकर हैरी साहब ने खुश होकर 'गुड' कहा। स्टेशन से श्रीवास्तव के क्वार्टर में जाते समय उन्होंने कुछ चने और मूँगफली तथा नमक, नींबू, गुड़ खरीद लिया था। अतः सुबह वर्जिश के बाद वे नाश्ते में भिगोया हुआ चना और दूध लेते थे। दूधवाला, जो श्रीवास्तव के यहाँ आता था, वही दूध गरम करके दे जाता था। दो दिन में ही एक अच्छा काम करनेवाले कर्मचारी और अफसर के बीच का रिश्ता दुबे एवं हैरी साहब के बीच कायम हो गया था। अकसर हैरी उन्हें शाबाशी देते।

जग्गू से अकसर स्टेशन के बाहर और कभी-कभार भगवानदीन रात को स्टेशन से निकलकर सीधे धर्मशाला टहलते हुए जाकर मिल आते थे। इतवार को दिन में धर्मशाला जाते तो मोची काका से भी दुआ-सलाम हो जाती थी।

देखते-देखते एक महीना बीत गया और भगवानदीन को अपनी पहली तनख्वाह मिल गई। योजनानुसार उन्होंने कोई फिजूलखर्ची न की। कपड़ा धोने का दो साबुन खरीदकर लाए, जो अत्यंत जरूरी था। दो धोती-कुरता थे, जिसे वे रोज धोते और पहनते। कोट-पैंट तो उन्होंने सँभालकर खास मौके के लिए रख रखा था। ऑफिस में उन्हें पुस्तक पढ़ने का समय भी मिल जाता था। हैरी साहब के ऑफिस में पुस्तकों का अच्छा-खासा संग्रह था। उन्होंने दुबे को खाली समय में पुस्तक पढ़ने की आज्ञा दे दी थी।

इतवार को अकसर वे पैदल घूमने निकल जाते थे। ऐसे ही वे आज निकले तो जग्गू मिल गया। जग्गू ने कहा, "चला भगवान्, तोहे चौरंगी लै चली।"

भगवानदीन ने कहा, "भय्या, हमें ई पसंद नाही न की मनई के मनई खींचै, तू ताँगा

खरीद ल्या, तो हम सवारी करब किराया दै कै।" जग्गू के आँखों में आँसू आ गए और वे रिक्शा लेकर निकल पड़े।

घूमते-घूमते आज वे विक्टोरिया पहुँच गए। वहाँ की चहल-पहल देखकर ठगे से खड़े रह गए भगवानदीन। अधेला की मूँगफली खरीदकर मैदान की घास पर बैठ गए थोड़ी देर, फिर हुगली के किनारे टहलते हुए वापस आकर हावड़ा पुल पर खड़े हो गए और वहाँ की रोशनी में नहाकर वापस स्टेशन पर आकर खाना खाया और क्वार्टर में जाकर सो गए।

डेढ़ महीना बीत गया और अब अकसर भगवानदीन अपनी अगली मंजिल के बारे में सोचते रहते थे। कुछ समझ में न आ रहा था। हैरी ने एक दिन कहा, 'दुबे, मैं आपकी नौकरी का समय बढ़ा सकता हूँ।" दुबे ने उन्हें हाथ जोड़कर थैंक्स दिया और मन में सोचने लगे कि उनकी मंजिल ये नहीं है। इसके लिए उन्होंने घर नहीं छोड़ा। इससे ज्यादा तो उन्हें खंडवा में मिल जाता। अचानक पता चला कि श्रीवास्तव अगले मंगलवार को वापस आ रहे हैं। अपनी माँ को लेकर, उनका इलाज यहीं करवाएँगे, अतः भगवानदीन को कमरा खाली करना पड़ेगा। हैरी साहब ने कहा, "दुबे फिक्र नहीं करो, मेरा Servant Quarter खाली है, वहाँ शिफ्ट हो जाओ कल। सिर्फ सुबह-सुबह Compound की देखभाल कर देना।" भगवानदीन को अच्छा लगा कि ये अंग्रेज किसी पर अहसान नहीं करते हैं। जितना देते हैं, उतना ले लेते हैं। श्रीवास्तव के आने से भगवानदीन को कुछ समय और मिल जाएगा और वे अपने भविष्य के बारे में निश्चय कर सकेंगे। यही सब सोचते हुए वे स्टेशन से बाहर निकले तो जग्गू दिख गए, जो खाली रिक्शा लेकर धर्मशाला की ओर जा रहे थे। भगवानदीन और जग्गू आपस में बात करने लगे। जग्गू ने बताया, आज उनका अपना रिक्शा है, वे जब यहाँ आए तो मजदूरी करते थे, फिर एक सेठ का रिक्शा चलाया, वो सेठ रंगून चले गए तो रिक्शा उन्हें बेच गए।

पुस्तक और अखबार पढ़ने की वजह से उन्हें रंगून के बारे मे पता था कि अंग्रेजों ने बर्मा की राजधानी रंगून बनाई है, जो बहुत सुंदर शहर है और वहाँ बहुत काम भी है। उन्हें पता था कि रंगून के लिए पानी का जहाज Dimond Harbour से चलती है, अभी तक वे Dimond Harbour नहीं गए थे, अतः उन्होंने निश्चय किया कि इतवार को वहाँ जाकर देखेंगे और पता करेंगे कि कितने का टिकट है ? फिर सोचेंगे कि डेढ़ महीने बाद उन्हें क्या करना है ?

भगवानदीन हैरी साहब के Bungalow के Servant Quarter में Shift हो गए। अच्छा कमरा था, यहाँ एक चारपाई और एक मेज भी थी। सुबह वर्जिश करने के लिए पीछे खुली जगह। सुबह 6 बजे माली से Garden की देखभाल का काम दुबे

को मिला था। माली भी रायबरेली का था। वह कई अंग्रेज साहब के यहाँ जाकर माली का काम करता था, अवधी में बात करने से दोनों के बीच एक अच्छा संबंध कायम हो गया। यह काम भगवानदीन को अच्छा लगता था। भगवानदीन स्वयं गुलदस्ता बनाकर हैरी साहब के ऑफिस की मेज पर रखने लगे, जिसे देख कर हैरी साहब रोज 'गुड' बोलते थे।

श्रीवास्तव के आने की वजह से अब काम का बोझ हलका हो गया था। दस्तखत करने का काम श्रीवास्तव का था। शनिवार को हैरी साहब से भगवानदीन दुबे ने पूछा, "सर, मैं कल Dimond Harbour जाना चाहता हूँ, इसलिए अगर आपकी अनुमति हो तो मैं सुबह यहाँ न आऊँ।" हैरी साहब ने सहर्ष अनुमति दे दी। दो महीने बीत चुके थे। भगवानदीन ने इतने पैसे जमा कर लिये थे कि वे बिना नौकरी के भी दो-तीन महीने बिता सकते थे; लेकिन वो ऐसा करना बिल्कुल नहीं चाहेंगे। इसलिए वे करार के हिसाब से अब स्वेच्छा से कभी भी नौकरी छोड़ सकते हैं। इसलिए अगर उन्हें ज्यादा की नौकरी मिले तो वे ये नौकरी जल्दी भी छोड़ देंगे।

इतवार के दिन सुबह-सुबह जब भगवानदीन निकलने लगे तो हैरी साहब सामने Lawn में मिल गए, वो चर्च जाने के लिए सपरिवार तैय्यार थे और उनकी बग्घी का चालक बीमार था और उनके सामने खड़ा काँप रहा था। हैरी साहब बोल रहे थे, "Oh Hell! Dube, now what to do."

भगवानदीन ने कहा, "सर गाड़ीवान को डॉक्टर के पास भेज दें, I will try to get one Driver."

हैरी बोले, "ठीक है, जाओ तुम डॉक्टर के पास," गाड़ीवान को माली पकड़कर गेट के बाहर ले गया।

भगवानदीन ने हैरी साहब से कहा, "Please wait, I will come soon with गाड़ीवान," और वे स्टेशन की ओर चल दिए। स्टेशन पर जाकर जग्गू से बोले, "जग्गू, आज हैरी साहब कै बग्घी चलाय के उन्हें चर्च लै जा," अंग्रेज के नाम से ही जग्गू की सिट्टी-पिट्टी गुम हो गई। वो काँपते हुए हाथों से रिक्शा दौड़ाते हुए और उनके पीछे-पीछे भगवानदीन भागते हुए Bungalow पर पहुँचे। पसीने से तर-बतर जग्गू ने दोहरे होकर कहा, "सलाम हूजूर!"

हैरी साहब बोले, "ये बग्घी चला लेगा?"

जग्गू, "हाँ साहब, धर्मशाला के सेठ का कभी-कभी चलाता हूँ।"

'Oh Good' कहकर हैरी सपरिवार बग्घी पर बैठे और बोले, "दुबे तुम भी जग्गू के साथ बैठ लो, ये तो काँप रहा है, समझाओ, डरे नहीं और सँभालकर बग्घी चलाए।" बग्घी पर बैठते ही जग्गू ने पूरी सावधानी से बग्घी के घोड़ों को नियंत्रित करके बग्घी

चलाई। चर्च पहुँचकर हैरी साहब सपरिवार उतरे, एक पैसा बख्शीश देकर जग्गू को बोले, "गुड, आराम करो, मैं आता हूँ चर्च में प्रार्थना के बाद।"

भगवानदीन ने जग्गू से पूछा, "इतना भय काहे खात रहेया ?"

जग्गू बोले, "अरे भगवान्, जरा सी गलती पे ई अंग्रेज एतना कोड़ा बरसावत हैं न कि बर्दाश्त नाहीं होत और मनई दुई तीन दिन तक उठय लायक नाही होत। हल्दी दूध पे पैसा खर्च होत है और कमाई नाही होत, इही बरै हम आपन रिक्शा चलाइत हा। हम अंग्रेज कै नौकरी नाहीं करैय चाहित।"

भगवानदीन बोले, "जग्गू, हम तोहाय दर्द समझि गए, पर हैरी साहब ऐसे नाहीं न, हम देखे अही।" यह सुनकर जग्गू ने ठीक महसूस किया और कहा, हाँ सब मनई एक सा नाही होत।"

चर्च से सब बग्घी में वापस आए तो दुबे ने उतरकर बग्घी का गेट खोला और हैरी साहब उतरकर बोले, "दुबे thank you very much, तुम्हारी वजह से हम आज चर्च जाकर प्रार्थना कर सके।"

जग्गू को बोले, "तुम अच्छा गाड़ी चलाता है।" कहकर एक चवन्नी हाथ पर रख दी। जग्गू ने झुककर हाथ जोड़ लिये और यूँ ही झुके रहे, जब तक हैरी साहब सपरिवार चले नहीं गए। दुबे की मदद से जग्गू ने घोड़ा खोलकर सईस को दिया और अपना रिक्शा लेकर यूँ चले कि जैसे 'जान बची लाखों पाए'।

भगवानदीन को आज जग्गू को देखकर दासता एवं आजादी में फर्क महसूस हो गया और वो सोचने लगे कि गाँव में इतने अभाव में भी लोग खुश और संतुष्ट क्यूँ रहते हैं। अकाल के अलावा सब को भरपेट भोजन मिलता है और वो किसी की दासता नहीं करते। उनके गाँव का रत्तू भी किसी अंग्रेज के नीचे काम करनेवाले से अधिक खुश एवं संतुष्ट है। आज उन्हें 'उत्तम खेती मध्यम बान, निकृष्ट चाकरी भीख निदान' का अर्थ ठीक से समझ आया।

देर तो हो गई थी, फिर भी भगवानदीन दुबे Dimond Harbour के लिए निकल पड़े। करीब साढ़े दस बजे Dimond Harbour पहुँचे तो पूछने पर पता चला कि करीब 8 बजे रंगून की जहाज जा चुकी है Passenger लेकर। सामने मालवाहक जहाज पर सामान लद रहा था। टिकट खिड़की पर जाकर रंगून का किराया पूछा तो पता चला कि तीन दिन बाद जहाज रंगून पहुँचेगा। इसलिए खुले Deck का किराया 1 रुपया, 2 रुपए जनरल का, जिसमें करीब 50 लोग जमीन पर सोते हैं। द्वितीय श्रेणी केबिन का 5 रुपए और प्रथम श्रेणी के कैबिन का 10 रुपए। पास में एक सेठजी खड़े थे, जो देहरादून के बासमती चावल का व्यापार रंगून में करते थे। अतः कुछ मजदूर उनका सामान, चावल की बोरियाँ लदवा रहे थे। उनसे भगवानदीन ने कहा, "आप तो

प्रथम श्रेणी का टिकट लेंगे?" तो उन्होंने कहा, "अरे नहीं, वो तो सिर्फ अंग्रेजों को ही ये देवे हैं!" एक बेंच पर बैठकर भगवानदीन भुना लाई, चना-बताशा खा रहे थे तो एक सज्जन वहाँ हाँफते हुए आकर बैठकर बोले, "बहुत गरम अहै," दोनों ने एक-दूसरे की ओर देखा, मुस्कुरा कर, पहनावा एवं भाषा अवध की थी, अतः अवधी में बातचीत शुरू हुई। वो सज्जन का नाम रामसिंह और वे पहाड़पुर से करीब 6 मील दूर के गाँव के रहनेवाले हैं, जो किठावर के आगे पड़ता है। किठावर का नाम भगवानदीन ने सुना था, सई नदी पार करके है, वहाँ की बाजार से सोना की शादी में समान आया था। थोड़ी ही देर में रामसिंह और भगवानदीन के बीच मित्रता कायम हो गई। रामसिंह रंगून के एक प्राइवेट लिमिटेड कंपनी में कलकत्ता में विदेशों से (ऑस्ट्रेलिया) से आया हुआ सामान उतरवाकर रंगूनवाली मालवाहक जहाज में लदवा देते थे, फिर स्वयं दूसरी यात्रियों वाली जहाज से रंगून जाते थे। मालवाहक जहाज को रंगून पहुँचाने में करीब एक हफ्ता लगता है। रामसिंह वहाँ सामान उतरवाकर कंपनी के गोदाम में रखवाते हैं। उनका कलकत्ता-रंगून का चक्कर महीने में दो बार तो लग ही जाता है। यहीं Harbour के पास के गेस्ट हाउस में रुकते हैं, करीब 8-10 दिन कलकत्ता और 8-10 दिन रंगून में रहते हैं। परिवार गाँव में रहता है। आराम की नौकरी है, मालिक ऑस्ट्रेलिया का अंग्रेज है, जो काफी अच्छा है।

बातों-बातों में शाम होने को आई। अतः दोनों ने विदा ली एक-दूसरे से। देर शाम Bungalow में भगवानदीन दाखिल हुए तो गाड़ीवान के कमरे से रोने की आवाज आ रही थी। भगवानदीन का करुण हृदय द्रवित हो गया। वे तुरंत गाड़ीवान के कमरे में गए। सर पर मटके के ठंडे पानी की पट्टी रखी, देसी दवा खिलाई और दिलासा दिया कि सुबह डॉक्टर के पास वे स्वयं लेकर जाएँगे। दवा से बुखार उतरा और गाड़ीवान सो गया तो भगवानदीन अपने कमरे में आए। दूसरे दिन सुबह उठकर वे हैरी साहब से मिले। उन्हें गाड़ीवान के बारे में बताया और कहा, "मैं जग्गू को रिक्शा के साथ लेकर आता हूँ।" गाड़ीवान पैदल चलने की हालत में नहीं है। हैरी साहब ने स्वीकृत दी। जल्दी-जल्दी भगवानदीन जग्गू के पास पहुँचे धर्मशाला, मालिक से अनुमति लेकर जग्गू रिक्शा लेकर Bungalow पर पहुँचे, माली की मदद से जग्गू ने रिक्शा पर बिठाया, साथ में माली बैठा और जग्गू रिक्शा लेकर चल पड़े अस्पताल की ओर। भगवानदीन पहले ही पैदल निकल पड़े थे अस्पताल की ओर। वहाँ डॉक्टर ने गाड़ीवान को देखा, भगवानदीन ने अंग्रेज डॉक्टर से पूछा कि क्या हुआ? डॉक्टर ने कहा, "मलेरिया का बुखार है, थोड़ा समय लगेगा, दवा लिख दी," और भगवानदीन ने परची लेकर दवा खरीदी। डॉक्टर की तसल्ली और परदेस में अपनों सा स्नेह पाकर गाड़ीवान ठीक महसूस कर रहे थे। रास्ते से भगवानदीन ने मुसम्मी अपने हाथों से खिलाई। भगवानदीन ने अपने लिए कभी कोई फल

न खरीदा था। दयावान थे, उनसे किसी का दु:ख देखा न जाता था। दवा और भगवानदीन के स्नेह एवं देखभाल करने की वजह से गाड़ीवान हफ्ते भर में ठीक हो गए।

भगवानदीन से गाड़ीवान ने कहा, "भय्या, आपने हमारे ऊपर कितना पैसा खर्च किया है, बता दें, तो हम तनख्वाह मिलते ही आप को दे दूँगा।" भगवानदीन स्नेह से हाथ पकड़कर बोले, "अरे भाई, परदेस में परदेसी ही तो परदेसी की मदद करेगा। तुम ठीक हो गए इससे हमको बहुत खुशी है।" गाड़ीवान ने कहा, "जैसा नाम, वैसा गुण!"

दो महीने की तनख्वाह मिल गई और भगवानदीन अब रंगून जाने की योजना बनाने लगे थे। इस विचार से उन्होंने सोचा, इस बार Harbour जाएँगे तो पूरी जानकारी हासिल करके आएँगे, जिससे अगले महीने की तनख्वाह लेकर वे रंगून के लिए रवाना हो जाएँ। इस इतवार के दिन उन्होंने श्रीवास्तव से अनुमति ले रखी कि वे आज ऑफिस नहीं आएँगे। श्रीवास्तव खुश होकर उन्हें छुट्टी देते थे, उन्हें हैरी साहब का दुबे के प्रति स्नेह अच्छा न लगता था।

रोज की तरह भगवानदीन वर्जिश करके तैय्यार होकर बाहर माली से बात करते हुए काम करवा रहे थे। गाड़ीवान बग्घी सजाकर हैरी परिवार का इंतजार कर रहा था। Harry साहब आए तो भगवानदीन ने उनका Good Morning कहकर अभिवादन किया। हैरी साहब ने Good Morning कहकर पूछा, दुबे कहाँ जा रहा है आज घूमने, भगवानदीन ने कहा sir Harbour, oho very Good, young boy. भगवानदीन वहाँ से निकले और सोचा, जग्गू से मिलकर फिर Harbour के लिए आज निकलता हूँ। धर्मशाला पहुँचे तो देखा जग्गू ने बग्घी तैय्यार कर रखी थी। यह बग्घी धर्मशाला मालिक की है, कई बार बग्घी, सेठ को किराए पर दी जाती हैं। जग्गू सेठ को लेकर घूमाने ले जाते थे। पर आज सुबह-सुबह तैय्यार बग्घी देखकर भगवानदीन ने पूछा "भय्या, कहाँ कै तैय्यारी अहै ?" जग्गू ने कहा भगवान तोहाय लम्बी उमर अहै, हम सोचत रहे तू हमरे बग्घी पर संगे चला तो वापसी में आराम से बतियात वापस आउब। सेठ जी के रंगून वाली जहाज पर छोड़ै का अहै, ई सेठ रंगून में बनारसी कपड़ा और बासमती चाउर कै व्यापार करत है।" भगवानदीन बोले अरे वाह, हम तो Harbour जाये कै बरे निकला अही।" थोड़ी देर में ही सेठ जी आए, सामान जग्गू ने लदवा लिया था, सेठजी बग्घी के अंदर बैठ गए। जग्गू घोड़ा हाँकने लगा और उनके बगल में भगवानदीन बैठे। घोड़ा सरपट दौड़ चला और सुबह-सुबह ठंडी हवा और सुंदर दृश्य, जो बग्घी में बैठकर ज्यादा ही सुंदर लग रहे थे। जग्गू एवं भगवानदीन दोनों ही चुप थे। भगवानदीन को आज फिर अहसास हुआ कि गरीबी अभिशाप है और धन वरदान है। उनके मन में धनी बनने की इच्छा प्रबल होने लगी। Harbour पहुँचने तक वे निश्चय कर चुके थे कि वे रंगून जरूर जाएँगे और वहाँ पैसा कमाएँगे, जिससे अपने परिवार एवं अपने गाँव के लोगों को सुख-सुविधा दे

सकेंगे! Harbour आ गया, बग्घी खड़ी कर दी, कुली आए और सामान उतरवाकर, सेठ जी ने जग्गू को किराए के पैसे दिए और चल पड़े जहाज की ओर। यात्रियों की जहाज बहुत ही सुंदर लग रही थी। सेठ के जाने के बाद जग्गू और भगवानदीन बेंच पर बैठकर देखने लगे। ये पहला मौका था, जब भगवानदीन यात्री जहाज को पास से देख रहे थे। वे कल्पना में डूब गए कि वे भी सेठ की तरह जहाज से रंगून जाएँगे! जहाज ने सीटी बजाई तो होश में आए भगवानदीन। लंगर खोलकर एक बड़े घर की तरह जहाज तैरती हुई निकल पड़ी। अचानक पीठ पर जग्गू ने थपथपाकर कहा "अरे भगवान, कहाँ खोय गया?" जग्गू ने घोड़े को खोलकर बाँधकर दाना पानी दे रक्खा था। जग्गू बोले भय्या करीब घंटा भर बाद चला जाई, तब तक कुछ खाय लेवा जाय।" भगवानदीन ने थैले से लोटा निकाला, नल से पानी भरा और जेब से बताशा निकाला, दो-दो बताशे दोनों ने खाकर पानी पिया। भगवानदीन पूछताछ ऑफिस में गए और टिकट का दाम, समय, खाने-पीने की व्यवस्था इत्यादि की पूरी जानकारी हासिल करके आए तो जग्गू ने बग्घी तैय्यार कर रक्खी थी। जग्गू के बहुत आग्रह पर भी भगवानदीन बग्घी के अंदर न बैठकर जग्गू के बगल में बैठे। रास्ते में भगवानदीन ने जग्गू को बताया कि अगले महीने की पहली तारीख को तनख़्वाह लेकर वे रंगून चले जाएँगे। जग्गू को दुःख हुआ मित्र से बिछड़ने का, परंतु नौकरी भी खत्म हो रही है, इसलिए वे कुछ न बोले। भगवानदीन ने जग्गू को सलाह दी कि उन्हें रिक्शा का काम छोड़कर ताँगा चलाना चाहिए, उसमें पैसा भी ज्यादा है और आराम भी है। जग्गू ने बताया कि उनके पास इतना पैसा नहीं है। उनकी एक बिटिया है, उसके विवाह के लिए पैसा जमा कर रहे हैं। साल-दुई साल में ब्याह करने जाएँगे तो वापस आएँगे अपने लड़के को लेकर, फिर अगर ईश्वर ने चाहा तो ताँगा के बारे में सोचेंगे। यूँ भविष्य की सुंदर योजना एवं सुखमय भविष्य की कल्पना करते हुए दोनों वापस आ गए। कमरे में जाकर भगवानदीन ने हिसाब लगाया तो संतोष हुआ कि उनके पास इतना पैसा है कि वे रंगून में दो महीने बिना कमाई के भी रह सकते हैं।

अब नौकरी के दो हफ्ते और एक इतवार बीच में है, दूसरे इतवार भगवानदीन दुबे ने रंगून जाने की योजना बना रखी है। इस विचार से आज ऑफिस में श्रीवास्तव के साथ काम खत्म करके वे अकेले में हैरी साहब को अपनी योजना के बारे में बताना चाहते थे। इसलिए हैरी साहब जब Lunch के लिए 1.00 बजे करीब घर जाते थे रोज, भगवानदीन स्टेशन पर खाना खाकर तब अपने कमरे में जाते थे, परंतु आज उन्होंने 12.00 बजे ही खा लिया और 12.30 बजे तक सारा काम निपट गया तो वे भी Harry साहब के साथ ही निकले और बोले "Sir may I walk with you, I want to talk to you",हैरी बोले "yes yes, why not" दोनों साथ में चल पड़े तो भगवानदीन ने कहा "Sir it was pleasure working with you, I have learnt a lot, as you know

I will complete my term on 31st August. I am planning to leave Calcutta on 1st September, So I would request for my salary on 31st August, on my last day. Sir I am greatful to you for guiding me and providing me room to stay." अब तक वे Bungalow के gate पर पहुँच गए थे। हैरी साहब ने रुककर भगवानदीन को सर से पैर तक देखा और बोले "Dube, no Problem, you will get salary on 31st August, tell this to Srivastava. You are very Intelligent & Smart young boy and disciplined too, do collect your experiece certificate also. I wish you all the success for your future. Any time if you need any help, you are welcome. Ok, then see you in the afternoon.

भगवानदीन इस बात को लेकर तनाव में थे। हैरी साहब से बात कर हल्का महसूस करने लगे और सोचा, ये अंग्रेज इनसान की काबिलियत की सराहना करते हैं और इसीलिए सफल हैं।

इतवार की सुबह भगवानदीन ने कोट-पैंट, जूता और हैट लगाया, क्योंकि आज वे नाव से Harbour जाएँगे, वहाँ Ship में अपनी Booking कराएँगे और मालवाहक जहाज को निकलते हुए देखेंगे, शायद राम सिंह मिल जाएँ, तो बात करेंगे वरना रंगून में मिलने की कोशिश करेंगे।

भगवानदीन नाव पर बैठे, पैसे दिए और नाव लेकर दो नाविक मस्ती से गुनगुनाते हुए नाव में चप्पू चलाते हुए चल पड़े Harbour की ओर, वहाँ पहुँचकर भगवानदीन सीधे टिकट खिड़की पर गए और बोले कि उन्हें द्वितीय श्रेणी की टिकट चाहिए रंगून की जहाज में। टिकटवाले ने उन्हें ऊपर से नीचे तक देखा और बोला, ठीक है, पैसे निकालो। टिकट देकर बोला, अगर पहली बार जा रहे हो तो मैं बता दूँ कि हिंदुस्तानियों को रास्ते भर पान, सुर्ती खाना मना है द्वितीय श्रेणी में। भगवानदीन ने कहा Sir मैं नहीं खाता हूँ। भगवानदीन को भी अपने देशवासियों की यह आदत बिल्कुल पसंद नहीं है। खैर, टिकट लेकर वे बेंच पर बैठे। उन्हें देखकर मूंगफली और चने वाले आ गए, उन्होंने भुने चने खरीदे और खाने लगे। थोड़ी देर बाद चहल-पहल शुरू हुई। कुछ कुली बड़े-बड़े Bundle लेकर चढ़ा रहे थे, जिस पर लिखा था G.Y.Knight Pvt. Ltd, 26 Brooking Street License No,...Rangoon, Burma. भगवानदीन ने अपनी Pocket Diary में पता लिख लिया, इतने में देखा कि उनके पीछे-पीछे राम सिंह भी हैं। भगवानदीन समझ गए कि राम सिंह इसी कंपनी में काम करते हैं। सामान लदवाकर राम सिंह बेंच की ओर बढ़े तो भगवानदीन मुसकराकर उनका चेहरा देखकर खुश होकर बोले, "अरे दोस्त नीक भवा कि मिल गया हम याद करत रहे" राम सिंह ने भगवानदीन

से कहा, "रंगून चला हमरे कंपनी में Knight साहब कहेन है कि एक पढ़ा-लिखा लड़का उन्हें चाहे" भगवानदीन ने कहा "हाँ, हम अगले इतवार कै टिकट खरीद लिहै अही" "तू कब चलब्या" राम सिंह-हमहु निकल लेब, लेकिन यार "तू तो एकदम अंग्रेज लागत अहा, बस तनीके पाउडर लगाय ल्या" दोनों हँस पड़े। और साथ में चना खाते हुए कुछ घर की और कुछ रंगून की बातें हुईं, जहाज चली गई तो भगवानदीन ने कहा "अब हम चलब। अगले इतवार के इहाँ फिर मुलाकात होये और फिर संगे रंगून कै सफर और फिर रंगून में सिर्फ एक शर्त अहै Knight साहब से हमार सिफारिश जिन करया हम चाहित है कि ऊ हमरे काबिलियत पर हमका नौकरी दे।" बात करते-करते कब दोपहर हो गई, पता ही न चला। दोनों उठे और अगले इतवार को मिलने का वादा करके चल पड़े, राम सिंह अपने गेस्ट हाउस और भगवानदीन नाव से हैरी साहब के Bungalow के लिए। नाव से उतरकर उन्होंने हावड़ा की बाजार से अपने लिए एक नई धोती एवं कुरता खरीदा, फिर धर्मशाला की ओर मुड़ गए। वहाँ से मोची के पास जाकर खड़े हुए तो मोची ने उनकी ओर देखा और अचंभित होकर बोले, "हम तो आपको पहचान ही न पाए।" भगवानदीन बोले, "भय्या आपकी चप्पल ने बहुत साथ दिया, हमारा जूता भी अभी तक सही सलामत है," फिर बोले, "भय्या, हमारी नौकरी अस्थायी थी, अब हम कलकत्ता अगले इतवार को छोड़ देंगे तो आपसे मिलने आ गए।" मोची खुश होकर बोले, "बाबू आपने हमारे बारे में सोचा, इसके लिए धन्यवाद।" वहाँ से भगवानदीन जग्गू से मिलकर वापस कमरे में आ गए।

पहाड़पुर में मूसलाधार वर्षा हो रही है करीब-करीब हर दिन जब से भगवानदीन घर छोड़कर निकले, इसलिए एक हफ्ते तक परिवारवालों ने सोचा कि अत्यधिक वर्षा की वजह से भगवानदीन ने गाँव के नदी-नाले पार करते हुए आना ठीक न समझा, इसलिए इलाहाबाद में रुक गए परंतु उसके बाद से चिंता अधिक बढ़ गई तो सरताजी ने बाबूलाल से रामसुख को ख़त लिखवाकर सूचित किया। सरताजी को पता था कि अगर खंडवा जाना होता तो भगवानदीन घर से बताकर अपनी संदूकची लेकर जरूर जाते, जिससे उनकी किताबें सुरक्षित रह सकें, फिर रामसुख के ख़त में भी यह जिक्र न था कि भगवानदीन वहाँ पहुँच गए हैं। रामसुख को पत्र मिला तो उनके पैरों के नीचे जमीन खिसक गई वो सोचने लगे, हमने क्या कमी रक्खी जो भगवानदीन हमें छोड़कर अपना भविष्य ढूँढ़ने निकल पड़े उन्होंने तो खंडवा के स्टेशन मास्टर से मैट्रिक के बाद clerk की नौकरी के लिए भी बात कर रखी थी। यहीं पले-बढ़े, यहीं नौकरी करके आराम की नौकरी कर सकते थे। उन्हें अपना बचपन और अपना घर छोड़ना याद आया। रामसुख ने अपने को तसल्ली दी कि वे तो अनपढ़ गँवार थे, जिन्होंने कभी पहाड़पुर गाँव के बाहर कदम भी नहीं रखा था, फिर भी वे ईश्वर की इच्छा एवं अपने पुरूषार्थ से सिपाही

बन गए तो भगवानदीन तो विलक्षण प्रतिभा के धनी, कर्मठ, पढ़े-लिखे युवा हैं, उन्हें दुनियादारी भी पता है। इसलिए वे अवश्य, सुरक्षित, सुखी एवं सफल होंगे और यही उन्होंने सरताजी को पत्र में लिखा और आग्रह किया कि वे भगवानदीन की कुशलता की कामना करें और बिल्कुल दुःखी न हों।

सरताजी को रामसुख का ख़त मिला, सोना एवं बाबूलाल ने भी पढ़ा। सोना रोने लगी तो सरताजी ने डाँटकर कहा "खबरदार आँसू मति बहावा अपशकुन होत हा" सोना आँसू पोंछकर बोली "हाँ माई हमार भय्या ठीक-ठाक होइहैं और बहुत बड़ा मनई बनिहैं", बाबूलाल आकर बोले "माई, अब का करी, कहाँ ढूँढ़य जाई भय्या का?" सरताजी सीने पर पत्थर रखकर बोली, "कतऊ जाय कै जरूरत नाहीं न, जौन हेरात था, ओके ढूँढ़ा जात हा, ऊ हेरान नाहीं न, अपने मर्जी से गा अहै, तौ अपने से अइहै।"

इसी प्रकार ढाई महीने बीत गए, भगवानदीन का जन्मदिन भादो की तेरस आ गया। सरताजी ने रोंधू को बोला, अरे भय्या घरे जात की पंडित के बरे सीधा लेत जाया।" नहाकर सरताजी भगवानदीन के नाम से उनकी दीर्घायु एवं कुशल क्षेम के लिए सीधा निकाला।

सोना आकर रोते हुए बोली "माई भय्या कै जन्मदिन अहै, बहुत याद आवति अहै।" सरताजी ने सोना को गले लगा लिया और उनकी आँखों से भी आँसू बहने लगे।" रूँधे गले से बोलीं, बिटिया अब तो यादै सहारा अहय, देखा कब आवथी" फिर बोली। जा मुँह धोय ल्या और लपसी बनय लेय्या हम तोहरे भय्या कै जन्मदिन पर विधि-विधान से पूजा करब। बाबूलाल बाहर से बेल-पत्र और धतूरा लै आवा, शंकर भगवान कै पूजा कै लेई।" इस प्रकार दोनों अपने-अपने काम में लग गईं। हर वर्ष की तरह इस वर्ष भी सरताजी ने पूजा करके हलवा एवं बताशा का प्रसाद चढ़ाया और गाँव में बताशा बँटवा दिया। सरताजी खंडवा में आसपास के भगवानदीन के हमउम्र बच्चों को बुलाकर हलवा, चना एवं पूड़ी खिलाती थीं। भगवानदीन को सरताजी का बनाया हलवा बहुत ही पसंद था, वे बड़े चाव से खाते थे। हलवा सोना ने रोते हुए भाई को याद करके खाया, सरताजी ने गाय को हलवा खिलाया। बिना कुछ बोले बाबूलाल हलवा खाकर खेत की ओर चल पड़े।

कलकत्ते में नहा-धोकर भगवानदीन ने गायत्री-पाठ के उपरांत माता-पिता को मन-ही-मन प्रणाम किया और काम के लिए स्टेशन की ओर निकल पड़े। अब बस कुछ दिन ही और है, भगवानदीन ने मन लगाकर काम किया।

शनिवार को भगवानदीन सुबह-सुबह माली से हैरी साहब के Bunglow पर काम करवा रहे थे तो हैरी साहब ने आवाज दी Dube come here, Good Morning Sir कहकर भगवानदीन सामने खड़े हो गए तो हैरी साहब ने कहा, "ऑफिस में आज 1

बजे मुझसे मिलना, मैं तुम्हारा तनख्वाह दूँगा। I will Miss you my dear boy. You have been a great help. I will miss you. Stay Blessed" कहकर चले गए।

आज ऑफिस में भगवानदीन का आखिरी दिन है। हैरी साहब के अनुसार उनकी 1 बजे के बाद छुट्टी है। इसलिए वे जल्दी से भीगा चना खाकर और दूध पीकर, कोट-पैंट, जूता और हैट लगाकर निकल पड़े। वे हैरी साहब के सामने ठीक से तैय्यार होकर Formal Dress में ही जाना चाहते थे। वे आज कुछ छोटा-छोटा उपहार हैरी साहब, श्रीवास्तव, जग्गू और मोची के लिए खरीदना चाहते थे। इसलिए वे बाजार की ओर निकल पड़े, वहीं से ऑफिस चले जाएँगे। श्रीवास्तव सपरिवार रहते हैं, इसलिए उनके लिए 'संदेश' मिठाई खरीद लिया, मोची दादा का बैग फट गया है, इसलिए उनके सामान रखने के लिए एक बैग खरीद लिया, जग्गू के लिए बंगाली धोती एवं कुरता खरीद लिया। अपने लिए चमड़े का बैग—सामान के लिए—झोला कुछ अजीब लगता है। सबसे मुश्किल काम हैरी साहब के लिए Gift ? यह सोचते-सोचते चल रहे थे तो Footpath पर एक बंगाली लड़का कुछ पुरानी पुस्तकें, डायरी, पेन, पेंसिल, इत्यादि लेकर बैठा था, पुस्तकों में रुचि होने से वे पुस्तक देखने लगे और एक पुस्तक खरीदने के लिए दाम पूछा तो लड़के ने कहा इतना सुंदर पुस्तक चित्र हैं बाबू ये भी खरीद लो, मेरी माँ ने लाल चमड़े पर क्या खूब चित्र उकेरा है, उधर देखा तो वास्तव में सुंदर Book Mark था, जिसमें फूलों के नीचे नमस्ते बना था, तुरंत ही भगवानदीन ने वह Book Mark हैरी साहब के लिए और पुस्तक अपने लिए खरीद ली। सब सामान झोले में रखकर स्टेशन की ओर चल पड़े। ऑफिस पहुँचे तो श्रीवास्तव ने हँसकर कहा, "दुबे, तुम्हारी तनख्वाह के रुपए हैरी साहब के पास हैं, वो कह रहे थे आते ही दुबे को भेजना। उन्हें तनख्वाह देकर विदा करना है।"

भगवानदीन ने मिठाई की डलिया श्रीवास्तव को देते हुए कहा, "आपका बहुत-बहुत धन्यवाद, माताजी और भाभीजी को प्रणाम तथा बच्चों को स्नेह।"

श्रीवास्तव ने कहा, "कभी फिर कलकत्ता आओ तो मिलना, खत लिखना तो स्थायी नौकरी के लिए भरती होगी तो बताऊँगा। चलो, चलो सर इंतजार कर रहे हैं।" श्रीवास्तव के साथ भगवानदीन हैरी साहब के कमरे में घुसे। भगवानदीन ने 'गुड मार्निंग सर' बोला, तो हैरी साहब खड़े होकर गरमजोशी से बोले, "Dube Good Morning come & take your salary." श्रीवास्तव से रुपए का लिफाफा लेकर हैरी साहब ने भगवानदीन की ओर बढ़ाया तो झुककर दोनों हाथों से लिफाफा लेकर भगवानदीन ने thank you sir बोला, हैरी साहब ने अच्छा सा प्रमाण-पत्र भी लिख रखा था, उसे देते हुए बोले, "Dube, you are young Dynamic boy. You work with a smiling face &you are Intelligent also. I am sure, you will do well.

If you need any help from me, you are welcome, even you can come back & work with me."

भगवानदीन बोले, "Very kind of you sir, please accept this small token of Respect," कहकर वह सुंदर सा पुस्तक चिह्न, जो एक सफेद कागज में लिपटा था, खोलकर उनकी मेज पर रख दिया। देखते ही हैरी साहब बोले, "Oh so beautiful! कहाँ मिला ? हमको यह चाहिए था," वह कहकर सामने रखी पुस्तक में, जहाँ उन्होंने एक चिड़ियाँ का पंख रखा था, वहाँ रखकर बोले, "ये मेरा पास रहेगा always, thanks. Now you can go Dube, go & enjoy, Best of Luck," कहकर हैरी साहब ने उन्हें एक सुंदर Hat Gift के रूप में देकर विदा किया।

वहाँ से निकलकर भगवानदीन अपने कमरे में गए। हैरी साहब के घर पर जाकर उनके बच्चों के लिए 'संदेश' मिठाई की डलिया दी और अपने कपड़े धोकर सुखाए। पूड़ी-सब्जी स्टेशन से लाई हुई खाकर निकल पड़े। कलकत्ता की सड़कों पर, रास्ते में कम पैसा खर्च हो, इसलिए एक किलो चना खरीद लिया भींगोकर खाने के लिए। कुछ मूँगफली, भुना हुआ चना और लाई गुड़ भी। घूमते-घूमते शाम होने को आई तो वापस कमरे में अकर मोची दादा के बैग और जग्गू का धोती-कुरता उठाकर चल पड़े धर्मशाला की ओर। वहाँ पहुँचकर मोची से बोले, "दादा, ये देखो मैं आपके लिए क्या लाया हूँ ?" कहकर बगल में बैठकर उनका फटे थैले में से सामान निकालकर इस भैंस के चमड़े से बने नए बैग में रखते हुए बोले, "दादा अब यह सालों नहीं फटेगा।"

मोची ने कहा, "बाबू, इतो महँगा मिलता है, हमने इसलिए नहीं खरीदा था।" दादा सस्ता रोए बार-बार, कह दोनों हँस पड़े और मोची बोले, "जा रहे हो कलकत्ता से प्रेम बढ़ाकर।"

भगवानदीन बोले, "दादा, जीवन में कुछ पाने के लिए कुछ खोना पड़ता है। हम तो अपने देवीतुल्य माँ एवं देव तुल्य पिता को छोड़ आए हैं।" तब तक थके-माँदे जग्गू रिक्शा खींचते हुए दिखे तो भगवानदीन ने कहा, "दादा, अब जग्गू भय्या से भी मिल लूँ," और बढ़ चले उनकी ओर। जग्गू के साथ रिक्शा खींचकर उनकी मदद की, जग्गू ने पसीना पोंछा और बोले, "तैय्यारी कै लेहया जनात अहैय। हाँ कै लिहे। मुँह-हाथ धोय के पानी पी ल्यातौ बताई।" ठीक कहकर जग्गू चले गए। भगवानदीन धर्मशाला की बेंच पर बैठकर इंतजार करने लगे और गुड़, लाई, चना एक कागज में रखकर बैठ गए। जग्गू भी आकर उनके बगल में बैठे तो भगवानदीन ने कहा, "जग्गू भय्या, गुड़ खाय के पानी पी ल्या।"

"अरे भगवान! तू हमार केतना खयाल रक्खथ्या। 'जुग-जुग जिया' कहकर दोनों खाने लगे चबैना और बतियाने लगे।

भगवानदीन ने बताया कि कल सुबह Harbour के लिए निकल जाएँगे और वहाँ से रंगून के लिए पानी का जहाज से, इसलिए अब जल्दी मिलना न होगा। परदेस में जग्गू की आत्मीयता से उनको परदेस का अहसास कम हुआ। बात करते-करते झोला से जग्गू के लिए लाया हुआ बंगाली धोती-कुरता निकालकर बोले भगवानदीन, "जग्गू भय्या बिटिया के बिआह में इ धोती-कुरता पहिन के कन्यादान करया।"

जग्गू की आँखें भर आईं, वे भावुक होकर बोले, "भगवान हमें तू निरुत्तर कई दिह्या शब्द नाहीं न।" दोनों ने एक-दूसरे को गले लगाकर पीठ थपथपाई। यह एक परदेसी का दूसरे परदेसी के साथ का रिश्ता है।

चारों ओर अँधेरा हो गया। जग्गू खाना बनाने के लिए रसोई में गए तो एक कुरसी पर भगवानदीन सामने बैठे-बैठे भूत-भविष्य की बातें करते रहे। जग्गू के आग्रह अनुसार आज दोनों साथ में खाना खाएँगे। जग्गू चने की दाल आलू झोल, परवल भाजी तथा भात और रोटी बना रहे थे। 7 बजे तक खाना बन गया। अपना खाना थाली में निकालकर धर्मशाला के मैनेजर को बुलाकर जग्गू ने कहा, "बाबू, छोटू के साथ चौका भोजन सँभालो, हम जा रहे हैं। रोज के नियमानुसार काम हुआ।" जग्गू ने अपने कमरे में चटाई बिछाई, सुराही-ग्लास सामने रखा और जग्गू ने भगवानदीन के लिए खाना परोसा, दोनों ने सप्रेम भोजन किया और गले लगकर एक-दूसरे से विदा हुए। □

16

पानी का जहाज

कलकत्ता की सुहानी शांत सुबह, भगवानदीन ने उठकर ईश्वर को प्रणाम किया, फिर तैयार होकर कोट-पैंट-बूट और हैट लगाकर बाहर निकले। पूरे compound को ध्यान से देखकर मन-ही-मन अलविदा बोले और तय समयानुसार निकल पड़े Harbour के लिए। शीघ्र ही नाव मिल गई और माँ-बाप, भाई-बहन का स्नेह याद करते हुए Harbour पहुँच गए। टिकट तो पहले ही ले रक्खा था। अत: बेंच पर बैठकर Deck खुलने का इंतजार करने लगे। थोड़ी ही देर में राम सिंह भी आ गए और Deck खुल गया, लोग कतार में खड़े हो गए। भगवानदीन के पास 2nd class का टिकट था और जल्दी ही पहुँच गए थे। अत: उनके आगे एक अंग्रेज परिवार था, वे तो 1st class cabin में जा रहे थे, उनके पीछे भगवानदीन अपना बैग लेकर पहुँचे। टिकट चेक कराकर वे जहाज के अंदर पहुँचे, वहाँ उपस्थित जहाज कर्मचारी को टिकट दिखाया तो उसने 2nd class के cabin Number 7 का रास्ता दिखा दिया और बोला, "you are lucky 7 Number has good view of sea" खैर, पहला अनुभव था, इसलिए भगवानदीन को सबकुछ बहुत ही अच्छा एवं रोमांचकारी लग रहा था। 7 Number cabin एक बहुत ही छोटा कमरा, उसमें एक Bed और खिड़की के सामने एक कुरसी, एक कोने में एक तिपाई। तिपाई पर बैग रखकर भगवानदीन कुरसी पर बैठकर खिड़की से समुद्र का नीला पानी देखते हुए खयालों में खोए थे कि दरवाजे पर रामसिंह आकर बोले, "पंडित तोहाय जगह तौ बहुत बढ़िया अहै, हम तो 3rd class में आइत-जाइत हा, एक कमरा मा छह जने अहाय। चला यार बाहर Deck पर लंगर खुलै वाला अहय।" "हाँ-हाँ चला," कहकर भगवानदीन भी चल पड़े जहाज पानी में चलता-फिरता एक बड़ा घर है। बाहर से देखकर पता ही नहीं चलता था कि इतने लोग इस जहाज में एकसाथ रहते हैं! Deck पर बहुत अच्छी रौनक थी, यह 2nd class और 3rd class के लिए था। 1st class का Deck जहाज के दूसरे भाग में था। इस Deck पर सिर्फ दो-तीन मरवाड़ी, सेठ-साहूकारों के परिवार, बाकी सब आदमी थे, जिनमें

ज्यादातर हिंदुस्तानी थे, कुछ अंग्रेज भी थे, जो 2nd class से यात्रा कर रहे थे। Deck में बेंच एवं कुरसियाँ थीं, टेबल थे, जहाँ भोजन की व्यवस्था थी। Menu Card में व्यंजन के नाम एवं दाम लिखे थे। अभी ज्यादातर लोग Deck पर खड़े होकर जहाज के चलने का इंतजार कर रहे थे। लंगर खुला और जहाज धीरे-धीरे तैरने लगा और देखते-देखते Harbour पीछे छूट गया और सब यात्री कुरसी पर मेज के चोरों ओर बैठ गए और सामने पड़े Menu Card देखने लगे। राम सिंह और भगवानदीन ने भी Menu Card उठाया और order दिया हिंदुस्तानियों के लिए पूड़ी-सब्जी, दूध, चाय, कॉफी, Toast-cutlet, Egg था। भगवानदीन ने दूध और Toast तथा राम सिंह ने पूड़ी-सब्जी का order दिया। नाश्ता करने के बाद धूप सर पर आ गई तो लोग cabin की ओर चल पड़े। "दोपहर का खाना 1 बजे होगा, तब फिर Deck पर मिलेंगे," कहकर भगवानदीन भी अपनी cabin में आकर धोती-कुरता पहनकर Bed में लेटकर पुस्तक पढ़ने लगे।

Deck पर गजब की रौनक है, हालाँकि इस Deck पर ज्यादातर हिंदुस्तानी व्यापारी एवं कुछ अंग्रेज तथा भगवानदीन की तरह दो-तीन हिंदुस्तानी पढ़े-लिखे युवा भी थे, जो अंग्रेजों के ऑफिस में काम करते थे। भगवानदीन को देखकर राम सिंह ने हाथ हिलाकर इशारा किया। दोनों एक टेबल पर बैठे, जिसके चारों ओर कुरसी लगी थीं, खाना के लिए Waiter Order ले रहा था। Menu में शाकाहारी Choice में सिर्फ दाल, चावल और एक आलू की सब्जी थी, बाकी मांसाहारी में बहुत प्रकार के व्यंजन थे। राम सिंह ठाकुर हैं, पर वे भी बाहर का मांस नहीं खाते थे। अतः शाकाहारी भोजन का Order दिया। थोड़ी देर में ही भोजन आ गया। भोजन ठीक ही था। खा-पीकर इधर-उधर टहलकर बतियाते हुए दोनों अपने-अपने cabin में चले गए।

शाम को फिर मिले तो Deck की रोशनी अद्वितीय थी, चारों ओर घुप्प अँधेरा और सागर की लहरों की आवाज और संगीत की धुन, मन को शांति एवं सुकून प्रदान कर रही थीं। रात्रि के भोजन में करी एवं पराँठा का भोजन करके देर रात तक अवधी में बात करते हुए दोनों बैठे रहे।

जहाज में भगवानदीन अधिकतर समय पुस्तक पढ़ने और राम सिंह से G.Y.Knight Pvt. Ltd Company के बारे में जानकारी प्राप्त करने की ही बात कर रहे थे। जहाज की यात्रा बहुत ही रोमांचकारी, सुखदायी एवं अनुभवपूर्ण थी।

□

17

रंगून G.Y. Knight Pvt. Ltd Company

तीसरे दिन की सुबह करीब 8 बजे जहाज जब रंगून की ओर पहुँचनेवाला था तो सभी यात्री समुद्र से शहर की झलक देखकर ताली बजाकर खुश होने लगे। धरती के दर्शन के सुखपूर्ण अनुभव की कल्पना भी भगवानदीन ने नहीं की थी।

लंगर लगते ही cabin में जाकर अपना बैग उठाकर Line में लग गए, राम सिंह जहाज से उतरने के बाद ही मिलनेवाले थे। राम सिह ने एक मोटर लगी बग्घी बुलाई और दोनों उसमें बैठकर चल पड़े Brooking Street की ओर। ऐसी बग्घी में भगवानदीन पहली बार बैठे थे, जिसमें घोड़े की जगह ट्रेन की तरह का इंजन लगा था, इसे ट्रैम कहते थे, आधा घंटा रंगून शहर की शोभा एवं Burmese लोगों की रंग-बिरंगी पोशाके देखते हुए कब समय बीत गया, पता ही न चला। Brooking Street पर रुककर राम सिंह ने किराया दिया तो भगवानदीन ने कहा, "हम आपन किराया देब।"

हँसकर राम सिंह ने कहा, "अरे पंडितजी, हमें कंपनी से मिल जाएगा।"

दोनों जहाज से ही तैय्यार होकर आए थे, अतः राम सिंह भगवानदीन को अपने घर ले गए, जो 26 Brooking Street के सामने ही था, जिसमें दो कमरे, रसोई एवं शौचालय था।

राम सिंह ने कहा, "गुरु, जब तक नौकरी न मिले और तनख्वाह न मिले, तब तक इहाँ हमरे संघे रहा। एक चटाई और अहै हमरे लगे, कुछ खरीदै न पड़े, आराम से रहा। हम ऑफिस जाय के Knight साहब से समय लै के मिलवाय देब, आगे तोहार भाग्य!" "ठीक अहै" कहकर एक cane के मोढ़े पर भगवानदीन बैठ गए और राम सिंह चले गए।

सामने के बरामदे से Brooking Street की सड़क दिख रही थी। सड़क पर चलनेवाले लोगों के अनुशासन से भगवानदीन प्रभावित हो रहे थे। ऑफिस सामने ही था, वहाँ लोग आ-जा रहे थे।

रामसिंह का घर तीसरी मंजिल पर था। छोटा, परंतु साफ-सुथरा था, शाम को

बालकनी में बैठने से शीतल समुद्री हवाएँ मन को आनंदित एवं शरीर को शीतलता प्रदान करती थीं। राम सिंह तो महीने में करीब 10 दिन ही घर में रहते थे, परंतु कंपनी की साफ-सफाई करनेवाला मंगलू रोज ही घर की साफ-सफाई करता था, इसलिए आने पर घर साफ मिलता था। रसोई में पीने का पानी और शौचालय में एवं स्नान घर में भी पानी की व्यवस्था रहती थी।

यह सोचकर कि कम-से-कम एक महीना तो यहाँ रहेंगे, भगवानदीन ने कमरे में अपना सामान निकालकर सजा दिया, खासतौर से पुस्तकें एक तिपाई पर और कपड़े अलमारी में, फिर रसोई में जाकर देखा तो दाल-चावल था, अत: उन्होंने चूल्हे पर खिचड़ी चढ़ा दी। थोड़ी देर में धीमी आँच कर चूल्हे पर ढककर रख दिया, जो राम सिंह के आने तक पक जाएगी। स्वयं मोढ़े पर बैठकर पुस्तक पढ़ने लगे।

करीब एक बजे राम सिंह आए और बोले, "पंडित भियान, 9.00 बजे George साहब से मिलै का अहय।"

भगवानदीन बोले, "ठाकुर साहब, ठीक अहै। चला मुहँ-हाथ धोय लेया, भोजन मा खिचड़ी तैय्यार अहै।"

राम सिंह, "अरे वाह, इतौ कमाल कै दिहा।" दोनों ने साथ में भोजन किया और राम सिंह ने बताया कि George साहब 'G.Y. Knight Pvt. Ltd Company' के मालिक के चचेरे भाई हैं। ऑफिस का काम-काज उन्हीं के नीचे होता है। एक तरह से Knight साहब का दाहिना हाथ है! अगर George साहब ने 'हाँ' कर दी तो नौकरी पक्की है।" राम सिंह बोले, "हम चलब ऑफिस, संझा के रंगून घूमा जाए।"

राम सिंह के जाने के बाद भगवानदीन ने लोटे में चूल्हे से कोयला डालकर अपने कोट-पैंट में इस्त्री की, फिर हैट को कपड़े से पोंछकर साफ किया। अपने कपड़े धोए। तब तक तीन बज गए तो मंगलू ने दरवाजे पर दस्तक दी। भगवानदीन ने दरवाजा खोला, मंगलू ने पैर छूकर कहा, "ठाकुर साहब कहेन हैं कि जा पानी कै बंदोबस्त कै देया, आप पंडित अहैं और पहाड़पुर के रहै वाला अहै, हम तो भय्या अंतु कै अही और जात से कुर्मी अही।" इतना कुछ मंगलू एक साँस में बोल गए, हालाँकि राम सिंह ने भी मंगलू के बारे में बताया था, परंतु इतनी सफाई से मंगलू अपना परिचय देंगे, यह उम्मीद भगवानदीन को न थी। भगवानदीन ने स्नेह से कहा, "मंगलू, तब तो हम दुइनौ जने भाय अही।" मंगलू ने खुश होकर कहा कि "आप कै बड़प्पन अहै" और अपने काम में लग गया। एक घंटे के अंदर सब काम, बरतन साफ करके पानी भर के भगवानदीन को प्रणाम करके मंगलू चला गया।

4 बज गए, थोड़ी ही देर में राम सिंह आए और भगवानदीन उनके साथ रंगून शहर घूमने निकल पड़े। शहर के मध्य में Sule Pagoda, जो बहुत ही खूबसूरत गोलाकार

Pagoda है। Pagoda से jetty पर गए। वहाँ बेंच पर बैठकर दोनों ने मूँगफली का आनंद लिया, फिर घर आकर मिलकर रोटी-सब्जी बनाई। भगवानदीन ने संध्या की, दोनों भोजन करके सो गए।

4 बजे उठकर भगवानदीन ने वर्जिश की, नहाकर गायत्री मंत्र पढ़ा तो 5 बजे के करीब रामसिंह उठकर तैय्यार हुए और बोले, "पंडित, दूध मंगलू लाय के गरम कै देहिये, तौ दूध-रोटी खाय लीन जाए।"

भगवानदीन बोले, "ठाकुर, बासी दुइ रोटी अहै, तू खाय लेया, हम चना भिगोये अही, हम चना खाय के दूध पिअब।"

मंगलू ने दूध लेकर चौके में आग जलाकर दूध गरम करके दोनों को दिया और साथ में कालीबाड़ी मंदिर से वहाँ का प्रसाद भी दिया। राम सिंह ने मंगलू को भी दूध और गुड़ चिवड़ा खाने को कहा। मंगलू ने कहा, "अरे भय्या, कलेवा कै के आवा अही।"

राम सिंह बोले, "कौनो बात नाहीं, दूध पी ल्या, नुकसान न करे।" मंगलू काली बाड़ी के पास एक बस्ती में गाय-भैंस रखनेवाले एक यादव परिवार के यहाँ रहते हैं। वहाँ सुबह यादव की दूध निकालने में मदद करते हैं और 6.30 बजे खा-पीकर दूध लेकर राम सिंह के यहाँ आकर, फिर 9.30 बजे Knight साहब के यहाँ दूध लेकर जाते हैं। दिन भर उनके घर और ऑफिस का काम देखते हैं। राम सिंह के घर का काम स्नेहवश करते हैं, पर राम सिंह उन्हें 1 रुपए महीना देते हैं। परदेश में परदेसी एक-दूसरे के साथ सहजीवी के समान रहते हैं।

ठीक 9 बजे भगवानदीन दुबे, "G.Y. Knight Pvt. Ltd Company," में George साहब के ऑफिस के सामने खड़े थे, साथ में रामसिंह भी थे। George साहब आए तो दोनों उनके ऑफिस के बाहर मिले और Good Morning बोलकर उनका अभिवादन किया।

George साहब, 'Oh, you are Mr. Dube ?'

भगवानदीन बोले, "yes sir, Good Morning I am Bhagwan Din Dube."

"I am here to seek your blessings."

George साहब, "please have a seat." सामने कुरसी की ओर इशारा करके बोले। भगवानदीन ने बैठकर अपना संक्षिप्त विवरण एवं हैरी साहब का दिया हुआ सर्टिफिकेट मेज पर रखकर बोले, " sir you may like to know a bit about me."

George साहब पढ़कर बोले, " very good, Mr. हैरी has appreciated you a lot. when can you join ?"

भगवानदीन बोले, " sir, just now, if you desire."

George साहब मुसकरा पड़े और मेज की घंटी बजाई। एक चूड़ीदार पैजामा, लंबा कुरता, सिर पर टोपी लगाए युवक ने आकर बोला, " sir."

George साहब बोले, " Mr. Duftari- Mr. Dube को इनकी जगह दिखा दो और इन्हें सारा Business से संबंधित कार्य समझा दो; बाकी बातें कल Knight साहब से मिलने के बाद होंगी।" Mr. Dube Tomorrow at 10 A.M. you will meet Knight साहब, after that we will fix your job & salary."

भगवानदीन सिर झुकाकर बोले, " Ok sir, thank you very much," और दफ्तरी के साथ George साहब ऑफिस से निकले तो दफ्तरी उन्हें एक लकड़ी से बने छोटे से कमरे में ले गए, वहाँ मेज कुरसी थी। मेज पर एक माचिस, सिगरेट का Packet, Sigar का डिब्बा और एक गिलास पानी जाली से ढका रखा था।

दफ्तरी ने बताया, "दुबेजी, आप यहाँ से काम करेंगे, जो भी चाहिए या पूछना हो, वह हमसे पूछिएगा।"

भगवानदीन कुर्सी पर बैठ गए तो दफ्तरी ने खड़े ही खड़े काफी कुछ बता दिया कंपनी और कंपनी की कार्यशैली के बारे में। भगवानदीन बोले, "दफ्तरी मैं सिगरेट नहीं पीता हूँ।"

दफ्तरी ने कहा, "दुबेजी, यह आप से मिलने कोई आता है तो उसके लिए है, वैसे George साहब भी इस कमरे में आकर बैठते हैं, वे सिरगेट पीते हैं और Knight साहब सिगार पीते हैं। इस कंपनी में हर आदमी हर काम कर सकता है। आपसे भी आशा होगी कि आप मेरा काम भी कर सकिए और George साहब का भी। George साहब अपना और Knight साहब का काम करते हैं, जिससे व्यापार सुचारू रूप से चलता रहे।"

भगवानदीन ने पूछा, "यह काम कौन करता था?"

दफ्तरी बोले, " Knight साहब का भतीजा 10 सालों से ये काम कर रहा था, अब वो लंदन में Production का काम देखेंगे। अत: यह जगह खाली हो गई, कंपनी का काम बढ़ रहा है। George साहब ही यहाँ का काम देख रहे थे। 1 बजे Lunch के पहले मैं आपको सारे स्टाफ से मिलवा दूँगा। सबसे मिलकर भगवानदीन को समझ आ गया कि Knight साहब तो मालिक है, George साहब, जो Knight साहब का cousin हैं, वे Manager, भगवानदीन Asstt. Manager, दफ्तरी क्लर्क, काजरानी वकील हैं (Legal काम देखते हैं) राम सिंह Field Work, Jairam Office cleaning और देख-रेख Jagmohan Tewari office boy—इसके अलावा दो सफाई कर्मचारी, जो सुबह-शाम आते हैं, वे Temporary Staff हैं।

शाम को कमरे में खाना खाकर राम सिंह एवं भगवानदीन Jetty पर घूमने लगे

तो ऑफिस की बातें होने लगीं। भगवानदीन सुन रहे थे और राम सिंह बता रहे थे कि Knight साहब बाकी अंग्रेजों की तरह कठोर एवं निर्दयी नहीं हैं, सहृदय हैं, बस काम से मतलब। तुम्हारी तरह कर्मठ व्यक्ति को यहाँ कोई तकलीफ नहीं होगी। थोड़े से लोग हैं, इसलिए आपस में स्नेह है। पैसों की बचत होती है या खर्च कम होता है तो Knight साहब खुश होते हैं, जो बचाता है, उसे बख्शीस देते हैं। पहले यहाँ दूध महँगा आता था। जो लाता था, वह भी पैसा लेता था। जैराम लाने लगे तो उन्हें बख्शीस मिलता है, बचत का चौथाई हिस्सा।" भगवानदीन को एक दिन में कंपनी के बारे में इतना कुछ पता चल जाएगा, यह उम्मीद न थी।

दूसरे दिन सुबह उठकर भगवानदीन ने वर्जिश की, दूध, भीगा चना-गुड़ खाया और तैयार होकर निकल पड़े राम सिंह के साथ, जिन्होंने रोज की तरह दूध रोटी खाई। राम सिंह ऑफिस के बगल स्थित गोदाम में और अपने ऑफिस में जाकर भगवानदीन ने बैठकर कुछ Notes बनाए और इंतजार करने लगे Knight साहब का। ठीक 10 बजे office boy जगमोहन तिवारी ने आकर कहा, "दुबेजी, आपको साहब बुला रहे हैं, चलिए।"

तिवारी ने भगवानदीन दुबे को एक बड़े से कमरे के सामने लाकर खड़ा किया, फिर अंदर जाकर Knight साहब की अनुमति लेकर भगवानदीन दुबे को Knight साहब के कमरे में भेजा। Knight साहब एक रोबदार व्यक्तित्ववाले अंग्रेज थे। मुँह में सिगार दबाए हुए बोले, "So Dube, How was your first day at G.Y. Knight Pvt. Ltd Company ?"

भगवानदीन बोले, "Sir Good Morning, It was good."

G.Y. Knight said Can you work for us?" भगवानदीन बोले, "Sir, I have Started working."

Knight साहब, "Oh, what."

भगवानदीन बोले, "Sir, I am thinking of cost cutting to increase Profit." Knight साहब, कैसे करेगा, क्या सोचा है, "Sir we can cut Ram Singh's travel & appoint a person at Culcutta in half the cost of his travelling expenditure." Kinght साहब खुश होकर बोले—"Oh you a Dynamic Boy. I am sure, we will do it go & work we will pay you 15 Rs. per month & Boarding free," भगवानदीन—"I am thankful."

अपने ऑफिस में आकर भगवानदीन ने एक महीने का हिसाब-किताब George साहब से पूछकर देखना शुरू किया। उनका कार्य क्षेत्र तो पूरी Company के sale-purchase का खयाल रखना था, परंतु उन्होंने Profit Increase करने और खर्च

कम करने पर विशेष ध्यान देते हुए कहाँ-कहाँ पैसा कम खर्च किया जा सकता है, वे उस पर ध्यान दे रहे थे। वे George साहब और दफ्तरी के बीच की Link थे, अतः George साहब के निर्देशानुसार काम करने लगे। एक महीना बीत गया, राम सिंह दो बार कलकत्ता जा चुके थे।

पहली तारीख को 15 रुपए तनख्वाह मिली तो राम सिंह ने कहा, "पंडित, तिजोरी खरीद ल्या पैसा रक्खै के बरे।"

भगवानदीन ने उन्हें समझाया, "कंपनी का Account Mercantile Bank में है, वहीं अकाउंट खोल लिया है, तुम भी वहीं खोल लो, पैसा सुरक्षित रहेगा।"

राम सिंह ने कहा, "गुरु मान गए, हमहू भियान खोल लेब Account."

भगवान दीन ने कहा "ठाकुर अब हम आपन खुराकी देब", रामसिंह बोले "ठीक अहै, भय्या दै दिहा।" दूसरे दिन जयराम चाभी लेकर आए और बोले, "दुबे भय्या आपके बरे ऑफीस के लगे ऊपर वाला घर तैय्यार कै दिहै अही सामान लै के चला George Saheb कहेन है।

राम सिंह ने दुःखी होकर कहा, "का यार चल दिहा, ठीक अहै भियान, गौना कै के भौजाई का लै अउब्या तो सही रहे," दोनों हँस पड़े।

Brooking Street के office की Building चार मंजिल की थी। निचले तल में ऑफिस, पहली मंजिल पर Knight Saheb, दूसरी मंजिल पर George साहब, बगल की बिल्डिंग की तीसरी मंजिल खाली थी, जो भगवानदीन को मिली। दो बड़े कमरे, बाथरूम, किचन, बालकनी, अच्छा छोटा सा घर। घर में सारा सामान मेज, कुरसी, Cane का Sofa set, एक पलंग पर गद्दा (Burmese Style का) बाथरूम में बाल्टी, किचन में बरतन भी थे, पर भगवानदीन का मन उसमें खाना बनाने का न था। आज इतवार की छुट्टी है, अतः जयराम करीब 4 बजे शाम को दूध लेकर आएँगे। आज से जयराम का एक घर का काम बढ़ गया। जयराम तो कंपनी के permanent Employee न होकर Temporary है तो जितना ज्यादा काम उतनी आमदनी, ऑफिस में तो 9 बजे से 1 बजे तक, फिर 4 बजे से 5 बजे तक काम करते हैं। सुबह 7 से 8 बजे तक राम सिंह के यहाँ और दोपहर में 3 बजे फिर राम सिंह के यहाँ, अकसर 1 से 3 बजे के बीच सो भी लेते हैं, कभी ऑफिस में तो कभी राम सिंह के यहाँ। भगवानदीन जयराम की दिनचर्या जानते है, इसलिए उन्होंने सोचा कि वे जयराम को सुबह की जगह शाम को 5 बजे ही बुलाएँगे, जिससे 5 से 6 बजे तक काम करके जयराम अपने कमरे में पहुँच जाए।

भगवानदीन यह सब काम करते-करते सोच ही रहे थे कि जयराम साढ़े तीन बजे ही आ गए और बोले, "भय्या, हम तोहार घर साफ कै देब।"

भगवानदीन ने कहा, "जयराम, हम घर साफ कै लिहे, तू इहाँ पानी रख के गा रहेया का?"

जयराम, "हाँ भय्या, आज सबेरे Knight Saheb, के इहाँ साफ-सफाई कै के जब चाभी आपके घर कै मिली तो हम पहिले इहाँ बंदोबस्त करि के आपके लगे आए।"

भगवानदीन, "बहुत-बहुत धन्यवाद, तबै घर ठीक-ठाक लगा।"

जयराम, "भय्या, ई बरतन में माँस-मच्छी पका होए, इहाँ अंग्रेज रहत रहेन और ऊ लोग तो सबकुछ खात रहेन तो का करी, साफ करी का?"

भगवानदीन, "अरे नाहीं, चला बाजार से नवा खरीद लेब, एक बटुई, कलछुल,एक थाली, बस हमरे लगे एक लोटा और चाकू अहै।"

जयराम, "भय्या, तावा, परात, चकला, बेलन रोटी के बरे भी तो चाहे।"

भगवानदीन, "नाही, हम तो खिचड़ी ही बनाय कै खाब उही मा सब्जी डाल देब।"

जयराम ने कहा, "अरे ऐसे कैसे?"

भगवानदीन बोले, "फिकिर जिन करा, चला बाजार, ई बरतन एक जगह बाँधि के रखि द्रया।" 'ठीक अहै' कहकर जैयराम ने बरतन इकट्ठा करके किचन में ही एक आले पर रख दिया। दोनों निकल पड़े बाजार की ओर, वहाँ पर बरतन और एक बड़ी चादर पलंग पर डालने के लिए और एक चटाई खरीदी। दोनों ने घर को सजा दिया। भगवानदीन जमीन पर चटाई बिछाकर सोना पसंद करते थे, अत: चादर एक ओढ़ने के लिए भी खरीद ली थी। इस प्रकार भगवानदीन की अपनी दिनचर्या में, सुबह वर्जिश के बाद दूध चना-गुड़, दोपहर में दही-चिवड़ा और शाम को खिचड़ी खाकर घूमने निकलना। अकसर राम सिंह के साथ घूमते थे, खाली समय में वे पुस्तक पढ़ना पसंद करते थे, जो अब कम ही मिलता था। अकसर रात में सोने से पहले ही पुस्तक पढ़ पाते थे। वे अकसर योजना बनाते थे कि कैसे कंपनी का खर्च कम और लाभ ज्यादा हो? ऑफिस के हिसाब-किताब देखकर एक रूपरेखा तैयार कर ली थी। George साहब को भगवानदीन ने रूपरेखा के बारे में बताया तो George साहब ने Knight Saheb, से बात की। अत: Knight Saheb, ने एक meeting fix की, जिसमें Knight Saheb, George Saheb, दफ्तरी, काजरानी, राम सिंह शामिल हुए। भगवानदीन ने प्रस्ताव रखा—(1) कि हम राम सिंह के Travel Expenditure को कम कर सकते हैं, अगर उसी खर्च में वहाँ का एक स्थानीय निवासी नियुक्त करें, उससे Guest House का भी खर्च बच जाएगा (2) राम सिंह यहाँ की स्टोर की देख-रेख, Jetty एवं बाजार में अपना Sale बढ़ाने के लिए भी मददगार साबित होंगे, (3) हमने जैयराम के पास Knight साहब द्वारा उपहार में दिया हुआ Blanket देखा, हम अगर London से unfinished Blanket मँगवाकर यहाँ finish करवाकर हिल स्टेशन पर तैनात

Army Cantonment, Railway employee & Police men को whole sale में बेच सकें तो यहाँ sale बढ़ जाएगी और finishing charge में भी बचत होगी, (4) जो हमारा woollen Garments का export-Import का काम है, उसे बढ़ाने के लिए इंग्लैंड में एक मैनेजर नियुक्त करना चाहिए। भगवानदीन की योजना Knight साहब को पसंद आई। उन्होंने कुछ प्रशन किए, जिसका संतोषपूर्वक जबाब पाकर वे खुश हुए और बोले, "well done, Mr. Dube we shall meet again next week and then decide for future course."

यद्यपि भगवानदीन की योजना पर Knight साहब ने पूर्णरूप से सहमति नहीं दी, परंतु भगवानदीन को पूर्ण विश्वास था कि Knight साहब योजना पर विचार करके इस पर अपनी सहमति देंगे। भगवानदीन ने राम सिंह से बात की। राम सिंह पानी का जहाज पर आना-जाना 15 वर्षों से कर रहे थे, अतः वे थक चुके थे। इसलिए राम सिंह ने धन्यवाद दिया और Harbour पर रहनेवाले एक बनिया के यहाँ काम करनेवाला मेहनती लड़का मंडल का नाम बताया, जो Harbour के पास के एक गाँव से आता-जाता है। बनिया ठेका लेते हैं, सामान एक जहाज से दूसरे जहाज में डालने का, जिसमें मंडल उनका काम कुलियों के साथ करवाता है और स्वयं भी करता है। वह यह काम राम सिंह के ऊपर जितना पैसा आने-जाने एवं रहने में खर्च होता है, उसके आधे में करने को राजी हो जाएगा। राम सिंह अगले हफ्ते कलकत्ता जानेवाले हैं।

भगवानदीन ने काजरानी से बात करके British export & Import Law की पूरी जानकारी हासिल कर रखी थी।

दफ्तरी ने हिसाब करके बताया कि इस योजना से कंपनी की आमदनी कम-से-कम दुगुनी हो जाएगी। दूसरे दिन George साहब ने भगवानदीन से कहा, "Mr. Dube, you have done a very good planning. surely we will make profit and I see Bright future for our G.Y. Knight Pvt. Ltd Company."

अगले हफ्ते की Meeting में Knight साहब ने योजना पर अपनी स्वीकृति दे दी और पेपर पर मोहर लगा दी। George साहब को कार्य सौंपा गया योजना को लागू करने के लिए। राम सिंह ने मंडल के बारे में बताया और कहा कि मैं कल जाऊँगा सामान छुड़वाने कलकत्ता तो मंडल से सबकुछ तय कर दूँगा। दफ्तरी ने नौकरी का पत्र मंडल के नाम राम सिंह के अनुसार कही गई धनराशि एवं कार्य का ब्योरा सहित बना दिया।

George साहब ने एक पत्र London based Mr. white को लिखा कि वे unfinished Blanket भी woollen cloth के साथ भेज दें।

Mr. Dube office के साथ-साथ Business Production का कार्य भी करेंगे, जिसे दुबे ने सहर्ष स्वीकारा।

Mr. Yusuf woolen कपड़े से Coat-Pant सिलवाते थे, उनकी Tailoring की best unit थी रंगून में। अत: भगवानदीन उनसे मिलने गए। Mr. Yusuf पढ़े-लिखे थे और वे कराची के रहनेवाले थे। Tailoring उनका पुश्तैनी काम है, वे स्वयं ही cutting करते हैं और अपनी निगरानी में सिलवाते हैं। करीब 100 कारीगर हैं। G.Y.Knight Pvt. Ltd Company के सभी सूट, स्कर्ट, पैंट आदि युसूफ के यहाँ से सिलवाकर फिर लंदन भेजा जाता है।

भगवानदीन ने कहा, "यदि वे कंबल को finish करवा सकें तो अच्छा रहेगा।"

युसूफ ने सहमति दी और कहा, "एक महीने में वे 50 नए कारीगर लखनऊ से बुलवाकर काम शुरू कर देंगे। जब कारीगर आ जाएँगे तो दुबेजी आप आकर उन्हें और मुझे समझा दीजिएगा। हम अवश्य उम्दा काम करेंगे।"

व्यापार बढ़े, इसलिए दुबेजी को पता चला कि Mr Lila हैं, जो whole sale के कपड़े के व्यापारी हैं, अगर वे G.Y. Knight Pvt. Ltd Company से woolen कपड़े खरीदें तो कुछ whole sale में कपड़े देकर तुरंत फायदा हो जाएगा। भगवानदीन उनसे कपड़े का sample लेकर मिलने गए। Mr. Lila पंजाबी बनिया था एवं व्यवहारकुशल व्यक्ति। वे sample देखकर बोले, "बहुत अच्छे कपड़े हैं, क्या Rate है ?" भगवानदीन समझ गए कि काम बन जाएगा। अत: 50 प्रतिशत profit पर Rate बताया, जिसे खुश होकर Mr. Lila ने स्वीकारा और कहा, "50 थान भिजवा दीजिएगा, चेक तुरंत दे दूँगा।" भगवानदीन खुश हो गए। Mr. Lila ने देखा कि ये मिल से बने हुए कपड़े सस्ते और नरम हैं, जबकि अपने देश में हथकरघा द्वारा निर्मित कपड़े महँगे हैं और नरम भी नहीं हैं। अत: पंजाबी आदमी और औरतें पंजाब की ठंड में इस कपड़े को खूब पसंद करेंगे और अपना सलवार कमीज, यहाँ तक की शॉल की तरह भी इस्तेमाल करेंगी। यहाँ रंगून में ही बिक जाएगा हाथोहाथ।

एक महीने बाद unfinished Blankets का थान भी रंगून पहुँच गया। sample लेकर भगवानदीन युसूफ के पास पहुँचे। वे साथ में एक finished Blanket भी ले गए। Blanket इंग्लैंड में ही finish किया गया था। उसमें चारों ओर रेशम का गोटा लगा हुआ था। भगवानदीन ने बताया कि युसूफ मियाँ यदि आप रेशम की जगह मखमल लगाएँगे तो अपने बुनकरों को भी फायदा होगा और मखमल हिंदुस्तानियों की पसंद भी है। आप पहले एक sample के रूप में बनवाकर मेहनताना सहित दे दीजिएगा, हम Knight साहब को दिखाकर आपको ऑर्डर दे देंगे। दोनों ही संतुष्ट थे। युसूफ कई वर्षों से G.Y. Knight Pvt. Ltd Company के साथ काम कर रहे थे। काम लेने के लिए उन्हें George साहब से मिलने जाना पड़ता था। Mr. Dube स्वयं उनके कारखाने पर

आए, इससे वे सम्मानित महसूस कर रहे थे और हिंदुस्तानी में बातें करने और समझने-समझाने में भी सहूलियत होती है।

तीन-चार महीनों में ही Business काफी अच्छा हो गया Profit दुगुना हो गया और भगवानदीन दुबे की इज्जत एवं ओहदा कंपनी में ऊँचा हो गया। कमउम्र एवं नए होने पर भी उनकी पहचान रंगून के व्यापारियों के बीच होने लगी। Knight साहब तो उन्हें अपने पुत्र के समान ही मानने लगे थे। अब तक उनकी अपनी कोई औलाद भी न थी।

मई का महीना आ गया तो हर वर्ष की भाँति Knight साहब अपनी पत्नी के साथ कश्मीर की यात्रा पर निकल गए और George साहब London वहाँ पर व्यापार बढ़ाने के उद्‌देश्य से।

राम सिंह अपने गाँव सिंहनी तो तिवारी सुल्तानपुर निकल गए। वैसे भी गरम कपड़ों का व्यापार गरमियों में मंदा ही रहता है। रंगून में भगवानदीन दुबे, दफ्तरी एवं काजरानी ही काम सँभाल रहे थे। भगवानदीन रोज समय पर ऑफिस में आते, जयराम साफ-सफाई करते। दफ्तरी कभी-कभार आ जाते थे। कभी-कभी दफ्तरी एवं भगवानदीन काजरानी के घर पर जाकर सलाह-मशविरा कर लेते थे।

जुलाई में सभी लोग छुट्टियाँ मनाकर वापस आ गए। George साहब ने रिपोर्ट दी कि यदि वे London में रहेंगे तो वहाँ का Business दुगुना हो जाएगा, यहाँ से निर्मित कपड़े और मखमल के गोटेवाले कंबल लोगों को बहुत पसंद आ रहे हैं। Knight साहब ने शीघ्र मंजूरी दे दी और कहा, "now डूबे will look after the company well in your absence, so not to worry," सभी अंग्रेज दुबे को 'डूबे' कहकर ही पुकारते थे।

कंपनी का काम सुचारू रूप से चलने लगा और अच्छा-खासा Profit होने लगा। विश्व के बाजार में G.Y. Knight Pvt. Ltd Company का नाम हो गया woolen Blankets & Garments की सबसे अच्छी कंपनी मानी जानी लगी।

देखते-देखते भगवानदीन दुबे को इस कंपनी में काम करते हुए दो साल बीत गए। अब वे George साहब के ऑफिस में बैठते थे और Knight साहब के दाहिने हाथ के रूप में जाने जाते थे।

□

18

प्रथम विश्वयुद्ध

सन् 1914 के मई-जून की छुट्टी बिताकर राम सिंह, तिवारी और Knight साहब वापस आए तो कंपनी की साज-सज्जा देखकर अचंभित हो गए। भगवानदीन ने ऑफिस को जयराम की मदद से खूब साफ एवं सजा रखा था। भगवानदीन की लगन, ईमानदारी एवं वफादारी से Knight साहब बहुत ही प्रभावित थे और वे कंपनी का पूरा काम एवं निर्णय भगवानदीन पर छोड़ देते थे। परंतु विश्व भर में अचानक गरम कपड़े की Demand बढ़ गई, क्योंकि जुलाई 1914 को विश्वयुद्ध शुरू हो गया। फौजियों की वरदी का काम G.Y. Knight Pvt. Ltd Company को मिला। अब तो युद्ध स्तर पर काम होने लगा। Company के लिए भी यह स्वर्णिम अवसर था और भगवानदीन ने पूरी लगन से काम किया, जिससे एक वर्ष में ही Knight साहब करोड़पति हो गए। भगवानदीन की तनख्वाह 30 रुपए कर दी, जो उस समय किसी भी हिंदुस्तानी की नहीं थी। उन्हें दूसरी मंजिल का पूरा घर दे दिया, जिसमें George साहब रहते थे और इनका वाला राम सिंह को। अभी भी भगवानदीन की दिनचर्या वही थी, सुबह वर्जिश करके दूध-चना खाना, दोपहर में दही-चिवड़ा-गुड़ और रात में खिचड़ी खाकर चटाई पर सोना, इसलिए उनका काफी पैसा जमा हो रहा था। जयराम अब इनके साथ ही रहने लगे थे।

लड़ाई चल रही थी, अत: 365 दिन कंपनी में काम होता था, न तो Knight साहब कश्मीर जाते थे और न ही राम सिंह, तिवारी अपने गाँव। सारी दुनिया युद्ध समाप्त होने का इंतजार कर रही थी। 11 नवंबर, 1919 को युद्ध समाप्त हुआ तो बस रंगून में रहनेवाले विदेशी एवं हिंदुस्तानी परदेसी घर जाने के लिए आवेदन करने लगे। राम सिंह और तिवारी को Knight साहब ने बारी-बारी 1 महीने की छुट्टी दे दी। जब कोई छुट्टी जाता तो उसका पूरा काम भगवानदीन दुबे स्वयं करते थे, जयराम अब दिन-रात उनके साथ ही रहते थे। अत: जयराम से भगवानदीन तिवारी का भी काम करवाने लगे थे और रात को पढ़ाते थे, जिससे जयराम काम-काज की भाषा लिखने-पढ़ने लगे। युद्ध के पाँच वर्ष का सदुपयोग जयराम ने खूब किया। अब वे 5 वर्ष पहले वाले कुपोषित, गरीब-

निरीह न रहकर एक हृष्ट-पुष्ट आत्मविश्वास से भरे युवा थे। अब जो भी कोई ऑफिस आता तो जयराम से अवश्य मिलता। युद्ध के पाँच वर्षों में भगवानदीन दुबे हर क्षेत्र में सफल हुए। उनका सामाजिक, आर्थिक स्तर काफी ऊँचा हो गया। रंगून के प्रतिष्ठित लोगों के साथ उठना-बैठना होने लगा, जिनमें अंग्रेज, हिंदुस्तानी व्यापारी, पढ़े-लिखे डॉक्टर, वकील, शिक्षक आदि से अच्छे संबंध बन गए थे। Mr. Yusuf, Mr lila, Mr. Sharma के साथ तो घरेलू संबंध थे। ईद पर Mr. Yusuf के यहाँ की सेवियाँ का निमंत्रण, तो दिवाली पर Mr lila के घर पूजा एवं भोज, होली पर तो Mr. Sharma के यहाँ ब्रज की संगीतमय होली और दोपहर का भोजन होता था। शर्माजी की पत्नी आगरा की पढ़ी-लिखी महिला थीं, और अपनी परंपरा को खूब निभाती थीं, उनके दो लड़के 7 साल एवं 5 साल के International School में पढ़ने जाते थे, वे भगवानदीन को 'चाचा' कहकर पुकारते थे।

□

19

गौना

वहाँ पहाड़पुर में सोना और बाबूलाल का गौना हो गया था। सोना अपने ससुराल में रह रही थी। बाबू लाल की पत्नी पंखुड़ी घर के कामकाज में दक्ष थी। अत: सरताजी भी आराम से रहती थीं, बस कभी-कभी भगवानदीन को याद करके आँखें नम हो जाया करती थीं।

वैद्यजी बहुत दु:खी रहते थे। दिलराजी की शादी हुए 8 साल हो गए, पर गौना न हुआ। एक दिन यह सोचकर कि लड़का रहे न रहे, घर पर गौना 9वाँ में ही करवा देंगे, इस इरादे से पहाड़पुर जाकर सरताजी से यह इच्छा जाहिर की तो सरताजी ने कहा, "ठीक अहै, अगर कोई खबर नहीं मिली है तो भी हम गौना करके ले आएँगे।" बहू तो हमारी ही है। यह सुनकर वैद्यजी को तसल्ली हुई। उन्होंने घर आकर घर में यह खबर दी तो घर के सभी लोग खुश हो गए। दिलराजी को भी अच्छा लगा कि कम-से-कम वे अपनी ससुराल में रहेंगी तो रोज उनके माता-पिता उन्हें देखकर दु:खी तो न होंगे!

वैद्यजी शाम को घर आए तो उनके प्रांगण में कई बच्चे, वयस्क एवं बूढ़े बैठे हुए थे। उन सबके बीच पं. विश्वनाथ बैठकर कुछ सुना रहे थे और बाकी चाव से सुन रहे थे। वैद्यजी को देखकर पं. विश्वनाथ ने कहा, "काका पै लागी।"

वैद्यजी बोले, "कब रंगून से आया बेटवा," काका "तीन दिन पहिले," अच्छा, बैठा, हम मुँह हाथ धोय आई" कहकर वे अंदर चले गए।

विश्वनाथ पंडित रंगून के आर्य समाज मंदिर में रहते थे और बच्चों को हिंदी एवं संस्कृत का ज्ञान देते थे। प्रथम युद्ध के पहले कुछ आर्यसमाजी गाँव में आकर पढ़े-लिखे लड़कों में से पंडित विश्वनाथ का चुनाव रंगून के आर्य समाज मंदिर में हवन एवं बच्चों को शिक्षा देने के लिए किया था। रंगून में रहनेवाले और भारतीय बच्चों को हिंदी एवं संस्कृत की शिक्षा उपलब्ध नहीं थी। अर्थात् आर्य समाज संस्था पढ़े-लिखे लड़कों का चुनाव कर रही थी। तब पंडित विश्वनाथ का चयन हुआ था। हर वर्ष एक महीने के लिए विश्वनाथ घर आया करते थे, परंतु विश्वयुद्ध के कारण वे पाँच वर्ष बाद आए थे। गाँव

के लोग घर से बाहर नहीं जाते थे और उस समय समाचार एवं संचार का अभाव था। अतः आम आदमी साधारण लगनेवाले अनुभवों से अनभिज्ञ था। इसलिए सभी आयु के लोग विश्वनाथ से रेल, जहाज, शहर, घोड़ागाड़ी, वस्त्र, त्योहार आदि के बारे में बड़े चाव से सुनते थे। पानी के जहाज के बारे में कई प्रश्न भी पूछते थे।

घर के अंदर से वैद्यजी आए तो बोले, "अरे विश्वनाथ, भोजन कै के जा," भोजन का समय हो गया था। अतः सभी अपने-अपने घर को जा रहे थे। विश्वनाथ ने कहा, "ठीक अहै, काका" कहकर अपने भतीजे से बोले, "बच्चा, माई से कहि दिहा, हम वैद्य काका के संगे खाना खाय के आउब।"

आँगन में दिलराजी पीढ़ा और लोटा में पानी रखकर अपने भतीजे से बोली, "मुन्ना, बाबा कै बुलाय लेया, कहा खाना तैयार अहय और परस दिहा, हम रोटी बिलाउब।"

वैद्यजी और विश्वनाथ हाथ-गोड़ धोई के पीढ़ा पर बैठ गएन, मुन्ना थाली में परसा हुआ खाना लाकर दोनों के सामने रख दिया। दोनों शांतिपूर्वक खाना खाने लगे। दिलराजी रोटी बेल रही थीं और बड़ी भाभी रोटी सेंककर मुन्ना को दे रही थीं, जो वे ले जाकर दोनों को दे रहे थे। दिलराजी की चूड़ियों की आवाज एक मधुर ध्वनि उत्पन्न कर रही थी। भोजन करने के बाद मुन्ना ने हाथ धुलाया और दिलराजी की माँ ने पान लगाकर दोनों को दिया। पान मुँह में रखकर दोनों दलान में आकर खटिया पर बैठकर बतियाने लगे। विश्वनाथ कई वर्षों बाद गाँव आए थे। रंगून की बातें करने के बाद विश्वनाथ ने पूछ लिया, "काका, दिलराजी बहिन कै गौना कब करत अहा?"

"बिआहे मा तौ नाही रहे, गौना कइ के फगुआ के बाद जाब।"

वैद्यजी ने भरे गले से कहा, "बेटवा, जानत अहा मेहमान कै कौनों अता-पता नाही न, लेकिन गौना तौ करब फगुआ से 5 दिन पहिलै कै साइत निकली बा। बिदाई कै के तीन दिन बाद फगुआ मा वापिस लै आउब, आगे जस विधि चहिहै, उहै होये।"

विश्वनाथ बोले, "अरे काका, परेशान जिन होवा, ईश्वर सब ठीक करिहैं। मेहमान के बारे मा पता लगायेन है आप।"

वैद्यजी बोले, "हाँ कोशिश करे, पर कुछ पता नाहीं चला। दुबेजी भी काफी कोशिश करके हार कै बैठ गयेन।"

विश्वनाथ बोले, "काका, मेहमान कै नाम का बा?"

वैद्यजी ने कहा, "भगवानदीन दुबे।"

विश्वनाथ, "काका, इ नाम के मनई तौ रंगून में बहुत बड़ा धनवान अहै। हम एक झलक देखे अही, बड़ा ही प्रभावशाली और प्रतिभावान व्यक्तित्व अहै, कुछ रूपरेखा बतावै?"

काफी देर वर्णन करने के बाद एक आह के साथ वैद्यजी बोले, "अरे एतनी अच्छी तकदीर कैसे होई सकथ? विश्वनाथ तोहाय भ्रम होये कि ऊ भगवानदीन दुबे हमार दमाद अहैं।"

लेकिन विश्वनाथ को काफी हद तक विश्वास था कि Knight साहब के दाहिना हाथ भगवानदीन दुबे ही वैद्यजी के दमाद हैं। अतः विश्वनाथ ने इच्छा जाहिर की कि वे पहाड़पुर वैद्यजी के साथ जाकर उनके घरवालों से बात करके हुलिया लेंगे और एक पत्र लिखवाकर अपने साथ ले जाएँगे। अगर वे यही होंगे, तो उन्हें पत्र देंगे, वरना फाड़कर फेंक देंगे। यह बात वैद्यजी को समझ में आई। उन्होंने कहा, हाँ, यह ठीक रहेगा और दोनों ने निश्चय किया कि गौने में 15 दिन ही तो हैं। इसलिए कल ही पहाड़पुर जाएँगे दोनों और वहाँ बात करके उन्हें बताएँगे कि इ नाम एवं इस रूपरेखा का एक व्यक्ति रंगून में है। हो सकता है वो आपका पुत्र हो, अतः पत्र लिख दीजिए, अगर वे आपके पुत्र होंगे तो आपको जबाब आएगा।

दूसरे दिन दो घोड़े पर बैठकर सुबह-सुबह दोनों लोटा-डोरी, सत्तू और चबैना लेकर पहाड़पुर की ओर निकल पड़े। वैद्यजी आशा-निराशा के बीच झूल रहे थे तो विश्वनाथ सोच रहे थे कि काश, उन्होंने उनके बारे में ज्यादा जानकारी हासिल की होती! सगरा सुंदरपुर पर रुककर कुएँ से पानी निकालकर दोनों ने गुड़ खाकर पानी पिया, मुँह हाथ-धोया और निकल पड़े पहाड़पुर की ओर।

पहाड़पुर में रामसुख के घर के सामने उतरकर घोड़े को पेड़ से बाँधते कि रोंधू ने आकर पैलगी की और घोड़ा बाँधते हुए आवाज दी, "भय्या, वैद्यजी आय अहै," मड़ई से रामसुख और बाबूलाल निकले और आदर सहित मड़ई में ले गए।

रामसुख ने कहा, "वैद्यजी, हम भगवानदीन की वजह से बहुत शर्मिंदा अहीं, पर आप फिकिर न करें, हम आपकै बिटिया का रानी की तरह रखब, हमार छुटकी पतोह बहुत कामकाजी अहय, ऊ घर कै सारा काम काज सँभाले अहै आपकै बिटिया के हम सब अपने जान से ज्यादा प्यार देब।"

वैद्यजी रोते हुए बोले, "अस जिन कहैं।"

विश्वनाथ वैद्यजी को सँभालते हुए बोले, "हम विश्वनाथ अही, हम रंगून मा रहित था, उहाँ भगवानदीन दुबे नाम कै व्यक्ति एक अंग्रेज के कंपनी मा काम करत हैं। हमें आप अपने बेटवा कै रूप-रंग बताबै, जितना काका बतायेन हैं, ओसे हमार अंदाजा अहै कि ऊ आपकै सुपुत्र अहय, कद-काठी आप जैस अहै, रंग आपसे 19 अहै" रामसुख हक्का-बक्का हो गए, जैसे उनका मस्तिष्क सुन्न हो गया हो। बाबू लाल का हाथ पकड़कर रामसुख बैठ गए। थोड़ी ही देर में अपने को सँभालकर बोले, "अरे विश्वनाथ, कितनी बार मिला अहा भगवानदीन से, हमका विश्वास नाहीं होत अहै। हम शर्माजी के दुई बेटवन के हिंदी, संस्कृत पढ़ायिथ, काहे से कि अंग्रेजी स्कूल में पढ़ैय के कारण उन्हें

हिंदी–संस्कृत नाही आवत। एक दिन जब हम उनके घर गए तो खूब जोर–जोर से हँसै कै आवाज आवत रही तौ हम लरिकन से पूछे कि घरे में के आयइ अहै तो लरिकन कहेन हमारे दुबे चाचा को आप नहीं मिले हैं क्या ?"

हम कहा, "हम देखे तो थे जरा सा, पर हमको क्या पता कि वे आपके दुबे चाचा है ?" चलो पढ़ाई शुरू करो। जब हम एक घंटे बाद हमेशा की तरह निकले तो दुबेजी जा चुके थे, शर्माजी भी अंदर जा चुके थे। शर्माजी की पत्नी हँसकर हमेशा की तरह बोली, "अरे गुरुजी बैठिए, आज हम आपके हलवा–समोसा खिलाएँगे। हलवा आपकी तरह दुबेजी को भी बहुत पसंद है, इसलिए उनके लिए भी बनाया था।" मेरे पूछने पर कि ये दुबेजी कौन हैं तो उन्हीं से भगवानदीन दुबे के बारे में पता चला।" रामसुख बोले, "हमें विश्वास नाहीं होत अहै कि ऊ हमार भगवानदीन अहैं।"

वैद्यजी बोले, "दुबेजी, आप परेशान न होंय, गवना के बाद जब हम बिटिया कै बिदाई करावै आऊब, तब मेहमान के बरे एक खत लिखि के विश्वनाथ के दै दें। फगुआ के बादै विश्वनाथ रंगून जइहै। रंगून मा चिट्ठी भगवानदीन के दै देइहैं। अगर ऊ आपकै बेटवा होईहैं तौ जबाव देइहै, नाहीं तौ जैसे एतना बरिस, वैसे कुछ महीना और।"

रामसुख और बाबूलाल दोनों बोले, "हाँ, ई बात बिल्कुल ठीक अहै।"

वैद्यजी और विश्वनाथ बोले, "अब आज्ञा दें।" और नमस्कार करके चल पड़े।

उनके जाने के बाद कुछ देर तक रामसुख, बाबूलाल और सरताजी चुपचाप रोते हुए बैठे रहे तो पाँखी, बाबूलाल की पत्नी पँखुरी, जिसका नाम प्यार से पाँखी रख दिया था, पानी गुड़ लेकर आई और सब को पानी पिलाकर बाबूलाल रामसुख का पैर और पँखुरी सरताजी का पैर दबाने लगीं। थोड़ी देर में सब तनावरहित हुए और भगवानदीन की बचपन से लेकर जाने वक्त तक की छोटी–छोटी बातें करने लगे।

कुछ दिनों बाद गवना है, अतः बाबूलाल जाकर सोना को ले आए और धनिया काका–काकी को लेकर आए। काका–काकी वृद्ध हो गए थे, परंतु उन लोगों में बाबूलाल की पत्नी और नई दुल्हन को देखने की प्रबल इच्छा थी, इसलिए धनिया सुघड़ा और शंकर उनको लेकर आए। कई बार तो धनिया ने काकी को गोद में उठाकर बैलगाड़ी में बैठाया। पहाड़पुर पहुँचकर सोना को जब पता चला कि भगवानदीन के मिलने की उम्मीद है तो सोना ने बाबूलाल से कहा, "छोटका भय्या, हमका बड़का भय्या कै पता जरूर दिहा, कसम खा जैसेन पता लागे, हमरे घरे आइके बताउब्या।"

बाबूलाल बोले, "हाँ–हाँ पगली, भय्या कै दुलारी, हम फौरन घोड़ा निकाल कै आऊब, जा आराम से आपन काम करा।"

सुघड़ा से सरताजी ने कहा, "बहिन, अगर भगवानदीन मिल जाय, तौ हम गंगा नहाउब।"

सुघड़ा बोली, "दीदी, जरूर मिलिहैं। हम देवता मनाउब।" इस प्रकार सब गौने की तैयारी में लग गए। दिलराजी सिर्फ दो रात ही पहाड़पुर में रहनेवाली थी। इसलिए यह निश्चित हुआ कि नए घर के दो कमरों में से एक पंखुरी का है तो दूसरा दिलराजी को देंगी और सोना उनके साथ ही सोएँगी और 24 घंटे साथ में रहेगी, जिससे दिलराजी को उदास होने का समय ही न मिले। घर में गाना-बजाना, पूजा-पाठ होने लगा। गौने की रस्में भी एकदम शादी की तरह ही होती थीं, सिर्फ बारात में कम लोग जाते हैं एवं पहाड़पुर के दुबे परिवार की परंपरा अनुसार लड़का नहीं जाता है। आज भी ऐसा ही होता है।

घर की लिपाई-पोताई हो गई, घर को रंग-रोगन से सजाया गया, तिथि अनुसार तय दिन पर सुबह-सुबह रामसुख, बाबूलाल, शंकर और गाँव के 8 लोग, जिनमें 3 बुजुर्ग, तीन युवा एवं दो बालक थे, 11 लोग एक बैलगाड़ी में बच्चे एवं बुजुर्ग तथा बाकी सब घोड़े पर बैठकर चल पड़े। पहुँचते ही वैद्यजी ने अपने गाँव के लोगों के साथ स्वागत-सत्कार किया, भोजन करवाया, परंपरा अनुसार गीत एवं कर्मकांड हुआ। नाउन 7 दिन से दिलराजी को तेल उबटन लगा रही थी, इसलिए आज के स्नान के बाद तो दिलराजी का रूप सँवर गया था। चेहरा दमक रहा था। वैद्यजी अपनी बिटिया के लिए इतना गहना लाए थे कि वे सर से पैर तक चाँदी के गहनों से लदी थीं, पर माथे की टुकली, नकबेसर और नथ सोने मोती एवं रूबी की थी। दूल्हा घर में नहीं है, यह खबर तो सबको थी, परंतु जुबान पर कोई न ला रहा था। बेटी की बिदाई यूँ ही दुःखदायी होती है, ऊपर से अगर दूल्हा न हो तो दुःख का पहाड़ ही टूट पड़ता है। विश्वनाथ की वजह से यह उम्मीद है कि कम-से-कम कि आज नहीं तो कल, बेटी अपने पति से मिलेगी। उससे बढ़कर यह कि भगवानदीन जीवित है, यही ईश्वर की कृपा है।

दूसरे दिन सुबह-सुबह सूर्योदय के साथ ही रोती हुई दिलराजी को रोते हुए परिवारवालों ने डोली में बिठाकर विदा किया। गाँव से बाहर निकलने पर एक परदा लगी हुई घोड़ा गाड़ी तैयार थी, जिस पर दिलराजी को गाँव की हमउम्र सहेलियों ने बैठाया और उनके पास मिठाई, पानी सब रख दिया। एक बड़ी बैलगाड़ी में दहेज का सामान, जैसे पलंग, बिस्तर, रजाई, 100 झापी लड्डू, चावल, गुड़ इत्यादि कल ही भेज दिया था, जो दिलराजी के पहुँचने के पहले ही पहुँच जाएगा, परंतु दिलराजी के पहुँचने पर ही खोला जाएगा।

दोपहर में दिलराजी की घोड़ागाड़ी गाँव से थोड़ी दूर पर रुकी तो सोना एक पालकी के साथ खड़ी थी। बड़े ही स्नेह से सोना ने दिलराजी को उतारकर पालकी में बिठाया, फिर नाउन ने उनका सामान भी निकालकर पालकी में रखा। पालकी में दिलराजी के साथ सोना बैठीं और कहार ने डोला उठाया और चल पड़े तो सोना ने घूँघट के अंदर झाँककर बोली, "भौजी, हम सोना तोहार ननद।" दिलराजी ने पैर छुए तो सोना गले

लगकर रो पड़ी और बोली, "हमार सुंदर-सुंदर भौजाई, हम अपने भय्या की ओर से माफी माँगत अही, पर हमें विश्वास अहै कि हमार भय्या आपके रानी के तरह रखिहैं।" सुध-बुध खोय दिलराजी बिना बोले चुपचाप रोती रहीं। घर आ गया, यह पता चला, जब कान में गाने की आवाज पड़ी, "आवत होइहै वैद्यजी कै धेरिया जिनसे निहुरा न जाय।"

सोना ने अच्छे से लाल चुनरी का घूँघट सँवारा, ऊपर से लाल बनारसी चादर का घूँघट एक हाथ का खींच दिया और उतर गई। काफी देर तक डोला दरवाजे पर रहा, मंत्रोच्चारण एवं लोकगीत की ध्वनियों से दिलराजी का स्वागत हुआ। फिर परदा उठाकर दिलराजी को सोना एवं गाँव की लड़कियों ने उतारा। सरताजी ने परिछन (एक परंपरा, जिसमें घर में इस्तेमाल होनेवाले सामान, जैसे मूसल, लोढ़ा, सूप वैगरह को दूल्हन के चारों ओर घूमाकर माथे से छुआते हैं) किया, फिर अंदर कोहबर में ले जाकर पूजा किया, अब तक शाम होनेवाली थी। सोना दिलराजी को कमरे में ले गई, वहाँ उन्हें पानी पिलाया, फिर दिलराजी नहा-धोकर चौके में बैठी, जहाँ पर सात सुहागिनों के साथ उन्हें रसियाव, दालपूरी एवं आलू कोहड़े की सब्जी तथा अमावट की चटनी दी गई। परंपरा अनुसार नई दुल्हन को रसियाव एवं चने की दाल भरी पूड़ी खिलाया जाता है।

खाने के बाद शाम को आँगन में बैठाकर दिलराजी की मुँह दिखाई हुई, जो भी दिलराजी को देखता, वह यही कहता, "बड़ी सुंदर दुलहिन अहै," दबी जबान में औरतें ये भी कहती, "अभागिन अहै, दुल्हा गायब अहै, आपन-आपन भाग्य," दिलराजी को आँसू रोकना मुश्किल हो रहा था, परंतु वे मन-ही-मन भगवान् का भजन करती और शांत हो जाती, यहाँ तक कि उन्हें सुनाई पड़ना भी बंद हो गया, घूँघट खुलता, हाथ में कुछ सिक्के रखे जाते, दिलराजी पैर छूती, जैसे वह कोई मशीन हो! नाउन पकड़कर बैठी थी इसलिए सुध-बुध खोई हुई गठरी के सामान बैठी हुई दिलराजी गिर नहीं सकती थी।

सूर्यास्त के साथ ही चहल-पहल खत्म हो गई। सोना दिलराजी को कमरे में ले गई। खाना-पीना हो गया था, दीये की मध्यम रोशनी में घूँघट के अंदर से सरताजी और सुघड़ा को देखा।

सरताजी बोली, "दुलहिन, थकी होबू सोई जा सोना संगे रहियें, डरूयु जिन बगल के कमरा में सुघड़ा काकी अहै, सोना आवाज दै लिहूऊ हम चलत अही।"

उनके जाने के बाद पँखुरी आईं और जिठानी (दिलराजी) के पैर छूकर बोली, "दीदी, हम देवरानी अही, हमें सब पाँखी कहथेन, बैठा, हम गोड़ दबाय देई," यह कहकर पाँखी ने दिलराजी के मना करने पर भी उनके पैर दबाए, फिर दिलराजी से बोली, "बहिन, चला सासू कै गोड़ दबाय दीन जाय।" दोनों सरताजी के कमरे में गईं। सरताजी खटिया पर लेटी थी, खटिया के दोनों ओर एक मचिया पर दिलराजी और दूसरी ओर की मचिया पर वे स्वयं बैठीं और दोनों एक-एक पैर दबाने लगीं तो

सरताजी रोते हुए हाथ जोड़कर दिलराजी से बोली, "दुलहिन, हमै माफ कै द्रया हम जानत होइत कि हमार बेटवा घर छोड़ि के परदेस चला जहिहैं तौ हम कबौ बियाह न करित।" यह सुनकर दिलराजी जोर-जोर से रो पड़ी और बेहोश हो गई। घबराकर सोना ने पानी का छींटा डाला, होश आने पर दिलराजी ने हाथ जोड़कर सरताजी से कहा, "माई, हमें ईश्वर पर भरोसा अहै, आप दु:खी जिन होय। हम बिल्कुल ठीक अही" और अपने आँसुओं को हँसी में छिपाती हुई बोली, "शायद ज्यादा थकि गय रहे," अब पाँखी दिलराजी को पकड़कर सुघड़ा के कमरे में ले गई और बोली, "काकी, बड़की पतोहू से गोड़ दबवाय लेया," सुघड़ा का पैर दबाते हुए पाँखी और सोना हँसी-मजाक करने लगी, जिससे दिलराजी का भी मन हलका हो गया। थोड़ी ही देर में दिलराजी को सोना अपने कमरे में ले गई, जहाँ सोने से पहले बहुत सारी भगवानदीन की सुखद यादें दिलराजी के साथ साझा कीं।

दिलराजी ने घर के कामकाज में पंखुरी का हाथ बँटाया। घरवालों को दिलराजी का रंग-रूप के साथ घर के काम में भी दक्ष होना बहुत ही सुख एवं संतोष दे रहा था; परंतु कहीं-न-कहीं रामसुखजी अपने बेटे को कसूरवार समझ रहे थे। हँसी के फव्वारों के बीच दो दिन बीत गए और सुबह-सुबह दिलराजी के पाँचों भाई दिलराजी को विदा कराने आ गए। विधि-विधान से दुबे परिवार ने उनका स्वागत एवं दिलराजी की विदाई की।

जब घोड़े पर सवार पाँचों भाई और परदे से ढकी घोड़ागाड़ी में बैठी दिलराजी घर के दरवाजे पर पहुँची तो वैद्यजी ने संतोष की साँस ली, वे काफी चिंतित थे। दिलराजी के माँ-बाप के लिए दो दिन दो युग के समान लंबे थे। लाड़-प्यार से पली उनकी दुलारी बिटिया ससुराल में थी, जहाँ उसका पति न था। खैर, उन्होंने ईश्वर को धन्यवाद दिया। दिलराजी पिता के गले लगकर खूब रोईं। मुश्किल से माँ ने प्यार से समझाया और गले लगाकर आँसू से भरे मुख को बार-बार चूमकर घर के अंदर ले गई। वहाँ भाभियों ने उन्हें खाट पर बैठाकर परात में दिलराजी के पैर धोकर पैर छुए। भीगे अँगोछे से मुँह-हाथ पोंछकर जबरदस्ती थोड़ा सा गुड़-दही खिलाकर दिलराजी को उनके कमरे में ले जाकर उन्हें लिटा दिया। दिलराजी शांत मन से लेटी थी, भाभियों के बीच चहकने वाली दिलराजी का शांत मुख देखकर भाभियों का कलेजा छलनी हो रहा था। तरह-तरह से सबने कोशिश की कि वे कुछ ससुराल के बारे में बोले, पर दिलराजी ने तो मौन धारण कर रखा था। शाम का खाना बनाने के लिए बड़ी भाभी को छोड़कर सब चली गईं। बड़ी भाभी गंभीर स्वभाव की थी, अत: बिना कुछ पूछे वे सिर्फ प्यार से दिलराजी को सहलाती रहीं और उन्होंने समझाया कि ईश्वर पर छोड़ दो सबकुछ, ईश्वर अच्छा करेगा। उनके स्नेह ने दिलराजी को तसल्ली दी। खाना बनने पर छोटी भाभी कमरे में आकर बोली, "बिट्टी, तू कुछ खाए नाही न, अम्मा बाबू खाना खाय लिहेन, चला बिट्टी खाना खाय

लेया।" दिलराजी ने जैसे कुछ सुना ही नहीं। दिलराजी के माँ-बाप की तो हिम्मत ही न थी कि वे दिलराजी का सामना करते, लेकिन जब दिलराजी के पाँचों भाइयों को पता चला कि दिलराजी खाना नहीं खा रही है तो वे पाँचों दिलराजी के कमरे में गए और एक साथ बोले, "अरे हमार बहिन खाना न खाए तो हम सब कैसे खाब।"

सुनते ही दिलराजी खाट से उतरकर खड़ी हो गई और बोली, "के कहेस की हम न खाब?"

"भय्या चलैं पर आज हम सिर्फ घी, गुड़, रोटी खाव।"

बड़े भय्या बोले, "हाँ, हमार गुड़िया।" पाँचों भाइयों के बीच में बैठकर दिलराजी ने खाना खाया। भाभियों ने हँसी-मजाक भी किया। दिलराजी हँस-बोल रही थी, घर में खुशी का माहौल देखकर वैद्यजी और उनकी पत्नी ने चैन की साँस ली और सोने चले गए।

बड़े भय्या ने कहा, "चला सब दुआरे बैठ के बतियाय लेई।" पाँचों भाई और दिलराजी बाहर गए। फागुन की मंद-मंद ठंडी बयार चल रही थी, दो दिन बाद होली जो थी। बाहर दलान में मचिया और खटिया पर सभी बैठ गए। बड़े भय्या ने स्नेह से दिलराजी के सिर पर हाथ रखकर कहा, "बिट्टी, ससुरे माँ कौनो खास बात कौनो कष्ट भा का?"

"कष्ट मिला होय तो निस्संकोच बतावा, हम पहाड़पुर न भेजब तोहका।"

दिलराजी बोली, "अरे नाही भय्या, माई-बप्पा तौ दुःखी रहेन, पर हमका भरपूर स्नेह दिहेन, छोटकऊ तो लछिमन के नाई अहै, काकी तौ हमें आपन बिटिया कहि के गोहरावत रहीं, बड़का काका और बड़की काकी तौ गोड़ौ नाहि छुअय दिहेन, ई कहिके कि बिट्टी तू हमार नातिन अहू, हम नतिनी से गोड़ न छुआउब और सोना छोटकी बहिन गले लग के रोय के कहेस भौजी हमार साथ मत छोड़ियो हमार भय्या हमका छोड़ दिहे अहंय। घरे कै सारा कामकाज पंखुरी सँभालत रही, हम से तो कौनो कामौ नाही करायिन, ईश्वर ऐसन घर-परिवार सबके देय।" इतना कहकर दिलराजी चुप हो गई तो छोटे भय्या ने पूछा, "तौ फिर तू इतना रोवत काहे रहियु और कुछ खाबो नाही भयिऊ? बड़की भौजी हमें सब बताये अहै।"

दिलराजी, "भय्या, गाँव कै कुछ मेहरारू उहाँ कहत रहि, एतना रूप-रंग वाली दुल्हिन बिना दुल्हा कै?" कहकर रोने लगी तो बड़े भय्या ने हाथ पकड़कर कहा, "देखा बिट्टी, तू तौ जानति अहा सच्चाई अहै, फिर कोहू कै जुवान रोकी नाहि जाय सकत।"

विश्वनाथ, "कहत अहै तौ मेहमान जरूर मिलिहै, तू परेशान जिन होवा, अब हँस के बतावा, खाना काहे नाहि खात रहियु।"

दिलराजी बोली, "भय्या, जब हम भिनसारे चले तो उगते सूरज कै जल चढ़ाये रहे, रस्ता मा हम सोचे कि आज से हम इतवार कै उपवास रखब।"

सब हँसय लागेन और बोले, "पगली! बतावै का चाहत रहा न, जा सोई जा, हम सब इही बरे फिकिर करे, तू कौनौ बात कै चिंता जिन करा।"

दिलराजी का भी मन हलका हो गया और भाई भी अपनी लाड़ली बहन को खाना खिलाकर एवं समझाकर संतुष्ट हो गए और सभी सोने चले गए।

होली का त्योहार धूमधाम से मनाकर सुघड़ा, काका-काकी, सोना सब अपने-अपने घर चले गए। रामसुख भी दो-तीन दिन बाद जानेवाले हैं। सरताजी ने रामसुख से पूछा, "का हमार बेटवा रंगून मा अहै," सच-सच बतावा?"

रामसुख बोले, "उम्मीद तौ अहै, पूरा विश्वास तौ चिठ्ठी कै जबाब आए तबै पता चले। होईहै वही जौ राम रचि राखा को करि तर्क बढावै साखा।"

कुछ ही दिनों में घर खाली हो गया। बाबूलाल गेहूँ की कटाई में और सरताजी घर की देख-रेख तथा पँखुरी खाना-पीना में व्यस्त हो गई।

दिलराजी ने भी अपने मन को समझा लिया था। पूजा-पाठ, धार्मिक रीति-रिवाज में रम गईं थी। उनकी सरपत एवं मूँज द्वारा भौंकी, भौंका सिकौहला, श्रृंगार पेटी, आदि का निर्माण करने की कला दिन पर दिन और परिष्कृत हो रही थी। घर में हर काम में दिलराजी द्वारा निर्मित अनेक रंग-बिरंगी कई आकार-प्रकार की डलिया दिखाई देती थीं, वे इस कला में पारंगत थीं और इसके द्वारा उनका मन शांत रहता था। हर इतवार को विधि-विधान से व्रत रखती और सूर्य देवता से कहती कि उन्हें उनके पति से मिलवा दें, वे जीवन पर्यंत यह व्रत रखती रहेंगी।

पाँच वर्ष के विश्वयुद्ध के बाद रंगून में उत्तर प्रदेश एवं बिहार के लोगों ने जमकर होली खेली। होली की शाम को भगवानदीन शर्माजी के घर गए। वहाँ पर सबने एक-दूसरे को अबीर-गुलाल लगाई, गले मिले और इतर का छिड़काव करके गुझिया खाई। शर्माजी के बच्चों ने भगवानदीन के पैर छूकर आशीर्वाद लिये।

राम सिंह और तिवारी होली मनाने के लिए अपने गाँव जा चुके थे। Knight साहब भी कश्मीर जाने की तैयारी में जुट गए। पाँच वर्षों तक वे जा जो नहीं पाए थे।

होली के एक हफ्ते बाद पं. विश्वनाथ रामसुख द्वारा लिखे खत को लेकर रंगून के लिए रवाना हुए।

इस बार Knight Saheb के ऑस्ट्रेलिया से आए भाई-भाभी और माँ भी उनके साथ कश्मीर जाएँगे। उनके जाने का और कश्मीर में रहने-घूमने का पूरा इंतजाम भगवानदीन ही कर रहे थे। उसी सिलसिले में जब भगवानदीन Knight साहब से बात करके निकलकर अपने ऑफिस में आए तो जयराम ने बताया कि प्रतीक्षालय में पं. विश्वनाथ उनसे मिलने के लिए इंतजार कर रहे हैं।

भगवानदीन ने कहा, "अच्छा, बुलाय लावा और दुई गिलास पानी और मिठाई लेत

आवा।" जयराम गए तो दरवाजे पर एक युवक धोती–कुरता, गमछा पहने, माथे पर चंदन का टीका लगाए हाथ जोड़कर खड़े थे, वे बोले, "दुबेजी प्रणाम।"

हँसकर भगवानदीन ने कहा, "प्रणाम पंडितजी, आइए, आदेश कीजिए। मैं क्या सेवा कर सकता हूँ?"

"दुबेजी, हम आपके लिए एक पत्र लाए हैं। बस वही देने आए थे।" जयराम पानी और मिठाई लेकर आए, पर विश्वनाथ ने पत्र मेज पर रखा और कहा कि यदि यह पत्र आपके लिए न होकर आपके नामवाले किसी और का हो तो क्षमा कीजिएगा।" प्रणाम करके तेज कदम से वे बाहर निकल गए।

□

20
संबंध

लिफाफे पर अपना नाम देखते हुए अचंभित एवं आशंकित भगवानदीन ने काँपते हाथों से पत्र को उठाया, पिता के कर-कमलों से लिखा अपना नाम देखकर आँखें नम हो गईं, अपने को संतुलित करके वे कुरसी पर बैठ गए। खत को दोनों हथेलियों के बीच रखकर आँखें मूँदकर माता-पिता को प्रणाम एवं स्मरण किया। लिफाफा खोला तो आँखों से आँसू बहने लगे, जेब से रुमाल निकालकर आँखें पोछीं, पानी पिया और खत पढ़ना शुरू किया—

'प्रिय पुत्र भगवानदीन,

शुभाशीष,

पं. विश्वनाथ द्वारा पता चला कि तुम रंगून में कार्यरत हो और वहाँ अच्छा नाम एवं धन अर्जित कर लिया है। तुम्हारी सफलता से हमें हर्ष हुआ।

यदि तुम हमारे पुत्र हो तो पत्र का जबाब देना और यदि आप कोई और हो तो धृष्टता के लिए क्षमा प्रार्थी हूँ। पं. विश्वनाथ को भ्रम हुआ होगा।

आशीर्वाद सहित

—पं. रामसुख दुबे

पहाड़पुर, अवध"

पत्र पढ़ते-पढ़ते रोते रहे भगवानदीन और अपने को अपराधी महसूस करते रहे। फिर कुछ निश्चय करके उठे और अपने मन को समझाया कि यदि मोह का त्याग न करते तो वो आज इस मुकाम पर न पहुँचते। कर्म तो करना होगा और माता-पिता का आशीर्वाद तो उनके साथ ही था और हमेशा रहेगा। एक दिन वे अवश्य अपने माता-पिता को दुनिया का हर सुख देने में तथा अपनी मिट्टी की महक को दिल में सँजोकर अपने घर-समाज की सेवा करने योग्य अवश्य बनेंगे, तब उनके गाँव पहाड़पुर में खुशहाली आएगी।

ऐसा दृढ़ निश्चय उन्होंने मन में किया। भगवानदीन ने कलम उठाई और पिता को

क्षमायाचना के साथ पत्र लिखा। स्वयं पोस्ट ऑफिस में जाकर खंडवा के पते पर पोस्ट किया और 100 रुपए माँ के नाम पहाड़पुर मनीऑर्डर भेजा, जिसमें दो लाइन लिखीं 'माँ को चरण स्पर्श। क्षमा की आशा में भगवानदीन।'

Knight साहब कश्मीर चले गए। कई वर्षों बाद फिर पहले जैसा सुकून महसूस करते हुए रंगूनवासियों को बदलते मौसम का अहसास हुआ।

एक इतवार के दिन और कोई खास काम न होने की वजह से जब भगवानदीन अपनी बड़ी बालकानी में बैठकर अखबार पढ़ रहे थे तो जयराम ने बताया, "भय्या, पंडितजी आय अहैं, हम बैठक में बैठाय के पानी दे दिहे अही, पर ऊ नाहीं पियेन, आप मिल लेंय।" जैसे ही भगवानदीन बैठक में आए तो विश्वनाथ ने झुककर भगवानदीन के पैर छुए, अचंभित होकर भगवानदीन बोले, "अरे पंडितजी, आप हमसे बड़े हैं, ऐसा मत करिये।"

विश्वनाथ हँसते हुए बोले, "अरे दिल्लू बिटिया कै ब्याह में होइत तौ पैर पूजित, पर आप हमारे मेहमान, हमारे पूज्य हैं तो परंपरा अनुसार यह हमारा धर्म है कि हम आपका पैर छूएँ।" हाथ जोड़कर भगवानदीन भी बैठ गए सुंदर Cane के फर्नीचर पर। सारे घर का पूरा फर्नीचर English था। विश्वनाथ ने बताया कि वैद्य भय्या का पत्र आया था। हम सबकी इच्छा है कि आप हमारी दिलराजी बिटिया को अपने साथ ले आएँ तो अच्छा रहेगा। भगवानदीन कुछ सोचकर बोले, "ठीक है, आप लोगों को जैसा उचित लगे, हमारा रंगून छोड़कर जाना संभव नहीं है, ठीक लगे तो बाबूलाल के साथ यहाँ भेजवा दीजिए, मैं सारा बंदोबस्त कर दूँगा।"

विश्वनाथ बोले, "आपने हाँ कर दी, बस बहुत है, बाकी सब हम लोग कर लेंगे। अब मैं चलता हूँ, भय्या को बता दूँ कि आज आपने हम सबको कितनी बड़ी खुशी दी है! एक पत्र हाथ द्वारा भेजूँगा, आज ही कोई निकल रहा है घर के लिए।"

भगवानदीन बोले, "अरे पंडितजी, पानी तो ग्रहण कर लीजिए।"

विश्वनाथ बोले, "परदेस में हूँ, पर धर्म नहीं भूला हूँ। बेटी के घर का पानी कैसे ग्रहण कर सकता हूँ? आज्ञा दीजिए," कहकर फिर से पैर छूकर दरवाजे से बाहर निकल गए।

अब भगवानदीन सोचने लगे गृहस्थ जीवन के बारे में। उन्हें पता था कि दिलराजी की जीवन शैली ब्राह्मण परिवार की परंपराओं-मान्यताओं से जुड़ी हुई होगी। अतः इस Apartment में, जिसमें वे रहते हैं, उसमें रहना मुश्किल होगा, इसलिए सर्वप्रथम घर की व्यवस्था करना होगा। इस विचार से उन्होंने जयराम को बुलाकर Brooking Street के इस Building के मालिक शेखावतजी को संदेशा भेजकर उन्हें मिलने का आग्रह किया।

124-128 Brooking Street, Rangoon की यह Building 4 तल्ले की

है। हर floor पर दो फ्लैट हैं, बीचोबीच चौड़ी सी सीढ़ी जाती है। हर फ्लोर पर फ्लैट में घुसने के लिए बड़ी सी Landing है। Ground floor पर पूरा G. Y Knight Company का ऑफिस है। First floor पूरा सीढ़ी के दोनों तरफ Knight साहब का घर, 2nd floor के Right में George साहब रहते थे, जहाँ अब भगवानदीन रहते हैं। left का flat और 3rd floor के मालिक अभी भी श्री शेखावतजी है और किराए पर दे रखा है। 3rd floor पर दोनों flat को मिलाकर बड़ी सी लंबी बालकानी है। सीढ़ी की Landing पर एक छोटा बैठकनुमा कमरा, जिसके पीछे से दरवाजा खुलने पर एक छोटी सी छत है। इस floor पर एक नेपाली व्यापारी का परिवार 25 वर्षों से रहता है। यह नेपाली रंगून छोड़कर नेपाल में रहना चाहते हैं, क्योंकि उसके बूढ़े माँ-बाप वहाँ अकेले हैं और उसने नेपाल में अच्छा घर बना लिया है। कुछ खेत भी खरीद रखा है। दोनों बेटियों की शादी कर चुके हैं। एक बेटी रंगून में ही है और एक नेपाल में। सबसे बड़ा बेटा नेपाल में नौकरी करके अपने परिवार के साथ काठमांडू में रहता है, अतः ये नेपाली दंपती अपने पैतृक गाँव में माँ-बाप के साथ रहकर चैन की साँस लेना चाहते हैं। परंतु शेखावतजी उनका पगड़ी का पैसा नहीं दे रहे हैं, अतः वे जा नहीं पा रहे हैं। जबकि नेपाली ने एक वर्ष का किराया भी नहीं दिया है, इस पर अकसर शेखावत और थापा में बहस भी होती है। 2nd floor का left वाला फ्लैट भी खाली पड़ा है। इसमें रहनेवाला बंगाली दंपती युद्ध के दौरान नौकरी छूट जाने से अपने किसी रिश्तेदार के आलीशान Army Bungalow के out house में रह रहा है और शेखावतजी पर दबाव डाल रहा है, अपने जमा पैसे वापस लेने के लिए। शेखावतजी कहते हैं कि उनके पास पैसे नहीं हैं, इसलिए वे वापस नहीं कर सकते हैं।

शेखावतजी सुबह 9 बजे ऑफिस के दरवाजे पर आए और जयराम से कहा कि दुबेजी ने मुझे बुलाया है। जयराम उन्हें आदर सहित दुबेजी के पास ले गए। शेखावतजी अपनी पगड़ी ठीक करके नमस्ते करते हुए बोले, “आपने किसलिए बुलाया मुझ गरीब को?”

भगवानदीन ने कहा, “अरे आप आज भी इस Building के तिहाई मालिक हैं, हम वो हिस्सा आपसे खरीदना चाहते हैं, जिससे आपकी आर्थिक स्थिति में सुधार हो और बेचारा नेपाली अपने पैसे लेकर अपने गाँव जाकर बुजुर्ग माँ-बाप की सेवा कर सके और वे बंगाली दंपती अपने जमा पैसे से मिठाई बनाने का एक काम करना चाहता है। अब आप उपयुक्त दाम बताएँ तो मैं तीसरी मंजिल अपने नाम पर खरीदूँगा और दूसरी मंजिल का फ्लैट कंपनी के नाम पर खरीदूँगा। शर्त है कि नेपाली और बंगाली के पैसे मैं उनके हाथ में दूँगा।” शेखावतजी तो बनिया ठहरे, जल्दी कहाँ माननेवाले थे, उन्होंने कहा, एक हफ्ते का टाइम चाहिए।

भगवानदीन ने कहा, "ठीक है, आप विचार करिए।"

भगवानदीन ने नेपाली से एक पत्र लिखवाया शेखावतजी के नाम, जिसमें लिखा— 'आपके पास मैं जमा राशि दुबेजी से ग्रहण करके रविवार को घर छोड़कर नेपाल जा रहा हूँ और घर की चाभी दुबेजी को दे रहा हूँ।'

एक हफ्ते बाद जब शेखावतजी आए तो भगवानदीन ने वो पत्र दे दिया। उस पत्र में गवाही शेखावतजी के चचेरे भाई ने दे रखी थी। वैसे भी शेखावतजी की आर्थिक स्थिति अच्छी नहीं थी, इसलिए उन्होंने सहर्ष एक उचित बाजार भाव पर आधारित राशि स्वीकार करके घर दुबेजी के नाम लिख दिया और दूसरी मंजिल का फ्लैट कंपनी के नाम पर कर दिया। बंगाली भी अपने पैसे पाकर खुश हो गया।

भगवानदीन ने चाभी जयराम को देकर कहा, "जरा चूना पोताई करवाय के बतावा, तौ हम बताउब आगे का करै का अहै।" जयराम घर को ठीक करने के लिए काम में जुट गए।

वैद्यजी को विश्वनाथ का पत्र मिला तो वे खुशी से झूम उठे। घर में जाकर परिवार को बताया, "दिल्लू बिट्टी कै विदाई कै तैय्यारी कै लेत जा, समुद्र पार जायका अहै।"

दिलराजी को बुलाकर कहा, "दिल्लू" राज परिवार रंगून घूमनें जा रहा है। भियान हम बात करबै छुटकी राजकुमारी से तोहाय मुलाकात होई जाए, तौ ऊ तोहका समझाए देहिये हम सब तैय्यारी कर देब, तू बिल्कुल परेशान जिन होआ।"

दिलराजी बोली, "हाँ बप्पा, ठीक अहय।"

पहाड़पुर में मनीऑर्डर और पत्र मिला। भगवानदीन द्वारा भेजा गया पत्र बाबूलाल के नाम था, उसमें आग्रह था कि वे वैद्यजी के घर जाएँ और दिलराजी को रंगून लाने की योजना बनाकर सूचित करें तो वे सारी व्यवस्था करेंगे। खेती का काम हो चुका था, फसल कट चुकी थी, बाबूलाल खाली हो गए थे और रामसुख भी घर आ गए थे। अतः निश्चय हुआ कि बाबूलाल भी दिलराजी के साथ रंगून जाएँगे।

बाबूलाल वैद्यजी के यहाँ पहुँचे तो वैद्यजी ने खुशी जाहिर की और कहा, "हम निश्चिंत हो गए दिलराजी को लेकर। सारी योजनाएँ बन गईं और बाबूलाल वापस आ गए पहाड़पुर। 15 दिन बाद की तिथि तय हुई थी।

वैद्यजी अपनी प्यारी इकलौती बेटी की विदाई की तैयारी में जुट गए। वो चाहते थे कि परदेस में उनकी बिटिया को कोई तकलीफ न हो, इसलिए उन्होंने तय करके दिलराजी की मुलाकात प्रतापगढ़ के राजा की छोटी बेटी राजकुमारी विष्णुप्रिया से करवा दी थी। राजमहल में कार्यरत ब्राह्मण कुक के पुत्र जयनारायण शुक्ल, जो ब्रह्मभोज में पिता की मदद करते थे, उन्हें भी दिलराजी के साथ भेजने के लिए तैयार कर लिया था। पाँचों भाभियों एवं माँ भी रोज ही दिलराजी को समझाती थीं कि परदेस में पति के साथ कैसे घर-गृहस्थी

सँभालनी है। बड़ी भाभी के पिता बंबई में रहते थे, अतः वो भी शहर के रहन-सहन से थोड़ा परिचित थीं। यद्यपि राजघराने से वैद्यजी का पारिवारिक संबंध होने की वजह से दिलराजी भी गाँव की अन्य बालिकाओं की तुलना में अधिक व्यावहारिक ज्ञान रखती थीं।

यहाँ रंगून में घर की सफाई हो रही थी। दाहिने भाग में सुंदर Drawing Room सज गया, शयनकक्ष में सुंदर Bed, Study Table, 2 बड़ी अलमारी भरकर पुस्तकें। Dressing Room और Bathroom में नए fittings तथा दूसरे Bed Room को Guest के लिए सजा दिया गया।

बाईं ओर का flat एवं Landing का Room दिलराजी के अनुसार सजाया गया। Landing पर दो कुरसी और एक छोटा टेबल। Drawing Room में बड़ा सा कालीन, एक दीवान, कुछ cane के मोढ़े। यह पूरी तरह से महिला कक्ष था, जिसमें महिलाएँ एवं बच्चे आराम से बतिया सकें। दोनों Bed Room एवं Drawing Room और Bathroom की fittings बदले गए। रसोईघर को जयराम ने ठीक किया। खड़े चूल्हे के अलावा जमीन में एक चूल्हा बनाया, जिसमें दिलराजी भोजन बना सकें। जबकि दाहिने भाग के रसोईघर की साज-सज्जा अपने को ध्यान में रखकर किया।

कल की 11 बजे की ट्रेन से बाबूलाल को अपनी भाभी दिलराजी को लेकर निकलना था, इसलिए बाबूलाल आज ही दोपहर को सतुआ, गुड़, लोटा, नमक, पेड़ा, चबैना की गठरी, उनके अपने कुछ कपड़े लेकर निकल पड़े वैद्यजी के घर के लिए। पहले वे पैदल चलकर सगरा सुंदरपुर पहुँचे, वहाँ से घोड़ागाड़ी द्वारा प्रतापगढ़ और फिर पैदल चलकर करीब शाम के छह बजे वैद्यजी के घर पहुँचे। वहाँ स्वागत-सत्कार के बाद भोजन करके सो गए। वैद्यजी के परिवार के सभी सदस्य दुःखी दिल एवं नम आँखों के साथ सोने गए। बड़ी मुश्किल से नींद की गोद में सो गए। दिलराजी सोती, जगती रहीं, उठती और कुछ-न-कुछ समान रखती रहीं। बरसों की तपस्या के बाद पति-मिलन की आस की खुशी है तो अपने माँ-बाप एवं परिवार तथा घर गाँव छोड़ने का दुःख भी है।

सभी लोग रोज की तरह ही पौ फटने से पहले ही सोकर उठ गए। रोज की तरह घर में हँसी के फव्वारों की जगह शांति है। माँ आँचल से आँखें पोंछती हुई दिलराजी के लिए पोटली बाँध रही है, दो बड़ी भाभी दिलराजी के बगल में बैठकर यह निश्चित कर रही हैं कि वह कुछ भूल तो नहीं रही है। बाकी भाभियाँ चौके में खाना बनाने में और खिलाने में जुटी हैं। दिलराजी भी पूजा-पाठ करके तैयार हो रही है। बड़ी भाभी उन्हें कपड़े सलीके से पहना रही हैं। अचानक वैद्यजी बोले, "अरे दिल्लू, नीचे आय जा घोड़ा गाड़ी तैयार अहै।" बस तुरंत ही सब जल्दी-जल्दी काम करने लगे, कुछ ही क्षण में दिल्लू वैद्यजी के पास गुड़िया जैसी खड़ी थी। स्नेह से वैद्यजी ने गले लगाया और बोले—"दिल्लू" और गला रुँध गया, कुछ भी न बोल सके।

दिल्लू बोली, "बाबा!" और रोने लगी। अब तो माँ, भाभियाँ, भाई सभी रोने लगे तो दिलराजी अपने को सँभालकर बोली, "अरे माई रोउबू तो हम न जाब" और माँ बेटी गले लगकर रोने लगीं। यह देखकर बड़ी भाभी ने दोनों को अलग कर दिलराजी को गले लगा लिया। इस प्रकार सभी भाभियाँ एवं भाइयों से गले मिलने के बाद रोती हुई दिलराजी को स्नेह से पकड़कर वैद्यजी ने गाड़ी में बैठा दिया, साथ में उनकी नाउन फूल कुमारी भी दिलराजी के बगल में और शुकुलजी तथा छोटे भय्या और बाबूलाल भी बैठ गए। गाड़ीवान ने गाड़ी हाँक दी। परिवारवाले रोते रहे। दिलराजी के आँसू नाउन ने पोंछकर कहा, "बिटिया, अब जिन रोवा नाही, तौ माई कै कलेजा पिराए।"

इलाहाबाद पहुँचने पर रामसुख के पुलसिया इंतजाम के कारण सुविधाएँ उपलब्ध थीं। प्रतीक्षालय से लेकर ट्रेन के प्रथम श्रेणी के डिब्बे में बैठाने में मदद मिली। नाउन ने दिलराजी को पकड़कर चढ़ाया और खिड़की के पास की सीट पर बैठाया, एक रेलवे की महिला कर्मचारी ने डिब्बे में उपलब्ध सुविधाओं के बारे में भी बताया। दिलराजी के भाई ने दिलराजी के हाथ में कुछ दिया और पकड़कर रो पड़े, दोनों भाई-बहन ने भारी दिल से एक-दूसरे से विदा ली। नाउन भी गले लग के बोली, "बिटिया, अब मेहमान ही तोहार सबकुछ अहैं, उनके संगे सदा खुशी रहा बिटिया।"

रोते हुए दिलराजी बोली, "काकी माई कै सेवा किहुउ।"

आँसू पोंछते हुए नाउन बोली, "बिटिया, तू बेफिकर रहा, हम जीजी कै देखभाल करब, उन्हें रोवै न देब," और ट्रेन से उतर गई। ट्रेन की सीटी बजी, ट्रेन रेंगने लगी। छोड़ने आए लोग धीरे-धीरे दूर होते गए, पर दिलराजी की निगाहें बाहर उसी दिशा में टिकी रहीं, जहाँ उनका भाई उन्हें देखता हुआ खड़ा था। अचानक भौजी सुनकर चौंक उठी दिलराजी, बाबूलाल ने कहा, "भौजी, आराम से तकिया पे टेक लगाय लेया, सफर लंबा अहै।" दिलराजी ने अपने को सँभाला। शुकुल ने गंगाजली से गंगाजल निकालकर कहा, "बहिन दुई घूँट पी लेया," दिलराजी ने दो घूँट मुँह में डालकर, आँख बंद कर के बैठ गईं। बाबूलाल उनकी मन की स्थिति समझकर कुछ-न-कुछ बोलते ही रहे।

शाम हो गई, परंतु दिलराजी ने कुछ भी न खाया। जबकि गंगा जल का छिड़काव शुकुल बीच-बीच में करके डिब्बे को स्वच्छ करते रहे। बाबूलाल ने पूड़ी-सब्जी खाया।

हैरी साहब के ऑफिस से जग्गू को मिलने का संदेश मिला। जग्गू आए तो उन्हें पता चला कि कल की कलकत्ता मेल से भगवानदीन दुबे की पत्नी और भाई आनेवाले हैं। अतः जग्गू से आग्रह है कि वे अपने घोड़ागाड़ी द्वारा उन्हें Harbour पहुँचाने का कष्ट करें। अब तक जग्गू अपनी घोड़ा गाड़ी खरीद चुके थे। यह भी आग्रह था कि यदि हो सके तो कोई महिला लेकर आएँ, जो दिलराजी की मदद कर सके।

जग्गू स्टेशन से सवारी लेकर चौरंगी की ओर चल पड़े और कल सुबह की योजना बनाने लगे। यह सोचकर कि उनका भगवान्, जो एक दिन उन्हें खाली हाथ मिला था, आज एक धनी एवं सफल इनसान है। वह सच्चे माने में गृहस्थ जीवन में प्रवेश करनेवाला है। मन-ही-मन शुभकामनाएँ एवं आशीष देने लगे।

जग्गू शाम को धर्मशाला में वापस आए तो रसोईघर में खाना बनाने में मदद करते हुए कल्यानी से बोले, "बरतन धोने के बाद बाहर पेड़ के नीचे हमसे मिल लेना।" दोनों अपने-अपने काम में लग गए।

तीन साल पहले एक दिन जग्गू शाम के समय एक अवधी गीत गाते हुए गाड़ी चलाते हुए आ रहे थे तो अचानक उनको सड़क के किनारे Lamp Post के नीचे गठरी के समान कुछ दिखा, उन्होंने गाड़ी रोकी, नीचे उतरे ध्यान से देखा तो फटे-चिथड़े कपड़ों में लिपटी एक लड़की बेहोश पड़ी थी। पानी के छींटे मुँह पर डाला तो उसमें गति हुई और उसने आँखें खोलीं। जग्गू ने स्नेह से पूछा कि अरे क्या हुआ? कौन हो? घर कहाँ है? मैं तुम्हें तुम्हारे घर तक पहुँचा दूँगा। वह कुछ न बोल पाई, सिर्फ आँखों से धारा बह निकली।

जग्गू ने कहा, "पानी पी लो।" उसने चुल्लु से पानी पिया, फिर बोली, "बाबा, हमारा कोई नहीं है। दो दिन से कुछ खाने को न मिला, इसलिए चक्कर आ गया था।"

जग्गू ने कहा, "बाबा कहा है तो चलो गाड़ी में बैठो।" गाड़ी हाँककर जग्गू धर्मशाला में ले आए। रसोई में ले जाकर कल्याणी को खाना दिया तो ऐसा लगा कि वो मनों खाना खा लेगी, पर दाल-चावल खाकर पानी पीकर वह बोली, "बाबा, सालों बाद भरपेट खाना खाया। आपको ईश्वर लंबी उमर दे, मैं जीवन भर आपकी सेवा करूँगी।"

जग्गू बोले, "बेटा।" मैनेजर के पास जाकर जग्गू ने कल्याणी को मिलवाया तो मैनेजर बोले, ठीक है, बरतन साफ करनेवाले छोटू को सेठ अपने घर पर काम करने के लिए रखना चाहते हैं। तुम बरतन साफ करना शुरू करो, फिर देखते हैं, कितना पैसा सेठजी देंगे।"

कल्याणी बोली, "बाबू साहब, बस दो जून का खाना दे दो, वही काफी है और हमें कुछ भी न चाहिए।"

मैनेजर कल्याणी की ओर देखकर बोले, "अरे जग्गू, कल इसे एक धोती ला दो, बदन ढकने के लिए।"

जग्गू ने कहा, "मेरे पास है, मैं अभी दे दूँगा।" कल्याणी जग्गू के पैर पकड़कर बैठ गई तो जग्गू ने स्नेह से कहा, "ये क्या, छोड़ मेरे पैर और चल गुसलखाना दिखा दूँ, नहा-धोकर साफ कपड़े पहनकर रसोई में चल मदद कर। रात्रि का भोजन तैयार करना है।" कल्याणी को धोती दी, जो जग्गू धीरे-धीरे कुछ-न-कुछ सामान अपने परिवार के

लिए खरीदकर रखते रहते हैं। जग्गू भी नहा-धोकर साफ वस्त्रों में संध्या करके माथे पर टीका लगाकर ब्राह्मण रसोइए की भाँति रसोईघर में पहुँचे। चूल्हे के पास बैठकर भोजन पकाने लगे, उसी समय कल्याणी भी नई धोती में सामने आकर खड़ी हुई तो जग्गू सहित बाकी काम करनेवाले भी अचंभित रह गए, कुछ समय पहले आई हुई लड़की और इस लड़की में इतना अंतर! पेट की आग और गरीबी इनसान का हुलिया ही बदल देती है। बड़ी-बड़ी आँखोंवाली यह बंगालन लड़की काफी आर्कषक लग रही थी। कल्याणी बोली, "बाबा, आप ब्राह्मण हो, मैं भी एक अभागिन ब्राह्मण कन्या हूँ।"

जग्गू बोले, "ठीक है, फिर मेरी बेटी की तरह चलो काम करो।" कल्याणी तब से आज तक सिर्फ भरपेट खाने के बदले धर्मशाला में लोगों के जूठे बरतन साफ करती। यदि कभी कोई बख्शीश देता तो वो जिद करके जग्गू को दे देती और कहती, "बाबा, पेट भरे तो और किसी चींज की जरूरत नहीं, कपड़े तो हमें सेठानी दे ही देती हैं, जब उनके घर में काम करने जाती हूँ।"

जग्गू जानते थे कि वे बहुत ही दुखियारी है, इसलिए कभी घाव को कुरेदना ठीक न समझा, इसलिए ज्यादा कुछ कल्याणी के बारे में न पूछा, परंतु यह दुनिया है, अकसर धर्मशाला का कोई-न-कोई पूछ ही लेता था। वो रोकर बता देती थी कि वह बाल विधवा है। माँ-बाप की मृत्यु के बाद उसकी भाभी ने बहुत प्रताड़ना दी, वो सबकुछ सहती थी, बिना खाए-पिए घर का सब काम करती, परंतु एक रात को जब भाई गाँव से शहर गया तो भाभी ने घर से निकाल दिया, यह कहकर कि अगर वह वापस आई तो वे उसके भाई से कहेंगी कि उनकी बहन चरित्रहीन है तो वो भी मार कर घर से बाहर ही निकाल देंगे। कल्याणी डरकर घर वापस न गई और ट्रेन पर बैठकर कलकत्ता पहुँचकर पैदल चलते-चलते दो दिन से भूखे होने के वजह से चक्कर खाकर गिर गई तो देवता बनकर बाबा उठा लाए यहाँ। जग्गू कई बार कहते, कल्याणी घर जाना चाहो तो मैं ले चलूँ, पर कल्याणी कहती नहीं जाना। हमारे समाज में विधवा स्त्री की कोई जगह नहीं है। आज भगवानदीन का संदेशा पाकर जग्गू ने निश्चय कर लिया कि वे कल्याणी को रंगून भेज देंगे, चाहे सेठ की डाँट खाकर बरतन उन्हें धोने पड़े। चुपचाप जग्गू और कल्याणी ने रसोई का काम निपटाया, फिर दोनों पेड़ के नीचे पहुँचे। जग्गू ने कल्याणी को भगवानदीन के बारे में बताया, फिर कहा, "यदि तुम उनके परिवार के साथ रहोगी तो हम निश्चिंत रहेंगे कि तुम सुरक्षित हो, यहाँ धर्मशाला में कब, किसकी नीयत खराब हो जाए और क्या पता किस दलाल की निगाहें तुम पर पड़ें और वो तुम्हें कोठे पर बैठा दे।" कल्याणी ने तुरंत हाँ कर दी और बोली, "पर बाबा, वचन दो कि आप हमको नहीं भूलोगे और जरूरत पड़ने पर हमको बताओ, मैं आपके लिए दौड़कर आऊँगी।"

कल्याणी और जग्गू रात के 2 बजे से रसोईघर का पूरा काम करके 4 बजे घोड़ागाड़ी लेकर स्टेशन के लिए निकल पड़े।

ट्रेन का लंबा सफर बाबूलाल की बातों से सुलभ हो गया और सुबह के 4.30 बजे ट्रेन कलकत्ता के हावड़ा पर आकर रुकी।

बाबूलाल ने कुली को बुलाया तो सामने जग्गू खड़े थे, कल्याणी के साथ। प्रथम श्रेणी के उतरनेवाले धोती-कुरता पहने युवक को तुरंत जग्गू ने समझ लिया कि यही बाबूलाल है। बाबूलाल ने समझा कि यही जग्गू है। दोनों ने एक-दूसरे का हाथ जोड़कर अभिनंदन किया, कुली को लेकर बाबूलाल ने समान उतरवाया और बोले, "भौजी, जग्गू के संघे तोहरे मदद के बरे एक लड़की आय अहै, हम शुकुल संगे ओका भेजब तौ आप उतरिहैं।" शुकुल और कल्याणी ट्रेन के डिब्बे में आए। शुकुल ने खाने की टोकरी और दिलराजी की गंगाजल की कलसी उठाकर ट्रेन से नीचे उतारा। कल्याणी ने पैर छूकर दिलराजी को प्रणाम किया और बोली, "दीदी आप खड़ी हो जाएँ तो मैं आपकी साड़ी ठीक कर दूँ।"

दिलराजी बोली, "नाही बहिन, हम कै लेब," दिलराजी ने उठकर ठीक ढंग से साड़ी का पल्ला लिया, घूँघट किया, चादर ओढ़ी और बोली, "चलो, बस उतरने में मदद करना।" कल्याणी की मदद से वे नीचे उतरी तो जग्गू बोले, "दुल्हिन, हम जग्गू, इहाँ कलकत्ता में भगवान और हम साथ में समय बिताए हैं, हमका बहुत खुशी है कि ऊ आज सफलता कै सीढ़ी चढ़त अहैं। नाम की तरह ही भगवान में गुण भी अहै।" पैर छूने के लिए वो झुकीं तो जग्गू बोले, "हम जेठ लागी," और सब हँस पड़े। दिलराजी ने हाथ जोड़कर प्रणाम किया, जग्गू ने आशीष दी। जग्गू ने कुली को निर्देश दिया कि महिला प्रतीक्षालय में ले चलो।

दिलराजी सर से पाँव तक ढकी थीं। गहने भी पहन रखे थे। उनके चलने से चूड़ियाँ, गहनों एवं पैर में पहनी हुई पायजेब एवं झाँझ की छमछम और छनछन की मिश्रित आवाज एक मधुर संगीत उत्पन्न कर रही थी। प्लेटफार्म की चहल-पहल में तो कम सुनाई पड़ी, पर प्रतीक्षालय में पहुँचते ही इस आवाज ने वहाँ उपस्थित अंग्रेज महिलाओं को आकर्षित किया, एक बोली, "Look at her she is covered head to toe."

दूसरी ने कहा, "Yes, seems a bride ?"

तीसरी बोली, "How Musical," और सब हँस पड़ीं। दिलराजी को कुछ समझ में तो नाहीं आया, परंतु वे जान गई की उनपर ही हँसी हुई है।

जग्गू ने कल्याणी से कहा हम अपने हाथ से मेवा पीसकर दूध में डालकर उबाल कर लाये हैं, दुल्हिन को पीला दो। दिलराजी हाथ जोड़कर धीरे से बोली "हम बिना नहाए-धोए और पूजा-पाठ करे बिना कुछ ग्रहण नाही करित माफी चाहब।"

जग्गू बोले, “ठीक अहै कल्याणी, जहाज में पिलाय दिहू।” जग्गू ने सारा सामान कुली और बाबूलाल की मदद से घोड़ागाड़ी पर लदवा दिया। फिर बाबूलाल को भेजा कि वे जाकर दिलराजी कल्याणी और शुकुल को ले आए। बाबूलाल ने जाकर आवाज दी, “अरे भौजी, चला गाड़ी पर सामान लद गवा।” दिलराजी तुरंत उठकर चल पड़ी, दो दिन से कुछ न खाने की बजह से पैर काँप रहे थे, पर कल्याणी ने पकड़ रखा था। आज पहली बार उन्हें अपने गहने भारी लग रहे थे। परंतु इच्छा शक्ति से उन्होंने अपने को सँभाला और कल्याणी की मदद से धीरे-धीरे चलकर जग्गू की बग्घी पर बैठ गईं। बाबूलाल, शुकुल और कल्याणी भी बैठ गए तो जग्गू ने पीछेवाली घोड़ागाड़ी के गाड़ीवान को हिदायत दी कि वो उनके पीछे-पीछे आए और खुद बग्घी पर बैठकर घोड़ों को हाँक दिया। बग्घी सरपट कलकत्ता की सड़क पर दौड़ पड़ी।

□

21

जीवन-शैली

जब से दिलराजी ने घर छोड़ा, हर पल कुछ नया सुखद अनुभव हो रहा था। अब दिलराजी का अतीत कहीं पीछे छूट गया और वर्तमान ने यूँ बाँध रखा है कि भविष्य पास ही नहीं आ पा रहा है। ठक से बग्घी रुकी, फटाफट सब नीचे उतरे और कल्याणी ने कहा, "दीदी, चलो उतरों, दिलराजी ने अपने घूँघट को खींचा और कल्याणी की मदद से नीचे उतर गईं। एक बेंच पर दिलराजी और कल्याणी को बैठाकर जग्गू बाबूलाल और शुकुल सामान उतारने में जुट गए।

बाबूलाल ने कहा, "भौजी, इहाँ आराम से बैठा, हम और जग्गू सब बंदोबस्त कईके और सामान जहाज पर लदवाय के, आपके लै चलव," शुकुल दिलराजी की संदूकची और कलशी बेंच पर ही रखकर चले गए।

कल्याणी ने कहा, "दीदी, घूँघट खोलकर आराम से बैठकर सामने देखो, यहाँ कोई भी नहीं है।" दिलराजी ने सामने अथाह जल देखा और बोली, "अरे इतना पानी, पानी ही पानी!"

कल्याणी ने कहा, "दीदी, वो दाहिनी तरफ जो जहाज है, उसी में हम लोगों को यात्रा करनी है।" दिलराजी ने मन में सोचा, अरे इतना बड़ा दो मंजिला तो सिर्फ राजा का महल ही देखा था, यही वो जहाज है, सोचकर असमंजस में पड़ गईं। कल्याणी और दिलराजी दोनों ही चुपचाप सागर और सागर में तैरती नौकाएँ एवं जहाज का आनंद ले रही थीं।

जग्गू ने G. Y Knight Company के Bagages को जहाज पर चढ़ानेवाले कुलियों के मैनेजर से संपर्क किया। मैनेजर ने स्वयं आकर अपने निगरानी में सामान को यथास्थान पर रखवाया। प्रथम श्रेणी के केबिन में दिलराजी का सामान, जिसमें 2 कलश गंगाजल, उनकी दो संदूक, बिस्तर का बंडल। बाबूलाल की केबिन में उनका सामान। दिलराजी की कैबिन में सामान रखने के बाद शुकुल ने पूरा कैबिन साफ किया। Bathroom में बड़े गगरे में घर से लाया हुआ पानी नहाने के लिए और कमरे की तिपाई

पर दो कलशी गंगाजल पीने और पूजा के लिए। बिस्तर पर साफ चादर और कथरी लगाकर सब जगह गंगाजल का छिड़काव कर दिया। फिर ताला बंद करके शुकुल और बाबूलाल दिलराजी और कल्याणी को बुलाने गए। जग्गू वहीं अपनी गाड़ी के पास थे। शुकुल ने दिलराजी के पास रखे सामान को उठाया, बाबूलाल ने कहा, "भौजी, चला तोहाय केबिन शुकुल गंगाजल से पवित्र कै दिहेन।" दिलराजी धीरे-धीरे चलने लगी, कल्याणी उनकी मदद करती रही। गहनों का बोझ, बिना खाए शारीरिक शिथिलता और ऊपर से घूँघट! दिलराजी को लग रहा था कि रास्ता खतम ही नहीं हो रहा है। कुछ देर बाद केबिन के सामने पहुँचने पर बाबूलाल बोले, "भौजी, अब ठीक से खाय-पी लिहू, आपके शरीरिया मा जान नाहीं न।" बाबूलाल ने ताला खोला और कल्याणी सीधे उन्हें Dressing Room में ले गई। शुकुल ने उनका सामान मेज पर रखा और गंगाजल का छिड़काव किया, फिर बोले, "बिटिया, हम जात अहीं कल्याणी मदद करिहैं।"

दिलराजी बोली, "अरे भय्या हमार पियर झोलवा इहाँ रखि के जा।"

शुकुल ने झोला रखा तो वो बोली, "कल्याणी तू नहाय के धोती बदल के आवा।"

शुकुल ने कहा, "ठीक अहै बिटिया, आपन कमरा अंदर से बंद कै लेया।" और दोनों बाहर चले गए। दिलराजी ने कमरा बंद किया और Dressing Room में जाकर घूँघट ऊपर किया तो सामाने आदमकद शीशे में अपने को देखकर देखती ही रह गईं। उन्होंने इतना बड़ा शीशा नहीं देखा था। ये क्या, चेहरा एकदम पीला सा बिना खाए-पिए! कमर की करधन भी ढीली पड़ गई। खैर, चादर उतारी और Bathroom में गई; इतना साफ-सुथरा, जैसे आज ही नया बनाया गया है। उन्हें लगा, अब सफर आराम से बीत जाएगा।

गगरे के पानी से स्नान करके और एक लोटा गंगा जल अपने सिर पर डालकर पवित्रता का अहसास करते हुए दिलराजी ने झोले से पीले रंग की रेशमी जरी के गोटेवाली साड़ी निकालकर पहनी, लंबे काले भींगे बालों को लाल अंगोछा में लपेटकर शीशे के सामने खड़े होकर बालों को सुखाया, फिर शृंगार पेटी से सिंदौरा निकालकर माँग भरी और माथे पर सिंदूर की बिंदी लगाकर कमरे में आईं। मेज पर जाकर गोल ढक्कनदार टोकरी, जो उन्होंने स्वयं बनाई थी, उसमें रेशमी कपड़ों में लिपटे भगवानजी को निकालकर मेज पर रखा और पूजा विधि-विधान से की। दीया जलाया, महुआ का प्रसाद दोने में चढ़ाया, फिर कमरा खोला तो सामने कल्याणी साफ धोती पहने और शुकुल भी नहा-धोकर हाथ में जग्गू के लाए हुए दूध की मेटी और कुल्हड़ लिये हुए खड़े थे। शुकुल बोले, "बिटिया, पहले दूध पी लो।"

दिलराजी बोली, "अरे पहिले प्रसाद खाय लेत जा," और स्वयं के लिए दो दाने महुआ निकालकर दोना पकड़ाते हुए बोली, "बाबू क भी दे दैय्या।"

शुकुल बोले, "बिटिया प्रसाद खाय के दूध पी लेया।" "ठीक अहै" वह कहकर दिलराजी ने मेटी कुल्हड़ ले लिया और बिस्तर पर बैठ गई। कल्याणी Bathroom में गई तो धुले कपड़े सलीके से Bathroom में फैले देखकर बोली, "ये क्या दीदी, आपने क्यूँ धोये, हम धोकर फैला देते।"

दिलराजी बोली, "कल्याणी, हमें आपन काम अपने आप करे कै आदत अहै।" तू परेशान जिन होवा।" कल्याणी चुपचाप खड़ी होकर सोचने लगी।

दिलराजी को दूध पीने के बाद पूरे शरीर में ऊर्जा का संचार हुआ और वे बोलीं, "कल्याणी, अब तू जा, खा पिया, हम बिल्कुल ठीक अही।"

कल्याणी बोली, "नहीं दीदी, आपका चूल सँवार के बाँध दूँ, फिर जाऊँ। अरे चूल मतलब बाल बाँध दूँ।"

दिलराजी बोली, "नहीं, हम बाद में बाँध लेब," कल्याणी चली गई तो दिलराजी खिड़की पर खड़ी हुई, ठंडी मंद-मंद हवा चल रही थी, जहाज अभी भी खड़ा था। अचानक जहाज हिला, धीरे-धीरे जहाज चलने लगा, दिलराजी के मन में खुशी का संचार होने लगा। यह भी एक अनुभूति है। खिड़की से किनारे को दूर जाते हुए देखती रही और खयालों में गुम थी कि शुकुल ने आकर दिलराजी से पूछा, "बिटिया, खाना में का लै आयी हम मुख्य रसोईया से बात कै के आप के बरे सफाई से पूड़ी-सब्जी बनाय कै लै आउब।"

"अरे नाही भय्या, हम कुछ न खाब, अब दुइ दिन के बरे आपन धर्म न भ्रष्ट करब।"

शुकुल बोले, "बिटिया, दुई दिन भूखी रहबू का?"

"अरे नाहीं, माई और भौजी इतना बाँध दिहे अहै कि दुई महीना भी खाब तबौ न चुके।" दिलराजी की बात सुनकर शुकुल हताश हो गए।

दिलराजी एक पोटली दिखाकर बोली, "इ देखा महुआ तिल और मूँगफली कूट कै दिहे अहै, इहै दुई दिन चलि जाए, वैसे हम चना कै दाल कटोरा में भिगोय दिहे अही, अब दिन में नोन के संगे खाब और संझा के इहै महुआ, तिल, मूँगफली खाय लेब। ढेर कै सतुआ ढूड़ी और पेड़ा अहै, तोहाय खाय कै मन होय तो और माँग लिहा," 5 ढूड़ी देते हुए बोली। शुकुल ने ढूड़ी ग्रहण कर प्रणाम किया और कमरे से बाहर चले गए।

दिलराजी रेशमी साड़ी उतारकर पीली सूती धोती पहनकर तिपाई पर गंगा जल छिड़ककर भींगी दाल नोन से खाकर गंगाजल पीकर हाथ-मुँह धोकर बिस्तर पर बैठने ही जा रही थी तो निगाह बटुए पर पड़ी, बटुआ खोलकर लाल थैली निकाली, जो छोटके भय्या ने इलाहाबाद में ट्रेन में हाथ में थमा दिया था। उस समय दिलराजी ने यूँ ही बटुए में रख लिया था। थैली खोलने पर देखा तो लाल मलमल में लिपटे चाँदी के लक्ष्मी-गणेश

देखकर मन गद्‌गद हो गया और भाई की याद में आँखों से आँसू छलक पड़े। उन्होंने वापस बटुए में रखना चाहा तो देखा, बटुआ चाँदी के सिक्कों से भरा था, जो उन्हें विदाई के समय भाई-भाभियों, काका-काकियों ने दक्षिणा के तौर पर दिए थे। आँखें आँचल से पोंछकर वे बिस्तर पर निढ़ाल बैठ गईं, थकान से नींद सी आ रही थी तो उन्होंने स्वयं की बनाई हुई कथरी, जिसमें रंगबिरंगे धागों से फूल, चिड़ियाँ उकेरी थीं, खीचकर पैरों पर डालकर अतीत की मधुर यादों, वर्तमान के जहाज के झूलों में झूलती हुई, भविष्य के सुनहरे सपनों के साथ निद्रा की गोद में सो गई।

जब नींद खुली तो दोपहर ढल चुकी थी और कल्याणी सामने बैठी हुई थी। हँसकर दिलराजी बोली, "अरे दिन ढल गवा, हम सोय गय रहे।"

कल्याणी बोली, "दीदी आवै हम बाल झाड़ के चोटी बनाय दे।"

दिलराजी ने कहा, "अरे नाही और वे नीम की लकड़ी से बने कंघे से बाल झाड़कर हाथ से एक ऊँचा जूड़ा बनाकर सर ढक लिया।"

कल्याणी बोली, "दीदी Deck पर चलो, डूबते सूरज को देखने।"

'अच्छा' कहकर दिलराजी उठी, धोती बदलकर गुलाबी रेशमी साड़ी पहनी बनारसी जरीवाली चादर ओढ़कर एक हाथ का घूँघट करके चमड़े की पनही पहनकर चल पड़ी। लंबा गलियारा पार करके दोनों Deck पर पहुँचीं, वहाँ एक कुरसी पर दिलराजी को समुद्र की ओर मुँह करके कल्याणी ने बैठाया, फिर बोली, "दीदी, घूँघट ऊपर करके आराम से देखो, सामने समुद्र और सूरज के अलावा कोई नहीं है।" मुस्कुराकर दिलराजी ने अपनी चादर दोहरी करके सिर पर रख ली, माथे तक गुलाबी साड़ी पर जरी का किनारा, माथे पर दमकती बिंदी, नाक में नथ बेसर, ठुड्डी पर गोदने द्वारा उकेरे गए तीन काली बिंदी। कल्याणी एकटक देखती हुई बोली, "दीदी, आप बहुत सुंदर हो, कितनी गोरी हो आप!"

दिलराजी ने कहा, "अरे कहाँ!" और शर्म से लाल-लाल होकर सूरज की ओर देखती रहीं। धीरे-धीरे सूरज समुद्र की ओर झुकता जा रहा था। इस मनोरम दृश्य में दिलराजी भी डूबती जा रही थी। सूरज का समुद्र के अंदर लीन होने का अद्‌भुत दृश्य मनमोहक था। दिलराजी आनंदित थीं। अचानक "भौजी कहाँ खोयी अहा," सुनकर चौंक सी गई।

दिलराजी बोली, "बस बाबू सूरज देवता का मन-ही-मन पूजा नमन करत रहे।" बगल में एक कुरसी पर बैठकर बाबूलाल दिलराजी से बातें करने लगे। थोड़ी ही देर में अँधेरा हो गया, Deck पर रोशनी हो गई। अब कुरसी को घुमाकर बाबूलाल और दिलराजी बैठ गए। सामने संगीतकार अंग्रेजी धुन बजा रहे थे। अंग्रेज नव-विवाहिता दंपती और युवा धुन पर थिरक रहे थे। अंग्रेज महिलाओं के सुनहरे बाल और नीली आँखें रोशनी में चमक रही थीं। दिलराजी ने सोचा, ईश्वर ने इन अंग्रेजों को क्या खूबसूरती

प्रदान की है और ये महिलाएँ आजाद पंछी की तरह हैं, जबकि हम अपनी मान्यताओं एवं परंपराओं से बँधे हैं, शायद हम भारतीय महिलाओं की यही शक्ति एवं पहचान है। उनके सामने से कुछ मारवाड़ी महिलाएँ उठीं, जो शायद एक ही परिवार की थीं। उनके गहने और दो हाथ का घूँघट देखकर दिलराजी को अपने गहने कम भारी और एक हाथ का घूँघट छोटा लगा। हवा में हलकी सिहरन महसूस हुई तो बाबूलाल ने समझा उनकी नाजुक भाभी को ठंड लग रही होगी तो बोले, "भौजी, कमरा में चला," तुरंत दिलराजी बोली, "हाँ बाबू, जड़ात अहै।" कल्याणी के साथ दिलराजी कमरे की ओर चल पड़ी। कमरे में पहुँचकर हाथ-मुँह धोकर, धोती बदल के संध्या वंदना की और कुछ मेवा और पेड़ा खाकर गंगाजल पीकर अपने कपड़े सँवारने लगी।

कल्याणी ने कहा, "दीदी, हमको बता दो, हम कर देंगे," तो वे बोलीं, "नहीं, तुम जाकर खाना खाओ और आराम करो।" कल्याणी चली गईं। दिलराजी ने मन-ही-मन राजकुमारी विष्णुप्रिया को धन्यवाद दिया, जिनकी वजह से दिलराजी सामान ठीक से रख सकी और उनकी यात्रा सुगम हो गई। रात को अँधेरे में खिड़की से बाहर कुछ न दिख रहा था। सिर्फ समुद्र की लहरों की आवाज सुनाई पड़ रही थी। अतः दिलराजी बिस्तर पर लेटकर संगीत की धीमी धुन का आनंद लेते हुए सो गईं।

अगले दिन सुबह चार बजे उठकर तैयार होकर दिलराजी ने पूजा-पाठ किया, प्रसाद चढ़ाया, कल्याणी भी नहाकर आ गई। बाथरूम में जाकर देखा तो कल की तरह ही दिलराजी ने कपड़े धोकर फैला दिए थे।

कल्याणी ने कहा, "दीदी, आप बहुत कर्मठ हो। चलो Deck पर।"

दिलराजी बोली, "आज नहीं, कल Deck से सूर्य उदय देखेंगे, अब देर हो गई। कल्याणी तुम आराम करो। प्रसाद ले जाओ और सबको दे देना," आज तो पेड़े का प्रसाद है, खुश होकर कल्याणी ने सिर से लगाया और चल पड़ी।

दिलराजी ने भी पेड़ा खाकर पानी पिया और रामचरितमानस लेकर पढ़ने बैठ गईं। शाम को भी दिलराजी Deck पर नहीं गई, बोली, "कल देख लिया न!"

अपना सारा सामान बंद कर दिया, कल सुबह के लिए लाल रंग की कढ़ाईवाली साड़ी निकाली, जिसमें भाभी ने मछली कढ़ाई की थी। उसके साथ में सुनहरे रंग की चादर निकाली। सुबह भगवानजी की डोलची और शृंगारदान, खाने की डोलची एवं छोटी संदूकची ही बाकी रहेगी। शुकुल ने आकर दिलराजी को बताया कि कल सुबह साढ़े छह या सात बजे के करीब जहाज रंगून पहुँच जाएगा और 5.45 पर सूर्योदय होगा। इसलिए अगर दिलराजी उसके पहले तैय्यार हो जाए तो Deck पर कल्याणी के साथ आ जाए। वहाँ सूर्योदय देख लेंगे और रंगून की जमीन देखने का नजारा भी अच्छा होगा। यह सुनकर दिलराजी बोली, "हम 5 बजे तैय्यार होई जाब, कल्याणी के संगे Deck पर आउब।"

"शुकुल, तू सब सामान बाबू के कमरा में इकट्ठा रख दिहा, तौ निकालय में आसानी रहे।" "हाँ बिट्टी," कहकर शुकुल बाहर निकल गए। कल्याणी भी आज्ञा लेकर गई। दिलराजी ने थोड़ा बहुत खाकर पानी पिया और बिस्तर पर लेट गईं। अपना घर-दुआर छोड़ आई है, अब तो बस पिया मिलन की आस है।

करीब तीन बजे ही दिलराजी जग गईं। आज इतवार का उनका व्रत है, इसलिए वे नहा-धोकर पूजा करी, फिर भगवानजी को सजा-सँवार के रख दिया।

पाँच बजे तक पूजा-पाठ करके सबकुछ निपटा चुकी दिलराजी ने एक नई सागर के रंग की बनारसी में चाँदी के कामवाली साड़ी, जो शादी में राजा प्रतापगढ़ ने भिजवाई थी, वह पहन ली, साथ में चाँदी के रंग का जंपर और चादर ओढ़ ली। बड़ी भाभी की सलाह थी कि इतने बड़े आदमी की दुल्हन हो, इसलिए पहली बार उनसे मिलोगी तो सबसे अच्छी साड़ी पहनकर जाना। आज दिलराजी ने विष्णुप्रिया द्वारा दी गई। सोने की टिकुली भी लगाई, जिसमें रूबी और मोती जड़े हुए थे। जूड़े में भी चाँदी का जूड़ा फूल लगाया। दिलराजी के सभी गहने, सिर्फ नथनी और बुलाक को छोड़कर चाँदी के ही थे।

कल्याणी ने दिलराजी का रूप देखा तो पैर छूकर बोली, "दीदी, आपको किसी की नजर न लगे, अच्छा है कि आप घूँघट करती हैं। चलिए Deck पर।" कमर में बटुए को खोंसकर घूँघट खींचकर दिलराजी चल पड़ी Deck पर। अभी Deck खाली था। बाबूलाल और शुकुल भी Deck पर आ गए। खानसामा मेज सजा रहे थे, नाश्ता के लिए। जहाज के मुँह के तरफ के भाग में कुरसी पर दिलराजी और बाबूलाल बैठ गए। दिलराजी ने घूँघट सरकाया, दिलराजी के पीछे कल्याणी और बाबूलाल के पीछे शुकुल खड़े हो गए। धीरे-धीरे आकाश की ललाई छँटने लगी और सूरज निकलने वाला था, अब पूरा Deck भर गया, लोग नाश्ता कर रहे थे, साथ में सूर्योदय का मजा भी ले रहे थे। दिलराजी ने मौका देखकर उगते हुए सूर्य को प्रणाम करके सूर्य स्तुति धीरे-धीरे पढ़ी।

□

22

रंगून

सूर्य भगवान् निकल आए। अरे क्या, दूर रंगून दिखने लगा Loudspeaker पर आवाज आई, 'हम सब आधे घंटे में रंगून पहुँचने वाले हैं। आप सबका हमारे जहाज से यात्रा करने के लिए धन्यवाद आशा है, आप फिर हमारे साथ यात्रा करेंगे।' रंगून की भूमि देखकर सारे यात्री ताली बजाने लगे। दो दिन तो बस चारों ओर पानी ही पानी था।

बाबूलाल ने कहा, "कल्याणी, शुकुल भौजी को लै के लाइन में उतरै के बरे खड़ी हुई जा, हम कमरा से सामान लै के बाद में उतरब।"

"ठीक अहै भय्या, हम जायके भौजी कै भगवान् और खाना कै टोकरी और गंगाजल कै छुटकी कलश लै के आउब।" शुकुल बोले और चल पड़े। कल्याणी ने सँभालकर उठाया दिलराजी को उनकी साड़ी घूँघट ठीक किया। अब Deck खाली हो गया था। जहाज ने लंगर डाल दिया था, अब धीरे-धीरे दिलराजी कल्याणी और शुकुल लाइन में आगे बढ़ने लगे। बाबूलाल ने चार कुली तय कर रखे थे, जो जहाज में काम करते हैं। उन्होंने सारा सामान उठाया और लाइन में लग गए उतरने के लिए। दिलराजी, कल्याणी और शुकुल जहाज से उतरकर बाबूलाल का इंतजार कर रहे थे, तभी दिलराजी 'दिल्लू बिट्टी' सुनकर चौंक पड़ी, उनके घर का कौन है ? पास आकर विश्वनाथ बोले, "बिट्टी, हम विश्वनाथ।"

दिलराजी बोली, "भय्या प्रणाम।"

विश्वनाथ, "बिट्टी खुशी रहा, सौभाग्यवती भव।"

"दिल्लू बिट्टी हमका जब याद करबू, हम हाजिर होई जाब।" शुकुल ने विश्वनाथ के पैर छुए और वैद्यजी की चिट्ठी निकालकर दी, इतने में बाबूलाल को देखकर विश्वनाथ ने प्रणाम किया। जयराम ने दिलराजी और बाबूलाल के पैर छुए और कुली से बोले, "ये सामान घोड़ागाड़ी पर लादो।" बाबूलाल, दिलराजी, कल्याणी और शुकुल को लेकर बग्घी की ओर चले।

विश्वनाथ ने दिलराजी से कहा, "बिट्टी, हम अब चलब," फिर बाबूलाल को भी प्रणाम कर चल पड़े।

सबको बग्घी में बैठाकर जयराम घोड़ागाड़ी में बैठकर बग्घी चालक को गाड़ी के पीछे आने की हिदायत दी। घोड़ागाड़ी और बग्घी रंगून की साफ-सुथरी सड़क पर सरपट दौड़ पड़ी। कुछ ही देर में Brooking Street की Building के सामने आकर घोड़ागाड़ी और बग्घी रुकी। जयराम कूदकर उतरे और G.Y. Knight Co के मजदूरों ने सामान उतारना शुरू किया। पहले बाबूलाल उतरे, फिर शुकुल दिलराजी का सामान लेकर उतरे। जयराम ने उन्हें सीढ़ी पर चढ़ने को कहा। कल्याणी ने दिलराजी को उतारा और वे भी सीढ़ी चढ़ने लगीं। जयराम ने मजदूरों को भी सामान ऊपर लाने की हिदायत दी और ऊपर चढ़ने लगे। इतना ऊँचा घर देखकर बाबूलाल हतप्रभ थे। ऊपर पहुँचने पर Landing के कमरे में भगवानदीन खड़े मिले। बाबूलाल और शुकुल ने पैर छुए।

भगवानदीन ने कहा, "बाबूलाल जूता इहाँ उतार दो और अंदर आ जाओ।"

जयराम से कहा, "अपने भौजाई का उनके कमरा में लै जा। इतनी सीढ़ियाँ चढ़ने से दिलराजी की साँसें फूल रही थीं। उन्होंने भी अपनी जूती उतारी और कल्याणी के साथ जयराम द्वारा दिखाए हुए रास्ते पर घर के अंदर प्रवेश किया। अंदर पहुँचकर घूँघट खोलकर शुकुल से कहीं मेज पर सामान रखकर गंगाजल छिड़क देया, हम नहाय के आउब तब सामान सँभालब।" जयराम दिलराजी का और बाबूलाल का सामान शुकुल की मदद से रख रहे थे।

भगवानदीन बाबूलाल को कमरा और बाथरूम दिखाकर बोले, "बाबू नहाय ल्या, फिर संगे बैठ के बतलई होये।" बाबूलाल अपने कमरे में जयराम से अपना सामान रखवाकर नहाने के लिए कपड़े निकालने लगे तो भगवानदीन घर के उस हिस्से में गए, जहाँ दिलराजी थी। दिलराजी कमरे में थैले से कुछ निकाल रही थी, सामने भगवानदीन को देखकर पैर छूने को झुकी तो भगवानदीन ने पकड़कर कहा, "अरे नाही," फिर बोले, "हम तोहे राजी कहकर बुलाउब और रानी की तरह रखब।" दिलराजी की सुंदरता से प्रभावित हुए, पर कपड़े और जेवर देखकर बोले, "पर तोहेय आपन रहन-सहन, चाल-ढाल पहनावा में बदलाव करै पड़े।" दिलराजी ने अब तक अपना घूँघट खींच लिया था और सहमति में सिर हिला दिया। उन्हें भाभी की कही बात याद आई, "पति की हर इच्छा को सहर्ष स्वीकारना, तभी सुखमय जीवन व्यतीत कर सकोगी।" विष्णुप्रिया ने भी कहा था कि "तुमको अपना रहन-सहन बदलना होगा।"

भगवानदीन ने कहा, "ठीक अहै, बाबूलाल नहाय चुका होइहैं, हम उन्हें नाश्ता करवाय देई, जौन चीज के जरूरत होय जयराम के बताय दीहु।" कहकर चले गए।

दिलराजी को लगा, वे कोई स्वप्न देख रही हैं। इतना विनम्र, सरल स्वभाव के पति और इस सुख-सुविधा की तो उन्होंने कल्पना भी न की थी।

जयराम बोले, "भौजी, गुसलखाना मा गरम पानी रखी का?" "नाहीं हम ठंडा पानी से नहाय लेब।" जयराम ने दिलराजी को बाथरूम में नल, फुहारा के बारे में बताया, फिर पूरा घर दिखाया। तब तक कल्याणी भी नहाकर साफ धोती पहनकर आ गई थी, वो बोली, "दीदी, आपके कपड़ा हम निकाल दें तो आप नहा लो। शुकुल बोले, "बहिन, नाश्ता में का बनाई?"

दिलराजी बोली, "अरे आज हमार व्रत अहै, इतवार कै हम संझा कै गुड़ रोटी बनाय के खाब। नहाय कै आई तौ चौका देखी।"

फिर जयराम से बोली, "मंदिर कहाँ बनाई।"

जयराम बोले, "अरे भय्या रोज पूजा-पाठ करत हैं, उहीं कै लिहू।"

दिलराजी बोली, "हमरौं तौ देवी-देवता अहै।" जयराम चला दिखावा। चौके के बगल के स्टोर को भगवानदीन ने मंदिर का रूप दे रखा था। एक बड़ी सी चौकी पर राधा-कृष्ण की सुंदर सी प्रतिमा, जिस पर फूल चढ़े थे और दीया जल रहा था। दिलराजी ने हाथ जोड़े और खुश होकर बोली, "इतने सुंदर राधा-कृष्ण!"

बाबूलाल नहाकर आए तो बरसों बाद दोनों भाइयों ने Dining Table पर बैठकर साथ में नाश्ता किया और जोर-जोर से ठहाके लगाकर हँसते रहे। बचपन के मधुर यादें, शैतानियाँ, पिता की डाँट, माँ का स्नेह याद करके हँसते-रोते रहे।

दिलराजी नहाकर आईं तो पीले रंग की हरे रंग की किनारे वाली धोती पहनकर मंदिर में अपने देवी-देवताओं को सजाकर खिड़की से नीचे परात रखकर सूर्य को जल चढ़ाया और पूजा करने बैठी। पूजा करके उठीं तो शुकुल ने गरम दूध और फल मेवा इत्यादि तैयार रखा था। दिलराजी ने खाकर दूध पिया। कल्याणी Dressing room में ले गई, वहाँ उन्हें बैठाकर उनके बालों को सँवारा, श्रृंगार का सारा सामान था Dressing Table पर, कल्याणी ने उन्हें ठीक से सजा-सँवारकर दिलराजी के पैरों में आलता लगाया।

शुकुल और जयराम भोजन तैयार कर रहे थे। बाबूलाल और भगवान दीन बातों में व्यस्त थे। कल्याणी और दिलराजी कपड़े गहने अलमारी में सजा रहीं थीं। दिलराजी ने रसोई घर में जाकर अपने लिए रोटी बनाई। रसोई को शुकुल ने पहले ही तैयार कर के रखा था। बायीं तरफ की रसोईघर सिर्फ दिलराजी के लिए ही थी बाकी सब का खाना दाहिनी तरफ के रसोईघर में बन रहा था। रोटी बनाकर रसोई में ही दिलराजी ने रोटी, घी और गुड़ खाया। फिर हाथ मुँह धोकर कपड़ा बदल कर आयी तो कल्याणी ने कहा दीदी आप अब बिस्तर पर लेट जाओ हम पैर दबा देंगे। दिलराजी भी बहुत ही थकान महसूस

कर रही थीं। अतः वे भी बिस्तर पर बैठ गयी और बोली, "पैर मत दबावा बस हमारा पानी बगल में तिपाई पर रख दया और शुकुल के बुलाय दया।"

शुकुल और जयराम ने शाम का भोजन बाबूलाल और भगवानदीन को खिलाया। फिर दिलराजी से आकर पूछा, "बिट्टी बुलाये रहीं का?"

"हाँ भय्या, भियान से हम खाना बनाऊब, तू चौका में बाहर से मदद कै दिहा।" "ठीक अहै बिट्टी।" कल्याणी और जयराम का खाना परोसकर शुकुल चौके में ही खाना खाने लगे।

बाबूलाल और भगवानदीन बात कर रहे थे। उनकी बातें थी कि खतम ही नहीं हो रही थीं। बाबूलाल ने भगवानदीन को बताया कि दिलराजी बहुत ही सरल एवं सभ्य है, परंतु अपने धर्म-कर्म में पक्की हैं। विस्तार से दिलराजी कै पूजा-पाठ में सनातनी धर्म का पालन और खान-पान में सात्त्विक एवं अपने घर के रीति-रिवाज एवं छुआ-छूत का भी पालन करती हैं। यात्रा के दौरान भोजन ग्रहण नहीं किया और कल्याणी से पता चला है कि आज भी वे इतवार का व्रत थीं। दिन भर के बाद शाम को रोटी, घी और गुड़ का सेवन किया है।

भगवानदीन यह सब सुनकर सोच में पड़ गए कि रंगून शहर और उनके जीवन-शैली में वे अपने दांपत्य जीवन से तालमेल कैसे बैठाएँगे? बाबूलाल सोने चले गए। साफ-सफाई करके शुकुल जयराम भी सोने चले गए। कल्याणी ने जाकर देखा तो दिलराजी भी सो चुकी थीं। कल्याणी ने उनके ऊपर चादर डाली। दिलराजी थकी तो थी ही, बिस्तर पर लेटते ही सो गईं। जब सुबह 4 बजे के करीब जगीं तो बगल में भगवानदीन को सोया देखकर शरमा गईं और बिस्तर से उठकर जल्दी नहा-धोकर पूजा करने बैठ गईं। भगवानदीन भी 5 बजे करीब उठे और नहा-धोकर वापस आए। मंदिर में पूजा करने तो दिलराजी को वहाँ देखकर वो भी बगल में बैठकर पूजा करने लगे। जल-फूल सब तो दिलराजी ने चढ़ा रखा था। भगवानदीन ने शिव स्तुति रुद्राष्टकम 'नमामीशमीशान निर्वाण रूपं, विभुं व्यापकं ब्रह्म वेदः स्वरूपम्' पढ़ना शुरू किया तो दिलराजी हाथ जोड़कर बैठी रहीं। दोनों ने साथ में आरती की और पूजा से उठकर भगवानदीन के पैर आँचल से छुए, फिर दोनों ने प्रसाद ग्रहण किए। इस प्रकार दोनों का दांपत्य जीवन शुरू हुआ।

दिलराजी ने रसोई में जाकर हलवा और घुघरी बनाई। दोनों भाइयों ने स्नेहपूर्वक नाश्ता किया। नाश्ता करके भगवानदीन ऑफिस गए और बाबूलाल को तिवारी के साथ रंगून घूमने के लिए भेज दिया। दिलराजी अपना घर सँवारने और रसोईघर में मायके से लाई अन्न और फलाहार के लिए महुआ, तिल आदि को रखा, फिर भोजन बनाया और जयराम द्वारा आग्रह किया कि दोनों भाई चौके में बैठकर भोजन करें तो अच्छा है। स्वादिष्ट भोजन करके भगवानदीन बोले, "बड़ा ही स्वाद था खाने में, तो कुछ ज्यादा ही खा लिया।"

बाबूलाल बोले, "भौजी, कै हाथ मा जादू अहै।" भगवानदीन ऑफिस चले गए तो बाबूलाल ने पूरा घर दिलराजी को दिखाया और बोले,"भौजी, आपन और भय्या कै ध्यान रखियु, हम परसों निकल जाब। भीयान बाजार से सामान खरीदब घरे के बरे, आपके कुछ चाहे तो बताय देया।"

दिलराजी बोली, "नाही बाबू, हमका कुछ भी न चाहे, हमरे देवरानी पाँखी के बरे हम कुछ देब ऊ, उन्हें दै दिहा और माई के गोड़ छुई के प्रणाम कहि दिहा।"

बाबूलाल ने काफी सामान खरीदा और भगवानदीन ने भी काफी कुछ खरीदा, कपड़े तो इतने कि सालों चलेंगे।

कल सुबह-सुबह बाबूलाल को वापस जाना है, अतः भोजन करने के बाद दोनों भाई साथ में बैठे तो बाबूलाल पहले ही सोच चुके थे कि वे आज पहाड़पुर में नया घर बनाने की बात करेंगे। उनके मन में भगवानदीन का वैभव एवं संपन्नता देखकर इच्छा जाग्रत हो गई कि अगर भगवानदीन उनकी धन से मदद करें तो वे भी पहाड़पुर में एक पक्का घर बनवा लें। इस विचार से बाबूलाल ने बताया कि काका-काकी के स्वर्ग सिधारने के बाद खैगाँव में रामदीन और सुघड़ा का रहना मुश्किल हो गया था, ओंकार की भरती रामसुख ने रेलवे में करवा दिया था, वे बंबई में रहते हैं। दो वर्ष बाद गौना भी हो गया, वहाँ कल्याण में एक घर किराए पर ले लिया है और उनकी पत्नी भी उनके साथ ही रह रही है। दीनू काका का स्वास्थ्य ठीक नहीं रहता, शिव मन और शरीर से कमजोर होने की वजह से दुकान का काम नहीं सँभाल पा रहे थे। इसलिए दीनू काका, सुघड़ा काकी और शिव पहाड़पुर आ गए ,यहाँ आने पर उनका भी गौना हो गया, उनकी पत्नी मंगला तीव्र स्वभाव की हैं। पहाड़पुर आने पर नए वाले घर का एक कमरा में हम दुनौ पति-पत्नी तथा दूसरे में शिव और मंगला, दलान में सुघड़ा काकी और दीनू काका मड़ई में ही दिन-रात रहते हैं। माई तो पुरानेवाले घर में ही रहती हैं। खाना भी वहीं बनता है। अब घर के काम का पूरा बोझ मेरी पत्नी पर ही है। बप्पा का कहना है कि नया घर और एक बीघा जमीन दीनू काका के परिवार को देंगे, फिर अपने पास खेती के लिए दो बीघा जमीन ही बचेगी। घर भी बनवाना पड़ेगा।

इसलिए हम परेशान रहते हैं। भगवानदीन कुछ सोचकर बोले, "बाबू तू का चाहत अहा, हमसे निस्संकोच साफ-साफ कहा।"

बाबूलाल ने कहा, "दो बीघा जमीन और एक पक्का घर।"

भगवानदीन ने कहा, "पक्का घर केतना पैसा लागे बताय दिहा और बनवाय ल्या हम पैसा भेज देब।" बाबूलाल बहुत ही खुश हो गए। पैर छूकर सोने चले गए।

दूसरे दिन सुबह बाबूलाल सबसे विदा लेकर घर के लिए निकल पड़े। जयराम, शुकुल और तिवारी उन्हें छोड़ने गए।

बाबूलाल को रंगून से गए एक हफ्ता हो गया। अब भगवानदीन और दिलराजी एक-दूसरे को समझने लगे थे। भगवानदीन को समझ आ गया था कि दिलराजी बुद्धिमान हैं और घर के कार्य में कुशल, शांत स्वभाव की महिला हैं, परंतु वे अपनी संस्कृति, परंपराओं एवं धर्म कर्म में अपार आस्था रखती हैं। इसलिए उनकी जीवन शैली भी पारंपरिक है।

आज इतवार है, अतः सुबह नाश्ता करके वे दिलराजी से बोले, "राजी, हम शर्मा परिवार के घर जात अही, भोजन के समय तक आय जाब।" यह कहकर वे हिंदुस्तानी लिबास धोती-कुरता पहनकर निकल गए।

शर्मा के घर पहुँचे तो हँसकर शर्मा भाभी बोली, "तो देवरजी, हमारी याद आ गई!"

दुबे बोले, "अरे भाभी काम से आया हूँ, आप और भय्या से दिलराजी के बारे में सलाह लेनी है।"

शर्माजी बोले, "हाँ-हाँ, आओ बैठो।"

श्रीमती शर्मा ने कहा, "मंगलू-दुबे भय्या के लिए चाय पानी का इंतजाम करो और बच्चों को पार्क में खेलने के लिए भेज दो।"

भगवानदीन ने दिलराजी के बारे में सबकुछ विस्तार से बताया और कहा कि मैं उनको आज की आधुनिक महिला के रूप में देखना चाहता हूँ, जो हमारे समाज में उठने-बैठने लायक एवं आधुनिक समाज के शिष्टाचार एवं रहन-सहन का ज्ञान रखती हो।"

शर्मा दंपती ने कहा, "दिलराजी से बात करके सोच-समझकर इस ओर कार्य करेंगे।"

घर आकर भगवानदीन ने कहा, "राजी खाना लगाओ मेज पर, आज तुम्हारा व्रत है, इसलिए साथ में बैठो, बात करनी है।" 'अच्छा' कहकर राजी ने शुक्ला से खाना गरम करके रोटी बनाने के लिए कहा। मुँह-हाथ धोकर भगवानदीन मेज पर बैठे और बोले, "राजी सामने कुरसी पर बैठो।" राजी बैठ गईं, पहली बार उनके सामने कुरसी पर। आज भगवानदीन खड़ी बोली में बात कर रहे थे, अतः वे अचंभित थीं।

खाना खाते हुए भगवानदीन ने बताया कि आज शाम को चाय पर शर्मा दंपती आएँगे तो दिलराजी को भी साथ में बैठना होगा चाय पर। फिर जयराम को बताया कि चाय के साथ क्या-क्या देना है। भगवानदीन ने दिलराजी को यह भी बताया कि उन्हें अपने रहन-सहन में बदलाव लाना पड़ेगा, ये चाँदी के गहनों की जगह सोने के गहने पहनना होगा, कपड़े पहनने का ढंग एवं बातचीत करने का लहजा व तरीका भी बदलना पड़ेगा। भोजन समाप्त करके भगवानदीन अपने कमरे में जाकर पुस्तक पढ़ने लगे और दिलराजी अपने कमरे में जाकर विचलित मन से अनमनी सी कुछ सोचते हुए शाम की पूजा की तैयारी करने लगी।

शाम को शर्मा दंपती आए। शर्मा भाभी ने आते ही स्नेह से दिलराजी को गले लगाया और बोली, "दिलराजी, हम तुमसे बड़ी हैं तो हम तो तुम्हें दिलराजी कहेंगे और तुम मुझे भाभी कह सकती हो।"

दिलराजी ने मुस्कुराकर कहा, "जी भाभी," और चरण स्पर्श कर लिया।

सब लोग सीधे मेज पर बैठ गए। जयराम ने मिठाई और पानी लाकर सबके सामने रख दिया। इशारा पाकर दिलराजी भी कुरसी पर सकुचाती हुई बैठ गईं। शुकुल ने गरम-गरम पकौड़े, सोंठ की चटनी के साथ भेजी। सबने स्वाद से खा-पी लिया। दिलराजी को छोड़ बाकी सब बातें करते रहे। दिलराजी ध्यान से सुनती रहीं और आत्मसात् करने की कोशिश भी कर रही थीं। चाय समाप्त होने पर चारों लोग बैठक (Drawing Room) में गए, जहाँ सुंदर Burma Teak का सोफा था, जिस पर कढ़ाईदार कुशन रखे हुए थे। श्रीमती शर्मा ने दिलराजी का हाथ पकड़कर अपने बगल में बैठा लिया और बोली, "दिलराजी, कल हम आपको लेकर बाजार जाएँगे करीब 10 बजे, जिससे आपकी सुंदरता में चार चाँद लग जाए। दुबे भय्या की भी इजाजत है।"

भगवानदीन बोले, "हाँ भाभी, आप इनके लिए अच्छे कपड़े और सोने के गहने भी खरीदवा दीजिएगा।"

शर्मा दंपती चले गए तो भगवानदीन ने दिलराजी से कहा कि उनको अपने रहन-सहन के तौर-तरीके में बदलाव करना पड़ेगा। दिलराजी ने कहा, "हम पूरी कोशिश करब।"

भगवानदीन बोले, "हाँ राजी, हमका विश्वास अहै कि तू सबकुछ कै लेबू, इही बरे हम शर्मा भाभी से मदद माँगे अही।"

दूसरे दिन सुबह भगवानदीन नाश्ता करके ऑफिस जाने लगे तो दिलराजी से बोले, "शर्मा भाभी 10 बजे आ जाएँगी, राजी कम-से-कम गहने पहनकर जाना और इन चाँदी के गहनों की जगह पर सोने के गहने पहनकर आना। चाँदी में लदी हुई ठीक नहीं लगती हो।"

उनके जाने के बाद कल्याणी दिलराजी को तैयार करने लगी तो दिलराजी की आँखों में आँसू देखकर बोली, "दीदी, आप दुःखी मत हो, आप शर्मा भाभी से ज्यादा सुंदर हो, कुछ ही दिनों में आप उनसे ज्यादा सलीके से रहना सीख लेंगी।" लाल जंपर और लाल बार्डर की सूती बंगाली साड़ी पहनकर पल्लू माथे तक लेकर खड़ी हुई तो जयराम ने आवाज दी, "भौजी, शर्मा भाभी आ गईं है।" वह जल्दी से जूती पहनकर बाहर आईं और दोनों ने एक-दूसरे को हाथ जोड़कर नमस्कार किया।

श्रीमती शर्मा बोलीं, "अरे बहुत सुंदर लग रही हो! बस पल्ला सिर पर रख लो, माथे पर नहीं।" दिलराजी ने पल्ला सरका लिया पीछे और दोनों नीचे उतरकर बग्घी में बैठ गई। बग्घीवाले को श्रीमती शर्मा ने बंगाली Sen आभूषण पर जाने के लिए कहा।

वहाँ पहुँचकर सोने के सिर से पैर तक के सुंदर गहने दोनों ने मिलकर पसंद किए और कुछ के ऑर्डर भी दिए। वहाँ से उठकर वे साड़ी की दुकान पर गईं। वहाँ पर ज्यादातर साड़ियाँ श्रीमती शर्मा ने ही पसंद कीं। उसमें बनारसी, बंगाली सूती के अलावा चाईनीज जॉर्जेट और रेशमी की साड़ियाँ भी थीं। वहाँ से वे दोनों Scott Market पहुँची, जहाँ पर ज्यादातर दुकानों पर महिलाएँ थीं, दिलराजी तो अपने होश में ही न थी, बाजार में इतनी चमक-धमक की कल्पना भी न की थी। अचानक दिलराजी चौक उठी, यह सुनकर कि "दिलराजी ये शबनम है, जंपर के लिए कपड़े पसंद कर लो, कल से ये तुम्हारे घर पर आकर तुम्हारे नाप का सिल देंगी और तुम्हें सिखा भी देंगी।" कम-से-कम आठ रंग के कपड़े दोनों ने पसंद किए, उसमें सुनहरा, रूपहला, Brocade, लाल, पीला, भूरा रेशम के और सफेद मलमल का पाँच गज कपड़ा घर में सूती जंपर के लिए।

जब दोनों बग्घी में बैठीं तो दिलराजी ने पूछा, "भाभी ये शबनम कौन है ?" श्रीमती शर्मा, "शबनम यहाँ के सबसे बड़े दरजी युसूफ की विधवा बहन है, जो युसूफ के साथ ही रहती है। शबनम के दो लड़के हैं। शबनम को युसूफ ने औरतों के कपड़े सिलवाने के लिए Scott Market में दुकान करवा दी, जिससे शबनम को ये न लगे कि वे बेसहारा है और अपने भाई पर निर्भर है। शबनम स्वयं भी काफी अच्छी सिलाई कढ़ाई का काम करती हैं।"

शर्मा भाभी बोली, "दुबे भय्या से बात हो गई है, कल से शबनम आएगी तो आप भी अपने रोज के कपड़े स्वयं सिल सकोगी। युसूफ दुबे भय्या के अच्छे दोस्त है, इसलिए शबनम को अपनी बहन मानते हैं। शबनम दुबे भय्या को राखी बाँधती हैं।"

दिलराजी का तो दिमाग चकरा गया कि वे अपने धर्म को सुरक्षित रखते हुए कैसे शबनम के साथ समय व्यतीत करेंगी? इतने में बग्घी रुकी, अब दोपहर होनेवाली थी। शर्मा भाभी और दिलराजी बग्घी से उतरी तो तुरंत कल्याणी आई और बोलीं, "भाभी पानी पी लो।" शर्मा भाभी ने पानी पिया, तब तक भगवानदीन भी ऑफिस से निकलकर आए और बोले, "भाभी खाना खाकर जाइए।"

श्रीमती शर्मा ने कहा "अरे नहीं भय्या, घर में बच्चे भी हैं।"

श्रीमती शर्मा के जाने के बाद दिलराजी और भगवानदीन ऊपर गए। बाजार से आने की वजह से सीधे दिलराजी नहाने चली गईं। शुकुल ने खाना बना रखा था और चौके में ही दो पीढ़ा लगा रखा था और थाली परस रखी थी, भगवानदीन पीढ़े पर आकर बैठे और बोले, "शुकुल खाना दै द्रया," "हाँ भय्या" कहकर शुकुल ने थाली सामने रखी, तब तक दिलराजी आकर बोली, "शुकुल हटा, हम रोटी सेकब," शुकुल बाहर चले गए और दिलराजी गरम-गरम रोटी बनाकर भगवानदीन को देते हुए आज की पूरी बाजार की बातें बताती रहीं। अंत में बोली, "ई शबनम कल अइहैं तौ हम कहाँ बैठाउव ?"

भगवानदीन बोले, "हम पूरा इंतजाम करे अही, ऐसा अहै कि अब तू घर कै काम शुकुल और कल्याणी पर छोड़कर लिखाई–पढ़ाई और आधुनिक रहन–सहन पर ध्यान दया, हम खाय चुका, अही अब आधा घंटा आराम कै के ऑफिस जाब, बाकी बात संझा के बताउव।"

रात्रि का भोजन, जो रंगून में सूरज ढलने के साथ ही हो जाता है। भगवानदीन ने कहा, "राजी चला, जेटी पर घूम के आवा जाय।" घूमते हुए भगवानदीन ने दिलराजी को बताया कि कल तो शबनम सिर्फ कपड़ा और सिलाई का सामान लेकर आएँगी और हफ्ते में दो दिन सोमवार और मंगलवार को 10 बजे से 11 बजे तक सिलाई सिखाएगी। पं. विश्वनाथ इतवार को 10 बजे आकर हिंदी एवं अंग्रेजी में वार्त्तालाप करना सिखाएँगे और मैं भी तुमसे वैसे ही बातें करूँगा, जिससे तुम Knight साहब और उनकी पत्नी तथा रंगून के अन्य प्रतिष्ठित लोगों के साथ भोज में शामिल हो सको और उनसे बातें कर सको। शुक्रवार और शनिवार को रोज एक हलवाई शाम को 3 बजे मिठाई बनाना सिखाएगा और सुबह 10 बजे Miss Dinaz तुमको कपड़े, गहने पहनना, उठना, बैठना तथा शिष्टाचार सिखाएँगी। इस प्रकार हमें उम्मीद है कि दो महीने में जब Knight साहब और Madam वापस आएँगे तो तुम उन्हें घर पर खाने पर बुलाओगी और उनसे बातें कर सकोगी।"

दिलराजी बोली, "हाँ, हम पूरी कोशिश करब, आप हमरे बरे ऐतना करत अहै, हम निराश न करब।" दूसरे दिन शबनम आईं तो Landing पर रखी हुई कुरसी पर उनको बैठाया गया। जयराम काँच के गिलास में पानी और काँच की प्लेट में मिठाई रखकर लाए। शबनम बड़े ही स्नेह से दिलराजी को भाभी कहकर बोली, "भाभी, हम सोमवार को दस बजे आएँगे, तब आपको कपड़ा काटना और सिलना सिखाएँगे।"

फिर जयराम से बोली, "जयराम, दुबे भय्या के बताए। कमरे में ये सब सामान ले चलो।" कल्याणी भी आ गई, जयराम ने मशीन उठाई और कल्याणी ने कपड़े उठाए। जयराम उन्हें दाहिनी ओर वाले भगवानदीन के Study cum Bedroom, जिसमें बाबूलाल रह रहे थे, वहीं पर ले गए। शबनम ने सब सामान ठीक से रखा। दो जंपर, जो वो सिलकर लाई थी, एक सूती और एक रेशमी, दिलराजी को देकर बोली, "भाभी, पहनकर देख लेना, कुछ कमी होगी तो बताना, बाकी जंपर हम दोनों वैसे ही सिल लेंगे। अब हम चलते हैं, ताँगा खड़ा है, दुकान पर ग्राहक इंतजार कर रहे होंगे," और वो चली गईं। दिलराजी जयराम और कल्याणी से बोली, "ये बरतन अलग से धोकर अलग रखना, रोज शबनम दीदी को इसी में जलपान देना।" इस प्रकार अपना धर्म पालन करने का रास्ता दिलराजी ने निकाल लिया।

इतवार को सुबह नाश्ता करके अखबार पढ़ते हुए भगवानदीन बरामदे में बैठे थे

और दिलराजी पूजा-पाठ करके माठा पी रही थी, तभी जयराम आकर बोले, "पंडितजी आ गए।"

भगवानदीन बोले, "जयराम उन्हें बैठक में बैठाय के भौजी का बुलाय लावा।"

कल्याणी ने दिलराजी को दूसरी धोती पहनने के लिए दी। दिलराजी घर में खाना बनाने एवं खाना खाने के लिए मोटिया सूती धोती ही पहनती थी, इसलिए जब भी वे रसोई से निकलती थीं तो अपने कमरे या घर के किसी भी भाग में जाने के पहले मलमल का जंपर और बंगाली सूती चौड़े किनारेवाली धोती, पेटीकोट के साथ पहनकर सिर माथे तक ढककर ही जाती थीं। आज चौड़े लाल रंग के किनारेवाली धोती पहनी, सिर पर ऊँचा जूड़ा बाँधकर (Top knot) रखती थीं, इसलिए सर से पल्लू हटता नहीं था।

इस तरह तैय्यार होकर बैठक में आई और बोली, "भय्या प्रणाम।"

विश्वनाथ बोले, "अरे दिल्लू बिट्टी, अब तो तू रंगून वाली लागति अहा।" दिलराजी शरमा गईं।

भगवानदीन बोले, "पंडितजी इहाँ पुस्तक-कॉपी, कलम-दवात रखी अहै, आजै से पढ़ाई शुरू कैय द्रया," और अपने कमरे में चले गए। विश्वनाथ ने दिलराजी को बताया कि वे दोनों आज से खड़ी बोली में बात करेंगे और उन्हें हिंदी-अंग्रेजी का ज्ञान देंगे। दिलराजी को पढ़ना आता था और अक्षर ज्ञान पहले से ही था, अत: हिंदी की कहानी एवं कविताओं के साथ पढ़ाई शुरू होगी, परंतु अंग्रेजी में पहले A B C D पढ़ना पड़ेगा।

बीच में दिलराजी बोली, "भय्या, अब तो आप हमार गुरु अहैं, एह बरे पानी तो पी ल्या, मीठा खाय के।"

विश्वनाथ बोले, "दिल्लू बिट्टी, हम आपन धर्म न छोड़ब।" यूँ दिलराजी की पढ़ाई शुरू हो गई हर इतवार को।

सोमवार को सुबह शबनम 10 बजे आनेवाली थी। दिलराजी को 9 बजे ही कल्याणी ने तैयार कर दिया था। भगवानदीन के ऑफिस जाने के बाद दिलराजी बैठक में बैठी हुई थी और शुकुल को बता रही थी खाना में क्या-क्या बनाना है और सबकुछ सफाई से करना है।

शुकुल ने कहा, "बहिन, आप निश्चिंत रहें हम बाबू के आवै के पहिले सब तैयार रखब।"

दिलराजी बोली, "शुकुल भय्या, हम शबनम के जाय के बाद नहाय-धोय के रोटी बनावै आय जाब।"

इतने में शबनम हाथ में एक बड़ा सा थैला लेकर आईं और बोली, "भाभी सलाम," दिलराजी को समझ ही न आया क्या बोले, बस बोली, "आइए।" कल्याणी ने थैला उठा लिया और लेकर सिलाईवाले कमरे में पहुँची। वहाँ पर शबनम जमीन में

बिछी चटाई पर बैठ गई सामने कपड़े निकाले, उसमें 7 सूती मलमल के जंपर और तीन Brocade के जंपर और 1 सुनहरा और 1 रुपहला जंपर था। दिलराजी को दिखाते हुए बोली, "भाभी, देखो अगर कोई पसंद न हो तो बताना।" दिलराजी को सभी एक से बढ़कर एक सुंदर लगे। वो बोली, "अरे सभी अच्छे हैं।"

कल्याणी बोली, "दीदी, ये सूती रोज पहनने में अच्छा रहेगा। मैं इन सब को धो देती हूँ।" और उठाकर चली गईं। शबनम ने सिलाई में काम आनेवाली सभी सामग्री निकाली और एक-एक के बारे में दिलराजी को समझाया कि इन सब का प्रयोग कैसे होगा, फिर बोली, "भाभी, सिलना सीखाऊँगी।" इस प्रकार सिलाई-कढ़ाई की प्रशिक्षण भी शुरू हो गया।

शबनम के जाने के बाद दिलराजी ने तुरंत स्नान किया और रसोई घर में पहुँची, खाना तैयार था। अतः दिलराजी ने शुकुल से कहा, "तू तो सबकुछ बनाय लिये अहा।"

इतने में कल्याणी ने आकर बताया कि Miss Dinaz आ गई हैं, वे बैठक में बुला रही हैं। दिलराजी पहुँची तो Miss Dinaz बोली, "Good afternoon Mam." दिलराजी ने हाथ जोड़ दिए, पर कुछ बोल न पाईं। कल्याणी को Miss Dinaz ने कहा कि खाने की मेज पर प्लेट, चम्मच, चाकू, काँटे वगैरह लाकर रखो। आज हम मेज लगाना सिखाएँगे। यह पहले से तय था कि मेज लगाना (Laying the table) कल्याणी और दिलराजी दोनों ही सीखेंगी। जब तक कल्याणी सामान टेबल पर रख रही थी, तब तक Miss Dinaz ने दिलराजी से कहा, "मैडम, आप मुझे Dinaz बुलाइएगा। मेरा काम आपको यहाँ के रहन-सहन का तरीका सिखाना है। उसमें उठना-बैठना, सलीके से कपड़े पहनना एवं मेज लगाना और मेज पर बैठकर खाना कैसे खाया जाए, वो भी शामिल है।" तुरंत दिलराजी बोली, "लेकिन हम तो मेज पर खाना नहीं खाते हैं ?" Dinaz समझ गईं और बोली, "मैम कोई बात नहीं। बैठना तो पड़ेगा न।"

दिलराजी बोली, "हाँ।"

Dinaz उठकर टेबल की ओर चली और कल्याणी से बोली, "पहले Dining Table पर साफ सफेद Table Cloth बिछाओ और सफेद Table Napkin लाओ।" कल्याणी ने वैसे ही किया। अब तो Miss Dinaz ने प्लेट, चम्मच, काँटे, चाकू, गिलास और अच्छे से फूल की तरह Napkin को गिलास में लगा दिया। अब आप दोनों इसके दोनों ओर ऐसे ही सजा दो। दिलराजी और कल्याणी ने धीरे-धीर करके वैसे ही लगा दिया, लेकिन Napkin न लगा पाईं। Dinaz ने उन्हें सिखाया, फिर बोली, "कल मैं आऊँगी तो आप टेबल लगाकर रखना।"

फिर दिलराजी से बोली, "Mam आप अपने ड्रेसिंग रूम में ले चलिए। आपके कपड़े देखने हैं।"

दिलराजी को अच्छा न लगा, परंतु बिना एतराज किए कल्याणी से कहा, "कल्याणी चलो।" ड्रेसिंग रूम में जाकर कल्याणी ने अलमारी खोली और कपड़े देखते ही Dinaz सब समझ गई और बोली, "ठीक है, मैं तीन बजे आऊँगी, कल्याणी, तुम मेरे साथ मदद करना, हम अलमारी ठीक करेंगे और फिर मैम को शाम को घर में कैसे तैयार होना है, सिखाएँगे, फिर एक हफ्ते बाद बाहर बाजार जाने के लिए और फिर किसी पार्टी में जाने के लिए तैयार करेंगे। एक महीने में सबकुछ सिखाना है। ठीक है, अब मैं चलती हूँ, सर से ऑफिस में मिलते हुए जाऊँगी।"

Miss Dinaz Readymade Garment, घर के साजो-सामन, लेडिज बैग और अन्य अंग्रेज महिलाओं की जरूरत की वस्तुओं की बड़ी सी दुकान के एक पारसी मालिक की बेटी हैं, जो बी.ए. पास हैं और भगवानदीन के आग्रह पर दिलराजी को सिखाने के लिए तैयार हो गई है। Miss Dinaz भगवानदीन के ऑफिस में जाकर बोली, "Dube Uncle, कुछ सामान चाहिए, वो सब मैं अपनी दुकान से लेकर 3 बजे आऊँगी।"

भगवानदीन बोले, "Thanks a lot, Do as per requirement."

Miss Dinaz बोली, "Ok," और वे अपनी मोटरकार चलाकर स्वयं चली गई।

खाना खाने के लिए भगवानदीन आए और बोले, "राजी, टेबल तो बहुत सुंदर लग रहा है, चलो यहीं खाना खिलाओ।" जयराम और कल्याणी परस देंगे, तुम भी साथ में बैठो, मालूम है कि तुम मेज पर नहीं खाओगी, पर बैठ तो सकती हो।" दिलराजी बैठ गई और भगवानदीन को छुरी-काँटे से खाना खाते देखकर आश्चर्यचकित रह गई और बोली, "हम तो सोच भी नहीं सकते थे कि खाना ऐसे भी खाया जा सकता है!" भगवानदीन हँसकर बोले, "राजी, सबकुछ जीवन में सीखने पर ही संभव होता है।" उनके खाने के बाद वे चले गए तो दिलराजी ने हाथ-मुँह धोकर धोती बदली और चौके में बैठकर खाना खाया और फिर बोली, "कल्याणी, चलो हम अपने कुछ कपड़े अलग कर लेते हैं।" दिलराजी ने मोटिया धोती, जो पहनकर वे खाना बनाती और खाती हैं, उसे एक छोटी सी अलमारी में, जो शृंगार के सामान के लिए है, उसमें रख दी। इन धोती को वे स्वयं धोती हैं और सुखाकर तहाकर रखती हैं, फिर कल्याणी से बोली, "अब Dinaz वाले कपड़ों को चाहे जैसे रक्खा।"

कल्याणी बोली, "हाँ दीदी, यही ठीक रहेगा।" शाम को तीन बजे Dinaz कुछ Hand bag, Hair clips, जूड़ा के सुनहरे और रुपहले Pins तथा कुछ बालों में लगानेवाले छोटे-छोटे सुंदर कंघे तथा Hangers लेकर आई।

कल्याणी को बताकर Sarees, Peticoat और Jumper Hangers में लगा दिया, फिर घर में पहननेवाली बंगाली साड़ी को मलमल के Jumper के साथ तह

लगाकर रखवा दिया। दिलराजी को एक चौड़े लाल रंग की किनारे वाली बंगाली साड़ी सफेद मलमल के जम्फर के साथ सीधे पल्ले का पहनाकर शीशे के समाने बैठा दिया। बालों को कल्याणी ने कंघा किया तो अच्छे से माँग निकालकर Dinaz ने लाल clip बालों के दोनों ओर कान से ऊपर घुमाकर लगा दी, फिर कल्याणी ने थोड़ा ऊँचा जूड़ा बनाया। जूड़े में लाल रंग का छोटा कंघा घुमाकर सजा दिया, फिर बोली, "मैम सर ढ़कना जरूरी न हो तो हम पल्ला यूँ संवार दें।" दिलराजी बोली, "अरे नहीं हम तो सर ढकते हैं।" "ठीक है," कहकर Dinaz आधा सिर ढककर बोली, "मैम, यहाँ इतना ही ढकिए, यहाँ आपकी ससुराल का तो कोई नहीं हैं।" दिलराजी समझ गईं कि भगवानदीन यही चाहते हैं, इसलिए वो बोली, "ठीक है।"

ठीक से तैयार करके Dinaz बैठक में आईं और कल्याणी की मदद से बैठक को भी सजा दिया।

शाम को भगवानदीन आए तो दिलराजी को देखकर बोले, "अरे वाह, Dinaz ने तो कमाल कर दिया!" उनकी खुशी देखकर दिलराजी भी खुश हो गईं।

इस प्रकार अब दिलराजी की दिनचर्या सीखने के इर्द-गिर्द घूमने लगी। सीखते हुए एक महीना हो गया, अब दिलराजी मशीन पर सिलाई करने लगीं। वे अपने Jumper के अलावा पैजामा, पेटीकोट, निकर, बच्चों की फ्रॉक सिलना भी सीख गई थीं।

शबनम ने Jumper में कढ़ाई करना और धोतियों और पेटीकोट में Lace बनाकर लगाना भी सिखा दिया था। अब रोज दिलराजी और कल्याणी टेबल लगा लेती थीं। Dinaz ने यह बात भगवानदीन को बताई और बोली, "आप कहें तो कल मैं मैडम को लेकर बैंक जाऊँ और वहाँ Account खुलवाकर Cheque लिखना तथा बैंक में पैसा जमा करना-निकालना सीखा दूँ! मैडम इंग्लिश में साइन कर लेती हैं?"

भगवानदीन ने कहा, "हाँ, मेरा Account Mercantile Bank में है। मैं 5,000 रुपए का चेक साइन करके दे दूँगा। आप कल यह काम कर दो।"

Dinaz ने वैसा ही किया और वहाँ से दिलराजी को अपनी दुकान पर भी ले गई। उस दुकान से Dinaz की मदद से दिलराजी ने कुछ घर सजाने का सामान और कुछ अपने श्रृंगार का भी सामान खरीदा। Dinaz उन्हें लेकर एक Chinese Shoes की दुकान पर गईं, जहाँ से एक ऊँची एड़ी की Sandle और एक साधारण Sandle खरीदवा दी और कहा, "मैम, आप ऊँची एड़ी की Sandle रोज शाम को घर में पहनकर Practice कर लेना, फिर बाहर जाइएगा।"

वहाँ से वापस आकर सबकुछ भगवानदीन को Dinaz ने बताया। मिठाई बनाना शुकुल ने अच्छे से सीख लिया था, दिलराजी भी संदेश और पेड़े अच्छे से बना लेती थीं। अतः हलवाई का आना बंद हो गया। रोज रात को कोई-न-कोई मीठी चीज दिलराजी

शुकुल से पूछकर बनाती थी। अब हलवा और खीर के अलावा गाजर, मूँगदाल, लौकी, मेवे का हलवा तथा चावल और मखाना की खीर, कभी-कभी कस्टर्ड भी बनाने लगी थी।

शबनम भी अब तभी आती थीं, जब दिलराजी उन्हें बुलाती थी, क्योंकि दिलराजी अकसर कल्याणी के साथ बाजार जाती थी और स्वयं Scott Market से सिलाई का सामान खरीदती थीं, वहीं शबनम से मिलकर जो कुछ पूछना होता था, पूछ लेती थीं।

पं. विश्वनाथ हर इतवार को आते थे। जैसे ही वे बैठक में आकर बोलते—"दिल्लू बिट्टी," बस दिलराजी सबकुछ छोड़कर दौड़ पड़ती थी। उनके मायकेवाले नाम से यहाँ बुलानेवाले यही तो थे। बहुत आग्रह करने पर भी वे कुछ खाते-पीते न थे। अब वे अकसर कहानी की पुस्तकें लेकर आते थे, जिसे दिलराजी चाव से पढ़ती थीं।

दिलराजी को रंगून आए तीन महीने हो गए। इन तीन महीनों में वे पूरी तरह बदल चुकी थी। 15 दिन बाद ही Knight साहब आनेवाले थे। अत: भगवानदीन ने Mrs. Sharma के घर जाकर बात किया कि Knight साहब को खाने पर बुलाएँगे पर मुझे भरोसा नहीं है कि दिलराजी सबकुछ सँभाल लेगी। Mrs Sharma ने सुझाव दिया कि आप दोनों मेरे घर पर खाने के लिए इतवार को आओ, मैं दिलराजी को समझा दूँगी।

भगवानदीन ने दिलराजी को आकर बताया कि शर्मा भाभी ने इतवार को खाने पर बुलाया है। वहाँ ध्यान से देखना, वे जैसे करती हैं, वैसे ही आपको भी करना पड़ेगा, जब Knight साहब हमारे घर पर खाने के लिए आएँगे। दिलराजी का दिल जोर-जोर से धड़कने लगा, फिर अपने को सँभालकर बोली, "ठीक है, मैं पूरी कोशिश करूँगी।" जब Dinaz आईं तो दिलराजी ने उन्हें बताया कि मुझे बहुत घबराहट हो रही है कि मैं कैसे तैयार होकर जाऊँ? Dinaz बोली, "फिक्र मत करिए, मैं आकर तैयार कर दूँगी।"

वैसे अब तक कल्याणी भी काफी कुछ सीख चुकी थी और वे भी दिलराजी को ठीक से तैयार होने में मदद कर देती थी।

इतवार की शाम को Mrs. Sharma ने एकदम formal तरीके से घर को सजाया, Dining Table भी सजाया। चाँदी की प्लेट, चम्मच, काँटे, गिलास इत्यादि लगाए। मेज के बीच में फूलदान लगाया।

दिलराजी पूजा-पाठ करके चौके में बैठकर रोटी, घी गुड़ के साथ खाकर बिस्तर पर बैंठी तो कल्याणी उनके पैरों को धीरे-धीरे दबाकर बोली, "दीदी, आप के पैर बहुत ही सुंदर हैं, पैरों में अब मीनाकारी किया हुआ चाँदी का कड़ा और बिछुए थे, क्योंकि दिलराजी पैरों में सोना नहीं पहनना चाहती थी, इसलिए मीनाकारी किए हुए चाँदी के ये गहने Mrs. Sharma ने गढ़वा दिए थे।

दिलराजी बोली, "कल्याणी, आज शाम को शर्मा भाभी के यहाँ खाने पर जाना है, इसलिए मन घबरा रहा है, कैसे सबकुछ होगा?"

कल्याणी बोली, "अरे दीदी, आप तो बहुत ही अच्छे से तैयार होती हो और अब तो आपका रहन-सहन, बात करने का तरीका सब बदल गया है। जब हम आपके साथ बाजार जाते हैं तो वहाँ आई सभी औरतों से अधिक अच्छा सलीका और चाल-ढाल आपका ही है।"

ये बातें हो रही थीं, तभी Miss Dinaz आ गई और बोलीं, "कल्याणी Mam की Sarees और Jumper निकालना," कालीन पर चादर बिछाकर, Silk, Georget, Chinese Silk की Sarees और Jumper कल्याणी ने रख दिया, हाथ से इशारा करके Miss Dinaz ने कहा, "ये साड़ी, जम्पर उठाकर दे दो और बाकी आलमारी में रख दो," फिर बोली, "मैडम आप अपने गहने दिखाएँ।" दिलराजी ने कल्याणी से कहा कि वो गहनों की संदूकची उठाकर ले आए। कल्याणी ने दिलराजी को हाथी दाँत से नक्काशी वाली लकड़ी की संदूकची थमा दी। कमर से चाभी का गुच्छा निकालकर दिलराजी ने संदूकची का ताला खोला और Dinaz के सामने रख दिया, उसमें से कुछ गहने निकालकर Dinaz ने कहा, "बस यही चाहिए," दिलराजी ने ताला बंद करके संदूकची कल्याणी को थमा दिया। Dinaz ने दिलराजी को तैयार करना शुरू किया। पारसी कढ़ाई के किनारेवाली पीले रंगवाली साड़ी और पीले जम्पर, जिसमें पारसी कढ़ाई भी है, किनारे में लाल, हरे और सुनहरे तारों का काम हुआ था। दिलराजी ने जंपर और साड़ी पहना और Miss Dinaz ने उनका सीधा पल्ला ठीक किया। साड़ी में अपने साथ लाई हुई चाँदी-सोने की पिन से सँवारकर कंधे पर पल्ले को छोटी-छोटी चुन्नटें करके एक सुंदर सा जड़ाऊ साड़ी पिन लगा दिया, फिर दिलराजी के हाथों में लाल चूड़ियों के पीछे एक बड़ा सा कड़ा और सामने की छन्नी और हाथ में जड़ाऊ हाथ फूल पहना दिया। दिलराजी को सिंगारदान के सामने बैठाकर सिर पर एक ऊँचा बड़ा सा जूड़ा बाँध दिया। जूड़ा में एक बड़ा सा सोने का जूड़ा पिन खोंसकर उस पर सिर का पल्ला टिका दिया और पल्ले को भी छोटी-छोटी सोने के पिन से टाँक दिया। लाल सिंदूर से भरी माँग के ऊपर चमकता हुआ जूड़ा पिन भी दिख रहा था, जिसके बीच का हीरा मन मोह रहा था। माथे पर सोने की बड़ी सी टिकुली, जिसमें रूबी और हीरा लगा हुआ था।

कल्याणी ने पूछा, "क्या पैरों में आलता लगाना है?"

Dinaz ने कहा, "हलका गुलाबी रंग ज्यादा सुंदर लग रहा है।" पैरों की उँगलियों में मीनाकारी बिछुए, कमर में पतली सी कमरबंद बाँधकर गले में रानी हार Dinaz ने पहना दिया। दिलराजी खड़ी हुई और अपना सोलह सिंगार किया हुआ रूप देखकर अचंभित हो गई। कल्याणी उनकी सैंडल लेकर आई, जिसमें ऊँची एड़ी थी। अब तो दिलराजी लंबी भी हो गईं।

भगवानदीन तैयार होकर Drawing room में इंतजार कर रहे थे। Dinaz

दिलराजी को लेकर Drawing room में आईं और बोली, " here I present your beautiful wife !"

भगवानदीन हँसकर बोले, " Oh yes you have done the magic !" मन-ही-मन में भगवानदीन बहुत खुश हुए कि दिलराजी अब देखने और पहनावे में, भोज एवं सामाजिक कार्यक्रमों में शामिल होने लायक हो गई है। भगवानदीन सीढ़ियाँ उतरने लगे, उनके पीछे कल्याणी की मदद से धीरे-धीरे दिलराजी सँभलकर उतरने लगी। आज पहली बार इस तरह से तैयार होकर और ऊँची एड़ी की सैंडल पहन रखी है। कल्याणी ने कहा, " दीदी, मैं आपकी रोज वाली चप्पल लेकर आई हूँ, आप वापसी में बग्घी में ही बदल लेना, जिससे सीढ़ी चढ़ने में आराम रहेगा।

बग्घी में बैठकर भगवानदीन और दिलराजी निकल पड़े। Dinaz भी अपने घर की ओर चली गई। भगवानदीन ने दिलराजी को शर्माजी के घर के बारे में बताया कि उनका घर नीचे का ही है और यह भी बताया कि ध्यान से शर्मा भाभी को देखना, जब Knight साहब अपने घर में आएँगे तो आपको भी उसी तरह उनका ध्यान रखना होगा। यूँ ही थोड़ी देर में गाड़ीवान ने बग्घी रोकी और दरवाजा खोला, भगवानदीन ने उतरकर हाथ बढ़ाया, हाथ पकड़कर दिलराजी उतरीं, सामने एक सुंदर सी Cottage थी। आगे छोटा सा हरी घास वाला बाग, दोनों दरवाजे की ओर बढ़े, दरवाजे पर शर्मा और शर्मा भाभी ने मुसकराते हुए अभिवादन किया और अंदर Drawing room में ले गए। दोनों हाथों से शर्मा भाभी दिलराजी के कंधों को पकड़कर बोलीं, " वाह दिलराजी! अति सुंदर, Dinaz ने तो कमाल कर दिया। बैठो, " और दोनों एक बड़े सोफे पर बैठ गई। भगवानदीन और शर्मा भी बैठ गए। उनके घर में काम करनेवाला लड़का श्यामू चाँदी के गिलास में लाल रंग का पानी सा लेकर आया।

मिसिज शर्मा ने कहा, " दिलराजी, यह अनार का जूस है, ले लो।"

दिलराजी बोली, " मेरा व्रत है भाभी, " तो मिसिज शर्मा ने उन्हें समझाया कि हाथ में गिलास न उठाना बदतमीजी कहलाता है, हाथ में लेकर मुँह तक ले जाकर बगल में रख लो, चाहे पियो मत और आज मुझे ध्यान से देखना, जैसा मैं करूँगी, वैसा ही करना। मुझे मालूम है कि तुम्हारा व्रत है और मैं भी अभिनय कर रही हूँ कि मेरा व्रत है।" इस प्रकार बाते करते हुए वे लोग खाने की मेज पर जा बैठे—मेज पर क्रोशिया का सुंदर सफेद मेजपोश बिछा था, जिस पर चाँदी की प्लेट और गिलास, चाँदी के ही छुरी, काँटे और चम्मच सजे हुए थे। बीच में छोटा सा गुलाब का गुलदस्ता काँच के फूलदान में सज रहा था। सब बैठ गए तो मिसिज शर्मा बोली, " दिलराजी, मुझे पता है कि आपका व्रत है, इलसिए मैं भी वैसा ही व्यवहार करूँगी, जैसे मेरा व्रत है, क्योंकि जब आप अपने घर में दावत देंगी तो भी आपको मेज पर बैठकर खाने में साथ देना होगा। बेशक आप खाना

मत लो, पर कुछ फल, मेवे आदि प्लेट में ले लेना और चाँदी के गिलास में गंगाजल रख लेना, आज मैंने गंगाजल ही रखा है।"

दिलराजी ने कहा, "ठीक है, भाभी।" धीरे-धीरे मेज पर खाना आने लगा। निर्देशानुसार धीरे से हाथ के इशारा से मना करती रहीं। भोजन समाप्त होने पर चारों Drawing room में बैठे तो दिलराजी ने पूछा, "भाभी, बच्चे नहीं दिखे, खाना कब खाएँगे वे लोग ?"

मिसिज शर्मा बोलीं, "ज्यादातर भोज में बच्चे नहीं शामिल होते हैं, बच्चों की देखभाल एक Anglo Indian महिला करती हैं।"

ताज्जुब से दिलराजी बोली, "खाना-पीना भी वही खिलाएँगी क्या ?"

मिसिज शर्मा ने विस्तार में बताया कि ये औरतें अकसर हमसे भी अच्छी तरह बच्चों की देखभाल कर लेती हैं।

□

23

दिलराजी की परीक्षा

भगवानदीन और दिलराजी ने विदा ली और वापस निकल पड़े। रास्ते में भगवानदीन ने स्नेह से कहा, "राजी, तू बहुत कुछ सीख लिहे अहा, पर कुछ-न-कुछ साथ में खाय भी पड़े, हम जानत अही तोहरे बरे मुश्किल अहै, पर कोशिश करा।"

दिलराजी बोली, "हाँ, हम जरूर कुछ करब।"

आज Knight साहब आनेवाले हैं, अत: सुबह-सुबह तैयार होकर भगवानदीन निकल पड़े Knight दंपती की अगवानी में। कई दिन से उनके घर की साफ-सफाई, सजावट में भी व्यस्त रहे। उनके घर में काम करनेवालों के कपड़े-जूते नए खरीदे गए थे।

दिलराजी को हिदायत थी कि ठीक से घर ठीक-ठाक करवा के दोपहर के खाने की तैयारी कर लेगी। नाश्ता तो वे Ship में ही करके आएँगे।

Dinaz भी आएँगी मदद के लिए। आज भी इतवार है तो दिलराजी का व्रत है। दिलराजी ने पूजा-पाठ कर लिया। भगवानदीन ने बताया कि वे Knight साहब को लाकर, फिर ऑफिस में रहेंगे, जरूरत पड़ने पर उन्हे संदेशा भेज दें। खाने के समय से थोड़े पहले ही घर पर आ पाएँगे।

दिलराजी कल्याणी और शुकुल सभी Knight साहब और उनकी पत्नी को देखने के लिए उत्सुक थे। अत: बरामदे में खड़े होकर इंतजार करने लगे। बग्घी रूकी तो तुरन्त भगवान दीन आगे बढ़े, बग्घी से उतरकर गाड़ीवान ने बग्घी का दरवाजा खोल दिया था। हाथ बढ़ाकर भगवानदीन ने Knight साहब को, फिर उनकी पत्नी को उतारा। Knight साहब लाल रंग का चमकता चेहरा और उनकी पत्नी का सफेद रंग और लाल गाल देखकर दिलराजी दंग रह गई। कल्याणी बोली, "दीदी, इन गोरों को भगवान् ने क्या रूप दिया है!"

नौ बजे करीब Dinaz आ गईं। कल्याणी ने मेज सजा रखी थी। Dinaz ने कहा, "बिल्कुल ठीक है।" अंदर गई और दिलराजी से पूछा, "मैम, काम हो गया है तो आपको तैयार कर दूँ?"

दिलराजी बोली, "बस एक मिनट में हम मुँह-हाथ धोकर आ रहे हैं, कपड़े निकाल रखे हैं, आप देख लो। सफेद मलमल का ब्लाउज, जिसमें गुलाबी, नीले, हरे, लाल, पीले रंगों में कढ़ाई करी हुई है, कोहनी के नीचे भी चुन्नट पर कढ़ाई की गई है।" एक मलमल की सफेद धोती, जिसमें चौड़ा गुलाबी रंग का किनारा देखकर Dinaz बोली, "मैडम, बहुत ही सुंदर लगेगा, जब आप यह पहनोगे। कुछ दिनों बाद आपको मेरी जरूरत नहीं पड़ेगी। दिलराजी पहले से ही कानों में बड़ा सा मूँगे-मोती के लटकन वाला जड़ाऊ Tops मोती मूँगे की लटकनवाला पहन रखा था। हाथों में सोने के मोती-मूँगे से जड़ा हुआ मोटा सा बड़ा कड़ा गुलाबी चूड़ियों के आगे और गले में भी सोने की टिकड़ियों को मोती और मूँगे के तीन लरियों ने जोड़कर रखा हुआ वह हार अत्यंत सुंदर लग रहा था। Dinaz ने सर का जूड़ा बाँधा, उसमें मोतियों की Pins जड़ दिए और साड़ी-ब्लाउज पहनाकर सिर पर सोने की मोती से जड़ी Clip से पल्लू को fix कर दिया। पैरों में मखमल की जूती पहनकर आदमकद शीशे के सामने खड़ी हुई दिलराजी तो कल्याणी बोल उठी, "दीदी, बहुत ही जँच रही हो आप," एक धीमी सी मुस्कान दिलराजी के मुख पर छा गई और Dinaz उनका आत्मविश्वास देखकर खुश हो गई।

Dinaz के निर्देशानुसार ही दिलराजी आज सबकुछ करेगी, ऐसा तय हो गया। तय समय पर भगवानदीन आए और मुँह-हाथ धोकर तैयार हो गए। ड्राइंग रूम के सोफे पर बैठ गए, बगल में दिलराजी बैठीं। जयराम सीढ़ी के ऊपरी हिस्से पर खड़े होकर Knight दंपती का इंतजार करने लगे। थोड़ी ही देर में जयराम ने बताया, "भय्या, साहब आवत अहै," भगवानदीन और दिलराजी भी दरवाजे पर खड़े हो गए, जयराम अंदर चले गए।

Knight साहब को देखकर भगवानदीन बोले, "Good afternoon sir, Good afternoon Ma'am welcome." दिलराजी ने हाथ जोड़कर झुककर नमस्कार किया। सब अंदर आए। Mrs. Knight ने एक सुंदर सा Packet दिलराजी को दिया और कहा, "I Present you a Shawl from Kashmir with love," और Knight साहब ने एक कत्थई रंग का कश्मीरी कढ़ाईवाला Dressing Gown भगवानदीन को दिया और बोले, "It will keep you warm in cool days."

दिलराजी ने अपने हाथ से बुनी हुई टोकरी में रखा हुआ मलमल का ब्लाउज, जिसमें दिलराजी ने कढ़ाई की थी और एक लाल स्कर्ट, जिसे सफेद lace से सजाया था, Mrs. Knight को दिया, तो भगवानदीन ने विस्तार से अंग्रेजी में बताया कि किस प्रकार दिलराजी ने ये सब चीजें अपने हाथों से उनके लिए बनाई हैं। यह सुनकर Mrs. Knight ने कहा, "You are talented & beautiful, thank you very much." दिलराजी ने हाथ जोड़कर धन्यवाद दिया। भगवानदीन ने एक सुंदर बनारसी नीले रंग की Jacket, Knight साहब को दी।

इतने में जयराम और कल्याणी शीशे के गिलास में wine लेकर आए, दिलराजी के लिए चाँदी के गिलास में अनार का जूस। सबने अपना-अपना गिलास उठा लिया। शिष्टाचार अनुसार भगवानदीन ने होंठों से गिलास लगाकर Side table पर रख दिया। वैसे ही दिलराजी ने भी किया। Knight दंपती ने कश्मीर के बारे में बताते हुए वाइन पी, फिर सभी मेज पर जाकर बैठ गए। Dinaz के निर्देशानुसार 1st course—पहले Tamoto Soup & soup stick, 2nd Course में Alu tiki—Dahi vada, Papdi, 3rd course-stuffed pea puri and paneer curry, 4th course rice pulao, dam aaloo, 5th course phirani with keser and Raisins. पूरे समय दिलराजी की प्लेट में कुछ फल थे, जिसे उन्होंने एक-दो बार खाया। Knight दंपती को पहले से ही पता था कि इतवार को दिलराजी का व्रत है, वे सनातनी कर्म का पालन करती है। अत: उन्हें कोई आश्चर्य न हुआ। भोजन के उपरांत Knight दंपती ने खाने की और दिलराजी की बहुत तारीफ की और चले गए तो Dinaz ने आकर भगवानदीन से पूछा, " So Sir, how was food & what about Madam's conduct ?" भगवानदीन ने कहा, "Dinaz, thanks for excellent food & service. You made my wife presentable & well behaved, thanks for that। Hope you had Lunch?" Dinaz said, " Sir, I have got my Lunch packed. Mam is good cook."

" Sir, I will leave now. " Dinaz के जाने के बाद भगवानदीन ने दिलराजी से कहा, " राजी बढ़िया खाना बना रहा और अब तू सबकुछ सँभाल लिहे अहा। अब हम निश्चित होई के व्यापार पर ध्यान दै सकब।"

G.Y. Knight company का काम दिन दूना रात चौगुना होने लगा और भगवानदीन company के काम में व्यस्त हो गए और दिलराजी अब अपने घर का काम, खाना, मिठाई बनाना, सिलाई-कढ़ाई तथा भौकी बनाने में व्यस्त रहने लगी। इसके अलावा, वे हफ्ते में दो-तीन दिन कल्याणी को लेकर बाजार जाती थीं। गहनों का तो शौक था ही, अकसर कुछ-न-कुछ खरीदकर या ऑर्डर देकर आती थीं। Scott Market में जाकर सिलाई-कढ़ाई का सामान और शबनम से बात करके तथा कभी-कभार Dinaz की दुकान से शृंगार का सामान भी खरीद लाती थीं। दिलराजी की जीवन-शैली एकदम आधुनिक हो गई, परंतु वे अपने सनातनी विचारधारा एवं रहन-सहन में समझौता नहीं करती थीं।

इस प्रकार दिलराजी को रंगून आए करीब दो साल हो गए। आज शाम को Standard Hotel में Party है। दिलराजी ने गुलाबी रंग पर चाँदी के बेल-बूटे वाली बनारसी साड़ी पहनी, जिसमें चौड़ा सा रूपहला किनारा था और गुलाबी, नीले, हरे रंगों

की सुंदर मीनाकारी थी और गुलाबी रेशमी ब्लाउज पहना, जिसमें दिलराजी ने कढ़ाई कर रखी थी। कानों में हीरे की लटकनवाला बड़ा टॉप्स और गले में हीरे का लटकनवाला हार, हाथों में गुलाबी चूड़ियों के आगे-पीछे हीरे का कड़ा और हीरे की अँगूठियाँ। आधा सर ढककर पल्लू को सिर पर हीरे की क्लिप से टिका लिया। सीधे पल्ले की साड़ी पहनकर पल्ले को कंधे पर हीरे की साड़ी पिन खोंस रखी थी। पैरों में सुंदर रुपहले कामोंवाली जूती थी।

भगवानदीन के साथ जब वे इस प्रकार सजी-धजी होटल में पहुँची तो वहाँ पर उपस्थित अन्य मेहमानों को लगा, जैसे कोई रानी-महारानी आ रही हों! परंतु भगवानदीन को साथ में देखकर वे समझ गए ये मिसेज दुबे हैं। दिलराजी और भगवानदीन ने सबका हाथ जोड़कर अभिनंदन किया, फिर हमेशा की तरह मिसेज शर्मा को दिलराजी ने प्रणाम किया। मिसेज शर्मा बोलीं, "वाह दिलराजी, क्या खूब लग रही हो! हमें तो कभी-कभी विश्वास ही नहीं होता है कि तुम वही दिलराजी हो, जिससे मैं दो वर्ष पूर्व मिली थी! तुमने इतना कुछ सीखा।" इतने में स्टैंडर्ड होटल का मैनेजर शिवानंद मिश्रा आकर दोनों से बोला, "भौजी, हम उधर गुलाब के फूल से सजे गुलदस्ते वाली मेज को गंगाजल का छिड़काव करके चाँदी के बड़े गिलास में गंगाजल और छोटे में अनार का जूस रख दिए हैं, वहीं पर आकर बैठ जाएँ, दुनौ जनी।" दोनों उधर जाकर बैठ गईं। शिवानंद मिश्रा मिर्जापुर के रहनेवाले थे। वे जानते थे कि दिलराजी कुछ खाती-पीती नहीं हैं बाहर का, अतः वे अपने हाथों से बनाकर उनके लिए जूस और गंगाजल रखते थे।

हिंदुस्तानी महिलाएँ कम ही पार्टी में आती थीं। जो आती थीं, वे अपने धर्म का पालन करती थीं। उनके लिए अकसर शाकाहारी भोजन चाँदी के बरतनों में अलग मेज पर लगाया जाता था।

अंग्रेज पुरुष और महिलाएँ मांसाहारी भोजन चीनी मिट्टी के बरतनों में खाना और वाइन और पानी शीशे के गिलास में पीना पसंद करते थे।

अब दिलराजी जूस पी लेती थी। खाना वे नहीं खाती थीं, परंतु अगर किसी मिठाई या फल-फूल शिवानंद लाते तो वे समझ जातीं कि यह सात्त्विक् है और शिवानंद ने स्वयं बनाया है तो वे ले लेती थीं। इस प्रकार वे अब बिल्कुल रम गई थीं इस जीवन-शैली में। महिलाओं के बीच में भी वे बहुत ही पॉपुलर थीं। एक तो वे सदा हँसती रहती थीं, फिर कपड़े, गहने बड़े उम्दा सलीके से पहनती थीं। रंगून के बाजार के बारे में बहुत ज्ञान था। वे सबको बताती थीं कि कौन सी चीज कहाँ और किस दुकान पर अच्छी मिलती है। यहाँ तक कि अपने पिता वैद्यजी की मदद करते हुए, जो जड़ी-बूटियों का ज्ञान प्राप्त किया था, उसे भी साझा करती थीं। दिलराजी के गहने बहुत ही सुंदर होते थे, जिनके बारे में महिलाएँ जानकारी हासिल करती थीं।

आज गोल मेज पर मिसेज शर्मा और दिलराजी के अलावा 2 मारवाड़ी महिलाएँ तथा 2 सरकारी अफसर की बीबियाँ भी थीं। सभी हँस बोल रही थीं। इतने में सामने से Mrs. Knight को देखकर दिलराजी ने खड़े होकर नमस्ते किया और सभी महिलाएँ भी खड़ी हो गईं और एक साथ बोल पड़ी, "Good Evening।"

Mrs. knight उत्तर में बोलीं, "Good evening beautiful ladies," फिर दिलराजी से बोलीं, "Dilraji, thanks for Lovely Bread & sweets."

दिलराजी बोलीं, "Ma'am my pleasure।" इतने में एक अंग्रेज महिला ने आकर कुछ कहा, Mrs. knight, से तो Mrs. knight ने कहा, "Enjoy Ladies," और चली गईं।

उनके जाने के बाद एक महिला ने हँसकर पूछा, "मिसेज दुबे, आपने अंग्रेज को कौन सी Bread और मिठाई खिला दी?"

दिलराजी बोली, "अरे बहन, बस कोहंरौरी की कचौड़ी और संदेश भेजे थे, कुछ खास नहीं।"

महिला बोली, "आप खुद बना लेती हो संदेश?"

दिलराजी बोली, "हाँ," अब तो मिसिज शर्मा ने दिलराजी की खूब बड़ाई की।

दिलराजी ने मुसकराते हुए कहा, "अरे भाभी, हमने तो बहुत कुछ आपसे ही सीखा है।"

इस प्रकार सबने बातें करते-करते खाना खाया। दिलराजी ने थोड़ा सा फल ही लिया। Last में queen के नाम पर Toast हुआ और Party खत्म हुई।

भगवानदीन और दिलराजी घर आए। भगवानदीन ने कहा, "राजी, जा मुँह-हाथ धोय के खाना खाय लेया, हम जानत अही, तू कुछ खाये न होबू।"

कल्याणी ने आकर कहा, "बाबूजी, हम दीदी को खिला देंगे," और दिलराजी अपने कमरे में गई। कल्याणी की मदद से कपड़े-गहने रखे और मुँह-हाथ धोकर चौके में गई, पीढ़े पर बैठकर चूल्हे पर अंगारों पर शुकुल द्वारा रखी पूड़ी-सब्जी निकालकर खाने लगी। खाना खाकर उठीं तो कल्याणी ने चौका साफ किया। दिलराजी शयन कक्ष में गई तो देखा, भगवानदीन सो चुके थे। चुपचाप दबे पाँव से दिलराजी बिस्तर पर लेटकर सो गईं। इस प्रकार दुबे दंपती का जीवन व्यस्तता में बीत रहा था। □

24

संपन्नता

पहाड़पुर में बाबूलाल का पक्का बड़ा घर भी बनकर तैयार हो गया। रामसुख भी सेवानिवृत्त होकर पहाड़पुर रहने आ गए हैं। बड़ा सा घर है, घर के सामने बड़ा चबूतरा, फिर घुसते ही एक छोटा कमरा, जिसके बगल में बड़ी सी बखार, अंदर पहुँचकर तीन ओर बरामदा, बड़ा सा आँगन और सामने लंबा सा ऊँचा बरामदा, उसके एक ओर रसोईघर और दूसरी ओर ऊँचे बरामदे में दो चूल्हे और कंडा घर रसोई में तीन चूल्हे। घुसते ही दाईं ओर छत पर जाने की सीढ़ी और फिर दाहिनी ओर दो बड़े कमरे। बाईं ओर एक बॉक्स का कमरा और एक चक्की का कमरा, जिसमें बड़ी सी दो जाँत, आटा पीसने और एक छोटी चक्की दाल दलने के लिए। बाएँ बरामदे के आखिर में एक दरवाजा, बाहर शौचालय की ओर दरवाजे के दाहिने ओर तीन कमरे और स्नानघर।

अब तक बाबूलाल को तीन बेटियाँ हो चुकी थीं। घर के सामने एक कुआँ और पशुओं के लिए गौशाला और दाहिनी ओर सुंदर मड़ई, जिसमें रामसुख रहते हैं।

नया कच्चे घर में अब सुघड़ा का परिवार रहता है। तुलसीरामवाला पुराना घर टूट चुका है, वहाँ पर पक्की जमीन बनाकर कटी फसल रखी जाती है।

भगवानदीन हर महीने अपनी माँ को 100 रुपए भेजते हैं और वक्त-जरूरत पर बाबूलाल भी रुपए माँगते हैं, कभी बैल तो कभी गाय-भैंस खरीदने के लिए।

बाबूलाल का गाँव में काफी रुतबा हो गया है, वो घोड़े पर चलते हैं, एक बैलगाड़ी भी बनवा ली है। रामसुख भी अपनी रिटायर्ड जिंदगी बच्चों, परिवार एवं गाँववालों के साथ हँसी-खुशी बिता रहे हैं।

आज इतवार की छुट्टी है, अत: भगवानदीन घर में नाश्ता करने जा रहे थे, तभी विश्वनाथ पंडित की आवाज आई, "दिल्लू बिट्टी," आवाज सुनते ही दिलराजी दौड़ पड़ी, यही तो एक यहाँ परदेस में हैं, जो उन्हें अपने मायके से जोड़कर रखे हुए है। पं. विश्वनाथ से बोलीं, "भय्या प्रणाम," पं. विश्वनाथ बोले, "बिट्टी तोहरे बरे स्वामी दयानंद कै किताब लाय अही।"

तब तक भगवानदीन आकर बोले, "अरे पंडित का हाल अहै?"

विश्वनाथ ने झुककर पैर छुए और बोले, "सब ठीक अहै।"

दिलराजी बोली, "भय्या, नाश्ता कै ल्या, हलुआ बनाये अही।"

विश्वनाथ बोले, "अरे मेहमान के खिलावा, हम जात अही।"

भगवानदीन बोले, "अरे भाई-बहिन दुइनौ अपने धर्म कै पक्का अहा।" सब लोग हँस पड़े और विश्वनाथ नमस्कार करके निकल गए। उनके जाते ही हर इतवार की तरह आज भी राम सिंह आ गए और भगवानदीन के साथ बैठकर हलुआ-घुघरी खाया और माठा पिया, भगवानदीन और रामसिंह व्यापार की बातें करने लगे।

1922 की होली आनेवाली है, दिलराजी गुझिया, नमकीन, लड्डू बनाने में व्यस्त हो गई। मौसम बदलने लगा है। विश्वनाथ अपने घर जाने की तैयारी करने लगे। दिलराजी उनके साथ अपने भतीजे-भतीजियों के लिए गुझिया, लड्डू, पेड़ा इत्यादि भी बनाकर देगी। उनके लिए कपड़े तो पहले ही खरीद लाई थीं।

पं. विश्वनाथ घर जाकर वापस आ गए, गरमी शुरू हो गई। पं. विश्वनाथ घर से एक बड़ी गठरी में तिल, घर का बना गुड़, महुआ, ढूढ़ी, भुना चना, लाई, अमावट, खटाई, बड़ियाँ इत्यादि तथा अन्य दिलराजी के पसंद की चीजें लेकर आए।

Knight दंपती फिर से कश्मीर और फिर वहाँ से बंबई होकर ऑस्ट्रेलिया जाने का मन बना चुके थे। इस विचार से आज इतवार को Knight साहब ने भगवानदीन को 10 बजे ऑफिस में आने का संदेशा भेजा। खबर मिलने पर भगवानदीन ने दिलराजी से कहा, "नाश्ता दै द्रया, हमें Knight साहब बुलाये अहै।"

दिलराजी उठी तो चल न पाई, कल्याणी ने सहारा दिया और अंदर जाकर दिलराजी को बिस्तर पर लिटाकर बोली, "दीदी, आप आराम करो, हम नाश्ता लगा देंगे।" तब तक रोज की तरह नर्स 8 बजे आ गई।

नर्स दिलराजी को देखकर बोली, "शायद आज ही बच्चा हो जाएगा। मैं डॉक्टर को संदेश भेज देती हूँ।" कल्याणी ने नाश्ता लगाया, भगवानदीन नाश्ता करने लगे। दिलराजी को दूसरी मेजनुमा खाट, जो प्रसव के लिए तैयार की गई थी, उस पर लिटा दिया और भगवानदीन को जाकर बताया कि "सर, हमने Dr. Khastgir को संदेशा भेज दिया है और मैं पूरी तैयारी कर लूँगी, जहाँ तक है, आज आपके घर में बच्चा आ जाएगा।"

भगवानदीन ने कहा, "क्या मैं मिल सकता हूँ?"

नर्स बोली, "हाँ-हाँ क्यूँ नहीं, मिल लीजिए।" दिलराजी का कमरा एकदम बदला हुआ था। दिलराजी मेजनुमा बिस्तर पर एक सफेद चादर ओढ़कर लेटी हुई थी। दिलराजी के आँखों में दर्द दिख रहा था। इस समय कमरे में कोई न था। भगवानदीन दिलराजी का हाथ पकड़कर बोले, "राजी, बहुत तकलीफ होत अहै, हम कहत रहे कि घरे चली

जा, उहाँ महतारी, भौजाई साथ रहती तौ दर्द कै अहसास कुछ कम होत।" दिलराजी मुसकराकर बोली, "हम तो अपने धरम और करम से बँधी अही, ऊपर से ऐतना देखभाल, प्यार इहाँ मिलत अहै कि हम नैहर भुलाय गय अही," इतने में प्रसव पीड़ा उठी, दिलराजी आँख मींचकर दाँत से ओंठ दबाकर भगवानदीन का हाथ जोर से पकड़कर दर्द सहने लगी, आँखों से पानी बहने लगा धीरे से आँखें खोली और मुसकराकर बोली, "Knight साहब बुलाये अहै, आप जाय, बच्चा पैदा करब तौ दर्द तो सहै पड़े।" भगवानदीन चले गए तो कल्याणी और नर्स भी आ गई। Dr. Khastgir आईं तो भगवानदीन बाहर निकल रहे थे; बोलीं, "Good Morning, Mr. Dube, I will examine her and do the needful, soon I will give you good news."

भगवानदीन चले गए और Dr. Khastgir के निर्देशानुसार दोनों नर्स काम में लग गईं और कल्याणी दिलराजी का हाथ, पैर और सिर सहलाने लगी।

भगवानदीन ऑफिस में पहुँचे तो Knight साहब पहले से ही वहाँ बैठे थे, भगवानदीन ने गुड मार्निंग बोलकर अपनी घड़ी देखी और बोले, "sir, hope I am not late."

Knight साहब बोले, "Oh no, my son come, you are never late।" मेज की दूसरी ओर भगवानदीन बैठ गए। मेज पर बहुत सारे कागज रखे हुए थे। G.Y. Knight साहब 50 प्रतिशत के share holder, भगवानदीन 20 प्रतिशत, Duftari 10 प्रतिशत, Kajrani 10 प्रतिशत और राम सिंह 10 प्रतिशत के थे। अतः Knight Saheb, भगवानदीन से बोले, "अभी तक 20 प्रतिशत के share holder हो, परंतु मैं चाहता हूँ, तुम मेरा पूरा काम देखो, जो कि वैसे भी तुम कर रहे हो और मैं अभी कश्मीर, फिर Bambay और वहाँ से ऑस्ट्रेलिया जाऊँगा, इसलिए मैं तुमको अपना 50 प्रतिशत का Partner बनाना चाहता हूँ।" भगवानदीन ने बहुत आग्रह किया कि ऐसा मत करिए, परंतु Knight साहब नहीं माने तो भगवानदीन बोले, "sir, मैं 25 प्रतिशत का share खरीद लूँगा।" वकील के सामने दोनों ने दस्तखत कर दिया। इस प्रकार भगवानदीन कर्मचारी से major share holder बन गए। वकील चला गया तो भगवानदीन ने झुककर Knight साहब के पैर छुए और बोले, "sir, you have always treated me like your son।"

Knight साहब बोले, "I don't have any child, you are my child," और गले लगा लिया, फिर बोले, "come in the eveing and have dinner with us. My wife will be happy to feed her son." "Yes sir, I am honoured and I am grateful."

□

25

बधाई

दोनों ऑफिस से बाहर निकल रहे थे कि सामने Dr. Khastgir मिली और बोली, "Congratulation Mr. Dube, you are blessed with a beautiful girl child."

Knight साहब ने हाथ मिलाकर congratulate किया और डॉक्टर से पूछा, "Hope, mother & baby are fine?" Dr., "Yes, yes they both are fine, now I will take leave Mr. Dube, I will send one more nurse to take care of baby."

डॉक्टर के जाने के बाद Knight साहब अपने घर और भगवानदीन अपने घर गए तो देखा घंटे भर के अंदर ही घर का वातावरण बदल गया था। दिलराजी के कमरे के सामने आग जल रही थी, जिसमें गुगुल की खुशबू आ रही थी, वे दरवाजे पर आए तो इशारे से दिलराजी ने उन्हें अंदर आने से मना किया। दिलराजी की इच्छानुसार नर्स ने गुलाबी कपड़े में लिपटी छोटी सी बिटिया का मुँह दिखाया, जो एकदम सफेद रुई के फाहे के समान दिख रही थी, सफेद गोरे मुख, सिर पर काले घने बाल, लाल होंठ और आँखे बंद। भगवानदीन हाथ जोड़कर बोले, "देवी स्वागत अहै।"

परंपरानुसार 11 दिन तक माँ बच्चा एक कमरे में रहेंगे, जहाँ पर बाहर का कोई नहीं जाएगा। सबकुछ दिलराजी ने अपने गाँव की परंपरानुसार ही करने की हिदायत कल्याणी को दे रखी थी, यहाँ तक कि खान-पान, साफ-सफाई सब वैसे ही होनी थी।

भगवानदीन तो अपनी पहली बेटी को लक्ष्मी ही मान रहे थे, क्योंकि उसका जन्म होते ही वे कर्मचारी से मालिक बन गए।

शाम को Knight साहब के घर गए तो Knight दंपती ने विस्तार से बताया कि वे क्यों कंपनी भगवानदीन को देकर यहाँ से ऑस्ट्रेलिया जाना चाहते हैं! उनके बच्चे नहीं थे। ऑस्ट्रेलिया में उन्होंने काफी खेती की उपजाऊ जमीन खरीद ली थी। भेड़ पाल रखी थीं, जिसका ऊन G.Y. Knight Company खरीदती है। अत: अगर वे ऑस्ट्रेलिया में रहेंगे

तो अपने माँ-बाप की देखभाल कर सकेंगे और वहाँ अपनों के बीच Mrs. Knight अकेला कम महसूस करेंगी।

बच्चा 10 दिन का हो गया, अभी तक भगवानदीन ने बच्चे को गोद में नहीं लिया था। Dr. Khastgir ने रोज की तरह आकर माँ-बच्चे का चेकअप किया और दुबे के पास आईं तो भगवानदीन ने पूछा, "दोनों कैसे हैं?"

Dr. Khastgir ने बताया कि "स्वास्थ्य तो ठीक है, परंतु बेबी शायद deaf & dumb है।"

सुनते ही भगवानदीन के पैरों से जमीन खिसक गई और वे विश्वास ही न कर सके, फिर उन्होंने तुरंत अपने को सँभाल लिया और बोले, "हरि इच्छा!"

Dr. Khastgir बोलीं, "कुछ दिन बाद जीभ का छोटा सा Operation करेंगे और Ear Check करेंगे।"

भगवानदीन ने पूरी बात Knight साहब को बताई तो उन्होंने दुबे को समझाया कि परेशानी की बात नहीं है। बच्चा स्वस्थ है हाथ-पैर, सब ठीक है। अमेरिकन स्कूल में डालने से वे सबकुछ सिखा देंगे।

12वें दिन धूमधाम से बरही हुई, पंडितजी ने पूजा कराई। पूजा के बाद सभी मेहमानों ने बच्चे को आशीर्वाद दिया। उपहार से पूरा कमरा भर गया। जलपान करके सब लोग चले गए तो Knight दंपती ने दिलराजी, बच्ची और भगवानदीन को एक कागज दिया, जिसमें उन्होंने अपनी Lucky Cottage बच्ची सुशीला देवी के नाम कर दिया था और बोले, "I have presented this beautiful cottage to my Grand daughter Sushila, as you all know, I will be leaving Rangoon for approx one year and when I will come back to Rangoon, I will live in my grand daughter's lucky cottage."

12वें दिन रात को दिलराजी भगवानदीन के कमरे में आईं, बेबी सुशीला सो गई थी, नर्स उसके पास थी। आज 11 दिन बाद दिलराजी ने ठीक से खाना खाया था। दिलराजी को देखते ही भगवानदीन खुश होकर बोले, "सुशीला की अम्मा, आवा बैठा," दोनों सोफा पर बैठ गए तो भगवानदीन ने बताया कि किस प्रकार सुशीला के जन्म के समय ही Knight साहब ने उन्हें कर्मचारी से मालिक बना दिया। इस प्रकार बात करते हुए भगवानदीन ने दिलराजी को बताया कि उनकी बेटी लक्ष्मी है, जो समृद्धि लेकर आई है, परंतु वह सुन और बोल नहीं पाएगी। अतः हम दोनों को सुशीला की देखभाल एक देवी के समान करना होगा। दिलराजी के पैरों के नीचे जमीन खिसक गई और उनकी आँखों से आँसू बहने लगे। भगवानदीन उनका हाथ पकड़कर बोले, "Knight साहब सुशीला के लिए स्कूल का बंदोबस्त भी कर दिए हैं, तू दिल छोटा जिन करा, लक्की कॉटेज कै चाभी भी दिहै अहै।"

दिलराजी आँसू पोंछकर बोली, "प्रभु कै इच्छा के आगे कौनो बस नाही न, एक तौ पहलौठी बिटिया, ऊपर से गूँगी-बहिरी," कहकर आँख बंद करके बैठ गई, इतने में नर्स आकर बोली, "मैडम, बच्चे के दूध का समय हो गया है," दिलराजी उठकर बच्चे को स्तनपान कराने के लिए चली गईं।

भगवानदीन Knight साहब से मुफ्त में कुछ भी लेना नहीं चाहते थे। आज तक वो अपने आपको अपनी माँ के दस रुपए का दोषी मानते थे। असमंजस में हैं कि वे किस प्रकार Knight साहब को लक्की कॉटेज का दाम दे सकें, अच्छा होता अगर वो खरीद सकते! अतः इस विचार में लीन हो गए कि वे किस प्रकार बिना Knight साहब को hurt किए, उनको लक्की कॉटेज का वाजिब दाम दे सकें।

भगवानदीन पहले से भी अधिक व्यस्त हो गए। Knight साहब के साथ रोज ही घंटे-दो घंटे बिजनेस के सभी कागज-पत्तर की जाँच और समझना। Knight साहब भगवानदीन को अपना बेटा एवं उत्तराधिकारी के रूप में बिजनेस के गुरुमंत्र देते रहते थे।

समय बीतता गया, Knight दंपती रंगून से निकल गए। उनके Brooking Street घर की साफ-सफाई हफ्ते में एक दिन अपनी निगरानी में भगवानदीन करवाते थे।

लक्की कॉटेज की भी साफ-सफाई नियमित रूप से होती थी, पहले की तरह ही। पहले भी महीने में दो-तीन बार Knight दंपती लक्की कॉटेज में जाकर रहते थे। उसी प्रकार अब भगवानदीन सपरिवार लक्की कॉटेज में जाकर इतवार का दिन बिताकर अकसर आते थे। वहाँ की लॉन में बैठकर भगवानदीन के साथ चाय पीना और सुशीला का वहाँ कल्याणी और नर्स के साथ खेलना देख दिलराजी बहुत खुश होती थीं। दुबे दंपती सुख-सुविधापूर्ण जीवन बिताने लगे।

इस प्रकार Knight साहब को रंगून से गए करीब दो साल हो गए थे। आज पत्र आया कि वे ऑस्ट्रेलिया से रंगून के लिए अगले हफ्ते रवाना होंगे। यह पढ़कर भगवानदीन बहुत खुश हुए। उनके 25 प्रतिशत शेयर का सारा पैसा Knight साहब के निर्देशानुसार कंपनी के अकाउंट में ही था, जिसको भगवानदीन Knight साहब को सौंपना चाहते थे। अब सुशीला तीन साल की होनेवाली है, दूसरी बेटी कौशल्या भी डेढ़ साल की हो गई हैं। जल्दी ही तीसरा बच्चा भी होनेवाला है। दिलराजी की प्रबल इच्छा है कि पुत्र-प्राप्ति हो, इसके लिए वे कठिन पूजा-पाठ करती रहती हैं, परंतु भगवानदीन जानते है कि यह ईश्वर के ही हाथ में है।

पत्र में लिखा था Knight साहब ने कि वे सुशीला के घर में अतः लक्की कॉटेज में ही रहेंगे। भगवानदीन के लिए भी आसान था, क्योंकि लक्की कॉटेज का पूरा स्टॉफ पुराना था, जो Knight दंपती की देखभाल करने में सक्षम है। आज लक्की कॉटेज को ठीक से Knight साहब के लिए तैय्यार करवाने के लिए गए तो अचानक उन्हें सूझा

कि वे युसूफ के बगलवाली दुकान, जो उन्होंने कई वर्ष पहले खरीदा था, उसे युसूफ ने किराए पर ले रखा है आज अगर वे बेच दें तो वह पैसे से वे लक्की कॉटेज का payment कर सकते हैं।

Knight साहब के आने को एक महीना है और दिलराजी ने सुबह के 4 बजे एक पुत्र को जन्म दिया। पुत्र जन्म से ऐसा लगा कि दिलराजी धन्य हो गई और भगवानदीन खुश हुए कि उनकी माँ बहुत खुश होंगी और सोहर गाने लगेंगी।

भगवानदीन ने तुरंत एक टेलीग्राम द्वारा रामसुख को सूचित किया कि उनके घर में पुत्र का जन्म हुआ है। टेलीग्राम मिलने पर पहाड़पुर में रामसुख के घर में खुशी की लहर दौड़ गई। सरताजी ने सोहर गाते हुए फूल की थाली बेलन से पीटी जिससे गाँव भर में यह समाचार पहुँच गया कि सरताजी के घर पुत्र का जन्म हुआ। गाँव की औरतें शाम के खाना खाने के बाद सरताजी के घर सोहर गाने के लिए पहुँच गईं।

भगवानदीन ने धूमधाम से पुत्र का स्वागत किया। ऐसा लग रहा था कि पूरे रंगून में उत्सव मनाया जा रहा है। घर के सामने बैंड बजाते हुए शबनम भगवानदीन दुबे की मुँह बोली, बहन बधावा लेकर आईं।" सोहर गानेवाली कुछ महिलाएँ सोहर गा रही थीं। बीच-बीच में दिलराजी भी सोहर गा रही थीं।

इस प्रकार निकासन और रात्रि भोज के बाद भगवानदीन और दिलराजी ने साथ में चौके में बैठकर भोजन किया और फिर देर रात तक आपस में बातें करते रहे और पुत्र का नाम शिव प्रसाद रखा, क्योंकि दिलराजी ने पुत्र को शिव का प्रसाद कहा था। भगवानदीन जानते थे कि उनकी माँ ने भी धुइसरनाथ बाबा की मानता मानी होगी।

कल सुबह जहाज से Knight साहब आनेवाले हैं, इसलिए आज लक्की कॉटेज जाकर भगवानदीन ने वहाँ की साज-सजावट और बाकी खाने-पीने की व्यवस्था की, जिससे उनको कोई असुविधा न हो।

दिलराजी को हिदायत दी कि सुबह-सुबह वे Knight साहब को लेने Jeti पर जाएँगे और दिलराजी को तीनों बच्चों के साथ लक्की कॉटेज में Knight दंपती के स्वागत में उपस्थित रहना है।

Knight दंपती आ गए, उन्होंने भगवानदीन के बच्चों को अपने Grand Children सा स्नेह दिया और सबके लिए ढेर सारे खिलौने और कपड़ों का उपहार भी दिया। दिलराजी के लिए एक camel colour का कोट और भगवानदीन के लिए ओवरकोट दिया और कहा, "जब ऑस्ट्रेलिया मुझसे मिलने आओगे तो पहनकर आना।" भगवानदीन ने पैर छुए और Knight साहब ने गले लगा लिया। सोफे पर Knight साहब बैठे हुए थे। भगवानदीन कालीन पर उनके पैरों के सामने बैठकर बोले, "sir, please do me a favour."

Knight साहब बोले, "surely, I will do, don't hesitate."

भगवानदीन ने गिफ्ट बाउचर उनके हाथ में रखकर बोले, "please give it to my Grand Mom, just a token of Love, I will be gratefull." Knight साहब ना न कर सके।

दूसरे दिन Brooking Street वाले फ्लैट में आकर Knight साहब ने भगवानदीन के साथ चाय पी और बताया कि वे क्या-क्या सामान ऑस्ट्रेलिया ले जाएँगे, उनमें से बहुत कुछ सामान भगवानदीन को और कुछ स्टॉफ में बँटवाने का निर्देश दिया।

शाम को घर आकर भगवानदीन ने दिलराजी को बताया कि Knight साहब दो महीने बाद वापस जाएँगे, सबकुछ मुझे सौंपकर तो अब "हम G.Y. Knight Company का मालिक बन जाब," हम 25 प्रतिशत शेयर खरीदै के बरे इरावदी नदी के किनारा वाला एक खेत बेच दिहै अही। जाने के पहले वो सुशीला का अमेरिकन स्कूल में एडमिशन करवा देंगे। सुशीला की पढ़ाई का पूरा खर्चा भी स्कूल में जमा करवा देंगे। यह वे सुशीला के भविष्य के लिए कर रहे हैं।

दिलराजी ने कहा, "ईश्वर दुनौ जने के स्वस्थ और खुशी रक्खै।"

भगवानदीन बोले, "लेकिन हम उनकै इतना अहसान कै भार न सह सकब।" हम दुकान बेचे से मिला पैसा का Gift Voucher Knight साहब की माँ के नाम बनवा के दै दिहे अही।

भगवानदीन G.Y. Knight Company का Staff और Knight साहब व्यस्त रहे कागजात बनाकर पूरी Company भगवानदीन दुबे को transfer करने में। दिलराजी व्यस्त रहीं Knight साहब का फ्लैट अपने दो भाइयों के लिए सजाने-सँवारने में, जो भगवानदीन के आग्रह पर G.Y. Knight Company में काम करने के लिए आनेवाले हैं। Knight साहब ने सुझाव दिया था कि अपना कोई विश्वास पात्र रखने के लिए, जो मालिक की गैर-हाजिरी में सुचारू रूप से Company का कार्य सँभाल सके, जैसे तुम मेरे रंगून से बाहर रहने पर काम सँभालते थे।

देखते-देखते समय बीत गया। Knight साहब के जाने में कुछ दिन ही बचे हैं। आज उनकी विदाई के रूप में स्टैंडर्ड होटल में रंगून के व्यापारियों ने एक भोज और संगीत का कार्यक्रम रखा है। बच्चों की देखभाल के लिए एक Governance, दो नर्स और कल्याणी थीं। अत: दिलराजी को कहीं जाने में कोई समस्या नहीं होती थी।

गरमियाँ आ गई थीं, इसलिए दिलराजी ने Dhaka के मलमल की जामदानी साड़ी पहनी, जो आजकल मुश्किल से बाजार में मिलती हैं। एक बंगाली मुसलमान, जो ढाका में रहते हैं और यहाँ चोरी-छिपे अपनी बुनी जामदानी का व्यापार करता है, क्योंकि अगर अंग्रेज को उसका पता लग जाए तो शायद उसके हाथ ही काट दिए जाएँ।

सफेद जामदानी में रंग-बिरंगे फूल-बूटे शोख रंगों से बुने गए थे। लाल Full Sleeve का Smocking करा हुआ Jumper और कानों में हीरे का बड़ा सा फूल, जिसमें हीरे की लटकन लगी हुई थी। आधा सिर ढँका हुआ था, जिससे बायाँ कंधा पूरा खुला हुआ था, इसलिए बाएँ कान का हीरा रोशनी में दमक रहा था। सीधे पल्ले को सलीके से दाहिने कंधे पर नवरत्न की साड़ी Pin से बाँध रखा था। गोरे चेहरे पर बड़ी सी सोने की जड़ाऊ बिंदी चेहरे के नूर में चार चाँद लगा रही थी।

आत्मविश्वास से भरी हुई दिलराजी ने भगवानदीन का हाथ पकड़े हुए Hotel में प्रवेश किया तो सभी व्यापरियों एवं उनकी पत्नियों ने ताली बजाकर उनका स्वागत किया। G.Y. Knight Company का मालिक बनने के बाद पहली बार वे इस भोज में शामिल जो हो रहे थे।

सबने बधाइयाँ दीं और बातें करते हुए Knight दंपती का इंतजार करने लगे। Knight दंपती आए और महफिल संगीत से गूँज उठी। संगीत के बाद भोज, फिर लोगों ने मिलकर उपहारस्वरूप रंगून के Precious Stone एवं सोने से जड़ा हुआ छोटा सा बॉक्स, जिसमें रंगून के मशहूर रूबी का Brooch Mrs. Knight के लिए तथा Mr. Knight के लिए Cufflinks और Tie Pin था। विदाई गीत के साथ पहले Knight दंपती, फिर सब लोग अपने-अपने घर के लिए रवाना हुए। Knight दंपती जाते समय अपनी मोटरकार भी भगवानदीन दुबे को दे गए। अब आना-जाना दिलराजी का मोटरकार में ही होता था।

दिलराजी के दूसरे और तीसरे नंबर के भाई रंगून आ गए थे, वे दोनों G.Y. Knight वाले फ्लैट में रहने लगे। वे दोनों कुशाग्र बुद्धि के थे, जल्दी ही काम सीख गए।

□

26

दुबे दंपती की गाँव वापसी

बार-बार रामसुख पत्र द्वारा पहाड़पुर आने के लिए कहते हैं। सरताजी अपने पोते को देखने के लिए आतुर हैं। दिलराजी के भाई भी अकसर भगवानदीन से कहते हैं कि आपको अपने माँ-बाप से मिलना चाहिए। गरमियों में वैसे भी बिजनेस कम हो जाता है। रामसिंह इस वर्ष जाड़ों में ही घर जा चुके थे। तिवारी अपनी पत्नी को यहीं ले आए थे, फिर दिलराजी के दोनों भाइयों पर भगवानदीन का विश्वास था, इसलिए उन्होंने दिलराजी से कहा, "राजी, हमरे माई कै गहना हमका दिखाय दया और घरे चलै के बरे तैयारी शुरू कै दया, अगले इतवार कै टिकट कराये अही, कल्याणी और जयराम संगे चलिहै।"

"जहाज में एक नर्स लरिकन के बरे रहें, पहाड़पुर मा भी एक नर्स इलाहाबाद से लैके चलब, जैसे तोहै और लरिकन के कौनौ तकलीफ न होये।"

दिलराजी खुश होकर बोलीं, "अरे तैयारी का करै का बा? बस माई के गहिना गुरिया देख ल्या, कपड़ा-लत्ता तौ हम एक दिन मा खरीद लाउब।"

इलाहाबाद से टैक्सी लेकर सगरा तक भगवानदीन सपरिवार पहुँचे और वहाँ से बैलगाड़ी और ऊँट द्वारा पहाड़पुर में प्रवेश किया। दिलराजी अपने गौने की स्मृतियों में थी और भगवानदीन 10 रुपए लेकर इस रास्ते से निकले थे और आज करोड़ों के मालिक बनकर आ रहे हैं, इन खयालों में गुम थे। उन्हें संतोष है कि वे अपनी माँ के लिए सोने के गहने सिर से लेकर कमर तक के खरीद लाए हैं। पैरों में सोना नहीं पहना जाता है, इसलिए नहीं खरीदा।

बैलगाड़ी रत्तू चला रहे थे। बीच-बीच में भगवानदीन गाँव के बारे में भी बात कर रहे थे। बैलगाड़ी रुकी, पँखुरी लोटे में पानी लेकर आई, दिलराजी और बच्चों के चारों ओर से उतारकर फेंका। भगवानदीन नीचे उतरे ही थे कि सरताजी ने यूँ पकड़ा, जैसे किसी छोटे बच्चे को पकड़ लिया हो और रोने लगी। भगवानदीन पैर भी न छू पाए थे। नाउन ने आकर छुड़ाया और पानी वार दिया। भगवानदीन ने रामसुख के चरण छूए,

बाबूलाल ने भगवानदीन के पैर छूए, रोंधू नाऊ ने थाली में पानी रखकर भगवानदीन के पैर धोए। अंदर दिलराजी के पैर थाली में रखकर स्वयं पाँखी ने धोकर आँचल से पोंछ दिया। कल्याणी और नर्स बच्चों को लेकर ऊपर कमरे में गईं, वहीं देखभाल करने लगीं। थोड़ी देर बाद दिलराजी भी ऊपर गईं। ऊपर दो कमरे थे और बड़ी सी छत, बड़े कमरे में बच्चे, कल्याणी और नर्स, दूसरे कमरे में दिलराजी और भगवानदीन के रहने का इंतजाम था। शौचालय नहीं था।

दोपहर ढ़ल चुकी थी रामसुख भगवानदीन बाबूलाल और सरताजी की तो बातें ही नहीं खतम हो रही थीं। पाँखी का खाना बन गया और नहा-धोकर रामसुख दोनों पुत्रों के साथ आँगन में खाना खाने बैठ गए।

दिलराजी भी नहा-धोकर रसोई घर में खाना बनाने में मदद कर रही थीं। भोजन के बाद सब लोग सोने के लिए चले तो सामनेवाले कमरे में लालटेन की रोशनी में चमचमाते सोने के गहने को छोटी संदूकची से निकालकर भगवानदीन सरताजी के गोद में रखकर बोले, "माई, हम कसम खाए रहे कि जब तक तोहरे एक झुलनी की जगह तोहे सोने के गहना से लाद न देब, तब तक घरे न आउब।"

"अरे बेटवा, हम तौ तोहै देखै के बरे तरसि गए, हमें गहना नाही, हमार बेटवा चाहत रहा।" माई कहकर भगवानदीन उनसे लिपटकर रो पड़े। थोड़ी देर बाद सारे गहने संदूक में बंद करके चाभी सरताजी के पल्लू में बाँध दी। संदूकची को सरताजी ने अपने सिर के पास रखकर लेट गईं और बोली, "जा सोइ जा, थका होब्या।"

दूसरे दिन सुबह उठकर भगवानदीन गाँव की ओर निकल गए। बड़ों को पैलगी करते हुए और छोटे से पैलगी लेते हुए बतियाते हुए, जब तक वापस आए, उनके साथ कम-से-कम 15 लोग थे। दिलराजी ने हलवा-घुघरी का नाश्ता बना दिया था। सबको नाश्ता कराकर और खुद भी खाकर फिर वे संस्कृत विद्यालय की ओर चल पड़े। वहाँ पर आचार्य विशंभर पाँडे बैठे थे और उनके सामने सिर्फ पाँच-छह बच्चे। जाकर भगवानदीन ने पैर छुए और बोले, "गुरुजी, आज इतनै शिष्य आय अहै का?" थोड़ी देर भगवानदीन का रूप-रंग देखकर आश्चर्यचकित होकर गुरुजी बोले, "अरे भगवानदीन, हम सब तौ उम्मीद छोड़ दिहै रहे कि तू पहाड़पुर वापस अऊब्या, लेकिन तू तो अपने बाप-दादा कै नाम रोशन कर दिहै अहा।"

भगवानदीन बोले, "गुरुजी, अबै तौ बहुत कुछ समाज के बरे करै का अहै।"

आचार्यजी ने बताया कि यहाँ अंग्रेजों ने एक प्राइमरी स्कूल खुलवा दिया है और जबरन बच्चों को पकड़-पकड़कर वहाँ पढ़ाते हैं। अब सिर्फ पंडिताई करनेवाले ब्राह्मणों के बच्चे ही संस्कृत विद्यालय में पढ़ने आते हैं। अंग्रेज तो चाहते हैं कि गुरुकुल पद्धति ही खत्म हो जाए।

भगवानदीन गाँव की जरूरतों के बारे में काफी कुछ जान चुके थे। उन्होंने निश्चय किया कि दोबारा वो आएँगे तो यहाँ समाज के लिए कुछ अवश्य करेंगे। गाँव के हर घर से एक-एक लड़के को रंगून आकर काम करने के लिए प्रोत्साहित किया। भगवानदीन अपने गाँव की आर्थिक स्थिति सुधारना चाहते थे। भगवानदीन से मिलने रोज आसपास के गाँव से भी बहुत लोग आते थे।

□

27

गाँव में अपना घर

एक दिन रात को सोने से पहले दिलराजी ने कहा कि इतने लोग आपसे मिलने आते हैं और सभी सामने बैठते हैं, उससे घरवाले असहज होते हैं और हम लोगों की भी इस प्रकार रहने की आदत नहीं है, इसलिए यदि आप एक बैठक लोगों के लिए और एक घर हम लोगों के लिए बनवा लें तो अच्छा रहेगा। खासतौर से बच्चों को खुले शौचालय में जाने की आदत नहीं है और बेटियाँ भी बड़ी हो रही हैं। थोड़ी देर सोचकर भगवानदीन बोले, "ठीक अहै, हम विचार करब।" इधर रामसुख काफी दबाव डाल रहे थे कि किसी तरह अगर 30 बीघा खेत हो जाए तो गाँव में दबदबा हो जाएगा। अभी तो पक्का घर गाँव में एक ही है बाबूलाल का, अगर 30 बीघा जमीन होगी तो बहुत ही अच्छा होगा। गाँव में जोतने लायक इतनी जमीन किसी के पास भी नहीं होगी।

भगवानदीन को पता था कि बाबूलाल के पास 10 बीघा है। गाँव के आसपास 20 बीघा जमीन मिलना मुश्किल है। घर के पास की जमीन पंडित बाबा की है, उनसे अनुरोध करके देखेंगे अपना घर बनाने के लिए, लेकिन खेत के लिए 20 बीघा कहाँ से लें? बाबूलाल ने बताया कि इतनी जमीन तो सिर्फ पटवारी ही दिला सकते हैं, कुछ जो पटवारी के नाम और कुछ जो गिरवी है। वही पटवारी, जिसने सरताजी की सोने की झुलनी खरीदी थी 10 रुपए में।

भगवानदीन पटवारी के घर दूसरे दिन सुबह ही पहुँच गए। पटवारी काफी बूढ़े हो गए थे, लेकिन भगवानदीन को देखते ही पहचान गए और बोले, "आइए-आइए," कुरसी पर भगवानदीन को बैठाया, छोटू मिठाई और पानी लेकर आया।

भगवानदीन बोले, "दादा, आपकी मदद फिर चाहिए। कई साल पहले आप ने माँ की झुलनी खरीदकर 10 रुपए दिए थे। आज मैं आपकी मदद से 20 बीघा जमीन खरीदना चाहता हूँ।"

पटवारी ने कहा, "हाँ-हाँ जरूर, पैसा कैसे मिलेगा? बनिया तो पहले पैसे की ही बात करता है।"

भगवानदीन ने कहा, "आप पिताजी के नाम करवाते जाना मैं हुंडी से सीधे आपके पास पैसे भेज दूँगा।"

"कौन साहूकार है?" पटवारी ने पूछा।

भगवानदीन ने कहा, "बनवारी लाल, प्रतापगढ़ वाले," पटवारी, "वो तो बड़े साहूकार हैं।"

भगवानदीन नमस्कार करके चल पड़े पंडित बाबा की ओर। वहाँ पंडिताइन के पैर छुए, पंडित बाबा के भी पैर छुए, फिर बोले, "बाबा, आप हमरे घरे के बगलवाली जमीनिया हमरे नाव कै दया तौ हमहूँ एक घर बनवाय लेई।"

पंडित बोले, "केतना घर बनवौब्या, इतना बड़का बनाये अहा।"

"दुई मील से चमकत अहै, बाबा ऊ तौ बाबूलाल कै अहै, आप तौ जानत अहैं कि दुई परिवार संघे नाही रहि सकत।" "हाँ ऊ तौ अहै पर तू का इहाँ रहब्या?" पंडित बोले।

भगवानदीन ने झट से कहा, "बाबा, घर गाँव तौ पहाड़पुर अहै, बाकी परदेस।"

पंडिताइन से भी भगवानदीन बोले, "अइय्या देखा तोहरे नाती के बाबा खाली हाथ भेजय चाहत अहै।"

काफी मान-मनौउल्ल के बाद पंडित तैयार हो गए और दोनों पटवारी के घर पहुँचे, वहाँ तुरंत जेब से रुपए निकालकर पंडित बाबा को दिए और पटवारी ने रजिस्टर में दस्तखत करवा के तुरंत ही पट्टा लिखा दिया।

घर आकर भगवानदीन ने रामसुख से कहा कि आप पटवारी से सौदा करते जाएँगे तो मैं उन्हें रुपया भेजता जाऊँगा।

रामसुख ने पूछा, "उनको ही दोगे क्या?"

भगवानदीन ने कहा, "पटवारी इसी बात पर जमीन देने को तैयार हुए हैं।"

शाम को एक ठेकेदार आया, उसे पेशगी देकर भगवानदीन ने पुराने घर की जगह पर बीच में एक बड़ा कमरा बैठक के रूप में और दोनों ओर सोने के लिए एक-एक कमरा शौचालय के साथ बनवाने के लिए कहा। जैसे-जैसे काम होगा, वो पैसा भेजते जाएँगे। ये बन जाने पर फिर मैं घर का नक्शा भेजूँगा तो हमारा घर बनवाना शुरू कर देना, पैसे की फ्रिक मत करना।

इतने में शंकर बकरी चराकर आए और पैर छूकर बोले, "भय्या, अम्मा याद करत अहै।" भगवानदीन सुघड़ा काकी के पास पहुँचे, दीनू काका का देहांत हो चुका था। सुघड़ा बहुत ही कमजोर हो चुकी थी। हालचाल पूछने के बाद भगवानदीन उनके हाथ में कुछ रुपए रखकर बोले, "काकी, कुछ गाय, बकरी और खरीद लिहू, तौ ठीक रहे।" "हाँ बेटवा," कहकर सुघड़ा ने रुपए अपने धोती की टोंक में बाँध लिया।"

बाबूलाल और रामसुख को ये अच्छा नहीं लगा कि भगवानदीन उन लोगों के हाथ

में रुपए न देकर सीधे पटवारी और ठेकेदार को दे रहे हैं। पर खुश हैं कि इतनी जमीन और घर का फायदा तो उन्हें ही होगा। भगवानदीन तो रंगून में ही रहेंगे सपरिवार।

दस दिन का समय बीत गया। दिलराजी बच्चों के साथ तीन दिन मायके रहकर भी वापस आ गई थीं।

सुबह-सबह सपरिवार भगवानदीन वापस हो लिये। दूर तक घर-गाँव के लोग छोड़ने आए। सरताजी ने पूछा, "अब कब सूरत देखब?"

भगवानदीन बोले, "माई, अब हम आवत रहब," गाँव के लोगों ने भगवानदीन को परदेसी और दिलराजी को परदेसिन का नाम दे दिया था।

रंगून पहुँचकर भगवानदीन अपने काम में व्यस्त हो गए। व्यापार दिन-पर-दिन ऊँचाइयाँ छूने लगा। समय बीतता गया, सुशीला 10 वर्ष की हो गई। अब वे अच्छे से बात करती थीं, English में। लोगों के होंठों से समझ जाती थीं, वो क्या कह रहे हैं और उसका जवाब आसानी से दे देती थीं। चमकता हुआ गोरा रंग, बड़ी-बड़ी आँखें, घने काले बाल, दो चोटियाँ यू बनाती थी कि आधा कान, जो ठीक से बना नहीं था, ढका रहे। एक नजर में और थोड़ी देर में कोई समझ नहीं पाता था कि सुशीला गूँगी-बहरी है। पढ़ाई के अलावा कढ़ाई, सिलाई, बुनाई तथा घर के कामों में भी दक्ष थी।

कौशल्या भी साढ़े आठ वर्ष की पतली-दुबली, साँवले रंग की सुंदर कन्या। शिव प्रसाद सात वर्ष के हो गए थे। उनका गोरा रंग, गठीला बदन और बड़ी-बड़ी आँखें लोगों को आकर्षित करती थीं। रन्नू छोटी बिटिया भगवानदीन की लाड़ली पाँच वर्ष की हो चुकी हैं, बड़ी ही सुंदर और सलीके वाली इस बेटी का रंग-रूप राजकुमारियों की तरह है, इसलिए प्यार से इनको भगवानदीन रन्नू, अर्थात् रानी कहकर पुकारते थे। नाम तो विमला रखा था। तीनों बच्चे अंग्रेजी स्कूल में पढ़ते थे। पं. विश्वनाथ इनको हिंदी और संस्कृत पढ़ाते थे।

पहाड़पुर का घर भी बन चुका था। तीन कमरों के गैस्ट हाउस तो पहले ही तैयार हो चुका था। पहाड़पुर की बड़ी सी हवेलीनुमा घर में सारे आधुनिक साजो-सामान थे। घर के ऊपर Ohio यू.एस.ए. से आई पानी की टंकी पूरे घर में नल का कनेक्शन। टंकी में पानी कुएँ में लगे हैंडपंप से भरा जाता था, वो भी यू.एस.ए. make था। घर के बॉथरूम की fittings London से और Tiles Germany की थीं। गैस्ट हाउस के सामने बड़ा सा Oval Shape का Lawn, जिसके बीचोबीच लाल घास से 'ॐ' लिखा था। Lawn के चारों ओर गुलाब की क्यारी और उसके बगल में बेला, जूही और चमेली की क्यारी। घर के पीछे एक बड़ी फुलवारी फूलों और बेलों से सजी-सँवरी। बीचोबीच फव्वारा और आखिर में एक चौकोर स्विमिंग पुल। फूलवारी के चारों ओर ईंटों की 8 फीट ऊँची दीवार। फूलवारी से लगी हुई कच्चे दीवाल वाला अहाता, जिसमें

दशहरी लंगड़ा आम की बगिया। घर की देखभाल के लिए भोंदू थे। बीच में दो-तीन बार भगवानदीन स्वयं आकर घर की देखभाल की व्यवस्था करके चले गए थे।

गरमी की छुट्टियाँ शुरू होनेवाली थीं। भगवानदीन अब निश्चिंत होकर व्यापार के काम से Singapore, Malysia, Bombay, Calcutta जाते रहते थे। दिलराजी के दोनों भाई के आ जाने से उन्हें परिवार की चिंता कम रहती है। राम सिंह को मैनेजर बना दिया था, या यूँ कहें कि भगवानदीन का काम राम सिंह देखने लगे थे और G.Y. Knight की जगह भगवानदीन ने ले ली थी। भगवानदीन की उन्नति, धन एवं प्रतिष्ठा से राम सिंह असहज महसूस करते थे, परंतु पैसा इतना मिलता है कि वे प्रकट नहीं करते हैं और राम सिंह और भगवानदीन के रिश्ते अच्छे मित्रतापूर्ण ही हैं। गाँव में राम सिंह ने भी बड़ा सा घर बनवा लिया, जो काफी कुछ पहाड़पुर के घर जैसा है। पाँच बेटे हैं राम सिंह के, इसलिए बारह कमरों का घर बनवाया है। पहाड़पुर के हर घर से कोई-न-कोई G.Y. Knight Company से जुड़ गया था। कुछ कलकत्ता में तो कुछ रंगून में हैं। एक तरह से कहे तो G.Y. Knight Company अब Mini Awadh की तरह हो गई है। सभी अवधी में बात करते हैं। गरमियों की छुट्टियाँ हैं तो सभी बच्चे घर में धमा-चौकड़ी मचाते हैं, परंतु भगवानदीन के आते ही चुपचाप होकर कहानी की पुस्तकें पढ़ने लगते हैं। सुशीला बड़ी दीदी की तरह पिता का पूरा अनुशासन भाई-बहनों पर अजमाती है। घर में आते ही भगवानदीन ने दिलराजी को बुलाकर बताया कि बाबूलाल की बड़ी बिटिया राजेश्वरी की शादी तय हो गई है। इसलिए पहाड़पुर जाना है, क्या करें? तुम्हारे भी बच्चा होनेवाला है?

दिलराजी हँस के बोली, "का उहाँ लरिका नाहीं होत? कौनो बात नाही, हम चलब।" रामसुख ने एक बड़ी सूची भेज रखी थी, उसके अलावा सोने के गहने भी खरीदने थे, परंतु वो गौने में देने थे। अभी तो अशर्फी से काम चलेगा। तैयारी शुरू हो गई। भगवानदीन ने एक Baby Austin Car Allahabad में खरीदने के लिए कह दिया, जिससे गर्भवती दिलराजी आराम से इलाहाबाद से पहाड़पुर पहुँच सकें, लेकिन भगवानदीन जानते थे कि मोटरकार सगरा से पहाड़पुर के ऊबड़-खाबड़ रास्ते और बड़े नाले पर न चल सकेगी तो शादी मे अभी दो महीने का समय था, तुरंत ही भगवानदीन ने तिवारी को रवाना किया, वे पत्र एवं पैसे लेकर प्रतापगढ़ पहुँचे, वहाँ D.M. से मिले और उनके निर्देशानुसार सगरा से पहाड़पुर की सड़क के लिए एक Trust बनाया। जिला पंचायत में पैसे जमा किया, जिससे वहाँ की सड़क बने और बड़े नाले पर पुल बने। युद्ध स्तर पर काम शुरू हो गया और पुल एवं सड़क बनकर तैयार हो गई। डेढ़ महीने बाद तिवारीजी वापस आए और बताया कि काम पूरा हो गया है और गाड़ी भी खरीदकर इलाहाबाद में बच्चाजी की कोठी के गैराज में रख दिया है। एक Driver पोलाद, जो

रानीगंज के हैं, उनको ही नियुक्त किया है, वो ही गाड़ी चलाकर आप सबको पहाड़पुर ले जाएँगे।

हफ्ते भर बाद भगवानदीन सपरिवार पहाड़पुर के लिए निकल पड़े साथ में उनका पूरा स्टॉफ भी चला। इलाहाबाद जंक्शन पर चमचमाती नई लाल रंग के Baby Austin Car देखकर बच्चे खुशी से चहक उठे।

भगवानदीन बोले, "राजी, तोहै तकलीफ न होय, यही से तोहरे बरे नई गाड़ी खरीदें अही।"

दिलराजी बोली, "हमार इतना खयाल रखत अहा, हम चार लरिकन कै जन्म दै चुकी अही।"

पोलाद Driver के सीट पर आगे भगवानदीन, पीछे चारों बच्चों के साथ दिलराजी बैठ गई। एक दूसरी टैक्सी में इनका स्टॉफ बैठा।

गाड़ियाँ घर के सामने खड़ी हुईं, दिलराजी अपना घर देखकर खुश हो गईं। रज्जी (राजेश्वरी) और नाऊन, नाई के साथ रामसुख और बाबूलाल वहाँ पहले से थे। घर की देखभाल करनेवाले भोंदू ने पूरा घर चमका रखा था, नया तो था ही। गाँव के बच्चे, बड़े-बूढ़े सभी गाड़ी को ललायित आँखों से देख रहे थे। थोड़ी देर में पोलाद ने गाड़ी साफ करके गैराज में खड़ी कर दी। बच्चे भी बहुत खुश थे।

नहा-धोकर सभी बाबूलाल के घर में गए, वहाँ खाना खाकर भगवानदीन और बच्चे घर आ गए, दिलराजी वहीं गाँव की महिलाओं के साथ विवाह गीत गा रही थीं। सभी कह रही थीं, "परदेसिन एक और कढ़ावा," और दिलराजी एक के बाद एक सुंदर-सुंदर गीत गाने लगती थीं।

यद्यपि दिलराजी गर्भवती थीं और कुछ ही दिनों में बच्चा भी पैदा होनेवाला है, फिर भी वे घर के हर काम में हाथ बँटाती थीं। सुबह-सुबह चार बजे उठकर सीधे पाँखी के पास जाकर जाँत में आटा पीसने के लिए बैठ जाती थीं। इतनी बड़ी जाँत थी, जिसको अकेले कोई हिला भी नहीं सकता था, इसलिए पाँखी, दिलराजी, सुघड़ा की बहु मंगला मिलकर पीसती थीं। वहाँ से उठकर घर आती, नहा-धोकर फिर रसोई में मदद दिन भर करती थी। रात में गाना गाकर वापस आती तो अकसर बच्चे और भगवानदीन सोते हुए मिलते थे।

पहाड़पुर के दुबे परिवार के सभी सदस्य एक ही कालूराम दुबे के वंशज हैं, जो यहाँ की गद्दी पर आए थे। अतः किसी भी कार्य प्रयोजन में सभी बढ़-चढ़कर हिस्सा लेते थे। किसी की भी बेटी की शादी हो तो यह माना जाता था कि सभी की बेटी है। पूरा गाँव ही सहभागी होता था और हर प्रकार से सहयोग करते थे।

मठमगरा से लेकर ब्याह तक सभी साथ मिलकर बाबूलाल के घर में खाना बनाते

और खाते थे। नई नवेली बहुएँ घर से बाहर नहीं निकलती थीं, इसलिए उनका परसउआ जाता था। यह सहयोग आज भी है।

इसी प्रकार रज्जी के विवाह का काम चल रहा था, परंतु पं. भगवानदीन से मिलने तो आसपास के तालुकेदार, छोटे-मोटे राजा आदि भी आते थे। राजा कालाकांकर से तो उनकी अच्छी मित्रता थी। इन मेहमानों के खान-पान की व्यवस्था भगवानदीन के घर से ही दिलराजी की देखभाल में होती थी। इसलिए दिलराजी के ऊपर अपने घर की जिम्मेदारी के साथ-साथ ब्याहवाले घर के काम-काज में हाथ बँटाना भी था।

रज्जी का ब्याह एक समृद्ध परिवार में हो रहा था। रज्जी के ससुर राजा कालाकांकर के पुरोहित थे, उनके पिता को राजा साहब ने राजातारा नामक पूरा गाँव ही दान में दे दिया था।

गाजे-बाजे के साथ बारात आई, बारात का स्वागत भी भव्य हुआ, द्वारपूजा हुई, फिर भोजन के बाद वर-वधू पक्षों के बीच शास्त्रार्थ हुआ, फिर विवाह आँगन में हुआ। गाँव के सभी बड़ों ने पैर पुजाई की तो विवाह सुबह के छह बजे संपन्न हुआ। उस समय बारात तीन दिन रुकती थी। लड़की तो विदा नहीं होती थी, पर मिलना एवं मंडप हिलाई के बाद बारात की विदाई होती थी।

आज बारात विदा हो गई तो सभी लोग सोने लगे, पर उस वक्त दिलराजी को दर्द आ रहे थे, तुरंत साथ में आई नर्स ने पूरा बंदोबस्त किया। शाम के पाँच बजे करीब दिलराजी ने एक हृष्ट-पुष्ट पुत्र को जन्म दिया। सरताजी ने फूल की थाली बेलन से मारकर मधुर ध्वनि उत्पन्न की, जिससे पूरे ग्रामवासियों को पता चल गया कि तिलंगाइन अय्या को पोता हुआ है। अतः शाम को भोजनोपरांत गाँव की महिलाओं ने आकर सोहर गीत गाया।

शादी का घर होने से अभी सभी रिश्तेदार थे, वे सब बच्चे की बरही के बाद ही वापस अपने-अपने घर जाएँगे। सोना तो यहीं थी, वे तो रोज ही दिलराजी के पास आकर सौरी के बाहर बैठकर घंटों बात करती थी। रिवाज के अनुसार, बच्चा होने पर माँ बच्चा सौरी में, अर्थात् एक कमरे के अंदर ही रहते थे। उस कमरे में नाऊन, जो जच्चा-बच्चा की मालिश और कमरे की साफ-सफाई करती थी, उसी का आना-जाना रहता था और कोई उस कमरे में नहीं जाता था। दरवाजे के बाहर 24 घंटे आग जलती थी, जिसमें गुगुल डाला जाता था। छठवें दिन सोना ने काजल लगाया, बच्चे को छठी की पूजा हुई और सोना ने गाना गाया—"ले लूँगी भाभी रानी से कंगना," दिलराजी अपने हाथ के दोनों कड़े उतारकर देकर बोली, "लै लया ननदी, खुशी रहा।"

सोना बोली, "भौजी हम न लेब, गौनई तौ मजाक अहै, "दिलराजी बोली बहिनी मजाक तौ गरीब के बरे अहै, तोहार भाय करोड़पति अहै, कुछ और माँगे होतुय तौ उहौ

मिल जात।" सोना दिलराजी को गले लगाकर बोली, "हमार भाय-भौजी से बिना माँगे ही सबकुछ मिल जात अहै।"

सोना ने अपने घर में संदेशा भेजा था, इसलिए उनके पति और देवर ने ढेर सारे कपड़े, खिलौने गाजा-बाजा के साथ भेज दिया था और सोना बरही के दिन बधावा लेकर गाँव भर में गाती-नाचती घूमकर दिलराजी के पास आईं। गोद में अपने भतीजे हरिहर को लेकर चूम-चूमकर बलैयाँ लीं और नाचने लगीं। थोड़ी देर में सरताजी की डाँट के बाद हरिहर को सरताजी की गोद में दे दिया। फिर बैठ गई।

बरही के दूसरे दिन ही भगवानदीन रंगून के लिए रवाना हो गए। रामसुख और सरताजी से विदा लेते हुए बोले कि एक महीने बाद दिलराजी के भाई आएँगे पोलाद के साथ गाड़ी में और दिलराजी को ले जाएँगे, कुछ दिन मायके में रहकर दिलराजी रंगून अपने भाई के साथ आ जाएगी। पूरा स्टॉफ और बच्चे सभी भगवानदीन के साथ ही चले गए, क्योंकि स्कूल खुलनेवाले थे। सिर्फ प्रतापगढ़ से आई नर्स और नाऊन की बेटी सीता 24 घंटे दिलराजी की देखभाल करेंगी। वैसा ही हुआ और दिलराजी हरिहर को लेकर रंगून आ गई और गृहस्थी सँभाल ली। साथ में पोलाद भी आए और गाड़ी भी। G.Y. Knight की बड़ी गाड़ी अब भगवानदीन इस्तेमाल करते थे और ये Baby Austin पोलाद चलाते थे, जिसे दिलराजी और बच्चे इस्तेमाल करते थे।

भगवानदीन की गाड़ी का Driver David एक Anglo Indian था, जिसका पिता अंग्रेज रेलवे कर्मचारी और माँ एक कलकत्ता की रेलवे में काम करनेवाली बंगाली महिला थीं। David को अंग्रेज लंदन जाने के पहले G.Y. Knight को दे गए थे। G.Y. Knight ने उस बच्चे को Driving सिखाई और वही G.Y. Knight की गाड़ी दस साल से चला रहा था। जाते समय G.Y. Knight ने भगवानदीन से कहा था कि अच्छा होगा यदि David ही गाड़ी चलाए। David की पत्नी Rosy, Knight साहब के घर में अंग्रेजी खाना बनाती थी, अत: अब Rosy भगवानदीन के घर में बच्चों का नाश्ता, स्कूल का Tiffin तैयार करती थी। अब एक रसोई शुकुल के हाथ में तो एक Rosy के हाथ में थी। Rosy Cake, Bread, Tart, Biscuits वगैरह बनाकर बच्चों को देती थी।

बाबूलाल की दूसरी बेटी बच्ची की शादी में भगवानदीन दुबे सपरिवार पहाड़पुर पहुँचे। बड़ी बिटिया रज्जी का गौना बच्ची की शादी के बाद होना निश्चित हुआ। माँ की इच्छानुसार रज्जी के लिए सोने के गहनों-कपड़ों के अलावा ब्याह और गौने का पूरा खर्चा भगवानदीन देनेवाले थे।

□

28

बेटियों का ब्याह

अब सुशीला भी 14 वर्ष की हो रही थी, इसलिए माता-पिता के साथ-साथ बाबूलाल और सोना भी भगवानदीन पर सुशीला की शादी का दबाव डाल रहे थे। भगवानदीन अपनी देवी जैसी बेटी की शादी यूँ ही तो न कर सकते थे, जब तक सुयोग्य वर न मिल जाता। सुशीला सुंदरता के साथ-साथ बहुत गुणी और सौम्य भी थी। उन्हें ये देखकर खुशी हो रही थी, सिर्फ अंग्रेजी जाननेवाली सुशीला सिर्फ अवधी में बात करनेवाली बच्ची से खूब बातें कर लेती है।

बच्ची का तिलक चढ़ाने के लिए भगवानदीन भी मिर्जापुर के एक गाँव में गए तो वहाँ पर रामसुख दूल्हे के चचेरे भाई को दिखाकर बोले, "यह लड़का पढ़ा-लिखा है। माँ सौतेली एवं खर स्वभाव की है, इसलिए इसका विवाह नहीं हुआ है ठीक से देख-सुन लो, बात कर लो, हमारे हिसाब से सुशीला के लिए अच्छा वर है।" ठीक है, कहकर भगवानदीन विचार करने लगे। समय मिलने पर माधव प्रसाद पांडे से बात की। कुशाग्र बुद्धि का लंबा, सुडौल, गोरे रंगवाला नौजवान काफी सीधा एवं बुद्धिमान लगा। माधव के पिता से बात की और सुशीला के बारे में भी बताया तो वे सहर्ष विवाह एवं बेटे को रंगून भेजने के लिए भी तैयार हो गए। माधव और पिता को, माधव के घर जमाई बनने पर भी कोई आपत्ति न थी। अतः तिलक का समय आया तो रामसुख ने कहा कि भाइयो, हम तो एक तिलक लेकर आए थे, परंतु अब दो का तिलक करेंगे। इस प्रकार सुशीला का ब्याह भी तय हो गया और एक साथ ही बच्ची एवं सुशीला का ब्याह संपन्न हुआ। पूर्व निश्चित योजना के तहत बच्ची का गौना दो साल बाद और सुशीला का एक साल बाद रंगून में ही हो जाएगा, क्योंकि माधव तो अभी ही भगवानदीन के साथ कलकत्ता में एक बड़े व्यापारी के यहाँ एक साल व्यापार की समझ के लिए ट्रेनिंग लेंगे, फिर रंगून में आएँगे, वहाँ G.Y. Knight company Join करके वहीं गौना होगा। ब्याह करके सभी लोग वापस रंगून आ गए। सुशीला 10वीं पास हो गईं, भगवानदीन ने एक टीचर लगा दिया, जो सुशीला को घर के काम-काज, वैवाहिक जीवन जीने की कला सिखाने लगीं।

अंग्रेजी और हिंदी में पुस्तकें, जिसमें शादीशुदा नारी की जिम्मेदारियों के बारे में लिखा होता था। भगवानदीन चाहते थे कि उनकी बेटी का वैवाहिक जीवन सुखमय हो और उन्हें उनकी भावनाओं को किसी प्रकार से ठेस न पहुँचे। माधव सुशीला से आठ साल बड़े थे। बी.ए. पास थे, हिंदी-अंग्रेजी का अच्छा ज्ञान था और अब एक साल की ट्रेनिंग के बाद व्यापार की भी समझ थी। रंगून में माधव आए तो G.Y. Knight company Join किया और भगवानदीन ने सुशीला का गौना करके दोनों को लक्की कॉटेज में settle कर दिया। कल्याणी अब सुशीला के साथ ही रहने लगी थीं। सुशीला एक आदर्श पत्नी की तरह माधव की सेवा-शुश्रूषा करती अपने हाथों से खाना बनाकर उन्हें खिलाकर खाती। इस प्रकार बचपन में ही माँ का साया उठने से जो खालीपन माधव के जीवन में था, वह सुशीला जैसी सुशील एवं स्नेहपूर्ण पत्नी को साथ पाकर वे अपने को भाग्यशाली समझने लगे थे। ऊपर से हर प्रकार का भौतिक सुख भी था, परंतु काम डटकर करना पड़ता था। काम में ढील भगवानदीन को बिल्कुल पसंद न था, इसका खयाल माधव रखते थे।

कौशल्या भी 10वीं क्लास पास कर चुकी थी। अब उनके विवाह के लिए सुयोग्य वर की तलाश भगवानदीन ने शुरू कर दी थी। वे कार्यरत लड़का ही अपनी बेटी के लिए चाहते थे। शर्माजी ने बताया कि एक नया अफसर कलेक्टर पोस्ट पर आगरा आया हुआ है, वो कौशल्या के लिए सुयोग्य है। भगवानदीन के 'हाँ' कहने पर आलोक मिश्रा से बात की और उनके पिताजी को भी पत्र लिखकर कौशल्या के बारे में सूचित किया। आलोक के पिता पढ़ी-लिखी लड़की से ही आलोक का विवाह करना चाहते थे, फिर कौशल्या तो ब्रिटिश स्कूल की रंगून में पढ़ी-लिखी और मैट्रिक पास थीं और एक बिजनेस मर्जेंट भगवानदीन दुबे की बेटी, तो तुरंत 'हाँ' हो गई। पहाड़पुर में धूमधाम से कौशल्या का विवाह हुआ और बाबूलाल की तीसरी बेटी का गौना। भगवानदीन सपरिवार रंगून आ गए। कौशल्या अब घर के काफी काम सँभालने लगी थी। रन्नू (विमला), शिव प्रसाद और हरिहर अपनी-अपनी पढ़ाई में व्यस्त हो गए।

रामसुख का पत्र भगवानदीन को मिला कि बाबूलाल की चौथी बेटी कमला की भी शादी तय हो गई है, इसलिए गरमियों में भगवानदीन का पहाड़पुर जाना जरूरी है। अब तो हर वर्ष ही पहाड़पुर भगवानदीन का जाना होता था, क्योंकि बाबूलाल की बेटियों की शादी पड़ती थी। भगवानदीन ने सभी तैयारी कीं। रुपया से लेकर गहने तथा सामान सभी खर्च का पूरा भार भगवानदीन के ऊपर ही था। अच्छा-खासा दहेज भी रामसुख और बाबूलाल तय करके रखते थे। बाबूलाल को अब पाँच बेटियाँ और दो बेटे थे। सभी गाँव के जबरिया प्राइमरी स्कूल में पढ़ते थे। ये कमला भी 5वीं पास कर चुकी थीं। दोनों बेटों को 5वीं पास करने के बाद भगवानदीन ने इलाहाबाद के जमुना बेसिक स्कूल में भरती करवा रखा है, जहाँ पर सोना के बेटे कुंदन पहले से ही पढ़ रहे थे। इन तीनों की पढ़ाई

और हॉस्टल का पूरा खर्च भी भगवानदीन ही उठा रहे थे। अगर गाँव का कोई और बच्चा भी पढ़ाई करना चाहता था तो उसकी पढ़ाई का इंतजाम भी भगवानदीन ही करवाते थे और खर्च भी उठाते थे।

गरमियों की शुरुआत हुई। सुशीला और माधव को रंगून में छोड़कर भगवानदीन का पूरा परिवार पहाड़पुर के लिए रवाना हो गया। आलोक और उनके घर में पत्र लिखकर सूचित किया गया कि वे आकर कौशल्या का गौना कराकर पहाड़पुर से ले जाएँ।

कमला का विवाह और कौशल्या का गौना हो गया। गौने के एक हफ्ते बाद ही गाजीपुर से कौशल्या का वापस पहाड़पुर आना था, जिससे परिवारवालों से मिलकर आलोक के साथ मथुरा जाना निश्चित हुआ।

भगवानदीन बँगले में बैठकर पास की रियासत के राजा जगतपाल सिंह से स्कूल के लिए जमीन के लिए बात कर रहे थे, क्योंकि संस्कृत विद्यालय के आसपास की पूरी जमीन राजा जगतपाल सिंह की थी। जल्दी ही राजा ने कहा, "कोई बात नहीं, इतने अच्छे काम के लिए तो मैं पूरी जमीन दान कर दूँगा।" भगवानदीन ने उन्हें धन्यवाद दिया और बोले, "अरे आप क्षत्रिय और हम ब्राह्मण हैं, इसलिए आपको यह दान शिक्षा के लिए देना बहुत पुण्य का काम है।" उसी खुशी में भगवानदीन ने राजा जगतपाल सिंह को सपरिवार घर में आने का न्योता दिया। राजा ने कहा, "हाँ जरूर, अब हम दोस्त हैं और शुभ कार्य में सहभागी हैं।"

दूसरे दिन शाम का 4 बजे राजा साहब अपनी पत्नी रानी साहिबा दो पुत्रों एवं दो पुत्रियों के साथ पहाड़पुर के घर में आए। उनके खान-पान का इंतजाम दिलराजी ने अपनी निगरानी में जयनारायण ओझा और शुकुल के साथ किया। रंगून के बाद पहली बार पहाड़पुर में सलीके से मेज और घर सजा दिया। राजा-रानी के साथ पंखा झलनेवाले भी आए थे। भगवानदीन ने भी छह पंखा झलनेवालों को तैयार रखा था। यहाँ रन्नू ही अकेली पढ़ी-लिखी बेटी थीं, क्योंकि सुशीला रंगून में और कौशल्या ससुराल में थीं। इसलिए रन्नू ही रानी और राजकुमारी से बातें कर रही थी। राजकुमारियाँ लखनऊ के अंग्रेजी स्कूल में पढ़ती थीं। रन्नू के गुण, रूप-रंग देखकर राजा जगतपाल बोले, "दुबेजी, आप अपनी इस बिटिया की शादी राजघराने में करिएगा।"

भगवानदीन बोले, "अरे ब्राह्मण और राजा, ऐसा कहाँ है ?"

जगतपाल बोले, "अरे मैं एक ब्राह्मण राजा को जानता हूँ। राजा गोंडा सरयुपारी ब्राह्मण हैं, उनका बेटा राजकुमार साहब अभी-अभी इनकम टैक्स ऑफिसर बने हैं। उनका एक घर लखनऊ कैसरबाग में सब राजाओं के साथ है। मैं भी उनसे वहीं कैसरबाग क्लब में मिला हूँ। आप कहें तो हम साथ में लखनऊ चलकर उनसे बात करके आते हैं। ईश्वर चाहेगा तो रिश्ता तय हो जाएगा।"

बच्चों की पढ़ाई के लिए वे अकसर लखनऊ में रहते हैं। गोंडा लखनऊ से इतना पास है कि राजा साहब अकसर आते-जाते रहते हैं। दूसरा बेटा मुन्ना साहब पढ़ाई में अच्छे न थे, इसलिए उनके नाम से अमीनाबाद में कई दुकान खरीद रखी हैं। दूसरे दिन ही सुबह-सुबह राजा जगतपाल सिंह के लाव-लश्कर के साथ भगवानदीन निकल पड़े लखनऊ के लिए। वहाँ सभी जगतपाल सिंहजी के कैसरबाग स्थित घर के Guest House में रुके, वहाँ से जगतपाल सिंहजी राजा साहब गोंडा को खत लिखकर सेवक द्वारा भेजा और पूरा विवरण देकर कल मिलने का समय भगवानदीन दुबे के लिए माँगा। दूसरे दिन सुबह 10 बजे मिलना निश्चित हुआ।

राजा साहब अपने बैठक से अपने सिंहासननुमा ऊँची कुरसी पर सफेद धोती और Chicken का कुरता पहने हुए थे। उनके सिर पर केसरिया पगड़ी बीचोबीच हीरे रूबी और नीलम जैसे बेशकीमती कलंगी लगी हुई थी। दुबेजी भी सफेद पैंट के ऊपर सफेद शेरवानी, सर पर सुंदर टोपी, पैरों में जूते पहनकर दरवाजे पर पहुँचे तो दरवाजे पर खड़े दरबान ने जूते उतारने का इशारा किया। जूते उतारकर अंदर बिछे मखमली गलीचे पर चलने लगे तो जोर से आवाज लगी कि, "पं. रामसुख दुबे के पुत्र, पं. भगवानदीन दुबे, गाँव पहाड़पुर, अवध के निवासी पधार रहे हैं।" सामने पहुँचने पर भगवानदीन ने कहा, "राजा साहब प्रणाम," राजा साहब ने खड़े होकर गर्मजोशी से हाथ मिलाकर स्वागत किया और पास में रखी कुरसी पर बिठाकर बातें शुरू कीं।

जलपान आया तो भगवानदीन ने पानी को सिर लगाकर हाथ जोड़ लिया। करीब आधे घंटे की बातचीत के बाद राजा साहब बोले, "हमें रिश्ता पसंद है, शाम को राजकुमार साहब आएँगे, तब आप बरीक्षा कर दीजिएगा और विवाह की तिथि भी तय कर लेंगे। राजकुमार साहब आजकल यहीं लखनऊ में ही तैनात हैं और ऑफिस से करीब साढ़े पाँच बजे आ जाते हैं।"

भगवानदीन के साथ राजेश्वरी के ससुर पं. देवकीनंद ओझा भी आए थे। अतः शाम को बरीक्षा हो गई राजकुमार साहब का रंग-रूप, डील-डौल तथा व्यक्तित्व रोबीला एवं आकर्षक था। बरीक्षा के बाद दोनों पंडितों ने 10 दिन बाद के शुभ मुहूर्त में विवाह करने का सुझाव दिया। राजा साहब ने भगवानदीन से कहा, "दुबेजी, आपकी बेटी अब मेरी होनेवाली बहू है, अतः उनके लिए हम एक दासी और दो दरबान भेजेंगे।" दुबेजी को अटपटा लगा, परंतु उन्होंने स्वीकृति में सिर हिला दिया।

भगवानदीन दुबे दूसरे दिन सुबह-सुबह जगतपाल सिंह को धन्यवाद देकर पहाड़पुर के लिए रवाना हो गए। उनके पीछे गाड़ी में दो दरबान और एक दासी दुर्गा साथ में थीं।

भगवानदीन दुबे ने घर पहुँचकर माता-पिता के पैर छुए और शुभ संदेश सुनाया।

बाबूलाल को बाजार से सामान लाने की जिम्मेदारी दी। घर में सभी खुश थे कि रन्नों रानी बनेगी। राजकुमार साहब ही भावी राजा थे।

दासी घर के अंदर पहुँची तो रन्नों खूब जोर से ठहाका लगा रहीं थीं। घर की नाऊन भी साथ थीं। नाऊन ने सबका परिचय कराया। दुर्गा रन्नों के पैर पर सिर रखकर बोली, "हुजूर, हम आपकी सेवा मे आएँ हैं।" रन्नों ने कहा, "अरे ऐसा जिन कहा बहिन," इतने सम्मान के स्वर सुनकर दुर्गा खुश हुई, परंतु उन्हें अपना काम तो करना ही था। दुर्गा कौशल्या की ओर देखकर बोली, "अरे आप ब्याहता हो और कल ही गौना से आई हो तो नाक में नथ नहीं है, अरे छेद भी नहीं है, ऐसा क्यों? ये देखो, बाकी सब नाक में नथुनी या लौंग पहिने हैं।"

कौशल्या हँसकर बोली, "हम सब अंग्रेजी स्कूल में पढ़ी हैं, हम तीनों बहिन नाक नहीं छिदवाये।"

दुर्गा बोली, "ब्याह करिके ससुराल गई हो तो जरूरी है। पढ़ाई से नाक में नथुनी पहिनै से का संबंध?"

कौशल्या ने बताया कि जब वे गौने गई तो मुँह दिखाई में सास ने मुँह देखा तो बिना नथ की नाक देखकर चौंक गई तो तुरंत उन्होंने नाक छेदनेवाली महिला को बुलवा लिया। यह सुनते ही कौशल्या घबड़ा गईं, वे ब्रह्म समाज से प्रभावित थीं, उनके साथ पढ़नेवाली सभी लड़कियों के नाक न छिदे थे। उन्होंने तुरंत अपना दरवाजा बंद कर दिया और कहा कि मुझे नाक नहीं छिदवाना, घर की महिलाओं ने तरह-तरह से कौशल्या को समझाने की कोशिश की कि वे दरवाजा खोलकर नाक छिदवा लें, परंतु कौशल्या न मानी तो उनके पति आलोक को बुलाकर माँ ने बताया कि हो सके तो आलोक Request करके कौशल्या की नाक छिदवा दें पर आलोक भी तो ब्राह्म समाज से प्रभावित थे, उन्होंने कहा माँ मुझे तो ऐसे ही सुंदर लगती है तो रहने दो न, नाक मत छिदवाओ।" माँ ठगी सी रहकर शाँत हो गई।

यह बात करके कौशल्या मुसकराने लगी और बाकी लड़कियाँ हँस पड़ी, पर दुर्गा बोली, "बिटिया ठीक अहै," फिर रन्नों से बोली, "हुजूर, हमारी अर्ज है कि आप नाक छिदवा लें, खानदानी नथ जो पहननी है।" रन्नो तो दिलराजी की तरह ही गहनों की शौकीन थीं, वे बोलीं, "हाँ-हाँ काकी, हम छिदवाय लेब।"

दुर्गा बोली, "हम सब भियान भिनसारे लखनऊ के बरे निकलब, उहाँ सोनार की सबसे बड़ी दुकान में उहैं नाक छिदवाय लिहू। उहाँ बजाज और दरजी कै दुकान पर भी जाय का अहै।"

भगवानदीन ने एक Blank Cheque Sign करके रन्नो को दिया और तय हुआ कि साथ में कौशल्या और नाऊन भी जाएँगी। वैसा ही हुआ, लखनऊ में पहले वे सब

साड़ी की दुकान पर पहुँचे। वहाँ पर सभी दुर्गा को पहचानते थे, तुरंत गद्दी पर बैठे सेठ ने उठकर सबको प्रणाम किया, फिर रानी साहब के निर्देशानुसार सुर्ख लाल रंग की बनारसी साड़ियाँ दिखाईं, जिसमें सोने के तार और रेशम के धागों का काम किया हुआ था। ये साड़ियाँ सबसे ऊँचे दाम की थीं, रन्नों ने एक साड़ी पसंद की। उसके बाद दुकानदार ने पीला, हरे, गुलाबी और नीले रंग की साड़ियों में से दस साड़ियाँ पसंद करवाने के बाद जंपर के लिए मखमल, कामखाब, टिशू, रेशम आदि कपड़ों से सभी साड़ियों के लिए कपड़े कटवा दिए। अब चादर के लिए सुनहरे, गुलाबी, लाल और पीले रंग की पाँच बनारसी चादर पसंद करवाने के बाद गरमी और रोज के लिए उम्दा मलमल, जो ढाका से आता था, कुछ जामदानी और कुछ में लखनऊ की चिकनकारी के काम की चादरें पसंद करवा के बड़ा बंडल बाँधने लगे तो दुर्गा बोली, “काका, जंपर कै कपड़ा अलग बाँध देया, दरजी क देय का अहै।”

कौशल्या चेक निकालकर बोली, “सेठजी कितने रुपए लिख दें?”

सेठजी बोले, “अरे बिटिया, इ सब तौ चढ़ाव में जाए, राजा साहब दै देहियें।”

वहाँ से निकलकर दरजी के यहाँ दुर्गा सबको लेकर पहुँची। दरजी ने दुर्गा से नाप लेने को कहा और दरजी ने नाप लिख लिया।

आखिर में गहने की उस दुकान पर पहुँचे, जहाँ पर राजा गोंडा तथा लखनऊ और आसपास के सभी राजाओं और नवाबों के घर की महिलाएँ के बेहतरीन, लाजबाब नक्काशी के जड़ाऊ एवं मीनाकारी गहने गढ़े जाते हैं। यहाँ पर गोंड़ा राजघराने की बड़ी नथ थी, जो परंपरानुसार उनके राजघराने में सदैव युवराज की शादी में उनकी दुल्हन को चढ़ावा में चढ़ाया जाता है और विवाह के बाद दुल्हन की नासिका में सजता है।

दुर्गा बोली, “भय्या, मुन्ना सोनर के बुलाय के बहुरानी कै नाक छिदवाय द्रया।” एक सुनार सामने आया और सधे हुए हाथों से नाक में सुई से छेदकर के एक मोटा सा धागा डाल दिया। रन्नू की आँखों से आँसू बहने लगे, आँख बंद करके वे रोती रहीं। कौशल्या बोली, “रन्नू तू बौरान अहा इतना दर्द,” वे भी रन्नो का हाथ पकड़कर रोने लगी तो दुर्गा बोली, “अरे बिटिया, दुई मिनट मा आराम होय जाए।” एक गिलास खस का शरबत रन्नो को पिलाया तो रन्नू हँस पड़ी। सोनार एक मुकुट लेकर आए और रन्नो से बोले, “यह मुकुट भी पीढ़ियों से होनेवाली रानी को विवाह के बाद पहनाया जाता है, आओ बिटिया, नाप लेई तोहार मूड़े का।” एक धागे से मापकर बोले, “हम ई मुकुट तोहरे नाप कै कर देब।”

अब कौशल्या बोली, “भय्या, तनी हमरे बहिनी के बरे सुंदर-सुंदर गहना दिखाय द्रया,” दोनों बहनों ने कई सारे गहने पसंद किए और चेक भरकर सुनार को थमा दिया। दुर्गा सब लेकर अंग्रेजों के क्लब में ले गईं, वहाँ पर दोनों बहनों को खाना खिलाया और वापस चल पड़ी। रास्ते भर कौशल्या और रन्नों को दुर्गा ही राजघरानों के तौर-तरीके

समझाती रहीं। शिक्षा तो रन्नों के लिए ही थी, परंतु दुर्गा यूँ बता रही थीं कि विवाहित नारी के क्या कर्तव्य होते हैं?

पहाड़पुर आकर रन्नों दिलराजी के कमरे में गई और गले लगकर खूब रोईं माँ-बेटी। दिलराजी ने रन्नों को समझाया कि बिटिया परेशान जिन हो तू तो रानी बनबू।" रन्नू बोली, "अम्मा, हमका बाबूजी कोनौ रानी से कम नाही रक्खे अहैं।" दिलराजी ने अपने हाथों से खाना खिलाया और रन्नों माँ के साथ ही सो गई।

रन्नो के विवाह की तैयारी जोर-शोर से चलने लगी। कुछ ही दिन तो बाकी थे शादी में।

दुर्गा की निगरानी में नाउन रन्नो की मालिश सुगंधित तेलों से और उबटन चिरोंजी, गुलाब और दूध को पीसकर बनाए लेप से करती थी। नहाने के बाद रन्नो को चंदन का लेप लगाती थीं। गाँव में सरसों का तेल और सरसों का उबटन लगता था और हल्दी वाले दिन से हल्दी और जौ के आटे का उबटन, परंतु रन्नो को केसर और चंदन का उबटन लगा।

सगरा सुंदरपुर से लेकर पहाड़पुर तक रोशनी की गई, दुकानें लगीं, जिसमें बाराती जितना चाहें उतनी मिठाई खाते हुए और लस्सी का स्वाद लेते हुए पहाड़पुर पहुँचे। हाथी पर राजा साहब और उनके पीछे दूसरे हाथी पर दूल्हा राजकुमार और सहबाला मुन्ना साहब ने बैंडबाजे के साथ मोहर लुटाते हुए पहाड़पुर में घुसे। स्वागत हुआ। जनमासे के लिए स्कूल के लिए चिह्नित जमीन पर टेंट लगाकर इंतजाम किया गया। हर टेंट के साथ शौचालय और गुसलखाना बनाया गया। पास के नाऊ और कहार के गाँव के लोगों ने जनमासे की व्यवस्था शिव प्रसाद की निगरानी में किया।

विवाह के रीति-रिवाज एवं कर्मकांड वर और वधू पक्ष के पंडितों द्वारा तय किए गए नियमानुसार हुआ।

विवाह के बाद जब बाकी गहनों के साथ नथ एवं मुकुट लगाकर रन्नो खड़ी हुई तो बस उनका रूप देखने के लिए गाँव की महिलाओं की भीड़ लग गई। एक स्वर में सब बोलीं, "बिटिया सौभाग्यवती रहा।"

तीसरे दिन रन्नो की विदाई चाँदी की पालकी में सांकेतिक गौने की रस्म के बाद हुई। सारे गाँव को रोता छोड़कर सबकी चहेती रन्नो विदा हो गई। शिव प्रसाद कमरा बंद करके रोते-रोते कब सो गए, पता ही न चला।

भगवानदीन एक तरफ बहुत खुश हुए कि उनकी लाड़ली बिटिया का विवाह राजघराने में हुआ और वे तीनों बेटियों का विवाह करके जिम्मेदारी निभा सके और अब तन-मन-धन से समाज सेवा कर सकेंगे। कुछ ही दिन में भगवानदिन दुबे सपरिवार रंगून पहुँच गए।

शिव प्रसाद मैट्रिक पास कर चुके थे और साइंस में अच्छे नंबर आए थे, अतः उनका चयन दिल्ली स्थित ब्रिटिश इंजीरियरिंग कॉलेज में इलैक्टिकल इंजीनियरिंग के लिए हो गया। भगवानदीन बहुत खुश थे। दिलराजी अपने लाड़ले बेटे को दूर नहीं भेजना चाहती थीं, वे बोलीं, "बिजनेस में लगाय लेया बच्चू के, काहे एतना दूर भेजब्या, अब बिआह भी करे पड़ै।"

भगवानदीन ने कहा, "राजी, उन्हें अपने पैर पर खड़ा होय दया, उनके बरे इहै ठीक अहै।" हरिहर, जिन्हें प्यार से मुन्नू कहते थे, वे आठवीं पास करने के बाद पढ़ना नहीं चाहते थे और बिजनेस में हाथ बँटाना चाहते थे, परंतु भगवानदीन ने कहा, "पहिले किसी और के यहाँ काम सीखना पड़ेगा, वो भी जब तुम 18 साल के हो जाओगे, तब। अतः अभी दो साल में मैट्रिक पास कर लो।"

मुन्नू डरते-डरते बोले, "बाबूजी, हम YMCA Physical Training करब, हम स्कूल न जाब।"

भगवानदीन कुछ सोचकर बोले, "हाँ ठीक अहै, दंड बैठक कै के हृष्ट-पुष्ट होई जा, पर रोज संझा 4 से 6 बजे तक मुनीमजी के साथ बैठ के कुछ कानूनी ज्ञान हासिल कै ल्या जेसे दुई साल बाद कंपनी के काजरानी के संघे काम कै सका।"

भगवानदीन ने हरिहर (मुन्नू) को कलकत्ता में YMCA में Admission और मशहूर वकील मुरलीधर के यहाँ उनके मुनीम के साथ बैठना तय करवा दिया। शिव प्रसाद दिल्ली अपनी Engineering की पढ़ाई के लिए चले गए।

भगवानदीन G.Y. Knight Company का काम और बढ़ाने के लिए विदेश की यात्रा पर जाकर वहाँ की सरकारों से मिलकर रक्षा विभाग के लिए वूलन वरदी तथा कंबल का ऑर्डर लाना चाहते थे। प्रथम विश्वयुद्ध के बाद सभी देश अपनी-अपनी सेना की भरती और उन्हें हथियारों से लैस करने की तैयारी में लगे थे। ऊनी कपड़े और कंबल फौजी के लिए अति आवश्यक हैं, अतः इनकी माँग बढ़ गई थी। ऊन की पूर्ति के लिए Knight Saheb ने भेड़ों की संख्या बढ़ा ली थी और उनका आग्रह था कि एक बार भगवानदीन उनसे मिलने आएँ, इसलिए भगवानदीन ने अपनी बुकिंग विदेश यात्रा के लिए करवा ली। जब सब तैयारी हो गई तो दिलराजी ने बताया कि वे फिर गर्भवती हैं। भगवानदीन ने फिर से डॉक्टर, नर्स का बंदोबस्त किया। डॉक्टर ने आकर भगवानदीन को आश्वस्त किया कि वे निश्चिंत रहें, क्योंकि अब तक दिलराजी पाँच बच्चों को जन्म दे चुकी थी। दिलराजी ने भी कहा कि अब तो बच्चा पैदा करने में कोई खास कष्ट भी नहीं होता है। अच्छा ही है अब, मैं अकेली हूँ तो मेरा समय बच्चे के लालन-पालन में बीतने लगेगा, अकेलापन भी महसूस नहीं होगा।

भगवानदीन हवाई और जलमार्ग द्वारा अपनी यात्रा में लीन हो गए। यूरोप के हर

देश में उन्हें ऑर्डर मिलने लगे, उनका आकर्षक व्यक्तित्व और वाक्पटु होने के कारण उस समय के सभी समचार–पत्रों में उनका इंटरव्यू और आर्टिकल छपता था, वे ब्रिटिश इंडिया के बड़े बिजनेसमैन के रूप में विख्यात हो गए। आज भी ऑस्ट्रेलिया और सिंगापुर के न्यूजपेपर के Archives में उनका इंटरव्यू और आर्टिकल उपलब्ध हैं।

ऑस्ट्रेलिया के Brisbane पहुँचने पर उनका भव्य स्वागत हुआ। G.Y. Knight ने खूब आदर–सत्कार किया। Knight दंपती अपने पुत्र समान भगवानदीन को घर में पाकर धन्य हो गए। वहीं पर Telex द्वारा खबर मिली की दिलराजी ने पुत्र को जन्म दिया और उसका नाम केशव प्रसाद रखा है। G.Y. Knight ने अपने घर में पार्टी दी, जिसमें Brisbane के सभी गणमान्य व्यक्तियों को दावत दी। वहाँ आए सभी लोग भगवानदीन से मिलकर खुश हुए और G.Y. Knight से बोले, “ Oh so, Dube is your Handsome capable Indian'son. ”

Brisbane से वे यूरोप के लिए निकल पड़े, वहाँ से तो बहुत ही ऑर्डर मिले, विश्वयुद्ध की सुगबुगाहट जो थी।

यूरोप से भगवानदीन यू.एस. की यात्रा पर पहुँचे, वहाँ के San Diego, San Francisco और Alaska Island की यात्रा बड़ी ही मनोहारी थी।

□

29

द्वितीय विश्वयुद्ध में गाँव का उत्थान

यूँ देखते-देखते, बल्कि घूमते-घूमते करीब डेढ़ साल बीत गए और स्विटजरलैंड के Angel Berg के होटल में सुबह-सुबह Titlis पर्वत देखते हुए भगवानदीन अखबार पढ़ रहे थे। उन्हें अब अहसास हो रहा था कि कभी भी युद्ध छिड़ सकता है। युद्ध के समय की सबसे सुरक्षित स्थान स्विटजरलैंड में वे स्वयं हैं, परंतु उनका परिवार बर्मा में है। अत: उन्होंने वहाँ Telex द्वारा सिर्फ राम सिंह के और दिलराजी के भाई तथा G.Y. Knight Company के स्टॉफ के अलावा सभी महिलाएँ एवं बच्चों को बर्मा छोड़ने का आदेश दिया। राम सिंह मैनेजर ने तुरंत दिलराजी, सुशीला और छोटे केशव तथा साथ में पोलाद, शुकुल, कल्याणी को कलकत्ते के जहाज पर बैठा दिया, वहाँ पर कलकत्ता स्थित ऑफिस के मैनेजर ने हरिहर प्रसाद के साथ सबको ट्रेन में बैठा दिया। इस प्रकार दिलराजी पहाड़पुर पहुँच गईं।

करीब एक महीने के बाद भगवानदीन भी पहाड़पुर में आए। अब तक काफी धन जुटा लिया था। वे पहाड़पुर में स्कूल, अस्पताल एवं पोस्ट ऑफिस के काम की निगरानी करने लगे।

द्वितीय विश्वयुद्ध शुरू हो गया। बर्मा में तबाही मच गई। G.Y. Knight Company पर भी बम पड़ा और काफी नुकसान हुआ। जब बर्मा में बमबारी शुरू हुई तो कोई साधन न होने की वजह से जंगल के रास्ते बर्मा से भारत आने की कोशिश में दिलराजी के भाई एवं राम सिंह तथा कुछ और कर्मचारी चल पड़े। जंगल में चलते-चलते रास्ते में कष्ट, भूख-प्यास झेलते हुए चलते रहे। करीब दो महीने बाद वे लोग भारत पहुँचे।

इधर पहाड़पुर में रामसुख रोज ही भगवानदीन को कहते कि वे पैसा सँभालकर रखें, युद्ध में रंगून का व्यापार भी ठप्प पड़ गया है, इसलिए समाज सेवा का काम बंद कर दें। परंतु भगवानदीन तो जल्दी-से-जल्दी अपने गाँव को शिक्षा, स्वास्थ्य एवं

संचार की सुविधा देना चाहते थे, अत: पिता से अनबन न हो, इसलिए वे कश्मीर के लिए निकल गए। वहाँ कुछ महीने रहकर वापस आए तो पहाड़पुर में स्कूल, अस्पताल एवं पोस्ट ऑफिस बनकर तैयार हो गए थे। जिलाधिकारी से मिलकर स्कूल का Registration कराया, जिसका चेयरमैन डी.एम. होगा, ऐसा प्रावधान था। B.D. Dube Hospital के ट्रस्ट द्वरा डॉक्टर एवं कंपाउंडर की नियुक्ति की, 25 बेड के हॉस्पिटल में एक कुआँ एवं डॉक्टर तथा कंपाउंडर के लिए घर शौचालय सहित था। अत: डॉक्टर तथा कंपाउंडर आकर रहने लगे। स्कूल के लिए उन्होंने प्रिंसिपल का घर, जिसमें राम अंजोर मिश्र रहने लगे। गेस्ट हाउस में मास्टर रामपाल रहने लगे, जो शाम को घर के सभी लड़के-लड़कियों को पढ़ाते थे। स्कूल में एक बड़ी फील्ड तथा शिक्षक के लिए घर भी थे। इंग्लिश मीडियम स्कूल कक्षा छठी से दसवीं तक था, जिसमें हिंदी, अंग्रेजी के अलावा सोशल साइंस, Humanity, Art & Culture तथा Agriculture Deptt. भी था। पाँच बीघा जमीन, जिसमें एक सींचने के लिए बड़ा कुआँ भी था। देखते-ही-देखते स्कूल बच्चों से भर गया। बच्चों को चना-गुड़ रोज बाँटा जाता था।

पोस्ट ऑफिस में पोस्टमैन मनीऑर्डर तथा अखबार लेकर रोज दिन के 12 बजे के करीब आता था। रोज सुबह 8 बजे से अस्पताल में भी मरीजों की लाइन लगती। कुछ तो यूँ ही उत्सुकतावश आते और जब डॉक्टर पूछते, क्या तकलीफ है तो वो कहते, "अरे डॉ. नड़िया देख लेया, आला लगाय द्रया, बस और कुछ नाही न।" डॉक्टर भी हँसकर नाड़ी देखकर Stethoscope लगाकर हँसकर बोलते, "अरे काका, आप एकदम तंदुरुस्त हैं," तो काका कहते, "हाँ, साठा ते पाठा," और सीना फुलाकर चल देते थे।

25 बेड के अस्पताल में सभी व्यवस्था थी। सीरियस मरीज को भरती किया जाता था। इमरजेंसी में डॉक्टर 24×7 मौजूद था।

इसी बीच पता चला कि जवाहरलाल नेहरू इलाहाबाद में कमला नेहरू अस्पताल का उद्घाटन करनेवाले हैं और वे लोगों से अनुदान की अपेक्षा रखते हैं, अत: भगवानदीन ने 50,000 रुपए का चेक, ऑपरेशन थिएटर तथा Equipment के लिए अनुदान दिया। आज भी वहाँ ऑपरेशन थिएटर मौजूद है। यद्यपि कि इस्तेमाल में नहीं है। लोगों के आग्रह पर बुधवार को भगवानदीन बाजार लगवाने लगे, यदि किसी दुकान का सामान बच जाता तो वे पूरा सामान स्वयं खरीद लेते थे।

भगवानदीन दिवाली पर हर गरीब को एक मन गेहूँ और एक कंबल का दान देते थे। रामसुख को ऐसा लगता था कि भगवानदीन अपनी गाढ़ी कमाई का पैसा दोनों

हाथों से लुटा रहे हैं। यह देखकर रामसुख बहुत दु:खी होते थे। उन्होंने कहा, "बेटवा, इतना धन मत लुटावा, अपने लरिकन के बरे बचाय के रक्खा।"

भगवानदीन बोले, "बप्पा, पूत सपूत हो तो का धन संचय, पूत कपूत हो तो का धन संचय। जब विश्वयुद्ध खत्म होये तौ फिर कमाय लेब, आप बेफिक्र रहैं।" इस प्रकार भगवानदीन गाँव में सभी सुख-सुविधा निश्चित करके गरमियों में कश्मीर के लिए निकल पड़े। उनका यह सिद्धांत 'मनुष्य अपने भाग्य का निर्माण स्वयं करता है।' स्कूल में लिखा गया। स्कूल में विवेकानंद, दयानंद के साथ-साथ सुभाषचंद और गांधीजी की फोटो और नैतिक सूत्र लिखे थे। कृषि विभाग की दीवार पर लिखा—"उत्तम खेती, मध्यम बान, निकृष्ट चाकरी, भीख निदान," उनके विवेक एवं दूरदर्शिता को दरशाती है।

कश्मीर के लिए निकले तो उनको मिलने इलाहाबाद रेलवे स्टेशन के फर्स्ट क्लास वेटिंग रूम में सोना के पुत्र कुंदन मिलने आए, जो इलाहाबाद के बहादुरगंज स्थित एक घर में पहाड़पुर तथा आपपास के मेधावी विद्यार्थियों के लिए भगवानदीन ने किराए पर ले रखा था। वहाँ एक महराज एवं सफाईवाला भी भगवानदीन ने विद्यार्थियों की देखभाल के लिए रखा था। करीब दस बच्चों के पढ़ाई तथा रहने, खाने-पीने का पूरा खर्च भगवानदीन ही उठाते थे। कुंदन ने आकर मामा के पैर छुए और बोले, "मामा, हमार B.Sc. कै इम्तिहान होई गवा और आपके आशीर्वाद से हमार सैलेक्शन ब्रिटिश आर्मी के veterinary Deptt. में जूनियर अफसर के रूप में होई गवा अहै।" जेब से 10 रुपए का नोट निकालकर भगवानदीन ने दिया और बोले, "शाबाश, जा बढ़िया मिठाई खाय ल्या। घरे जाय के हरिहर के समझावा कि Evening Christian College में Admission कराय के मैट्रिक पास कै लें विश्वयुद्ध समाप्त न होए, तब तक रंगून जाब न होइ पाए।" दिल्ली की ट्रेन आ गई और वे ट्रेन में बैठ गए। दिल्ली पहुँचने की खबर शिव प्रसाद को दे चुके थे, अत: शिव प्रसाद दिल्ली में मिलने आए। यहाँ भगवानदीन कनाट होटल में रुके हुए थे। आकर शिव प्रसाद ने पैर छुए, थोड़ी देर साथ में रहे और भोजन किया। भोजन के उपरांत भगवानदीन बोले, "बच्चू, कुछ पैसा चाहे," तुरंत शिव प्रसाद बोले, "बाबूजी, 100 रुपए कै जरूरत अहै।"

भगवानदीन आश्चर्यचकित होकर बोले, "होस्टल में सब सुविधा अहै, इतना पैसा का करब्या?"

शिवप्रसाद बोले, "बाबूजी, उधारी अहै," भगवानदीन बोले, "ई काहै? शिव प्रसाद बोले, "मिठाई खाए, घंटाघर वाले से और मद्रास कैफे में दोसा और कॉफी," भगवानदीन ने 150 रुपए दिए औ बोले, "बच्चू, तोहाय नकेल कसब, जल्दी बिआह करवाय देब।"

रात की गाड़ी से भगवानदीन कश्मीर के लिए रवाना हुए और शिव प्रसाद अपने कॉलेज के Hostel के लिए निकल पड़े। परंतु शिव प्रसाद को पिता का रुपए के बारे में पूछना कहीं-न-कहीं अहम पर चोट कर गया था। अत: सुबह कॉलेज में पोस्टर पर लिखा देखकर कि छावनी में ब्रिटिश आर्मी की भरती होनेवाली है, अब तुरंत ही उन्होंने निश्चय किया कि वे ब्रिटिश आर्मी की भरती के लिए जाएँगे।

निश्चित तारीख और समय पर शिव प्रसाद सूट-बूट में छावनी में पहुँचे, वहाँ M.E.S. के Major Scott के सामने उपस्थित हुए तो Major Scott ने इंटरव्यू लिया। शिव प्रसाद की इंग्लिश और तीव्र बुद्धि तथा विषय ज्ञान से प्रभावित होकर Major Scott बोले, "Well young man, you qualify for the post. We will get verification done and issue appointment letter to you," शिव प्रसाद ने Smartly Salute किया और Thank you sir कहकर निकल गए।

भगवानदीन कश्मीर के Nageen Lake के House Boat में रहने लगे, वहाँ की मनोरम वादी में स्वास्थ्य-लाभ तथा वहाँ पर आए देश के जाने-माने हिंदुस्तानी और अंग्रेजों के साथ सैर-सपाटे और विमर्श करते हुए समय व्यतीत कर रहे थे। अब पहाड़पुर में पोस्ट ऑफिस भी था, अत: रोज ही राम अंजोर, अस्पताल के डॉक्टर तथा रामसुख, दिलराजी एवं बच्चों के पत्र भी मिलते थे। इसी बीच कौशल्या के पति आलोक आए। भगवानदीन का ठाट-बाट, जो उनके अपने हाउस बोट में था तथा भोजन के समय उन्होंने नोटिस किया कि सोने-चाँदी के बरतन में खाना परोसा गया। चारों ओर Persian कालीन और अखरोट के फर्नीचर तथा खिड़कियों लेस लगे हुए परदे वहाँ की शोभा बढ़ा रहे थे। आलोक अब समझे, क्यों कौशल्या ने यह कहा था कि अरे इससे ज्यादा तो हमारे बाबूजी पोलाद को देते हैं, जब आलोक ने अपनी तनख्वाह कौशल्या को बताया था।

दो महीने कश्मीर में रहने के बाद भगवानदीन पहाड़पुर वापस आ गए। घर में सुशीला पांडेजी दिलराजी तीन साल के केशव प्रसाद और दिलराजी ही थे। शिव प्रसाद असम के जोरहट में आर्मी की ट्रेनिंग कर रहे थे। भगवानदीन ने राम अंजोर से कहा, "हम अगले साल बच्चू कै बिआह करे चाहत अही, कौनौ पढ़ी-लिखी लड़की कै रिश्ता उचित लगे तौ बताया।" रिंघिया की नहर के पास 10 बीघा जमीन का सौदा किया, दिलराजी के नाम 50,000 रुपए बैंक में जमा कर दिया।

भगवानदीन सुबह पहाड़पुर में पैलगी, आशीष करते हुए अपने द्वारा स्थापित स्कूल, अस्पताल, पोस्ट ऑफिस का निरीक्षण करते हुए और शाम को गोष्ठी करते हुए समय व्यतीत कर रहे थे। इस प्रकार पहाड़पुर में भगवानदीन दुबे परिवार के साथ सुखमय जीवन व्यतीत करने लगे।

अब भगवानदीन इंतजार में थे कि कब विश्वयुद्ध खत्म हो और वे रंगून में अपना बिजनेस फिर से शुरू करें और रिंधिया में एक फैक्ट्री लगाएँ, जिससे पहाड़पुर और आसपास के लोगों को रोजगार मिल सके। आज मैं नीलम मिश्र, अरुणाचल प्रदेश की प्रथम महिला, राजभवन, ईटानगर, में बैठकर अपने पूज्य बाबा को श्रद्धांजलि देते हुए अपनी लेखनी को विराम देती हूँ।

□□□